不爱浪漫爱要命

写给
夜里不曾收到
晚安的人

不爱浪漫爱要命 著

江苏凤凰文艺出版社
JIANGSU PHOENIX LITERATURE AND ART PUBLISHING

春日走马

夏夜
生花

目录

目录

为什么写诗

因为我身体里的雨季太长
等不到下雪
一整天一整天
除去想你
无事可做

你不来

我就狠狠写诗
像今晚的月亮一样
藏起自己的
乱石、孤雪和荒凉

我打算
寄一场雪给你

我打算寄一场雪给你
它太像我一直想写却没写完的那首诗了

你不用回我了
我要封山了

来往

我们在季节里来来往往

各自有各自的荣枯和草长

涟漪

你是别人的诗
我有自己的涟漪

纸条

我每天都要带上写有你名字的纸条
就算我突然死掉
你也有谋杀嫌疑

冒犯春天

我想凑近了看你的眼
我想冒犯春天

灵魂是朵难养的花

夜晚摸鱼

白日做梦

灵魂是朵难养的花

人间

有时，你小于我的心脏
有时
你略大于人间

给我写信好吗

给我写信好吗
问问我过得怎么样
如果我说了些天气
入冬了人也懒了
黄澄澄的银杏也快掉光了

如果我一直絮叨日子
给我讲讲南半球好吗
阳光一样热烈吗
棕榈在黄昏摇摆吗

如果这些你并未留意
告诉我你哪一刻最想我
有多想

出城

如果晚高峰
开车
一个人
出城

借光线调和
我和世界

让字代替交谈
让情绪
察觉杂草
月亮、天空

何时发明
海、铁灰的落日
如果保持消极
是一种热爱

拿一朵云喂鱼

天气好的时候
谁都忍不住生活
佛祖拿一朵云喂鱼
我看一朵云想你

我不做善类，只做你心上的匪

我“放火烧山”

再不向你索要春天

我去看海了

我去看海了

我一个人

海也是一片海

孤独

少我一个也不少

多它一片也不多

当我说想你

当我说想你

想你便是一个距离单位

比光远

要十万个早晨

才能抵达

没有什么是必需的

不开心了就喝酒，闷了就抽烟

兴起了连夜去看海

人生怎么荒唐就怎么来

就是不要认真地去爱一个人

推杯换盏

你有推杯换盏的眼

而我只是那不胜酒力的春天

病去

爱一个人
像生一场病

爱意一点点消失
人慢慢健康

笨拙过冬，明亮相逢

十二月，宜像个小孩

下雪、见面，一起跨年

想到这些

已胜过所有礼物

冷静

浪漫
要命
吃两片
阿司匹林

遵“医嘱”
要冷静
他不一定真的爱你

七月不看海

七月不看海

宜爱人

或是后会无期

我只是想喊喊你

好几次了

你问我

干吗

我说我只是想

喊喊你

等人

小等是浪漫

大等是有病

我有一份黑夜

今天也很乖
没有去喝酒
等你回来
我有一份黑夜
想与你同眠

那就开花呀

你说春天太短了

还未来得及看见自己

就要粉碎成灯红酒绿的夏

那就开花呀

开他的

我的日子，
很慢很慢

昨天

今天

下雨天

眼下是春天

相爱吧，像赌徒那样

我轻微厌世

又贪生怕死

所以相爱吧

像两个赌徒那样

样样要命

酒精
尼古丁
你

夜夜上瘾
样样要命

混杂

我们又何尝不是无名无姓的春天

混杂在人间

人是人，人生是人生

没有我

你也会爱别人

我也一样

妈妈说

人是人

人生是人生

刚好

不是早了

就是晚了

总之不是

刚刚好

春日苦短

春日苦短啊

倒酒吧

或者以身相许

晚安

太晚了

晚安吧

剩下一些梦

由它在酒瓶里

叮叮当当

去见一个清澈的人

你要去一个夏天

去见一个清澈的人

北纬三十度

二十来岁

河岸有风

空气里有薄荷

我没有说我喜欢你

我没有说我喜欢你，我说了些有的没的：

路边的夏天

夏天的傍晚

傍晚的路边摊

彼此道过的晚安

在人间看遍

世界上最“杀人”的
是很想去看海
是很想和你去看海

是我们在人间
看遍爱和失去

距离是什么

距离是什么
你没睡
我没睡
手机没响
熬着相同的夜
只是各自圆缺

人间的冷暖

人间的冷暖

一半南来，一半北往

一半让向暮色

一半还于灯火

更新一种脑海的酶

我常常走在人群里

更新你

三月

三月很忙

十万人间

赶出一个春天

一个是爱，一个是失去

杀我
只需要两样东西

一只流浪的猫
一江流不尽的春水

一个是爱
一个是失去

等你喜欢的伞

去淋雨

然后

等你喜欢的伞

夏日沉闷

夏日沉闷

干杯吧

日子总要有些声响

这种感觉好极了

下了一天的雨
我看了一天的雨
其他什么也没做
事实上我什么也不想做
也不去期待
一切沉默、缓慢、失速
这种感觉好极了

四月

四月是一场拥挤的新绿

足以治愈我体内的大雪天气

如果我热爱，
如果你认真

如果我热爱

荒谬也是生活

如果你认真

泪水也是收获

我们在晚风中开花

恋爱是两个精神病患者

在晚风中

开花

最好的爱情

我们相加

世界等于零

我独自被秋天看见

在一颗炸开的板栗中

我独自一个人

被秋天看见

没有必需的快乐

没有必需的快乐

日子里总要有些心碎

疲惫、愧疚以及比爱情先到的

黄昏

慢吞吞

清晨的粥很烫

我这个慢吞吞的人

在等一碗

大雪纷纷

我爱一切沮丧的事物

在夜晚
我爱一切沮丧的事物
胜过爱你

像一朵向日葵朝向四季
腾出体内的空荡，感受过风
现在是
惊心动魄的黑

我想是朵玫瑰，
于你怀中炙热又垂危

肉体将每个瞬间的灵魂捆扎

人，像一束五颜六色的花

心碎的骨头

白天有人提着心碎的骨头走路

到了夜晚他们又不忍睡去

说再见的人最后一次回头

他却固执地不肯入秋

小朋友

想喝点酒

想拉紧你的手

想做你的小朋友

晒月

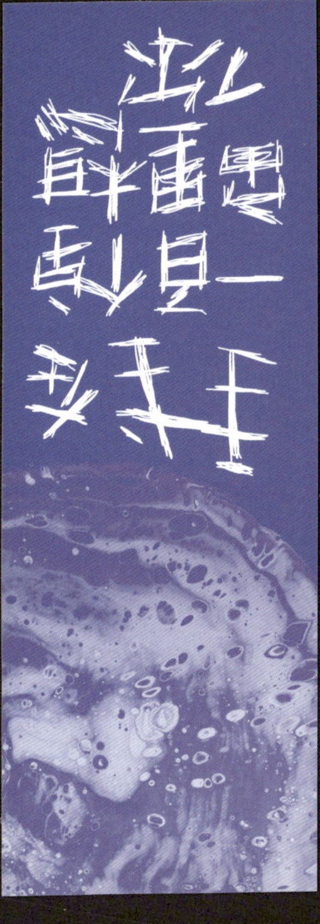

我是人群的盐

退潮时才能被看见

失守

想喝点酒

好拉起你的手

让夜色失守

困

我只是困在了夏天

是那个没来得及拥抱你就告别了的夏天

拥有海

“一定要去看海吗”

“是的”

失去海才能拥有海

下雪

光是下雪
就已经很美好了
何况我们就快见面了

多年后

人无法同时拥有两个夏天

总要有一个夏天

是多年之后才能想起

自言自语

我爱上了这样

自言自语

在许多路口

和一只狗说话

并保持微笑

距离

外婆说

再遥远的距离

都躲不开一场雨

我们终将在雨声中

共振了夏天

把我们还给你我

总要见一面吧

让再见完成再见

把我们还给我们

五月，黄昏哑作一团拥抱的影子

五月像一张白纸

夏天重新开始

再奋不顾身些吧

我说再奋不顾身些吧
投入自己的爱情里
去发胖

这样
我就有了
许多时间

数数一共有几棵树
几棵在风里
几棵在季节里

亲爱的我说
天色已昏
菜市场正在发亮

当我爱你

当我爱你

时间和空房间

充满危险

大大方方开花

悬而未决的从来都不是夏
是我大大方方地开花
你也不提那时的晚霞

我们去看海

我们去看海
我们像情人一样看着海
海像情人一样沉默

我是灯火通明的房客，
你是窄门是我彻夜的心魔

你不在时，我就抽烟酗酒

吞咽一列火车

我是灯火通明的房客

这些天，外面的雨一直下着

再见，再也不见

用一个秋天说再见

用剩下的秋天再也不见

生活是什么

生活是什么
让完整的破碎
让破碎的
再破碎一次

我总是想起你站在人群等我的样子

我总是想起你

站在人群等我的样子

那时

灯火拥挤，人群明亮

如欲相见

如欲相见，我在夏天
是闹着要拥抱的那种夜晚

是摇摇晃晃一路小跑的
灯火人间

问题

如果你问了

如果我答了

那只是逢场作戏

我不是答案

我是一切问题

阳光在地上的叶子
摇晃着我们相恋的模样

我想要个少年

在我和他说话的时候

路边的树啊

落不完的斑驳从前

我像一棵树

我像一棵树

一片一片放下了叶子

放下了你

放开了自己

放无可放时

却又是一年盛夏

枯萎

你说：祝我们友谊天长地久
为此，即便是末日
我依然不敢说爱你

吐不出来，咽不下去
一朵玫瑰，只能在喉咙里
枯萎

没有你，
再无一片黄昏值得珍藏

我的眼睛是小小囚笼

放飞过许多晚风

没有你，再无一片黄昏值得珍藏

现在我走在城市，管自己叫人群

孤独都自尽

当我喊你

一片叶子，它想抓住枝头的风
吹你心疼的灯火，灯火是去年的草籽

当我喊你，我的意思是
一百种距离，一百种遗憾
当我喊你，你是一百个宇宙

我们在人间，隔了所有的风

今夜，我在长安

那些迎风的马
用饲料喂养的星辰
靠在我的肩头，畅饮新丰的喉咙

从天文台，直下人间
青青的叶似长剑
在长安
月小如舟，山长水远

雨后的空气新美

一面住良夜

一面住清风

夏夜里挑净了骨头

要有人倾听

洛阳以西的纷纷一片

良夜连城

我是无名无姓的夏天，
是浑蛋而快乐的小妖怪

这个夏天

我要做一个浑蛋而快乐的小妖怪

没有恨

没有遗忘

也没有爱

少年

我决定变蓝

在阳光下浪费时间

在风里制造自由

选择少年

并对抗真理

哲学在哪儿

上帝是充满蓝色的药丸

不过

爱

和死亡

我们都善于辜负

把日子拆开
一个日出，一个日落
把我们拆开
爱得多的那个人和
那个人

热闹与玫瑰同罪

热闹与玫瑰同罪

皆当凌迟

我的意思是

我好像还爱你

却不打算等你了

我有一整个宇宙的心事讲给你听

我有一整个宇宙的心事讲给你听

却不能吐出一粒星辰

甚至半粒

也不能

一个人的热闹就是按时吃饭

如果孤独是匆匆忙忙一天到晚

热闹就是按时准点好好吃饭

在夏天，想一个大雪纷纷的人

在夏天，想一个大雪纷纷的人

在冬天，养一些热带鱼

我是执拗的瓜果

不合时宜地生活

拥抱

早起冷了许多

我裹了裹外套

像一个拥抱

好天气

阳光灿烂
一窝蚂蚁搬运天气
孩子互相追逐，老人在慢慢走

左手是冬天右手是春天
我咬着棒棒糖
小鸟试探性地
向我靠近

影子不想被我踩到
兔子一样往身后跳

我说你站那儿别动，让我揪揪你的耳朵

天空那么大，我们这么小

就这样吧

晨钟暮鼓

菩萨说

为时不晚

爱

人们总是说
爱会来的
在对的时候

我想说
错的时候来的
它也叫爱

如果你来

如果你来
如果风里装得下一树重逢
我就在树下
给你念一些乏味的日常
和缤纷的小烦恼

期待六月

期待六月

是砰的一声打开啤酒的夜晚

红色是风

绿色藏着秘密

蓝色在梦里下沉

人间有雪

醉得晃晃悠悠

清晨也是夜晚了

独处是灵魂在开花

独处是灵魂在开花
让自己属于一阵晚风
一片落霞

不灭的星

那些不灭的星星

在去年

在心疼的地方

遗憾

遗憾的是

我从未和你看过海

从未一起哭过，更没有一张合照

甚至

从未有过像样的对白

风与温柔

动摇的是风

你不能拿温柔的人怎么办

一个音节就处死我

你啊

我的爱，和赎罪

我的热的冷

一片落叶，在风中

穿过锋利的秋

攀登起伏的烟火

吻我吧

你的一个音节就

处死了我

想你是一万次的悲伤，更是一万次的日常

悲伤如一头大象

在热带丛林

在草原雨季

无论发生什么

一样是慢吞吞地

吃饭走路想你

梦想

我最大的梦想就是勇敢地死去

可是我的梦想死了

河

面对一条大河
我们在失速里撞上命运

一如多年前撞见地铁上读博尔赫斯的人

每个人都是唯一
剩下的是全体

入秋

等不到你回头
我只好喑哑入秋
像放弃了一颗星宿

我大概是只猫

我大概是只猫

温顺的外表下

全都是戒心

某人

突然想到海

并继续想到月亮，关于它们

只是一些心碎

继续想，有时候会具体到

某人

总是要说再见的

总是要说再见的

火车会远去

只剩自己在清寒里低下头

穿过马路

又是一年深秋

九月过后是牢固的秋天

九月，有十种寂寞

那温暖肝胆的痂

保你安然过冬

这个下午阳光灿烂山河壮丽

我用了一下午的时间
洗澡擦玻璃收拾屋子
我想还会有许多个下午
允许我，就这么干

看看更多的光线、更多的人
还会有不安
还会有过早死掉的叶子
没关系
所有温暖的回声啊
是需要一段时间的

不管，还会有多少
值得喜欢值得一干的世俗

这个夏天像要燃尽的烟蒂

这个夏天像要燃尽的烟蒂

灼痛了我的手指

在等红灯时

马路那边就是秋天了

永远不是他

橘子咬出晚霞

月亮误解鲜花

你拥有的夏天和晚风

永远不是他

那些花，是我养了一夏天的风

我有一家花店

那些花

是我养了一夏天的风

不经意盛开的时光

是你偶尔的遇见

无尽之夏

无尽之夏
是一种荡漾
而晚风
是饱满

给灵魂看一处风水

夜里驱车上山
看山下的海
一个人的
张灯结彩

我不是为悲伤而来
我是给灵魂看一处风水
目送我下山的澎湃

也保佑我自己
在人间
轮回为山，投胎以水
放浪形骸

傍晚时分

傍晚时分

我们坐在楼顶

你看云

而我只看你

世界美得像一本诗集

当你看我

我和黄昏一起

羞涩

三两够不够

济世良药

远方如病
病入我心

一匹上好的白马
春色向南

身后是头也不回的山色
空着谁的一生

这里是春末

无论如何

我都做不到对你心生诅咒的恨意

这是巨大的问题

现在

问题内部空荡荡的

春末

人来人往

孤独是一个人的好天气

孤独
是一个人的好天气

大抵是独坐无数山
岁月有温婉

几朵白云映透了蓝，而蓝
就该高高地绝版

我的城市入冬了

今天你的城市，天空是什么颜色
日出以前，我一遍遍读着康德

夜晚在下，上帝总显得多余
日落以后若你不喜欢月亮
我们交换彼此的雨声

那些陡峭的过往
在你我的书信里抵达另一处山水
剩下一些梦在酒瓶里叮叮当当

岁月

得知我爱你

有种命悬一线的倾斜感

两旁是大雨

大雨中是人群之类

是岁月

发呆

许多花香在逃
那片白
已找好去处
这个下午啊
就用来发呆吧

一个公园有自己的冬天

你穿过公园去上班
没有人，在你走过的时候
几只麻雀裹着年轻的体温跌落在地上
所有的树木都在你眼前出现、退后
时间和声音被深深埋进那一大片白色
你张了张口，一个完整的冬天哽咽在喉咙

半生

写了半首诗
给你

一开始就没打算写完

半生已够明媚
剩下半首
就留给我自己

你别无选择

人都害怕变成鬼

鬼也害怕

变成人

生活只是一次机会

我来过这里，我站在桥下抽一支烟
风吹过行人，吹过树上的叶子
在傍晚，他们和它们都安享着微微红晕
吹过我时，我正校对时间
生活只是一次机会

桥上，火车又准时开了过来
穿过缓缓流动的夜
像一小段往事
它们没有真的结束，随每一次火车开过

冲动、义无反顾滑向深处
夜晚弯向灯火的侧面
一片一片清点着记忆

风真的变凉了，我裹了裹外套摸出打火机
烟头忽明忽暗

冬日是一座矿场

每一片阳光都有可能是
另一片阳光
年迈的年轻的

他们从遥远之处赶来
从每一片叶子上跳下来
感觉到了吗
每一次化在你心里的澎湃

报纸刊载着前夜的梦境
早餐包括面包和牛奶
整个冬天都像一座繁忙的矿场
老人们路过商店

那些枯落的树枝可以换一盒火柴

是不是觉得似曾相识

这一寸寸光阴啊

好像一个世纪

你专心炖着一锅排骨

窗外

回忆被摊开

又折叠

酒瓶空了，我还不想回家

人间有两个月亮

你是第三个

都是重逢

我掏出香烟
城市翻出黄昏
我看见江水，在风中
伺机上岸

归鸟衔着种子飞过，落下大的
叫历史，小的叫往事

于是我和所有
均是重逢

雪是永远的事，我们也是

雪要下多大

我们才会想起

那些永远的事儿

一路小跑

我站在街头人来人往

周围是晚风、霓虹和莽撞的楼群

此刻我不迎接什么，仅看着

路灯往远处亮去

就有一路小跑的心情

适当

适当的时候，你想咳嗽
好把自己从冬天挤出去
坐在阳光下写与农作物有关的诗
帮助温暖的气候
春天将持续增长

一些旧的衣物鞋子被拿出来晾晒
到处是面包屑和花粉
那些躲在树荫里的橱窗如同春天的玻璃镜子

映出女人、孩子、狗，穿各自的外衣

打瞌睡，吃早饭

街道流淌着，一站一站的公共汽车开走

成为最深处的风景

我们会去傍晚用餐
——TO:F

我们会去傍晚

用餐

而且还要

走一走

去晚风吹拂的

河岸

空气中有月亮

脑海里没空气

大地和天空

像劫后余生

什么是夏天

什么是夏天

是暗暗喜欢

是整个世界都在

相互偷看

大大小小的天涯

看见了星星，看见了波涛
看见了大理石、耍蛇的人、骆驼、露天集市
看见了最高处的满城灯火
看见了呐喊，也看见了宁静

每株草都在我们的世界之外
大大小小的天涯都挂在地图的矿脉上
握紧了拳头，只打心脏

我们病了
每个城市都是自己的床位
回忆成了陪床的亲属

我们靠着窗看门口，靠着门看窗外

我们在门和窗之间看着天花板

一不小心就是一辈子

旅途多像生命

每天都在开始

每天都在结束

发生了

发生过了

还是那么天真

我们的战利品是
关于恨的知识
那么巨大，却不够坚决

夜晚凭记忆摇曳
喊痛的不是我，是被镊子小心取出的
一粒月尘

于是我幸福地吞下一颗星
还是那么
天真

孤独

人群正孤独

而我

正孤独地穿过

我最擅长的事

我最擅长的事

就是整天无所事事

雨下一天

我就看一天

身体放松得像一个自动愈合的

伤口

春日旁

春日旁
有个面包房
我的不明媚
要你烘焙

早上

我睡在我身旁

你睡在早上

无数光年在发梢滂沱

就像星星挨着爆炸的寂寞

也许是浪漫

夜是一张帆

每个角落都被风吹得那样饱满

灯是马蹄寂静的街

不去想未来

也许就是浪漫

伤口

我每天都要看一遍伤口

像看一朵花

后来我痊愈了

其实现在也挺好

其实现在也挺好

不期待什么，也不怠慢万物

风拨拨阳光在地上的叶子

我想想你

听雨，看你

有时听雨

有时看你

我不说情话

雨声那么大

世间真美

毫无意义

下潜

睡觉像潜水
一觉醒来
就很孤独
也很恍惚
没有人
世界安静得
像一个巨大的
泳池

仿佛听见

阳光撞上玻璃

仿佛听见

仿佛爱你

仿佛

人类是些加热的词

晃动如星

天机

是谁先说的

我爱你

是谁泄露了天机

把一切弄得没意思了

有点幸福的小夜晚

我希望你能陪着我
暂喝上几杯

咱们不谈理想
由着脑子
空白一会儿

且收了
长兵短刃

把月亮围在腰上
步于中庭

也写诗
就是
不搞人身攻击

酒过三巡
我吵着要给你舞剑

还要给你打一眼
井水
闹着要把你养起来

在这个
酒过三巡
有点小幸福的
舒缓的夜晚

前世

卜一枚前世
今夜雨下几尺

我们居住的姓氏
有小小的梦

遇见谁
当时明月高悬

刀疤

我以为我有一把刀
我也只是有一道刀疤
妈妈
我好天真

我突然想跑到你的城市

有人踌躇满志
有人万念俱灰
有人从街头走到街尾
用脚尖走用脚跟走
从这里到那里
谁是谁
落叶满地，江湖轻舟
你会是哪一叶
或者我本就不想知道
或者我只是不知道该怎么去知道

我吃饭喝水上厕所
你也是
或者又或者
找不到哪一个是哪一个
有时候，我突然想跑到你的城市
拉着你的手
踩着那些是我是你也是别人的
落叶
咔咔作响

鸟，和鸟以外的秋色

需要用手势问候
鸟，和鸟以外的秋色
尘外，两三处人家
一缕袅袅青烟

和篱外的菊花
坐拥一个温暖的午后
几株羞涩的时光
微微，红了一侧脸颊

风倾斜了，盛开着蒙眬的睡意

人们发现了你我
并测出前世与今生的距离

关于想你

关于想你
等两次红绿灯
就是不遵守规则

失重

当春天是一种引力
夏天就是孤独的失重
我们在晚风中
膨胀，疏远

干杯吧，不说情话

我们是两朵
啤酒花

短暂似一生，长久如一瞬

干杯吧
不说情话

生活，我不是有意的

失手打碎了杯子
杯子碎片割破了手
我不是有意的
杯子也是

祝你是你

有该有的**光、热**

和世俗

祝你是你

生活无所谓意义

图书在版编目（CIP）数据

写给夜里不曾收到晚安的人 / 不爱浪漫爱要命著
. -- 南京：江苏凤凰文艺出版社, 2024.3

ISBN 978-7-5594-8244-0

Ⅰ. ①写… Ⅱ. ①不… Ⅲ. ①诗集 - 中国 - 当代
Ⅳ. ①I227

中国国家版本馆CIP数据核字（2024）第008376号

写给夜里不曾收到晚安的人

不爱浪漫爱要命 著

责任编辑　周颖若

特约编辑　王诗怡

装帧设计　魏魏　MUMU　飞鱼时光

出版发行　江苏凤凰文艺出版社

南京市中央路 165 号，邮编：210009

网　　址　http://www.jswenyi.com

印　　刷　河北鹏润印刷有限公司

开　　本　787毫米 ×1092毫米　1/32

印　　张　5.375

字　　数　6千字

版　　次　2024 年 3 月第 1 版

印　　次　2024 年 3 月第 1 次印刷

书　　号　ISBN 978-7-5594-8244-0

定　　价　49.80 元

怪诞心理学

揭秘日常生活背后不可思议之处

白雯婷◎编著

四川人民出版社

图书在版编目（CIP）数据

怪诞心理学：揭秘日常生活背后不可思议之处 / 白雯婷编著 . -- 成都：四川人民出版社，2018.12（2024.2 重印）
ISBN 978-7-220-11008-5

Ⅰ . ①怪… Ⅱ . ①白… Ⅲ . ①心理学－通俗读物
Ⅳ . ① B84-49

中国版本图书馆 CIP 数据核字 (2018) 第 212168 号

GUAIDAN XINLIXUE：JIEMI RICHANG SHENGHUO BEIHOU BUKE SIYI ZHICHU

怪诞心理学：揭秘日常生活背后不可思议之处

白雯婷　编著

出 版 人	黄立新
策划组稿	张明辉
责任编辑	薛玉茹
营销策划	张明辉
插画绘制	金版文化
责任校对	吴　玥
责任印制	祝　健
出版发行	四川人民出版社（成都三色路238号）
网　　址	http://www.scpph.com
E-mail	scrmcbs@sina.com
新浪微博	@四川人民出版社
微信公众号	四川人民出版社
发行部业务电话	（028）86361653　86361656
防盗版举报电话	（028）86361653
印　　刷	唐山楠萍印务有限公司
成品尺寸	135mm × 180mm
印　　张	14
字　　数	300千
版　　次	2018年12月第1版
印　　次	2024年2月第2次印刷
书　　号	ISBN 978-7-220-11008-5-01
定　　价	78.00元

前言

preface

提起“心理学”三个字，会有人觉得这是一个有些玄乎微妙并若即若离的字眼。其实，事情的真相不是如此——心理学离我们并不遥远。接下来，我们可以做一个实验证明这一点。

我们可以尝试一下这样的场景：你闭上双眼，伸出两手呈平行状，掌心向上摊平。然后，你被告知，你的左手放了一个铁球，右手牵着一个气球，铁球越来越重，气球越来越轻，在这样的语言引导下，张开眼睛后，你会惊奇地发现本来持平的双手已经发生了变化——左手明显比右手低。

原来，我们在不知不觉中已经被“沉重的铁球”和“轻盈的气球”所影响了。那么，这又是为什么呢？

因为当我们被语言告知左右手承受不同重量物件的时候，就已经被别人做了心理暗示。我们的大脑是有记忆的，它回忆起我们的身体承受“铁球”和“气球”的不同质感，并向其发送了相应的信息——铁球重，我们的手会被压下沉；气球轻飘，手应该向上浮。

这样，我们就在别人的“诱导”下，成了“被操纵的对象”。

当然，这种“被操纵”的心理暗示只是心理学的一个现象，其实，在我们的日常生活中还有更多匪夷所思的事情发生，只是我们都缺乏探测和发现的雷达，以至于忽略了自身和生活的许多有趣之处。

比如，你知道为什么男人喜欢胸部丰满的女人吗？为什么长发飘飘的女性更有吸引力吗？为什么意外之财花得更快？为什么人多不一定力量就大？为什么宣传单普遍要把重点内容放在左上角？为什么假装快乐你或许能真的快乐起来？为什么说脏话会让我们更痛快？为什么人在夜晚的时候感情最丰富？为什么酒吧里更容易产生暧昧气氛？为什么红色电风扇越吹越热？为什么双胞胎会有“心灵感应”？

这些怪诞心理都是我们容易忽略甚至不曾发现过的现象，这时，我们就需要一个真正能引导我们进行心理探索的良师益友。而这本《怪诞心理学：揭秘日常生活背后不可思议之处》就旨在探讨看似怪诞的奇异现象背后隐藏的人类心理秘密和关于日常生活的心理学，带领大家走进一个奇异的心理世界，揭示心理学家们用独特的研究方式对人类大脑、意念和行为等做出的有趣解释。所以，翻开此书的同时，也就等同踏上了一段互动的心理旅程，我们不仅可以涉足一个有趣的科学领域，更能将其运用到实际生活中，愈加清楚地去探索和发现生活、生命的本质！

本书奇异有趣，故事、研究、理论或怪诞新颖或传统经典，语言简单易懂，是一本好记、好学、好用的心理学书籍。而且，书中的内容还涉及生活的各个领域，营造了一种“近在眼前”的现实感和现代气息。

所以，现在是放下沉重的砖头式心理学教材，从沉闷的生活中抽身出来，拿起这本《怪诞心理学：揭秘日常生活背后不可思议之处》，走上发现内心的奇异旅程，探索自己的非凡之处的时候了！

目录
CONTENTS

第一章

潜意识力量：
你相信什么，什么就会成真

第二章

黑就是白：
为什么错觉让我们视而不见或信以为真

第三章 盗梦空间：未来是如何潜入你的梦中的

第四章 禁果效应：为什么越是得不到，就越想得到

第五章 思路迷失：为什么我们能找到去月球的路，却迷失在大卖场

第六章

进化论：
为什么穷人家里女儿多

第七章

大话王：
为什么我们愿意说假话并听信谣言

第八章 心体合一：“无聊死了”，真的会死人

第九章 压力释放：为什么说脏话让人心里觉得舒畅

第十章 背道而驰：为什么就爱有人对着干

第十一章 行为规范：为什么白干活高兴，干活赚钱反而不高兴

第十二章 销售陷阱：为什么便宜的东西让我们花更多的钱

第十三章 安慰的魔力：为什么赞美与表扬能使白痴变天才

第十四章 一切只因非常态：为什么他要动手打女友

第十五章 心灵保卫：为什么相爱容易相处难

第十六章 家庭中的悲凉：为什么不要和陌生人说话

第十七章 偏颇吸收：为什么我们会一条道走到黑

第一章

潜意识力量：你相信什么，什么就会成真

把自己想象成什么人，你就会成为什么人

你把自己想象成什么人，你就会按照那种人的行为方式行事，而且，即使你做了一切有意识的努力，即便你具有很强大的意志力，你也不会有别的不合这种意识的行为。如果自己把自己想象成失败的人，那无论怎样想尽办法避免失败，也必定会失败。这就是“自我意向”心理在发挥作用。一个人的“自我意向”一旦形成，就会变成事实。

心理学家马尔慈说，人的潜意识就是一种“服务机制”——一个有目标的电脑系统。而人的自我意向犹如电脑程序，直接影响这一机制运作的结果。如果你的自我意向认为自己是一个失败的人，你就会不断地在自己内心的“荧光幕”上看到一个垂头丧气、难担大任的自我，听到“我是没出息、没有长进”之类的负面信息，然后感受到沮丧、自卑、无奈与无能，而你在现实生活中便“注定”

会失败。但是，如果你的自我意向认为自己是一个成功人士，你会不断地在你内心的“荧光幕”上看见一个意气风发、不断进取、敢于经受挫折和承受强大压力的自我，听到“我做得很好，我以后还会做得更好”之类的鼓舞信息，然后感受到喜悦、快慰与卓越，你在现实生活中便“注定”会成功。可见，个人自我意向的确是十分重要的，其正或负的倾向是我们的生命走向成功或失败的方向盘、指南针。

一个人若想取得成功，并全面地完善自己的意识，就必须有一个适当的现实的自我意向伴随着自己；就必须能接受自己，并有健全的自尊心。你必须信任自己，必须不断地强化和肯定自我价值，必须有创造性地表现自我，而不是把自我隐藏或遮掩起来。你必须有与现实相适应的自我，以便在一个现实的世界中有效地发挥作用。此外，你还必须认识自己的长处和弱点，并且诚实地对待这些长处和弱点。当这个自我意向完整而稳定的时候，你会有“良好”的感觉，并且会感到自信，会自由地作为“我自己”而存在，自发地表现自己。如果它成为逃避、否定的对象，个体就会把它隐藏起来，不让它有所表现，创造性的表现也就因此受到阻碍，你的内心会产生强烈的压抑机制，且无法与人相处。一个人难以改变他的习惯、个性或者生活方式，似乎有这样一个原因：几乎所有试图改变的努力都集中在所谓自我的圆周上，而不是圆心上。他们所尝试改变的都是环境而非心理。但是，自我心理暗示是十分重要的，它可以左右你的一切行为，所以你必须重视自我意向，这样才能通过不断努力，走向成功的人生。

为何有人对自己的行为完全没有控制力

现实生活中，有很多孩子无法控制自己的行为和情绪，越是不让做的事情，越是要去尝试，这种现象被称为“注意力缺失”。它大多发生在被父母抛弃，或是父母被剥夺抚养权的孩子身上，这些孩子幼小的心灵中存在巨大的阴影。

泰瑞莎和马特是一对不孕的夫妻。泰瑞莎是小儿科护士，在医院认识了大卫和丹尼这对双胞胎兄弟。“在急诊室就看得出来他们的母亲无法照顾他们。当我去看他们的时候，他们会兴奋地爬到我身上。于是我收养了他们。”

泰瑞莎说："他们精力充沛、冲动、不肯睡午觉，随意拿他们想要的东西。他们要做什么就做什么，如果他们在外面想爬到两米高的杆子上并从上面跳下来，他们绝不会犹豫，虽然他们才四岁。他们对自己的行为完全没有任何控制力。

"大卫和丹尼就是那种不肯控制自己的孩子。大人越是这样限制他们，大卫和丹尼就越反抗。他们回家会说今天谁又流鼻血了，因为老师抓住他的时候，他的脸撞到地上。大卫和丹尼常常被抓住压在地上，我们一个人抓手，一个人抓脚。一年之后，他们比我还清楚怎样抓住一个失控的人。

"这两个孩子……如果一开始我们就知道怎么帮助他们，说不定他们早就是小天才了。而那些人让我们相信这两个孩子心理异常，当时他们是这么告诉我们的。我们心想，天啊，我们惹上了什么麻烦？我们得一直养着这两个孩子！我们现在相信，这两个孩子潜力无穷，只要他们有兴趣，他们可以做任何事。"

大卫和丹尼的故事给我们很多启示，如果这两兄弟的问题始终没弄清楚，后果将难以想象。作为父母的泰瑞莎和马特极为坚强、肯付出，虽然孩子们的注意力缺失症得到诊断且开始治疗，但问题并不会全部消失。

注意力缺失症不是任何人的错，对此我们一定要有正确的认识。不当的教育方式会使注意力缺失症的状况更糟，但并不是成因。当一个孩子很聪明、成绩又很好时，我们比较不会想到他可能有注意力缺失症，但恰恰相反，许多聪明的孩子都有注意力缺失症，这些孩子如果没有被诊断出来，他们的聪明会使他们惹上更多麻烦，而不会把精力放在学习上。

注意力缺失症患者常有一种心态，就是觉得自己有缺陷，因此老师和家长必须给孩子做好心理建设，只要治疗得当，他们可以充分发挥他们的长处和潜力。注意力缺失原发性症状：分心、冲动、静不下来。许多成人有注意力缺失症却不自知，可能很没耐性、静不下来、易冲动、直觉强、有始无终以及无法维持长久的亲密关系等。注意力缺失症的症状不会一直保持不变，虽然我们多数时候都在谈注意力缺失症对学习的影响，但是它对人际关系的影响也不容忽视，患者比较不会注意到别人的细微表情或暗示，因此不容易与人相处。

为什么会出现“心猿意马”的情况

上课不注意听讲，做事心猿意马，对待人和事都不能专注，容易分心，是环境的错，还是你自己的问题？

46 岁的伊丽莎白从小就有阅读障碍。直到最近，她才知道自己也有注意力缺失症。“我一直知道自己无法阅读，我不是完全不会读，只是读得不好。我不懂为什么我的生活总是一团糟。我认为自己很没用。后来我去参加妇女成长团体，知道注意力缺失症是怎么回事，一切才忽然清楚了。我了解自己为什么会拖延，为什么没信心，为什么讲话讲到一半就分心了，为什么总是一团糟。我只希望自己早一点了解原因。”

这证明在分心的情况下，人应该投入更多的意志来克服分心。杰克是杂志编辑。他做得很好，但是大家觉得他很粗鲁。他会不打声招呼就突然离开会议、不回电话、不自觉地得罪作者、毫不掩饰他的无聊、讲到一半会突然改变话题或者缺乏人际相处的技巧。一位同事说:“他很聪明,但你很难预料他会做出什么。你可能正在和他说话，当你看一看别处，回过头来，他已经不见了。这实在是非常惹人厌。而有时他又很好，因为他总是有很多主意和用不完的活力。”

疲劳、身体不适和不稳定的情绪等也可能引起分心。分心可以通过意志努力排除干扰加以克服，分以下多种情况：

不论成就大小，觉得自己尚未发挥潜力：生活中，我们最常听到的是，“我就是没办法完成任何事”。客观来看，这个人可能已经取得成就，也可能生活与工作一团糟，无法发挥自己的潜力。

很难有组织性：没有父母的督促，注意力缺失症成人在日常生活中无法保持规律性。长期拖延，很难开始做一件事，开始做一件事的焦虑感特别强，因为他们害怕自己会做不好，于是他们一拖再拖，焦虑感越来越强烈。同时做很多件事，很难有始有终。

想到什么就说什么，不会考虑时机或场合是否合宜：心里一有想法，他们会马上就忍不住说出来，也不管时机是否合宜。

经常追求刺激：永远在追求刺激的新经历。

不能忍受无聊：注意力缺失症患者从来不会无聊。只要他们觉得无聊，就会找件新鲜事做。

另外，很多成年人在做事的时候容易分心，无法专注，话说到一半或者书读到一半就会发呆或跑神，但是又能够在某些时候比一般人更专注。他们往往具有创造力、直觉强、非常聪明，在缺乏组织和无法专注的一片混乱之中，常常冒出惊人的创造力。一般人以为他们对权威有反抗心理，其实这是他们对无聊及挫折的反抗。对他们而言，遵照规则行事代表无聊，而新的行事方式则代表兴奋，不能按照他们自己的意思做事则会产生挫折感，且他们很难忍受挫折，任何一次挫折都会让他们想起自己所有的失败经历。他们言行冲动，比如爱乱花钱，经常改变计划等。同时，不论生活多么稳定，许多成年患者长年觉得没有安全感。他们往往觉得自己的世界随时会崩溃。他们情绪不稳，尤其是和人分别时。可能对药物或酒精有依赖感，也可能对一种活动成瘾，比如赌博。

生活中，有很多人，尤其是女人，具有典型的注意力缺失症症状。分心并不是谁的错，每个人多少都会存有一定的分心症状，只要及时发现及时治疗，分心不会影响你的工作和生活。

我们为什么
不爱租房爱买房

房价一路飙升，很多人奋斗一辈子也买不起一个小阁楼，但还是有很多人愿意为房子负担甚至负债累累，为此劳累并为此快乐着。

单身在京的张阳买了一个小户型后就开始节衣缩食地生活：从现在开始，不买衣服，不和朋友聚会，不乱逛街……没事就待在家里睡觉！睡觉是最省钱的活动。她自动隔绝各种新开的美食店、KTV和酒吧，原来的大牌化妆品也尽量用可代替的超市货。尽管如此，张阳仍然满足于有房的快乐。尽管每月要还银行很多贷款，但是房价涨得也快，短短几个月一平方米就涨了5000多元，张阳更乐于看见这种纸上财富的增长。

是的，正如张阳一样，对于很多人而言，把房子买下了，便是放下心中的一块大石头，即使因此做了房奴。因为，如果现在不买，也许以后再也买不起了。当我们在嫌房价太贵买不起时，房价却依然自顾自地飞涨。

房价的涨幅远远比我们工资的涨幅大得多，这让还没有买房的人感到压力很大。

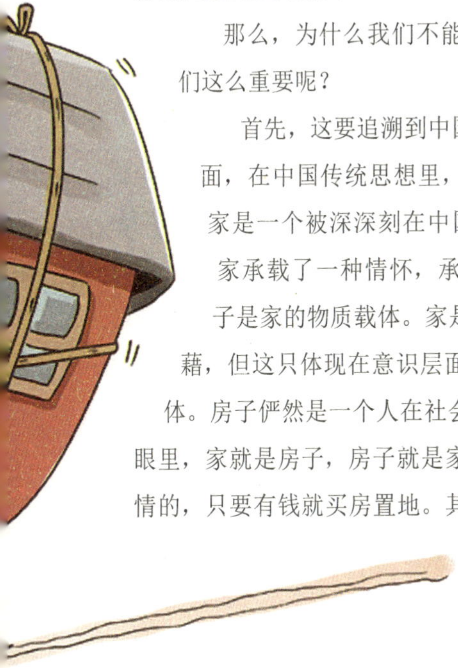

那么，为什么我们不能先租房呢？为什么房子对于我们这么重要呢？

首先，这要追溯到中国几千年根深蒂固的传统。一方面，在中国传统思想里，“家”被置于非常重要的位置。家是一个被深深刻在中国人心中的烙印般的温馨情结，家承载了一种情怀，承载了一种文化。另一方面，房子是家的物质载体。家是人类特有的感情归宿和心灵慰藉，但这只体现在意识层面，房子才是实实在在的物质实体。房子俨然是一个人在社会中的安身立命之所。在很多人眼里，家就是房子，房子就是家。所以，中国人对房子是很钟情的，只要有钱就买房置地。其次，房子的重要地位以及房价的飙升，也是整个社会期待所造成的结局。相比于西方人，中国人对买房的热切要高出很多倍。对西方人来说，这种对拥有房子的狂热是他们难以理解的，他们喜欢租房。在法国，人们拥有自主产权的房屋比率不过 30%，其他西方国家，这个比率也不会超过 50%，而中国人住房自主产权拥有比率已经超过了 80%，中国人对租房是“不得已而为之”。对此，心理学家解释说：“这个社会把有没有房作为对年轻人的期待，而不是把有没有租到房子作为社会期待”，更深层的原因是“当有没有房子成为一种标准，成了符号性的东西，会对年轻人产生从众压力。包括学术界在讨论社会分层的时候，房子也成为标准之一。房子本身不仅仅承担了居住的功能，还成为影响别人对他的看法的因素。”

此外，土地资源是社会的稀缺资源，大家也就容易将房子看成稀缺商品，产生“物以稀为贵”的消费心理。的确，从长期来看，房价的合理上涨是必然。从社会学角度看，中国长期的城乡二元结构是不利于社会发展的，城市化是现代化的重要标志，中国正处在城市化进程的加速阶段，这确实会在一定程度上推动房价的上涨。可是，不可否认，其中也有一部分是炒作的结果。很多专家在预言房价必涨，很多媒体每天报道各地高房价，这让大家变得紧张兮兮，即使房价再高，只要能先付下首付，也甘愿从此成为房奴。

最后，对于不少人而言，房子是一种身份的象征，拥有一套属于自己的理想房子，会让自己充满荣耀感和胜利感。买房是一种消费行为。按照消费社会学的基本理论，消费被认为是一种“社会参与体验”的生产活动。这种社会参与体验直接影响到我们的自我认同感和社会认同感，在这个意义上，消费活动乃是一种特定的社会成员身份感的确认方式。同时，消费还是一种社会地位的生产活动、一种社会语言。在消费行为中，社会地位被生产出来，并且由于这种行为的持续性，社会地位被一再巩固复制。上等阶层为凸现自身的阶层优势，并反衬出其他阶层的地位劣势，力图通过奢侈消费而抬高阶层地位的门槛。中、下阶层则为创造高于自身实际阶层位置的“地位假象”，试图通过对上等阶层消费形式进行模仿。这也就为天价房子的产生准备了心理土壤。

总之，房价的居高不下，是各种传统、社会、心理等因素共同推进的。我们不能否认房子对我们生活的重要性，但是买房的最终目的是要带来幸福，而不是让人因此承受重压而喘不过气来。所以，对此我们都要量力而行，不要过度从众和攀比，只有找到适合自己的生活模式才能获得真正的幸福。

预言竟然让大蒜比肉贵

如果我们经常逛超市或菜市场，不难发现琳琅满目的商品都在涨价。猪肉价格上涨，食用油价格上涨，方便面涨价，洗涤用品涨价……一时间，老百姓见面打招呼都离不开涨价的话题，CPI（消费物价指数）一下子就成了时下的流行语。

一些农产品，例如大蒜、绿豆这些平日不起眼的农产品，也不甘落伍，价格疯涨，贵过猪肉，让人百思不得其解。老百姓怎么也想不到上一年一元钱一斤都没人要的大蒜，转眼间却成了大家争相抢购的香饽饽。

面对疯狂高涨的菜价，民众不断抱怨吃不起蔬菜，吃不起绿豆，吃不起大蒜……面对社会大众的质疑和抱怨，相关专家都给出了自己的答案。有专家认为是气候因素导致的减产和蔬菜出口增加所致；有学者指出是由于股市楼市的不景气，使得大量游资进入农产品市场炒作蔬菜，从而引发蔬菜价格暴涨。不少人甚至归结到“吃大蒜防甲流”的言论盛行，导致大蒜需求量短时间内猛增，市场上大蒜供不应求引起价格上涨。

面对应接不暇的涨价原因，老百姓犯糊涂了：到底谁说得对？

其实，如果我们静下心来，客观地分析一下关于大蒜和绿豆涨价的各种不同原因，便会发现其中很大一部分原因是人的心理在作祟，从而炒高了大蒜和绿豆的价格。

社会学家和社会心理学家常常会谈到，世界上的不少事情不会因我们对它有什么看法而受到影响，但有些事情却会因我们对它们持某种看法或心理（包括做出某种预言）而受到影响。这个预言本身导致所预言的事情出现，也就是心理学中所谓的“自我实现的预言”或“自我应验预言”。

以大蒜涨价这个事情为例，“自我实现的预言”再一次应验。早在 2009 年年初的时候，很多经销商就预计年末大蒜价格将出现上涨，因此都纷纷提前到产区抢购、储存大蒜，等待价格上涨；不少农户也预计到大蒜价格的走势，普遍存在一定的惜售心理，等待时机合适再出售手中的大蒜；这中间，媒体对经销商囤货和蒜农惜蒜的报道，以及一些专家对于大蒜价格走势的分析，在不自觉地向公众暗示蒜要涨价……久而久之，“蒜要涨价”逐渐成为社会共识，公众开始为大蒜的“供不应求”而紧张，不惜高价购买大蒜。在这种共识和心理的共同作用下，大蒜的价格也就如期飞涨，并伴随着实质性的短缺和囤货惜售，严重加剧了供需之间的矛盾，终于在短时间内将蒜价推高到一个可怕的价位。

分析到这里，我们应该明白，群众的眼睛不一定是雪亮的，大多数人的共识可能只是一个假象。所以，下次当大家拥进超市抢米抢醋时，我们是否要先动动脑筋想想这些表象后面的真正起因，以便采取更理智的行动，而不会被子虚乌有的“预言”牵着走。

为什么我们容易在脏的地方乱扔垃圾

不知道大家有没有观察过，如果一个房子的一扇窗户破了，隔不了多久，其他的窗户也会莫名其妙地被人打破。这是为什么呢？从心理学角度来说，这就是“破窗效应”。仔细回想一下我们的经历，不难发现，破窗效应普遍存在于我们生活中的各个方面：如果一面墙出现一些涂鸦，很快地，墙上就布满了乱七八糟、不堪入目的东西。如果一片干净的地面上有人扔纸团而没有被禁止，很快就有其他人把纸团扔在地上了。人们总是以为：“别人这样扔东西没有责任，自然我也就没有责任了。”所以，当秩序被打破之后，没有了责任意识的人们很快就让这片干净的墙面或地面脏乱不堪了。

为什么会出现这种“怪现象”呢？我们不妨先来看看心理学家詹巴斗的汽车实验。

1969 年，美国斯坦福大学的心理学家詹巴斗把两辆相同的小汽车分别放在两个地方，一辆放在帕罗阿尔托的中产阶级小区，第二辆放在脏乱的布朗克斯街区，并取走了第二辆汽车的车牌。结果，第一辆车停了一周时间也“无人问津”，而第二辆车不到一天就被偷了。詹巴斗又用锤子把第一辆车的车窗敲了个大洞。这次，几个小时之后，第一辆车也不翼而飞。

对于第二辆车的被偷，我们大概没有什么疑问，毕竟这辆车停在脏乱的地区。但是对于第一辆车的被偷，我们多多少少都会感到不解：为什么在那个中产阶级的小区停了一个星期都没事，但是车窗被打破之后，几个小时之内就被偷走了呢？

对此，犯罪学家凯琳和政治学家威尔逊是这

样解释的：一辆完整的车因为没有漏洞，所以很难引起人偷的欲望。但是当它的车窗被打破之后，就给别人这样的暗示：这辆车被打破玻璃也没有关系。因为一个车窗的打破，本身就透露了“秩序并不像我们想象的那样完美”，也没有出现我们想象的后果——抓住打破玻璃的家伙。这就勾起了人们打破其他玻璃将其偷走的欲望。

当然，“破窗效应”并不总是让事情变得越来越糟糕，当我们反其道而行之，它也能巧妙地发挥其积极作用。下面这个例子就是一个很好的“榜样”。

20世纪80年代，纽约市的城市环境和治安状况相当不好，地铁车厢十分脏乱。为了解决这种混乱、肮脏的状况，纽约市政府从整洁车厢、查询车票做起。虽然当时的人都不以为然，认为这是“船都要沉了还在洗甲板”的行为，根本不会有什么作用，但是，这个方法实行不久以后，就出现了奇迹：随着城市整体面貌的干净整洁，人们犯罪的欲望大大降低了；警察在查票时，检查人们随身携带武器的情况，发现带武器的人少了……最后纽约的治安和环境都得到了很大的改善。

为什么地铁车厢保持整洁和警察大力查票会让纽约焕然一新？很简单，因为“窗子”被打破了，人们发现原来脏乱的秩序是可以被打破的，而且正在被强迫地打破，渐渐地，这就唤醒了人们爱护环境和维护安全的意识。当这种意识渗透到生活的其他方面，恶性循环被打破了，引发了一系列的变化，纽约也就变成了另外一个纽约。

懂得了“破窗效应”的原理，我们不妨把它运用到我们的工作和生活中，打破恶性循环，让工作和生活有一个良性的发展。

假如我们是领导者，当我们的员工出现了一个小问题，千万不要轻视。因为一次小的忽视，看起来是很轻微的、个别的，但是之后很可能带来大的隐患。比如，某个员工因为心情不好而对工作大意，这种不佳的状态很快就会蔓延。所以，一旦发现这类问题，我们就要尽快与这位员工沟通。尤其是那些触及公司利益的错误，更要及时处理，以免引起不良后果。

同样，在生活中，假如我们有很多不健康的生活习惯，觉得一下子要改正过来很艰难，那么，可以试着先改变某一个习惯，比如不吃早饭、总是熬夜、不做运动中的一项。当我们体验到坏习惯的秩序被打破之后，自然就会慢慢地去打破其他坏习惯的“窗子”。当然，如果把自己原来某个好习惯改变了，很快我们其他的好习惯也会被改变。所以，无论是工作还是生活，千万不要忽视“破窗效应”的作用，小细节也要做好，才能保持自己工作和生活的良好秩序。

如何找回真实的自我

今天，你摸过了你的袜子、鞋子、上衣、裤子……这些东西，在你日常生活感受到的事物里，只不过是一小部分。然而你每天接收了上百种感觉，真正觉察到的有多少呢？

法兰西斯在报告“运用觉察身份认同系统以成为更有效的父母”时，说了这样一件事：她的儿子有严重的多动症，当她儿子开始躁动不安的时候，唯一能让他安静下来的，只有用手指在他的身体上行进。她大声说道："其实我一直在停止他的身份认同系统，但我一点儿也没有发觉！"

身份认同系统会过度缩减一个人的觉察，渐渐导致你脱离现实，也就是扼杀你的感官活力。我们太习惯于陷入自己的想法，付出的代价就是自己的身体和周围的现实脱离。一旦你放开身体里有关受损自我的"内在信念"，让其进入你的感官，一些常见的小病痛都会消失。你在感到心神不宁或无法入睡的时候，都可以利用这个好方法——简单地用手指揉揉太阳穴。重回你的感官世界，能使你镇定并让你心神安宁。

将你的觉察集中在触觉，是种很重要的搭桥练习。在每天忙碌的生活中，你有很多机会可以进行搭桥练习。当你洗澡的时候，不要忽视这样的美妙感受：水珠在身上跳舞、手指轻轻地按摩头皮、流水汩汩地灌入排水孔。欣赏这些感受和声音，能让你对洗澡以及未来生活的每件事物都有新的体验。

你在卖场排队的时候，不要只是对于缓慢移动的

长长队伍感到不耐烦，甚至还由此增强受损的自我。你可以听听周围环境的声音——店里的广播声、母亲逗弄小孩的欢笑声以及每刷过一样东西时发出的嘀嘀声，仔细觉察你的身份认同系统以何种方法试图将你带离此地。

在治疗无法控制饮食习惯的人身上，搭桥也有很好的成效。一旦你学会搭桥通往觉察的练习，你就更能了解身体的渴望，更清楚饥饿的感觉。闻一闻食物的香气，感受它在你的叉子上或手中的重量，看看它的外表，并且在吃每一口的时候品尝它的味道。

37 岁的两个小孩的母亲罗冰，在她成年后的记忆里，体重一直都是多了二十几公斤。尽管罗冰非常了解营养学，不过她从来没有找到一个成功的饮食控制方法。在她的头号问题——体重控制身心导图里，满满都是压制手和修复手的想法。她的压制手告诉她："我很肥而且很讨人厌""我就是做不到""我天生就胖""我没有自制力"，以及"我试过一百种节食方式，但没有一种成功"；她的修复手则试图用这样的想法使她振作："其他的每件事我都做得很好，所以我会成功的""我只要每天摄取 1400 以下的卡路里，而且天天骑脚踏车运动，就可以达成目标"，还有"我不会轻易放弃"。在她体重控制身心导图里出现的身体感觉，包括肩膀紧绷和背痛。

不要低估你自然、自由运作自我的宽阔感带给你的持久不变力量。要记住，身份认同系统的目标是分离，要随时随地排除这种不自然的分离，持续不断返回此时此刻正在进行的事物。你不必奋力达到平静或放松的状态，通过搭桥，你会进入当下的情境，无论在什么环境都是如此。如果你很紧张，不必对抗，只要觉察它的存在。如果你的呼吸很短浅，也只要知道这件事就可以。你不需要修复任何东西、任何事情。

有了搭桥，你会因为真实自我有空间可以喘息而感到更愉快，你也会从身份认同系统的掌控中解放出来。这些练习都有疗愈的效果，因为它们可以降低恐惧、焦虑和紧张，让你回归自然。

我们怎么在不知不觉中被大量的信息催眠

生活中，有很多事情不是自己想去面对的，当事情发生的时候，我们会觉得无力应对及反抗。悲观的人会用自我催眠的方式麻痹自己，选择逃避，把决定权交给命运，处于一种碌碌无为的状态。

一个学生参加主持人大赛的半决赛，请我支招让评委在三分钟之内记住她。根据她的情况，我拟定了一个出场的方式：

上场之后，落落大方地摆好站姿，不说话，而是拉远目光，先将观众扫视一遍，然后收回目光，与评委老师一一对视，并以优雅的姿态与评委打招呼："各位老师好，我们又见面了！"

这是个"荒唐"的招呼，因为这些评委与她之前没有见过，于是就会有评委问："这位选手，我们什么时候见过面？"

她按照步骤回答："昨天晚上，梦里！"这时，她便开始最为关键的三句话介绍，这三句话是这样的："××，带着 21 年梦想的 ××（停顿），×× 今天把 21 年奋斗所得的能量展示给大家（停顿），请看 ×× 接下来的表现！”

这个开场成为该环节最有吸引力的开场白，这位学生最后也如愿以偿地赢得了比赛。这种出场方式的可取之处在于：开场的冷场引起了评委与观众的紧张；接着与评委对视，让评委感到意外，忍不住去注意该选手的形象——这正是她的优点；接下来，一句“我们又见面了”再次引起评委老师的好奇，而回答则给这些善于用画面思考的评委带来了想象，他们对选手的感觉就会更为贴近，自然非常想要知道选手的名字；而最后三句介绍，重复了四次名字，又将一个为梦想努力的女孩的形象完全展示出来，这一来评委怎么会不记得这位选手呢？

要走出舒适圈，最重要的是从小事做起，先完成那些你力所能及的事，选择一种较小的无效行为模式，通过准备式的训练来学会控制恐惧行为模式是恐惧专家们使用的一个秘诀。通过身体上的行为来改变生活中的细微的行为模式，你会逐步踏出舒适圈。当你踏出舒适圈，你就是在改变行为模式，开始控制自己。当你在某一领域重新控制自己，你就会有信心在其他领域得到改变。切忌脱离实际，无论你的恐惧行为模式是什么，都要做好准备，逐步改变。当你迈步踏出舒适圈，无论步伐多小，都要奖励自己。

当画面清晰地展现在眼前时，我们往往会多想几次，而这正是一个重复的过程，然而事实上，这是一种偷换概念的行为。但是由于我们已经被美好表象催眠，正如“谎言重复一千遍也会成为真理”一样。听者已经被大量重复信息催眠了。如果说一遍、两遍我们的左脑会通过评判机制将其抵挡在外，那么一个月、两个月甚至三年、五年每天不断地循环灌输，再强大的评判机制也会有被摧垮的一天。

人的一切行为都受到内心各种各样感觉的影响，这些感觉来自于过去储存在大脑里的画面。最重要的是，这些画面在进入人的大脑时伴随着什么样的情绪体验，这种情绪体验就直接影响此人下一次在遇到同样事情时所采取的决定。人在快乐的时候，内心的阻抗与评判是最少的，此时发生的事情也最容易被接纳。不仅如此，人在面对变化万千的世界时，经常会有一种对“恐惧”这种感觉的忧虑，即我们所说的不安全感。而这种不安全感，会使我们在行动的时候犹豫不决。

除了广告，权威的催眠能力在很多别的场合也得到了体现。人们对权威的崇拜和权威情结的迷恋，让他们对所谓的权威信服、听从。名人的成功带着人们所羡慕的光环，因此，名人在人们心目中已经成为一个羡慕、崇拜、想要模仿和接纳的榜样。名人的行为、语言甚至外在的装饰、声音、眼神都会被人们的潜意识接纳，达到催眠效果。

榜样的催眠力量在人类文明发展的过程中起到了相当重要的作用。他们的催眠效果，使后人不断传承他们所带来的美好东西，并且在传承的过程中挖掘深的层次、扩充新的内容、纠正现有的缺陷，加上时间的沉积，使得我们的认识水平不断提高。正如牛顿所说：“如果说我有什么伟大之处，就是站在了巨人的肩膀上。”“日韩流”第几次催眠了你？从早期风靡大陆的日剧《排球女将》《东京爱情故事》到前些年流行的韩剧《蓝色生死恋》《浪漫满屋》等，日、韩剧总能在中国荧屏上刮起一阵收视旋风。

生活中，我们经常给自己制定目标。然而一旦目标实现不了，我们就会放弃这个目标转而寻求其他目标。在遇到困难时，我们首先想到的不应是改变目标，而是要变化方法寻找新的突破口。

每个人都追求完美，所以在人生的路上，我们往往会关注那些我们没有的品质、能力、经历，等等。很多时候我们会做一些事情来弥补这种缺憾，以满足内心深处对完美的渴望。但在行动过程中，自我认知与外部客观环境总有一定的差距，我们因此就会受挫，渐渐地就会积累很多的负面情绪。生命是一个不断完善与提升的过程。但有时，人们往往太执着于弥补自己的缺点，忘记真正的自我，在外界变化中不断失落而陷入痛苦。人总有一些“缺陷”是难以改变的，从另外一个角度来看，这些缺陷恰好也是让我们变得独一无二的特质，甚至在某些情况下，缺陷还让我们具有与众不同的魅力。

为什么听笑话会肚子疼

很多人都会有这种经历，遇到好笑的事情笑得合不拢嘴，同时还会肚子疼，为什么听笑话会肚子疼？

在美国就有一位名叫迈克·史密斯的7岁男孩，因为“笑神经搭错”，从而出现了听笑话肚子疼的奇怪症状。迈克的母亲玛格·丽特说：“他从出生之后，就从没有笑过一次，即便是听到最可乐的事情也板着脸。而每当他听到笑话时，他肚子就会莫名其妙地疼起来。我们怀疑，他的肚子疼是否和所听到的笑

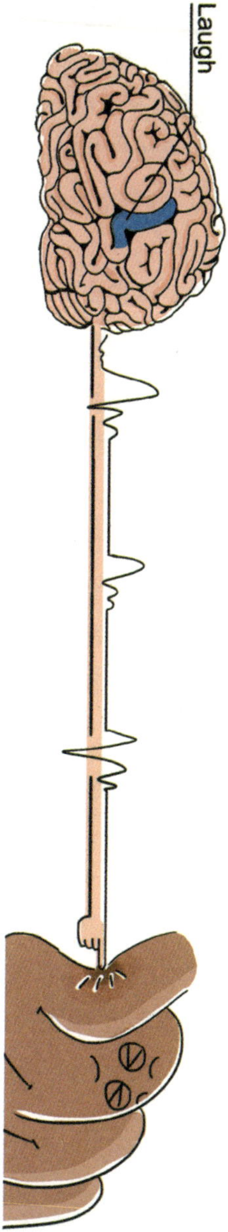

话之间有联系。”

当医生对迈克进行检查之后发现，迈克很可能患有一种名为“笑肠症”的罕见怪病，他的幽默感神经很可能“搭错线”。医生通过让他读各种可笑程度不同的笑话和漫画，观察他胃肠道和大脑的反应，意外地发现他的幽默感神经与负责肠道疼痛的神经相连。

有时候，人们对自己说过的错话或做过的蠢事表示懊悔的时候，会问自己是哪根神经搭错了？对于别人突然之间不可思议的举动，人们也会说他（她）是不是“搭错神经了”。但是，如果你听到好笑的事情时，会笑得肚子痛，是否也是哪根神经搭错了？

大脑有1000亿个神经元，单是在大脑皮层中就有约140亿个神经元，大脑的触点形成无限多样的回路，产生无穷无尽的思想。当我们内心有一个意念涌出的时候，脑中的一些神经细胞便会释放出与该意念有关的神经传递素，把讯息传送给其他脑神经细胞，所以，当一些神经细胞错误地把带有特定意念信息的神经传递素传给“非”目标细胞时，心理会产生较为微妙的变化，再反馈给大脑，对身体各器官产生反应。这也从一个侧面证明“搭错了神经”是有可能的。

结果发现，有部分人在笑的时候，肠道就会开始蠕动，而他大脑中通常负责幽默的区域却没有任何变化。在最好笑的片段，肠道运动最剧烈，甚至仿佛抽筋一般，从而导致听到笑话时，就会肚子疼。同时，根据不同人所持有的态度不同，那么他的内心活动就会有很大的不同，心理对事物的感受程度不同，对同一事物的理解力也不一样，感受点高低决定同一件事情对不同人的影响度。

第二章

黑就是白：为什么错觉让我们视而不见或信以为真

为什么快乐的时光总是短暂的

我们常说：“快乐的时光总是很短暂，痛苦的时光则总是很漫长。”也就是说，人们对时间的估计与这段时间的活动内容和心情有关，假如内容有趣、心情愉快，当时会觉得时间过得很快，而事后回忆时却会觉得很长；假如内容无聊、心情很坏，那么当时会觉得时间过得很慢，事后回忆时会觉得很短。所以，热恋时情人间的幽会，总有“一日不见，如隔三秋”之感。为什么会出现这种情况呢？其实，这是一种错觉，是情绪欺骗了我们的大脑，让它产生与客观实际不符合的感受。

什么是错觉？错觉是人们观察事物时，由于事物受到周围环境干扰，或自身的生理、心理等原因，而产生与实际不符的判断性的感觉误差。错觉普遍存在于我们的日常生活中。

在火车站站台上，当和我们所坐的列车并排停靠的另一辆列车启动时，我们会以为是自己所坐的列车启动了。在列车上，当我们翘首窗外时，窗外的田野、森林如快马般向后飞驰，这是运动错觉。假如问一个孩子，是一斤棉花重呢还是一斤铜、铁重？孩子会脱口而出，是铜铁更重，这就是所谓的大小—重量错觉。对于热恋中的男女，通常会觉得自己的情侣最美丽最可爱，正所谓“情人眼里出西施”。同样，几乎所有的小孩，都会认为自己的母亲要比别人的母亲漂亮。这些是爱的错觉。

类似的例子还有很多，比如，有宽大玻璃窗的房间要比它的实际面积显得大一些，这是整体—部分错觉；穿横条纹的衣服要比穿竖条纹的衣服显得人胖，这是几何图形错觉；同一个姑娘，穿一身黑衣服要比穿一身其他颜色的衣服显得苗条，这是色彩错觉；人在夜晚行走时，天上的月亮总像是在跟着自己走，这是心理错觉。

从以上这些例子可以看到，错觉的产生是普遍存在的“正常现象”：一方面，只要产生错觉的条件具备，同一个人在任何情况下都会产生同样的错觉；另一方面，在一定的条件下，错觉的产生对任何人来说都是一视同仁的。对一个人来说，在一定的条件下，产生错觉是一种正常的知觉，在这个条件下不产生错觉反而是不正常的。

那么，是什么因素导致了错觉的产生呢？原因比较复杂，通常有以下几个方面：

首先，生活环境和条件会影响我们对同一事物的感觉。同样一顿饭，分别让一个来自贫困家庭的儿童和一个来自富裕家庭的儿童吃，会吃出不同的感觉：在多数情况下，前者会觉得味道更好，而后者对这个味道的评价则会差许多。同样这两个儿童，因学习成绩较好分别获得 100 元的奖金时，前者会比后者感觉得到的更多。

其次，错觉的产生，与我们的生理构造息息相关。某些几何图形错觉，可能是由视觉分析器内部的兴奋和抑制的诱导关系造成的。这种关系可能会造成视觉的某些错位现象。

另外，过去的经历，也会导致我们对当下的处境产生错觉。人们对事物的知觉是在自己过去经验的基础上形成的，当目前发生的情境与过去的经验相矛盾时，如果仍然按照经验习惯去感知当前的事物，那么就容易发生错觉。

虽然，错觉的产生是不可避免的，但并不等于说人不能正确地认识客观事物，相反，利用错觉能够帮助我们更好地认识周围的世界。近年来，人们在对错觉现象进行理论研究的基础上，已经将视野转到利用错觉理论进行产品的研究开发上。目前，错觉已经在电影电视、广告制作、服装设计、商品装潢、军事工程等实际生活的各个领域得到了广泛应用。这些都将利用错觉的原理，为我们呈现一个更契合我们感官体验的世界。

为什么她老觉得自己的眼睛一大一小

有时候，人会把自身的一个小缺点无限夸大，并为此烦恼不已，严重影响自己的正常生活和工作。其实，很多时候，这些缺陷都只是我们的一种错觉，是某种心理因素在作祟，是我们的心理作用让事情不断恶化。

于小姐，相貌虽然说不上百里挑一，但是也很不错了。江南女孩子的苗条秀美，白领整齐端庄的服饰，五官端正……不过她总觉得自己的眼睛一大一小，并为此烦恼了很多年。若仔细看她的两只眼睛，的确大小稍稍有异，不过差别很小。实际上，如果仔细看，大多数人的眼睛都有一点点差异，所以她的眼睛应该说完全正常。

可是，她总是担心眼睛大小的差异会影响视力，在看书或其他用眼的时候，她就会注意感觉“这两个眼睛的感觉”，看两个眼睛的感觉“是不是相同”。这样，她看书的效率大幅度下降，看一页杂志对她来说都是一件很困难的事情。

她曾经找过眼科医生，医生反复向她保证她的眼睛完全正常，为了让她放心，还对她的眼睛作了详细的检查。她也知道按道理应该没有问题，可她还是没有办法抛弃“眼睛大小不同会影响视力”这个想法。而且她感觉症状越来越明显，最后甚至连东西都看不清。

为什么会出现这么奇怪的症状呢？于小姐和家里人都感到不解，最后于小姐走进了心理咨询室，才找到了问题的根源。

其实，很多人的烦恼都来自于内心的某种焦躁或者忧虑的情绪，并且一些怪异的行为都指向一个确实存在但不为当事人所知的目的。带着这种观点，心理医师试着了解于小姐的生活和最近的心理状态。

医师发现，她对一切的期望值都很高：本希望自己考上好大学，结果没有考上大学只读了一个大专；本希望找一个高学历的丈夫来补偿自己的不足，但是丈夫的学历比自己还低，而且在其他方面也不能令自己满意；此外，在近期，她和丈夫产生了很多矛盾，她比较任性，丈夫在婚前对她百依百顺，但是在婚后就不同了，她感到丈夫对她态度越来越不好；在工作中，她也面临着许多压力。比如她正在准备一个很重要的考试，有些书需要读，可是偏偏在这个时候，她又开始想眼睛大小的问题了，以至于无法专心读书。

总之，从于小姐的描述中，可以看到她的生活充满各种压力，压得她喘不过气，而她又总是无法放弃对自己对别人的高要求。于是，现实让她感到不满，因此她也无比烦恼。

她不愿意面对自己的婚姻正濒临破裂的事实，也不愿意面对自己在工作中不可能达到自己希望的样子这个事实。所以，她的眼睛问题实际上是她无意识中找到的一种回避这些问题的手段。一天到晚纠缠在眼睛的大小上，她就没有时间去想学历、婚姻和工作压力。这是一种逃避。她不敢抛弃这个痛苦的烦恼，因为眼睛的痛苦烦恼是回避更大的痛苦烦恼的唯一方法。

一旦消除了关于眼睛问题的烦恼，不需要再想眼睛问题，她就不得不面对这些比眼睛的问题更让人难以承受的现实。但是，要知道回避问题虽然可以一时减少心理压力和焦虑，但是问题依旧存在，它带来的压力也依旧存在。

这种情况下，要让症状有所缓解，一方面要鼓励她抛开眼睛的问题，支持她直面生活中真正的难题并找到解决方法。一旦解决了这个难题，眼睛问题就可以不药而愈了。另一方面，要帮助她重新找到属于自己的骄傲，做一个自信的女人。很多女性之所以会对外貌感到烦恼，很大原因是因为缺乏自信和安全感，担心自己不漂亮会被世界所遗弃。其实这都是不必要的忧虑，对女性的身心健康毫无益处。

为什么 手机没动，我们却常感觉它在振动

在手机没有设置振动功能的情况下，你能感受到你的手机在振动吗？那种“吱吱”的吵闹声，像虫子在叫一样，甚至你的身体也感受到了一种持续的轻微的震颤。正常人很难有这种体验，可是在心理咨询与治疗室，这样的诉说并不是稀罕事。

小张在半年前听力出现一些异常：有时明显听见手机在振动，拿起来一看，却什么也没有；有时埋头工作，突然听见旁边有人叫她，猛的一抬起头，却谁也没有。小张心想，可能是工作太繁忙，压力太大，才会出现这种情况，所以，也没有特别重视。谁知道，半年过去，这种幻听却变本加厉，最近，她常常听到一个人在肚子里骂她，这不仅引起小张心理的恐惧感，也让小张变得心神不宁，难以集中精神做其他事情。

是小张的耳朵出问题了，还是她身体的其他部分有毛病？我们先来了解一下幻听。

幻听就是现实环境中根本就没有这种声源，但患者却实实在在地感受到了某些声响，一般的幻听患者听到的声音主要是人的说话声。其次，幻听还伴随着身体其他的幻觉，比如该患者经常听到有人在旁边喊他的名字。通常，在过度疲劳、精神极度紧张和惶恐等情况下，容易出现幻听。

当然，以上提到的怪现象只是幻听的部分症状。心理学家经过大量心理学和医学上的临床资料观察，总结出了幻听病人的一些症状：早期，幻听出现次数较少，幻听的虚幻程度较接近真实世界；随着病情的发展，幻听频率上升，内容也变得离奇古怪。在这种大量的虚幻刺激下，患者的精神能量逐渐耗竭，他们再也没有能力分辨出自己到底生活在一个什么样的世界了，感觉自己就像生活在一个梦幻的世界里。一般幻听病人听到的语言多是针对他们自己的，大部分是对他们的议论、批评、命令、攻击等。患者在这些声音的主导下可能去伤害别人或自己。这个时候，患者对于社会来说就成了危险人物，需要接受治疗才行。

幻听深入发展，还伴随着患者和虚幻中的声音的争吵，但在我们看来，他是在自言自语，并伴有脸部肌肉痉挛、精神起伏剧烈的症状。精神分裂症的幻听，往往是随疾病发展而发展，不经治疗很少能自动消失。经过治疗后，幻听随病情好转而逐渐减少，患者对幻听的态度逐渐淡漠，最后幻听消失。幻听的重新出现，往往预示着病情的波动与复发。

此外，幻听的临床表现还分为假幻听和真幻听。通常假幻听患者认为声音不是来自外部，而是来自他的身体内部，比如他的腹部、头部等，他会指着自己的肚子说："你听，他们在开会，商量如何杀死我呢！"而真幻听患者听到的，声音是真实的，他会说："你听，就在门口，那个男人又开始骂我了。"门口确实有个男人在说话，但是并没有骂他。精神分裂症患者的幻听大多为真幻听，也有一些假幻听。

看到各种幻听的怪现象之后，我们不禁要问，幻听是怎样产生的呢？为什么会出现这些奇怪的声音，混淆我们的听觉呢？

心理学家认为，幻听是大脑听觉中枢对信号错误加工的结果。我们生活在一个满是声音刺激的世界，正常人对不同的声音都能给予合理的加工，而幻听患者却错误地加工和解释了这些声音。幻听者是对声音世界进行了主观改造与加工，是加工系统混乱造成的，比如声音刺激和过去的记忆会产生混淆，导致患者的时间感混乱，内外世界混乱，导致对声音来源的判断错误，从而表现出离奇的行为。

综上所述，如果我们常常感觉手机在振动，实际却什么也没发生时，可不要轻易一笑了之，而应慎重对待。如果还伴随有其他的幻听现象，应尽快去心理咨询中心或精神治疗场所进行诊断，将症状遏制在初始阶段，不要让事实上并不存在的声音打乱了我们原本正常的生活。

有人爱看色彩，有人爱看形状

我们在观察和认知事物的过程中，通常会受颜色和形状的影响。一般情况下，我们会凭直觉进行判断，选出自己中意的商品。不过，每个人的直觉“依据”都有所不同，有人受形状的影响比较大，有人则受颜色的影响比较大。前者被称为“形型人”，后者被称为“色型人”。

小洋洋四五岁的时候，对色彩特别敏感，母亲给他买了一整套的涂色画册和24色彩笔，他十分高兴。每天他都在画册上涂涂抹抹，乐此不疲，甚至连家里干干净净的墙面也成了他色彩涂鸦的广阔天地。

但奇怪的是，随着小洋洋的逐渐长大，他的喜好也有了 180 度的转变。他对彩色图画的兴趣正在慢慢变淡，而开始喜好上素描、漫画，也不太追求五颜六色，一根铅笔他也能画得不亦乐乎，并且，在他的涂鸦作品中，也出现了各种多样的图案。

小洋洋为什么会出现这种“成长的变化”呢？其实，这是正常的知觉变化发展过程。

根据现有的研究结果可知，人类的大脑在发育过程中，对颜色的认知要早于对形状的认知。一般来说，九岁以下的儿童大部分都属于色型人，他们对色彩相对敏感，能迅速地记住各种颜色，并试图将其表现出来。色彩，是这个阶段的儿童认识外部世界的最直观的途径。但到了九岁左右，大多数儿童会转变为形型人，他们开始被形状吸引。形状取代色彩，成为他们观察世界的重点。这种转变将一直保持到成年后，因此，大多数成年人都属于形型人。

当然很多时候，对色彩或形状的“偏爱”也会因人而异。比如，选择一件商品时，如果功能、品质、价格完全相同，我们会根据什么做出选择？是颜色，还是形状？答案并不总是偏向形状。

有心理学家对此做了相关的调查研究，结果表明，男性中形型人略多，而女性中色型人稍多。从年龄段上进行分析，二三十岁的女性中色型人居多，尤其是三十多岁的女性，色型人的比例达到70%。可见，成年人中色型人的比例较高。对此，心理学家的解释是，日常所见的事物对大脑的发展会产生刺激，而现代社会中，色彩比以前要丰富得多。身处色彩缤纷的世界中，人对颜色也会变得敏感，色型人也因此增加。

在实验调查过程中，心理学家还发现了一个有趣的现象：假如一个人的主要工作是绘制色彩丰富的图案，那他与颜色相关的细胞一定相对发达。而长年看某种特定形状的人，对该形状产生反应的细胞自然发展迅速。可见生活环境和自身经历，也会影响我们大脑对色彩和形状的敏感度。其实，对环境做出

反应的这种大脑系统，并非人类的专利。有实验表明，在正常环境中喂养动物，动物对各种光的刺激做出反应的细胞均得到发展。在竖条纹的房间中喂养动物，动物只有对竖条纹做出反应的细胞得到发展，而对横条纹做出反应的细胞几乎不存在。

这就是为什么生活环境相同的人，比如夫妻、兄弟姐妹、朋友同事，多属于同一类型。因为生活环境相同的人，常常看到的都是一样的颜色和形状，对颜色和形状产生反应的细胞发达程度也大体相当，从而产生了对色彩或形状相类似的偏好。

那么，我们的成长经历和生活环境影响了我们对色彩和形状的感知，那么反过来，对色彩或形状的感知又会对我们自身的成长产生什么样的影响呢？色型人和形型人之间又有什么差别呢？很多心理学家进一步研究了这两类人的性格差异。

德国精神病理学家恩斯特·克雷奇默在性格分析研究领域颇有建树，而他的学生们则对色型人和形型人的性格差异进行了研究，并收集到大量有价值的数据。根据他们的研究成果可知，容易受形状影响的人不善言谈，社交是他们的弱项；而容易受颜色影响的人，性格开朗，善于交际。

但是，也有持相反意见的，认为色型人趋向内向，神经敏感，形型人则性格爽朗。对于这些认识上的差异，我们不必要深究。重要的是，了解其中的原理，并能在平时的生活中，有意识地去提高对色彩和形状的感知，尤其是在幼儿的培养和智力的开发过程中，多让孩子接触五颜六色的东西，多给孩子玩不同形状的玩具，这些都有利于刺激他们大脑对色彩和形状的感知，促进其智力的发育。

我们拥有预知别人下一步行动的能力

所谓第六感，就是除了视觉、听觉、嗅觉、触觉、味觉之外的第六感“心觉”。通常我们都是通过感官（五感）——眼（视觉）、耳（听觉）、鼻（嗅觉）、舌（味觉）、肌肤（触觉）来感知外在的世界。但也有一些人提到，我们拥有第六感，能够超感官地感知周围事物。

仔细留意一下在我们的生活中，第六感或者说是超能力是普遍存在的。比如，我们走进一个房间，会自觉地感受到哪些地方有问题，有差异，并且从细小的地方，我们就可以感受到一些东西，并能得到一个整体的印象，虽然我们并不能用语言表达出来。或者，我们准备做什么事情的时候，会预料到有什么事情发生，而在我们进行的时候，真的发生了！

许多人都认为这就是第六感或直觉，它超出了一般的视觉、听觉、触觉等的范围，是神秘的、无法解释的。事实上，直觉和第六感背后是有原因的。

首先，相对理性来说，我们身体的感性要敏锐得多。

其次，我们的潜意识时刻在帮我们收集信息，可能在我们还没有察觉的时候，潜意识已经通过这些信息得出结论，并谨记在心。

但是，无论如何，在这些事情的背后，都有大脑无形的运作。我们得到的直觉，更多的是大脑从生活中进行推演的结果，这个过程是在大脑感知区域进行的，而不是认知区域，所以我们并不能理解为什么是这样，但我们却实实在在地觉得会是这样。

关于这个问题，17 世纪的哲学家兼数学家帕斯卡说过这样一句话：“心灵活动有其自身的原因，而理性却无从知晓。”经过 4 个世纪，这一观点得到了证实，并且得到了进一步的确认。要知道，在我们的思维中，自动的那部分要比主动的部分多很多，我们是难以把握这些自动的思维的。而这些自动思维的外显，便构成了生活中的直觉。

同时，生活也为直觉提供了“土壤”。当我们面对一些危险事情的时候，大脑就会从那些已经得到的“生活”中给我们一些警告。比如，当我们害怕某个人的时候，身体就会在大脑的支配下，出现一系列不舒适的信号：起鸡皮疙瘩、手心出汗、胸口发冷、恶心等。相反，如果我们面对某个安全人物的时候，身体就表现得比较舒适，比如身体感到温暖、肩膀放松，整个身心都会比较轻松舒服。

由此看来，直觉并不是可以呼之即来，可以随时帮我们做出判断的。直觉需要我们积累一定的生活经验，才能对新情况迅速做出反应。毕竟所有的直觉都不是偶然获得的，是我们长期积累的结果。这就是为什么象棋大师一眼就可以看到什么是关键的棋子，而新手却要经过很长时间的磨炼，才会有这样的直觉。在这里心理学家给我们提供了一些锻炼和启发直觉的小窍门：

质疑日常的思维方式和对传统问题的处理方法。

回忆自己的经验。

有勇气去冒险。

随身携带一个小本子，捕捉自己瞬间的猜测，记下来。

让思维紧张。

与其他人交流。

详细地陈述问题。

总之，第六感或直觉也是感官功能的一种，如果我们能科学对待，努力训练，让自己的感知能力更全面、更敏锐，那么当我们处于两难之中，用知性和理智难以解决问题的时候，也许直觉可以派上用场，帮我们做出一个真正符合自己心理需求的选择。

我们如何做到一目十行

我们常常用“一目十行”来形容一个人读书的速度之快，那么我们可曾想过，怎样才能做到“一目十行”呢？如果没有每一个字都看清楚，又是怎样做到将字里行间的意思融会贯通的呢？这就涉及感知心理中的脉络效应了。脉络效应可以加快我们的阅读速度，同时，也可能让我们忽略细小的错误。

我们不妨来看一下下面这个小朋友和母亲在北京逛街购物后写下的日记：

7月3日 晴

今天，和母亲一起去西单和王井府买东西。王井府很热闹，我们买了很多东西，下次母亲再去王井府，我还跟她一起去！

看完这篇日记，可有发现异常之处，相信很多人的答案都是：没什么异常。那么，请再仔细看一遍。实际上，“王府井”写成了“王井府”。但是，很多人都没有看出来。一般都是注意力特别集中的人，才能发现这一错误。

为什么连续几处的明显错误没能引起读者的注意，被略过了呢？这是因为读文章时，大部分人都会跟随文章的脉络推测下面的内容。受到前面“西单”的影响，大多数人都会推测后面并列的也是地名，于是对后面的内容只是大体浏览一眼，便估计就是“王府井”，所以，就不太容易发现其中的错误。这正是“脉络效应”所导致的。

除了文字认知存在脉络效应，图形和听觉等认知也存在脉络效应。例如，如果单纯地把○和△罗列起来，我们看不出它们代表什么。但如果勾勒出脸的轮廓，我们就能看出○是眼睛，△是嘴巴。单独把眼睛、耳朵、鼻子等器官画出来时，如果画得不够生动形象，有时别人看了也难以识别。可是，如果先把一张脸的轮廓画出来，再把器官安放在脸上适当的位置上，那么即使画得不太形象，我们也能迅速认出这是眼睛那是鼻子或耳朵。在这里，脸的轮廓也是一种脉络，它可以帮助我们一眼识别眼睛、耳朵和鼻子等器官。

脉络效应的“威力”相当强大，我们很多人在不知不觉中都受到它的影响。比如，我们常常将手写的“13”和“B”混淆，而只有与前后文相联系，我们才能将二者快速识别。又比如，写电子邮件时，我们写完一般都会回头检查一遍，以确认没有错别字和漏字。可是，通常都很少发现错误。其实，这就是受到脉络效应影响的结果。

事后发现时，对于因自己的疏忽大意犯的错误，我们也许会感到悔恨和气愤。其实不必大惊小怪，这只是我们认知系统的特性之一，而且每个人都会犯这样的错误。脉络效应对认知的影响，也提醒我们“一目十行”要视情况而定，需要仔细阅读的文章、文件，或者在做文字校对工作过程中，为了确保更高的准确率，我们不要一味追求速度而忽视质量，而应该一字一句地细心阅读，才能尽量避开脉络效应的影响。

为何我们有似曾相识的感觉

在我们的生活中，不管是看人、看事还是看景，经常会有“似曾相识”的感觉。也就是说，在现实环境中（相对于梦境），我们会突然感到自己曾经亲身经历过某种画面或某些事情。在心理学上，这种体验被称为“既视感”。

看过《红楼梦》的人，应该都记得宝玉与黛玉第一次相见的场景：

宝玉看罢，笑道："这个妹妹我曾见过的。"

贾母笑道："可又是胡说，你又何曾见过她？"

宝玉笑道："虽然未曾见过她，然我看着面善，心里就算是旧相识，今日只作远别重逢，未为不可。"

宝玉在黛玉身上找到似曾相识的感觉，这种经历其实几乎在我们每个人身上都发生过。有些人即使第一次见面，却莫名地觉得亲近和熟悉，仿佛已经认识很久了。为什么会出现这种情况呢？是不是真如一些人所说的存在前生往世呢？

关于这种体验出现的原因，前生往世我们无法作考究，倒是医学家和心理学家们做出了下面一些解释。

首先，似曾相识源自大脑的错误储存。医学上对"似曾相识"有这样一种解释：每个人的大脑都会有一个记忆缓存区域，当你看到一些事情的时候，会把这些记忆先放到缓存区里面。但有的时候，大脑会把这些记忆储存到错误的地方——历史记忆区。于是当我们看着眼前的事情，就会感觉自己好像看到过一样。尤其当我们疲劳的时候，这种现象更容易发生。

其次，似曾相识是过去的记忆惹的祸。心理学家认为，似曾相识感的出现可能是因为我们接收到了太多的信息而没有注意到信息的来源。生活中，我们所经历的事情很多很多，有的我们会刻意记下来，但有的我们却不会在意，这些记忆就变成了无意识的记忆。而当我们面对新的事物和情景的时候，这些事物会刺激我们储藏在大脑里的一些记忆，让我们曾经经历的记忆与现状进行匹配，于是似曾相识的感觉便产生了。

再次，似曾相识是现实与虚拟信息的产物。有一些心理学家也认为，我们未必都真的经历过那些“相匹配”的事情。但是，我们做过“相匹配”的梦，看过“相匹配”的小说、电视、电影，它们通过各种虚拟的场景，给我们提供“相匹配”的信息。于是，当我们在面对一些与这些虚拟信息相符合的场景的时候，便会突然想起我们忘记的梦，或者是忘记的小说、电视、电影的情节。这样，便产生了似曾相识的错觉。

这也就是为什么那些经常在外旅游的人、喜欢电影小说的人和想象力丰富的人，似曾相识的感觉在生活中会来得更加频繁。因为他们的信息来源要远比其他人多。

除了以上这些人容易产生似曾相识的感觉，有关研究结果还发现有以下特点的人，比其他人更容易出现似曾相识的情况。

一方面，情绪不稳定的人更容易出现似曾相识的现象。这是因为与情绪相关的记忆我们会更容易记住。所以，曾经的恋人在很多年后，还记得分手前说过的话、经历的事，甚至连一个动作也那么历历在目。

另一方面，青年人和更年期的人，相对于年幼和年老的人，更容易出现似曾相识的感觉。这和人体的内在状况有很大关系，由于内分泌剧烈变化，情绪不大稳定，记忆也就变得活跃起来，那些无意识的记忆，不需要去想，就可以深刻地映现在我们的大脑里。

但值得注意的是，过于强烈、过于频繁的“似曾相识”并不好，它意味着储存记忆的脑细胞正遭受着强烈刺激，而这很可能是癫痫的前期症状。所以，在我们的生活中，要细心体察自己的情绪和感觉，学习相关的心理学知识，当出现奇怪的感觉时，可以科学地给自己一个解释。就像对待似曾相识的感觉，既不要将其说得玄乎其玄，也不要忽略其存在，如果频繁出现这种感觉，及时地咨询有关心理专家是最安全的做法。

为什么说视觉并不可靠

俗语说“耳听为虚，眼见为实”，这句话意在告诫人们道听途说的不要相信，很可能是虚假的；只有自己亲眼所见才是真实可信的。不可否认，眼睛是人的感觉器官中最直接、最能反映事物原貌的。但眼睛看见的是否真的就是真实可信的呢？

视觉是一个生理学词汇。光作用于视觉器官，使其感受细胞兴奋，其信息经视觉神经系统加工后便产生视觉。人们感知到的很多信息都是通过视觉获得的，而人的心理通常会干扰视觉的正常工作。据统计，在五官中，视觉获得的信息占 80% 以上。视觉获得的信息并不可靠。

例如，警察在进行犯罪调查需要询问目击者时，目击者的叙述有时会受到先入为主的观念的影响。有人认为自己看到的人与凶犯非常相似，也许他并没有看清那个人手里拿着什么，却会认定他手里拿的是凶器。因此，有些证人的证词反而会将案件调查引入歧途，这也说明人是可以通过想象来制造印象的。

在实际生活中，人的视觉往往产生错觉。产生错觉的原因，除来自客观刺激本身特点的影响外，还有观察者生理上和心理上的原因。来自生理方面的原因是与我们感觉器官的机构和特性有关；来自心理方面的原因是和我们生存的条件以及生活的

经验有关。

自古以来，人类就有很多错觉，如不用理智来精细推测，往往会被表面现象迷惑，甚至哲学家也不例外。亚里士多德就曾经认为重的物体比轻的物体落地快，可是后来伽利略的斜塔实验证明他是错的。

我们往往说“一见钟情”，这说明我们对于事物的认识其实是十分模糊的。我们对于一件事物的认识，一般一开始只是对视觉信号进行模糊处理，即只对信号进行轮廓辨认和处理，也即只辨认主要特征。我们只有在多次接触的时候才会注意到更多的细节。这就造成我们被第一印象所欺骗的情况。

“度日如年”中的时间错觉

不知道你是否留意过，当做喜欢的事情时，你就觉得时间过得很快；当做一件不喜欢的事情时，你便如坐针毡，觉得时间过得很慢，似乎都过了 1 小时了，可实际上才过了 10 分钟。这是因为你对时间的知觉出现了错误。我们对时间长短的感觉，会因在这个时间内所做的事而产生不同的错觉。

时间错觉是指对时间的不正确的知觉。由于受各种因素的影响，人们对时间的估计有时会不符合实际情况——有时估计得过长，有时估计得过短。

一般来说，当活动内容丰富、引起我们的兴趣时，对时间估计容易偏短；当活动内容单调、令人厌倦时，对时间的估计容易偏长。

当情绪愉快时，对时间的估计容易偏短；当情绪不佳时，对时间的估计容易偏长。当期待愉快的事情时，往往觉得时间过得慢，时间估计偏长；当害怕不愉快的事情来临时，又觉得时间过得太快，时间估计偏短。此外，人们的时间知觉还具有个体差异性，最容易发生时间错觉现象的是儿童。

人们对时间的错觉容易使人想起爱因斯坦的《相对论》。关于《相对论》，爱因斯坦有一个精妙的比喻："当你和一个美丽的姑娘坐上 2 小时，你会觉得好像只坐了 1 分钟；但是在炎炎夏日，如果让你坐在炽热的火炉旁，哪怕只坐上 1 分钟，你都会感觉好像是坐了 2 小时。这就是相对论。"

和美丽的姑娘聊天，当然是甜蜜的体验，人人都希望它能长时间持续下去；相反，炎炎夏日，在炽热的火炉边烤着，分分秒秒都是煎熬，自然希望它赶快结束。也许正是因为自己的主观愿望和实际情况的比较，使我们产生了这两种截然相反的时间错觉。我们平时所说的"欢乐嫌时短""寂寞恨更长""光阴似箭""度日如年"，也是这种情况的体现。

在一个时间周期内，人们往往感觉到前慢后快。比如，一个星期，前几天相对于后几天感觉慢，过了星期三，一晃便到了星期天。一段假期，前半段时间相对后半段显得慢，当过了一半时间，便觉得越来越快。所以有人说："年怕中秋日怕午，星期就怕礼拜三。"出现这种现象的原因是：在一段时间的前期，你觉得后面的时间还很多，不着急，就感到时间慢；越到后来，你越感到时间所剩不多就越感到着急，也就觉得时间过得快。

人生也有这个规律，人在童年时代感到时间过得慢，就像歌里唱的，"那时候天总是很蓝，日子总过得太慢"，因为你觉得以后时间还有的是。等年龄渐长，尤其过了 30 岁，就感到时间不那么多了，于是开始着急，也就觉得时间过得快了。

为什么蒸馏水会变得有气味

在意大利的一个小镇上，一栋看起来不起眼的二层楼住宅，

下面有个毫不起眼的阳台，一扇毫不起眼的木门，旁边有一个毫不起眼的钟亭，却常常挤满了慕名而来的游客。每个人都要在阳台上摄影留念，年轻的恋人们还不忘在留言簿上写下海誓山盟，因为这是莎士比亚笔下经典爱情故事女主角朱丽叶原型的家。

这则故事反映了一种特殊的社会效应——名人效应。名人效应是指名人的出现所达成的引人注意、强化事物、扩大影响的效应，或人们模仿名人的心理现象。

名人的力量是非常强大的。美国心理学家曾做过这样一个有趣的实验：

在给大学心理系学生讲课时，心理学家向学生介绍说聘请到举世闻名的化学家。这位化学家来到课堂上，手里拿着一个瓶子，他向学生介绍说自己发现了一种新的化学物质，这种物质具有强烈的气味，但对人体无害。然后，化学家说他想在这堂课上测试一下大家的嗅觉。接着他打开瓶盖，让瓶子里的液体慢慢挥发。过了一会儿，他要求闻到气味的同学举手，不少同学举了手。其实这只瓶子里装的是蒸馏水，“化学家”是从外校请来的德语教师。

教室里并没有特殊的气味，但在“化学家”的心理暗示下，加之对“举世闻名的化学家”的崇拜，让学生们的鼻子不得不屈从于心理。如果不举手的话，就表示他们的嗅觉有问题，学生们不想让别人看自己的笑话，纷纷举手表示闻到了气味。

名人效应是一种非常有利用价值的社会效应。名人是人们心目中的偶像，他们是人们生活中接触比较多、比较熟悉的群体。名人的影响力有着一呼百应的作用。

名人效应在社会中的应用是很普遍的。首先在广告方面，一打开电视机，铺天盖地的广告迎面而来，几乎大部分的广告都在利用名人效应，因为受众对名人的喜欢、信任甚至模仿，能够转移到对产品的喜欢和购买上，这有利于商品的销售。在电影和电视剧市场，名人效应也是广泛存在的，借助名人的影响力提高影片的知名度，同时利用名人的个人魅力提升影片的观赏性，这些都是名人效应的应用。

许多企事业单位以及商场、酒店、学校、娱乐场所，大都愿意请名人雅士赠字；一些商品的宣传资料上，常常见到政界高级官员的题词和接见董事长、总裁的照片，就是因为人们更容易买名人的账。还有许多人初次见面，总爱向对方夸耀自己认识某某大人物，一提到那些官居要职的人，即便攀不上亲戚，也一定要说成是自己的熟人或曰“朋友”，或“朋友的朋友”。这些人无非是想借名人的光环来扩大自己的影响力。

在商品销售中，借助人们对名人的仰慕心理是十分重要的。翻开众多销售成功的案例，名人效应屡试不爽。在化妆品、香皂等广告宣传中，利用名人效应，选择大明星、歌星做广告，效果就很好。现在，许多体育用品厂商利用世界级著名运动员大做广告，通过赞助比赛、提供比赛服装和用品的形式让著名运动员为其产品扩大影响力，这样的销售方式风行于全世界。

常见的利用名人效应销售商品的方法有以下几种：

第一，在书店里请著名作家与顾客见面，对所购书籍签名留念，一般销售情况都比较好。消费者买书是为了收藏自己所喜爱作家的作品，而作家签名的书籍无疑更有纪念价值。

第二，在商场中请著名演员献艺，可以吸引大量顾客，生意自然兴旺。大多数人都有凑热闹的心理，请著名演员献艺，既可以使顾客看到喜欢的演员，又能在商场引起轰动效应，增加客流量。

第三，在商品及包装上请名人写字作画。如布娃娃在美国原售价每个20美元，而“椰菜娃娃”设计者亲手签名的布娃娃售价曾高达300美元，这种“椰菜娃娃”在美国曾一度供不应求。但是在邀请名人签字时也不宜过多过滥。有的书法家到处为店铺题名，无疑会在某种程度上失去名人签字的吸引力。

第四，请有关领导到商场，可吸引大批群众进店。领导的权威性无疑是巨大的，在很多百姓心里，领导认可的东西必定是货真价实的东西。

第五，在广告中邀请名人宣讲或表演，广告效果特别好。名人一般都具有较高的知名度、相当的美誉度以及特定的人格魅力，邀其参与广告活动特别是直接代言产品，与其他广告形式相比，更具有吸引力、感染力、说服力、可信度，有助于引发受众的注意、兴趣和购买欲。

在选择名人进行宣传的时候，不能盲目追求大牌明星，一定要选择与宣传内容相符的明星，因为名人的类型与所带来的名人效应有着莫大的关联。譬如，让一位歌星去学校代言，起初可能会有不少人慕名而去，但时间一长，名人效应就会慢慢减弱。如果由一位在教育界非常有名气的学者来为学校做宣传，带来的名人效应会长久存在。

第三章

盗梦空间：未来是如何潜入你的梦中的

为什么有些梦境会在现实生活中再现

很多人偶尔都有过这样一种感觉，即面对第一次发生的事件，他会觉得好像在以前的梦里曾经出现过。

做梦是人的一种本能，是在人的睡眠中尤其是在快速动眼睡眠时期神经活动的结果。梦也是一种心理活动，是意识的一个层面活动的结果。

梦境是在大脑皮层少数细胞活动的情况下发生的。如果少数细胞的活动失去了觉醒状态时的整个大脑皮层的控制和调节，记忆中某些片段就不受约束地复活，那么人就会产生千奇百怪的梦。如果在睡眠中少数处于兴奋状态的细胞是大脑皮层某些与语言或运动有关的神经细胞，那么，就会出现说梦话、梦游等现象。

从心理学角度来说，梦是睡眠期中某一阶段的意识状态下所产生的一种自发性的心理活动。梦在一定程度上具有预示未来的作用，此外还有守护睡眠、调节心理、启迪灵感、增强记忆等作用。

1988 年 8 月 28 日，萨姆森在波士顿一家报社值班，当晚他做了一个梦，梦见南洋爪哇岛附近的一个小岛火山爆发，当地居民被熔岩埋没，接着又发生了海啸，好几艘巨轮颠覆沉没。萨姆森醒来，回想刚才的梦境，觉得这是一个很有趣味的题材，便把梦中见到的一切写成了文章。

早上，他把稿子放在办公桌上就回家休息了。不一会儿，主编来上班，一眼瞧见萨姆森办公室桌上的稿子，误以为是昨夜发生的重大事件的新闻稿，匆匆拿去发稿了，事后才知道，这篇稿子是萨姆森根据自己梦见的内容写出的趣味读物。

但是，为时已晚，报纸已经发到市民手中了，社会上引起一场轩然大波。报社社长赶紧召集各部门负责人举行碰头会，磋商善后事宜，决定在报纸上就此事公开道歉。

恰在此时，消息传来，爪哇岛附近的小岛火山爆发，情形与萨姆森所梦见的完全相同。与此同时，位于爪哇岛和苏门答腊岛之间的克拉卡托岛的火山也爆发了，并引发了海啸，给当地居民带来了严重的灾难。

类似这样的事情，在我们的生活中也时有发生。最初这种尚未得到解释的熟悉感被称为记忆错觉，并成为心理学家和精神病学家们热烈争论的一个话题。其中有一种理论认为，记忆错觉反映了某一片段的影响，而这一片段虽然因当前情境的作用被激活，却不能加以外显的回忆。

假设我们在和某一同事的谈话过程中，突然觉得以前曾和某人谈过这一话题，但又想不起来那次谈话的情景，那么这很可能是因为谈话过程中的某一术语或观念，激活了你对前一次谈话的某些方面的内隐记忆。

所谓的内隐记忆是指当人们受到某一过去经验的影响时，未完全意识到他们是在进行回忆。内隐记忆在我们日常生活中所起的作用可能比我们任何人想象的都大得多。

心理学家们在许多条件下，使用不同的材料和方法，对正常人进行了大量的实验研究。研究者们发现，人们有时候没有意识到自己某方面的记忆，却表现出了记忆效果。这不是大脑有意识参与的记忆，而人们没有觉察到自己拥有这种记忆，也没有下意识地提取这种记忆，但它却在特定任务的操作中表现出来，这就是内隐记忆。

人们之所以觉得眼前的场面曾在梦里出现过，是因为内隐记忆在人的睡眠中发生了作用。当人在睡眠时大脑神经细胞受到广泛抑制，然而这个抑制过程有时完全，有时不完全。不完全过程中，大脑皮层的某些神经还处于兴奋状态，从而产生梦。

为什么会出现灵异之梦和预知之梦

相信在生活当中许多人都遇到过类似的经历，也曾听许许多多的朋友谈起过类似的经历，也许是个梦，也许是一种感应。古代奇闻逸事中，刘邦的母亲怀孕的时候梦见飞龙入怀，岳飞的母亲生产时梦见大鹏展翅，这样的梦境都预示着其子今后将大有作为。为什么梦中能预知未来发生的事情？

李牧有一位朋友，没有工作，经常打麻将，且赢多输少。

2001 年春节刚过，李牧从家回到上班所在地，有天晚上做了一个梦，正是关于朋友打麻将的事。梦的情节很简单，朋友正在打麻将，旁边有一个声音说：1.7 万！ 1.7 万！第二天一大早，李牧就给朋友打电话说：“你注意！两个月之内，你会在麻将桌上一次赢一万七千元左右，到时候可要请我吃饭啊！”

但李牧并没有特别在意，过一段时间也就把这事忘记了。因为李牧知道，这位朋友虽然经常打麻将，但赌头都很小，一次赢上万的可能并不大。

大约是四月底的样子，突然有一天下午，朋友打来电话，兴高采烈地要请李牧吃饭。一问方知，她在几个小时之内真的赢了 1.8 万元。

一般来说，睡梦中的人处于轻微催眠状态，此时的心灵是放松的、精神集中的，更容易接受潜意识的直观指引。

自从佛罗里达州开始发行六个数字的彩券后，一个特别的灵异之梦让新泽西州的男士赢得 1050 万元奖金。根据佛罗里达当地报纸的专访，中奖的男士说，女儿去世将近一个月后出现在他梦中，敦促他买彩券。

“我女儿说：‘为什么不玩玩我的号码？’她说：‘我很想带给你一点快乐！’”

这位父亲是名 61 岁的房地产经纪人，曾带着家人到佛罗里达度假，希望冲淡女儿意外死亡的悲伤。他 23 岁的女儿，几星期前从 200 英尺高的悬崖上摔死。父亲从逼真的梦中醒来后想起女儿车上有张新泽西州的彩券，上面圈有号码。他觉得整个梦颇怪异，但仍打电话回家，问出彩券号码是 2、6、11、14、31、34。开奖那天晚上，全家人前去签注，结果真的赢得大奖。

一个月之后，58 岁的钣金技工，也从彩奖中赢得 1120 万元。他是古巴人，一辈子从未买过彩券。开奖的前 4 天晚上，去世的母亲来到梦境，告诉他该买张彩券。第二天他在附近的超市买了 10 张，结果其中一张中了大奖。

灵异之梦与预知之梦不但经常出现，而且还非常真实。预知之梦和后来的事在细节上也会有些差异，有些差异可以找到动机，也许是梦者的潜意识有意歪曲。我们常常分不清一个梦是心灵感应梦还是预言性的梦。唯一的判别方法是看时间：如果梦和事件同时发生，那么是心灵感应梦；如果梦比事件先出现，则是预言梦。

梦中有些现象是现代科学难以解释的。即使是最严谨的科学家也不得不承认，有时梦似乎真的能预言未来事件。虽然这种梦很少，有些梦表面上看是预言性梦，实际上只是巧合或者是其他原因。但是，不能用其他原因解释、也很难说成是巧合的预言性梦也的确偶尔出现。在梦的研究者中，某些科学家倾向于相信此现象存在，但是仍不愿轻易下结论。有些科学家却宁可不愿相信这种现象存在。

做梦其实是灵魂在旅行吗

梦，千奇百怪，令人困惑。梦又是人人都熟悉，都曾经历过的一种现象，许多人对梦境的扑朔迷离、千变万化感到莫名其妙。在这里，我们可以看看现代心理学是如何对千奇百怪的梦做出解释的。

一提起梦，人们自然会联想到睡眠。要想阐释梦境的起因，也必须从睡眠说起。我们知道，人人都需要睡眠，从某种意义上说，睡眠比吃饭更重要。生理实验证明，如果不让狗吃东西，它还能活一个月左右；如果不让它睡眠，它则最多只能活10～12天。

睡眠之所以重要，是因为睡眠是人体借以维持正常生命活动的自然休息。睡眠能使大脑皮层的细胞免于衰竭和破坏，使神经组织在觉醒时的消耗得到恢复和休整。

提起睡眠，人们自然会想到梦，人在睡眠中常常会做梦。世界上没有不做梦的人，而且每个人做梦的时间还很长，成年人做梦的时间要占整个睡眠时间的1/4，婴儿可达1/2。人在梦中会碰到许多奇怪的景象，因而使梦染上了十分神秘的色彩。有的人认为梦是“灵魂”的旅行，“灵魂”回来时若迷了路，人就会因此死去。

科学研究指出，人在睡眠时，大脑皮层产生一种弥漫性抑制，如果抑制扩散到大脑两半球皮层各个区域，人就处于熟睡状态；如果抑制不平衡，皮层上有些区点的神经细胞抑

制不深或没有抑制而处于微弱的兴奋状态，这些兴奋点的奇特组合就会导致梦的产生。

一般，正常的梦不仅不会影响人的睡眠，还能维持人所必需的正常心理活动。如果剥夺个人的快速动眼睡眠（亦即做梦），就是说每当出现快速动眼时就叫醒他的话，那就会出现睡眠不足和要求补偿的现象，甚至还会直接影响记忆。这一事实充分说明，快速动眼睡眠是人的生理及心理需要。有些人总以为做梦会影响脑的休息，其实事实并非如此。

都说，日有所思，夜有所梦。白天反复思索的问题，夜里做梦时便很有可能梦到。另外，睡眠时机体所受的内外刺激也有可能成为致梦原因。如在冷屋里睡觉的人，偶然双脚外露，会梦见自己在刺骨的冰水中行走；空腹睡觉的人会梦见自己到处找东西吃；双手放在胸口时，会梦见打架时被别人压住身体不能动弹；等等。

有些梦看上去似乎有预言的含义，事实上，这些梦仍然是人脑对客观现实的反映，只不过这种反映是在睡眠中进行而已。人的某些生理变化或心理变化，在人觉醒时，往往被其他强烈的刺激所掩盖，而在睡眠时，这些变化可能显现出来，构成人的梦境。

另外，对于某些外界信息，人在觉醒时可能不大在意，夜晚时，这些信息便很可能进入人的梦中。比如白天看到几个不三不四的人在自己家周围转悠，并未在意。夜晚做梦时便可能会梦见自家被盗：果不其然，过了几天自家便被洗劫一空。自然，这也不是什么预兆。只不过事情过后，人们记忆起致梦的原因，只记住了梦的内容，反而觉得梦成了预兆。所以从根本上说，虚无缥缈的预言梦是存在的。

总之，人需要睡眠，也需要做梦，梦和睡眠对人都是必不可少的。

为什么有些梦很清晰，有些梦醒了就忘记

梦对人们来说，总是奇妙而让人摸不着头脑的。有时早上醒来，你会伸个懒腰说：“啊，昨晚又做梦了。”有时，你也会说：“昨晚一个梦也没做。”如果做梦了，梦里的内容肯定是丰富多彩的。有时，梦中的情节会有个完整的结局，有时却会梦到莫名其妙、难以理解的现象或事情。有时，多年不见的朋友会突然出现在梦中。当我们醒来时，有些梦我们记得很清楚，甚至连细节都能回忆起来，而有的梦只剩下支离破碎的片段，甚至完全模糊不清。为什么会出现这些情况呢？

梦者觉得梦见许多事情，却记得很少，这可能具有其他的意义。譬如，梦的运作一整晚都在工作，但只留下了一个短梦。无疑地，时间愈久，我们忘掉的梦的内容也就更多；有时虽然费尽心思也无法将它们记起来。

精神分析学家弗洛伊德认为，人会把愿望埋藏在内心深处。处于清醒状态时，意识会抑制愿望。而当人入睡后，意识的控制就放松了，内心深处的愿望会影像化，于是便形成了梦。人进入睡眠状态后，虽然意识的控制放松了，但并非完全失去控制。当

梦中的内容过度刺激意识时，这些内容会被埋藏进内心深处。这就是我们醒来后回忆不起来的梦。实际上，我们每天都会做梦。说没有做梦,其实是想不起来了。一个人平均每天要做4～5个梦，照这么计算每年大约要做1300个梦,而一辈子大约要做10万个梦。

一般情况下，人在睡眠中大脑的语言中枢和运动中枢处于抑制状态。如果在睡眠中大脑皮质的语言中枢兴奋，就会在梦中出现各种无意识的动作，人的大脑好像一台十分精密的计算机，一瞬间可运算上千万次，这就是在较短时间里能做内容很长的梦的原因。做梦的快波睡眠又称“有梦睡眠”，平均一次持续20分钟左右；不做梦的慢波睡眠，又叫“无梦睡眠”，大约持续90分钟。这两种睡眠状态在一夜之中交替出现5～6次，所以人一天最多只能做5～6次的梦，总的做梦时间不会超过2小时，而且每个梦的持续时间不会很长。当人们醒来时，所能回忆起来的梦，只不过是最后一次“有梦睡眠”中的部分内容。一个很长的梦，实际上所花的时间很短。科学家总的认为，梦的内容是受个人动机、思维、记忆和性格的影响，它与人的性别、年龄、心理活动、工作和生活经历、身体状况及自然环境等因素有关。人在睡眠时，有两种状态交替出现，一种是脑和身体都休息的状态，另外一种是脑清醒但身体休息的状态。人主要在脑清醒的睡眠状态下做梦（但最近的科学研究发现，在脑休息的状态下，人也会做梦）。人是非常贪图安逸的，那些对自己不好的事情,我们会主动忘记。这叫作自我保护。也就是说，从不做梦的人，也可以说他们天天都在做噩梦，只是醒来后都不记得罢了。

晚上睡觉时，如果做了梦，一般当时都觉察不到。只有到第二天早上醒来时，才会意识到。不过，有时我们在做梦时也能意识到自己是在做梦，这就叫作“清晰梦”。为什么会出现这种现象呢？科学家称，人在睡眠时，如果大脑中掌管语言和运动的部分处于半清醒的状态，就会做“清晰梦”。科学家还说，经常做“清晰梦”的人非常少。不过，如果普通人进行正确的训练，也能做“清晰梦”。

“清晰梦”有一个很厉害的地方，那就是人在梦中可以控制故事情节的发展，可以做自己喜欢做的事，可以满足现实中无法实现的愿望。如果真是这样，我们可以通过做“清晰梦”将表层意识中一直惦记的愿望在梦中实现。有研究人员采访了很多做过“清晰梦”的人，他们都感觉在梦中实现愿望可以得到幸福感和满足感。

那么，如何训练才能做“清晰梦”呢？首先，平时多给自己作心理暗示，对自己说：“做梦时，能意识到自己在做梦。”其次，像写日记一样，把梦的内容记下来。梦的神奇不是简单可以解释的，所以可以参考一些分析梦的书籍来剖析一下自己的梦境，这其中的乐趣也是无穷的。

人们为什么喜欢做白日梦

在经济状况紧张的时候，看到别人买爱马仕，你也想跟着买，周围的朋友会说你在“做白日梦”！现实生活中，大白天的，有些人往往会想些异想天开的美事儿，还忍不住在自个儿心里偷着乐，我们把这种没有依据的、一厢情愿的行为叫作“做白日梦”。但大白天里想想美事，总会让人其乐无穷。比如，你刚发表完一个演讲，正陶醉在暴风雨般的掌声中；或者，你和前夫共进晚餐，许多年前，他抛弃了你，现在却失魂落魄，祈求你与他复合……

这种情景在生活中司空见惯：清醒，却又心不在焉，因为你正在做着白日梦。

有一位律师，在参加律师资格考试的前一天中午去超市购物。因为没有零钱，收银员就找给他两张当天晚上出号的足彩奖券。他把奖券随手塞进口袋里，回到办公室却无法像往常一样工作。他的眼睛盯在文件上，脑子里却是另一番景象：自己真的中了大奖，并筹划着使用这笔巨款的每一个步骤，内心充满了欣喜与激动……这种景象反复出现，甚至让他怀疑，还有没有必要为第二天的考试做准备。

白日梦既可以让人心情变得愉悦，也会让人变得沮丧或感到恐惧。这取决于我们的情绪和环境。据估计，只有3%的白日梦会令人焦虑不安，比如遭遇一场恐怖袭击，或是丢掉工作。但是，更多的时候，人们的白日梦往往想的都是好事。

通常，人们都认为做白日梦是痴心妄想，是浪费时间，而心理学家却并不这样认为。研究发现，白日梦是一扇通向创造力的大门，能帮助我们解决难题，甚至帮助我们开发潜能。

日本著名心理学家河合隼雄曾对作家村上春树说："正是有些人不能再讲故事，所以他们就有了心理问题。"故事的本质就是某种白日梦。白日梦是一个非常重要的临床心理治疗主题，也是心理健康的一个重要基础。白日梦包含了一个人对于生命和生活的幻想，虽然不现实，却提供了许多可能性。所以，不要对自己的白日梦感到过多不安。在阳光明媚的街头小店，喝着咖啡，任由心灵在幻想的天空无拘无束地翱翔，不但有趣，而且有益身心健康。

白日梦可以帮助我们提前规划生活，提醒我们将要发生的事，帮助我们熟悉新的环境，给未来作计划，审视过去的经验，让我们从中学到有益的东西。即使是负面的事件，也不会产生太大的消极影响。

英国心理学教授克利夫·阿纳尔说："白日梦中经历的虚构的负面事件，并不会让我们产生忧虑，反而可以帮我们渡过难关，检验一下如何能做得更好，带来更多的可能性。"

当然，白日梦其实是一种自我的体验和满足，是对自我心理的一种宣泄和解脱。它可以帮我们缓解紧张的情绪，让自己的思想放松下来，因此，它可以说是我们自身的一种心理防御机能。有时候，白日梦本身就会产生治疗的效果。做梦者可以通过想象改变自己的心情，让自己开心。重温那些能给我们带来安全感和愉悦感的白日梦，可以帮助我们应付现实生活中难以克服的局面。但是如果过于沉迷在消极的白日梦中，对解决情绪问题反而更加不利。

在面对压力、挫败时，我们会做逃避式的白日梦，它能让我们转向另一个世界，一个理想化的情境，使自己得到些许的满足和安慰。因此，它也是一种有益的自我交流方式，有利于化解不良情绪，促进心理健康，而且在一定程度上还可以激发创造力，帮助我们解决难题。

白日梦原来有这么大作用，那真应该多做做白日梦。其实白日梦是可以训练的，你可以试试下面的方法：

顺畅地呼吸，不必刻意地去想或者不去想，此时脑中出现的任何想象、念头，都让它像一朵云那样自然地聚来与散去。

听一些节奏舒缓的轻音乐，或者干脆用耳塞轻轻堵住双耳，什么也不听。

轻轻按摩头部、面部，尤其是眼睛四周与太阳穴。

另外，如果通过想象一个积极的场面，我们还能够提升自信心，表现得更加优异；而通过仔细思量消极的事件，我们可以改变未来的行为。

在尽量减少外界刺激的情况下，任凭大脑做非主动的缓慢游思——在冥想中，到你想去的任何地方：沙滩、高山、草场……

为什么许多人会梦到自己考试

做梦考试，是很多学生都经历过的一件痛苦的事。这种情况，很多时候是由于我们在现实中碰到了考验，而这种考验唤起了我们内心深处的焦虑。

“最近，常常做一个噩梦。虽然醒来后知道这只是一场梦，但做梦时的痛苦感受还是清晰地留在记忆里。太难受了！”

一位大学生在

论坛里发帖子，讲述他的遭遇。“梦中的情景，是大学时遇到的一个难关。当时对我来说，要解决几乎不可能，除非出现奇迹。但是如果不解决，我的大学就白读了，我就完蛋了。然而，经过两年多的努力，我成功地解决了这个问题，还创造了学校历史上一个经典的案例。虽然问题解决了，但它却经常出现在我的梦中，每次梦到这一情境，我都会重新体会到当时极其无助和惶恐的感受，于是每次都是一个噩梦。最近几年，不知道梦到了它多少次。”

在这位大学生的帖子后面，跟帖谈的都是自己高中时的考试焦虑。

考试梦一般有两层含义:“超我”的惩罚、“本我”的鼓励，有时还会有道德的考验。“超我”的惩罚 :“超我”是规则层面的力量,“本我”渴望为所欲为,“超我”控制“本我”,“自我”协调“超我”和“本我”。不管什么原因，只要“超我”强大的人，就很容易在面临考验时感到焦虑。但是，这种焦虑并不仅是生存性的，也带有惩罚性。

小时候我们担心通不过父母要求的那一关，高中则变成担心通不过高考这一关。高考最重要，也最煎熬。尽管以后我们走入社会，面临着其他各种各样的考验，但高中的考试焦虑仍然是我们所体验过的最强烈的焦虑。由此，不难理解，当上述大学生说出自己的噩梦后，其他人回帖时，谈得最多的就是高中时的考试焦虑。

强大的“超我”所引起的焦虑和惩罚，是考试梦很明显的含义。不过，这还不是考试梦最关键的信息。最关键的信息其实是“本我”的鼓励，或者说是“本我”对“超我”的反抗。做考试梦的人，尽管在梦中没有通过考试，但现实生活中，他却已经通过了这些考试。也就是说，他经过艰苦努力后，是通过了考验的。所以，当再次面临考验时，我们也就会梦到曾经面临过的标志性的考试事件。

道德，是典型的“超我”层面的内容，而所谓的为所欲为，则是典型的“本我”层面的内容。道德感很强的人，也即“超我”很强的人，在渴望顺从源自“本我”的愿望时，势必会引发“超我”和“本我”之间的强烈冲突。“本我”的强大很重要，因为它是我们的人格力量的源泉。一个“超我”太过于强大的人，我们会觉得这个人没有魅力、没有意思，而一个“本我”强大的人，尽管他看上去可能令我们不快，但我们很容易被他吸引。

然而，如果我们强行走向与“超我”相反的方向，则势必会更强烈地引发“本我”和“超我”的激烈冲突。这样一来，考试梦可能会出现得更频繁。

梦中的记忆是可靠的吗

人们都可能有过这样的经历：梦到一组中奖彩票号码，立马按照记忆中的数字去买彩票，却没有中奖；碰到熟人忘记名字；忘记买东西就回家……

狄先生遇到过这样一件事情，他和妻子在描述共同目睹的事情时，发生了严重的分歧。那是一年夏天，狄先生和妻子从朋友家吃过晚饭后驾车回家。狄先生开着车，他的妻子坐在副驾驶的位置上。在一个十字路口，他们停下来等待绿灯。这时，狄先生的妻子看到右手边一个男人骑着自行车，前进方向与他们相同。这时，突然不知道从哪里窜出另一个人，上前把骑自行车的男人从自行车上拽了下来，然后用一把小刀猛刺。狄先生的妻子听到了一声声惨叫，她马上拿起了自己的手机，拨通了110，但是电话占线，需要等待。

当110打通之后，已经是1分钟以后的事情了，凶手早已经逃之夭夭。这时，交通信号灯变成了绿灯，狄先生继续开车，他的妻子在电话里描述刚刚发生的一切。受害人是一个二三十岁的男人，他在遇袭时骑着自行车，凶手则穿着一条牛仔裤。然而，狄先生却与他的妻子发生了争执，因为他们对凶手的身高、衣服的样式等特征的描述产生了严重的分歧。很快，他们发现唯一能够统一的就是凶手是一个二十几岁的男人，作案凶器是一把小刀。其他方面，他们各执一词，使得警察感到有点儿无所适从。

两个人在同样的时间共同目睹了整件事情的发生，而后又经过同样的相隔时间来回忆，却有着不同的结果。

记忆真的没有想象的那么可靠。其实，我们对记忆的认识与记忆的真实工作情况存在巨大差别。实际上，人们的记忆信息并不是现实的复制品，每次回忆都是一个信息重新整合的过程，这个过程要受到个体主观意识的制约。

记忆信息可以永久地储存在人类的大脑中，而且这些信息是不会发生任何变化的。事实上，很多信息的确是被完好无损地储存在大脑内，但这并不能代表所有信息都以这种方式存储。人类大脑不会记录所有传入的视觉、听觉信息，这已经被很多心理学家所认可。他们认为至少有很多细节信息是没有经过大脑处理的，所以也就谈不上存储了。

同样，大脑中的潜意识会在人们睡眠的过程中，慢慢地释放出来。很多在清醒的时候被遗忘的事情，可能会出现在梦中。但是，潜意识中对某些事情的记忆可能只有部分，不能还原整个事件。因此，梦中的记忆更加不可靠。

在现实生活中，物体相对来说是比较固定的，不会连续地发生变化，人类大脑的认知系统不需要随时准备察觉这些变化。比变化视盲更糟的是错误的认识，人们认为自己可以发现所有的变化。

在日常生活中，认知系统不会给人们任何有关变化视盲的反馈信息，人们只能够意识到那些已经察觉到的变化，而对于没有察觉到的还是一无所知。这样，人们就逐渐形成了一种错误的认识：借助自己所拥有的敏锐观察力，除了那些微乎其微的变化，其他的变化都逃不出自己的双眼。

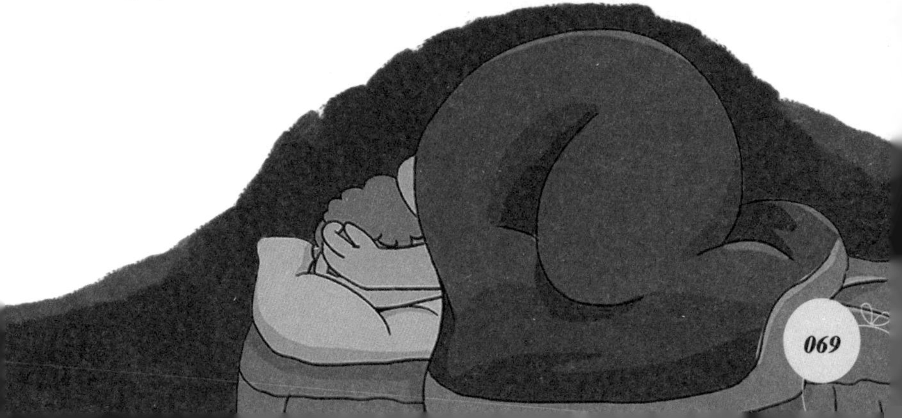

做梦也能让人产生巨大的恐惧吗

人类每天都要保证一定的睡眠，梦境可以改善睡眠和增进健康，但如果所做的梦正是导致失眠的原因，我们将如何对待？

噩梦通常发生在青春期前的儿童身上，当然，少数成人也经常做一些令人苦恼的梦。这种梦时间长、情节复杂，当事人通常被惊醒，噩梦还历历在目。

长期的压力、创伤及一些常见的冥思会引发噩梦。不过，更多时候，噩梦是由内心深藏的情感重负造成的。从这个角度来看，我们可以把梦理解为潜意识发出的催促，要我们注意内心的自我。虽然噩梦通常无害，但它们常把当事人吓醒。梦是人在睡眠过程中产生的一种正常现象。一般情况下，人在睡眠时大脑神经细胞都处于抑制状态，这个抑制过程有时比较完全，有时不够完全。如果没有完全处于抑制状态，大脑皮层还有少数区域的神经细胞处于兴奋状态，人就会出现梦境。由于少数细胞的活动失去了觉醒状态时的整个大脑皮层的控制和调节，记忆中某些片段不受约束地活跃起来，可能就表现出与正常心理活动不同的千奇百怪的梦。

要对抗噩梦里的恐惧，可以将梦展开，克服这种体验。要达到这一点，噩梦必须是“清晰的”。上床睡觉之前，静静地坐下，告诉自己你将全神贯注于你的梦。做梦时，尽量研究梦境里的物体、行为和场景。噩梦开始后，正视你的恐惧，问问你的恐惧为什么会出现在你的梦里。

冥想可以缓解做噩梦带来的后遗症，古代冥思中最重要的一点就是幻想术。在这一过程中，我们在心眼中看到的各种情景、物体、人或行为历历在目，幻想术就越是有效。幻想将我们的思想集中在具体的事物上而不是对睡眠的焦虑上。作为冥思的一种形式，幻想可以调节我们的呼吸，降低心率，促进放松。

幻想在改善睡眠中的最有效的功用是引发睡眠。如果我们在心中为自己创造了最佳的睡眠地方，当想入睡时，我们就会寻找这个地方。同样，当夜里醒来，我们再难入睡时，可以使用这一方法。

成功的睡前幻想在于提高你的观察力。吃饭时，既要饱口福又要饱眼福，注意所有盘中食物的颜色，细细体味各种滋味；关注有趣的标志物。

与冥想有共同作用的催眠术是将病人置于一种深度放松状态下，各主要器官功能暂时关闭，催眠师将积极的暗示信息输入到病人的潜意识中，这些暗示在病人昏睡中和清醒后都对他们的感知和行为有一定影响。

为什么会让自己“故意地自作自受”

生活中，有些人总是在关键时刻“掉链子”，而且每次都能为自己找个很好的理由。比如，交作业的时候，突然电脑坏了。真的有这么巧吗？不过，生活中这样的人确实不少。

一位在金融公司工作的朋友，几年前准备考注册会计师，就早早买下一堆资料。你每次和她遇上，她都表现得很“有谱”的样子。可是临到考试，她突然发烧进了医院，结果错过考试，你觉得真是场意外。这是第一年。第二年，她继续备战，要命的是，就在考试当天，她骑自行车时被车剐了，考试又泡汤了，你觉得她命太不好了。第三年，你都可以预期倒霉的她是不是又有事了，果不其然，她妈报病危，她当即飞回老家，又错过了考试！

心理学上有一种现象叫作“故意地自作自受”：当人们预期到自己可能失败时，往往会做出一系列导向失败的行为。用意很简单，主要是为了在失败的时候，昭示大家：不是我能力缺乏，都是外界惹的祸。

很多人喜欢给自己设置障碍：该写稿子了，其实不想写，于是想要是突然有别的事就有借口了；该去见一个人，其实不想见，于是想要不然就装病吧；该面对的事情总想逃避，能不去就不去吧……当你这样想的时候，事情很可能会朝着你希望的方向发展。最后，你真的相信，是这些绊脚石阻碍了你前进的脚步。可事实上扔绊脚石的正是自己。这种巧合的背后，究竟藏了多少东西是你不愿面对的？你的逃避究竟有没有价值？错过一次还有第二次吗？其实，你这次没做，下次你可能得花更多的时间、精力去做。如果你工作总是出岔子，不管什么原因，你是不是离出局也不远了？你丢掉的不只是这次，还有下次、下下次，以及别人对你失败的预期。

你竭力维护那份自尊，你觉得只有你自己知道真相，你宁愿撒谎也不愿面对现实。但当你被看透的时候，你极力维护的自尊还剩下多少了？所以，当你发现身边人的借口总是如同及时雨一样从天而降的时候，千万别羡慕；当你觉得自己的借口编织得完美无缺的时候，也千万别侥幸。真正的麻烦，在后头。

当预期到自己可能失败时，人们往往会做出一系列导向失败的行为。你害怕结果，所以寻找理由；你期待理由实现，结果真的实现；你自认为躲过了最坏的那个结果，所以更相信那个理由。可是你有没有想过，机会是有限的，不是谁都有，错过了这次也许就没有下次，或许就此会错过一次精彩的经历，你难道不惋惜吗？

梦也有情绪吗

情绪是情感的一种最基本的表达方式。透过梦境的情绪氛围，就可以看到做梦者内在的真实情感。

梦中的寓意不是一下子就能读懂的，但梦中的情绪却通常能真实地传递给解梦者，这就给解梦者提供了一个大致的解读方向。所以，梦境中的情绪体验是解梦的关键。

梦境中的情绪和色彩如果给人强烈印象，可能意味着梦者某些身体器官存在疾病。相反，在日常社会生活中人们常常控制自己的真实情绪，才是违背人性自然的。梦境给了习惯于控制自己情绪的人一个机会，使人的情绪得到适度的宣泄，有利于身心健康。

在白天，我们的左脑掌管理性，右脑更善于想象和富有创造性。在我们睡觉的时候，尤其是浅眠时，右脑依旧会工作，只是这时右脑没有了左脑理性的控制，便会诞生出许多稀奇古怪的事物，不再符合正常的逻辑。很多时候，我们感受到的情绪不是单一的，而是复合的。

早年的经验经常会影响甚至左右成年后的生活。梦境并不仅仅是释放焦虑，还有更深的指向，就是梦者自身的早年创伤问题。

梦表明梦者陷入人际关系困扰和内心冲突的交织中，有伤自尊。但醒来以后，忧愁和担心并没有解除，梦者又怀疑梦确实在暗示疾病。可见，梦者既相信又不信任梦所代表的内在真实。梦者越不接触内在真实，就越容易屈服于自我暗示。与内在自我的脱离表现在实际生活中，便是梦者在用忧愁情绪来转移工作压力和人际关系带来的愤怒、压抑和回避的第一情绪反应。忧愁加上自我暗示，造就了情绪的躯体化症状 。这样一来，工作压力大就有了根据，逃避面对就被隐藏了起来。究其根源，在于早年依恋关系不稳定带来的恐惧和造就的懦弱。这也是困扰人际关系的根源。

我们应直面人生问题，正确合理地表达和对待自己的情绪，让自己曾经被抑制的生命潜能重新畅流起来。

第四章

禁果效应：为什么越是得不到，就越想得到

为什么越得不到的东西，就越想得到

无法知晓的事物，比能接触到的事物更有诱惑力，也更能强化人们渴望接近和了解的诉求，这是人们的好奇心和逆反心理在作怪。

古希腊神话中的普罗米修斯盗天火给人间后，主神宙斯为惩罚人类，想出了一个办法：他命令以美貌著称的火神赫菲斯托斯遣了一个美丽的少女，让神使赫耳墨斯赠给她能够迷惑人心的语言技能，再让爱情女神赋予她无限的魅力。她被取名为潘多拉，在古希腊语中，“潘”是“一切”的意思，“多拉”是“礼物”的意思，她是一个被赐予一切礼物的女人。

宙斯把潘多拉许配给普罗米修斯的弟弟耶比米修斯为妻，并给潘多拉一个密封的盒子，并叮嘱她绝对不能打开。

然后，潘多拉来到人间。起初她还能记着宙斯的告诫，不打开盒子，但过了一段时间之后，潘多拉越发地想要知道盒子里面究竟装的是什么。在强烈的好奇心驱使下，她终于忍不住

打开了那个盒子。于是，藏在里面的一大群灾害立刻飞了出来。从此，各种疾病和灾难就悄然降临世间。

宙斯用潘多拉无法压抑的好奇心成功地借潘多拉之手惩罚了人类。这就是所谓的“潘多拉效应”，即指由于被禁止而激发起欲望，导致出现“小禁不为，愈禁愈为”的现象。通俗地说，就是对越是得不到的东西，就越想得到；越是不好接触的东西，就越觉得有诱惑力；越是不让知道的东西，就越想知道。

心理学家普遍认为，好奇心是求新求异的内部动因，它一方面来源于思维上的敏感，另一方面来源于对所从事事业的至爱和专注。而逆反心理是客观环境与主体需要不相符合时产生的一种心理活动。逆反心理具有强烈的情绪色彩。形成逆反心理的原因比较复杂，既有生理发展的内在因素，又有社会环境的外在因素。一般地说，产生逆反心理要具备强烈的好奇心、企图标新立异或有特异的生活经历等条件。

“潘多拉效应”在现实生活中是普遍存在的。例如，收音机里播放的评书节目，每次都在最扣人心弦的地方停下，留下悬念，

以使听众在第二天继续收听。再如，电视连续剧往往在剧情的关键处突然插播广告，这种做法除了能提高广告的收视率，更能吊足观众的胃口。

知道了这点，我们就可以变得更“聪明”一些：如果有人故意吊我们的胃口，我们要保持冷静、不为所动，避免受“潘多拉效应”的影响。例如，捂紧钱包，不被商家的“饥饿营销法”蛊惑。但是，如果对方是善意的，故意卖关子是为了给你一个惊喜，那么，你就要积极“配合”，否则会很扫兴的。

其实，在日常生活和工作中，我们除了被动地受“潘多拉效应”的影响，还可以主动地运用“潘多拉效应”来达到自己的目的，或是避开“潘多拉效应”，以免出现事与愿违的结果。

日本小提琴教育家铃木曾经创造过一种名为“饥饿教育”的教学法。他禁止初次到自己这里学琴的儿童拉琴，只允许他们在旁边观看其他孩子演奏，把他们学琴的兴趣极力地调动起来后，铃木才允许他们拉一两次空弦。这种教学法使得孩子们学琴的热情高涨，努力程度大增，进步也就非常迅速。

“潘多拉效应”在我们的生活中普遍存在，了解其原理后，可以带给我们更多的启示。

购物动机来自内心满足感的获得

我们做任何事情都需要有一个动机，比如，吃饭可能是因为你有了饥饿感。我们真心想要做一件事情的时候，是不会没有任何理由的。

对于我们来说，购物行为是经常发生的。那么，我们是否有想过人们为什么会购买物品？通常来说，购物动机的类型一般有几种：

需要型。这是因需要产生的动机。人的需要有多个层次，可以从不同角度加以分类。

求实型。这类动机的特征是“实惠”“实用”。在选购商品时，这类顾客会特别注重商品的质量、性能等实用价值，不过分强调商品的款式、造型、颜色等，几乎不考虑商品的品牌等非实用价值的因素。

社会型。这是由人们所处的社会条件、经济条件和文化条件等因素而产生的动机。顾客的民族、职业、文化程度、支付能力等，都会引起其不同的购买动机。

惠顾型。这是基于情感或经验产生的动机。顾客对特定的服装及服务产生特殊的信任和爱好，使他们重复地、习惯地消费。

求美型。这是以追求美感为出发点的购买动机。这类顾客在选购商品时，首先注重的是款式、造型、颜色和外观美。

求廉型。这是注重价格的购买动机。

求名型。这类动机的特征是以品牌为出发点。这样的顾客在购买时几乎不考虑商品的价格、质量和售后服务，只是想通过购买名牌商品来显示自己的身份、地位，从中获得一种心理上的满足。

人们做某件事情或采取某种行动的最基本的内在动机，归根结底就是满足其内心的某种满足感。如果他所从事的这件事情，或者他采取的这种行动，不能给行动主体带来一定的满足感、愉悦感，就会使其感到厌烦、无聊，甚至觉得受到束缚，或感到痛苦。试想，有谁面对自己从内心就感到讨厌的事情，依然会充满激情地去做呢？无法获得内心的满足，就无法激发自身的动机，不想去做，或者即使做也是在敷衍、应付，这样怎么可能做好？

有一个烟瘾很大的人，一直都想戒烟，但是不管使用什么方法，都不能起到很好的效果。总是过一段时间以后，他就不能够控制，又开始吸。很多时候，当再想吸烟时，他就会给自己找出若干的理由，说服自己没有必要这么折磨自己。结果戒烟戒了一年多，却没有一点效果。他的亲戚朋友对他也是苦口婆心地劝说，但最终还是无可奈何。

最后在一位心理学家的帮助下，这个人居然把烟给戒了。这位心理学家到底使用了什么方法呢？其实方法很简单，心理学家只给他看了两张照片，一张是不吸烟的健康人的肺，一张是因为吸烟而患有肺癌的人的肺。看着被厚厚的焦油覆盖和损坏的肺，有严重烟瘾的人被震撼了，他什么也没有说就离开了。从此以后，他再也没有吸过烟。吸烟这种不健康的行为，让他发自内心地感到厌恶，于是产生了强烈的戒烟动机。

因此，我们可以通过改变某种行为本身的意义，达到改变人们行为方式的目的。从理论上说，这是行得通的。当某种原本令人厌恶的行为，会给人带来某种满意的体验时，人们就会接受它；当某种原本会给人带来快感的行为，会对人造成某种伤害时，人们就会摒弃它。这就是内心满足感对人们的行为动机的激发作用。

所以对于我们很多人，尤其是从事销售行业的人来说，想要调动顾客购买的积极性，就要想方设法引起他内心的满足感，让他从购买你的商品中获得实惠，获得利益，获得好处，从而产生强烈的购买动机，掏钱购买你的产品。总之，销售工作不是销售人员的独角戏，你不仅要有工作热情，还要善于引导顾客，让顾客产生强烈的购买动机，让顾客主动购买。否则不管你的商品有多好，你要是硬塞给顾客，顾客无论如何是不会接受的。

占便宜心理和无功不受禄心理

打折促销之所以具有巨大的杀伤力，就在于它满足了消费者的“占便宜”心理。推销人群中也流传着这样一句话：顾客要的不是便宜，而是要感到占了便宜。顾客有了占便宜的感觉，就容易接受你推销的产品。

消费者在购物过程中，对所需商品有不同的要求，会出现不同的心理活动。用尽可能少的经济付出求得尽可能多的回报，这种消费心理活动支配着大多数人的购买行为。而顾客占便宜的心理也给了商家可乘之机。

怎么做才能让顾客觉得占了便宜呢？你可以去看看商场中最畅销的产品，它们通常不是知名度最高的名牌，也不是价格最低的商品，而是那些促销“周周变、天天有”的商品。促销的本质就是让顾客有一种占便宜的感觉。一旦某种以前很贵的商品开始促销，人们就觉得买了实惠。虽然每个顾客都有占便宜的心理，但是又都有一种“无功不受禄”的心理，所以精明的销售人员总是能利用人们的这两种心理，在未做生意或者生意刚刚开始的时候拉拢一下顾客，如送顾客一些精致的礼物，以此来提高双方合作的可能性。

贪便宜是人们常见的一种心理。例如，某某超市打折了，某某厂家促销了，某某商店甩卖了，人们只要一听到这样的消息，就会争先恐后地向这些地方聚集，以便买到便宜的东西。

物美价廉永远是大多数顾客追求的目标，很少听见有人说“我就是喜欢花多倍的钱买同样的东西”，人们总是希望用最少的钱买最好的东西。这就是人们占便宜心理的一种表现。

另外，销售人员在推销自己产品的时候，可以利用顾客占便宜的心理，使用价格的悬殊对比来促进销售。其实在很多世界顶尖的销售人员的成功法则中，利用价格的悬殊对比来俘获顾客的心是常用的一种方法。你可以先在顾客的心里设置一个较高的价位，或者在对方心里设置一个价格悬念，然后再以一个比原来低得多的价格作比较，让顾客通过比较，感觉有便宜可占，于是做出购买决定。利用价格悬殊来诱导顾客购买产品时，要掌握好分寸，避免方式过激给顾客被骗的感觉。同时，优惠政策是你抓住顾客心理的一种有效推销方式。大多数顾客只看你给出的优惠是多少，然后和你的竞争对手作比较，如果你没有让顾客觉得得到优惠，顾客可能就会离你而去。所以你不仅要保证商品的质量，还要注意满足顾客这种想要优惠的心理需求。有些顾客在面对打折产品时，会因为产品对自己来说可有可无而犹豫不决，但顾客的贪便宜心理会告诉自己：机不可失，失不再来，过了期限、商品恢复原价后就买不到了。从心理学上讲，顾客会在这种外界压力下产生强烈的心理不平衡，同样的产品，我现在买就能省好多钱，以后再买多不值啊。于是在这种焦虑下，顾客就会积极行动，强迫自己在规定的时间内完成购买任务。所以说，商家所规定的优惠时限会给顾客制造一定的购买压力。

但是，优惠不过是一种手段，说到底是用一些小利益换来回报，不然商场里也不可能经常有“买就送”“大酬宾”等活动。当然，在优惠的同时，你还要传达给顾客一种信息：优惠并不是天天有，你很走运。这样，顾客才会更满足，才会更愿意与你合作。

即使你推销的产品在某方面有些不足，你也可以通过某些优惠让他们满意而归。如果顾客对你的产品提出意见，你千万不要直接否定顾客，要正视产品的缺点，然后用产品的优点来弥补这个缺点，这样顾客就会觉得心理平衡，同时加快自己的购买速度。比如顾客说：“你的产品质量不好。”作为销售人员的你可以这样告诉顾客：“产品确实有点小问题，所以我们才优惠处理。不过虽然是有问题，但我们可以确保产品不会影响使用效果，而且以这个价格买这种产品很实惠。”这样一来，你的保证和产品的价格优势就会促使顾客产生购买欲望。

总之，利用人们占便宜的心理，从中可以获得许多商机。

为什么会出现哄抢事件

在物质丰富的当今社会里，满足了温饱之后，各地依然会出现哄抢食盐、哄抢药材等现象。人们为什么要哄抢？哄抢中，人们的心理发生了怎样的变化？

哄抢者往往把自己的行为归结到社会和他人身上。

当哄抢者在分析参与哄抢的原因时，总是喜欢说“随大流”和“法不责众”。这个过程在心理学上叫作“归因”，即归结行为的原因，“我为什么要做这件事情”。归因不仅是一个心理过程，也是人类的一种普遍需要。因而每一个人都可以被看成业余心理学家，每个人都有一套从其本身经验归纳出来的行为原因与其行为之间的联系的看法和观念。

从哄抢者个人角度来说，社会中的孤独的个人为了求生存的需要，自然而然地会形成一种依赖群体的心理，在这种心理的影响下，就会产生一种被称为“群集欲”的愿望。当个人具有严重不安感和挫折感时，更容易受到不良信息的暗示。因此，单个的个人不仅会以一种本能心态加入各种社会团体，而且很容易产生一种参加到聚集的群众中的意愿，与聚集的人群共同行动。

从众心理是人类的一个思维定式，是在群体压力下在认知、判断、信念与行为等方面与群体中多数人保持一致的现象。

从众行为有时虽然不是按照个体本意做出的，却是个体的自愿行为。内心具有安全感的个人一般不至于参加聚众而共同实施行为，只有那些具有严重不安感和挫折感的个人，才有这样的欲望，其目的就在于想在聚集的人群中寻求某种安全感和发泄心中的挫折感。

由于多数个人在聚众之中产生交互作用的关系，聚众后所体验的不安感与挫折感比单独的个人所体验的要大得多。在这种情况下，当有人向这种具有严重不安感和挫折感的个人提出某种指示时，他们最容易接受，并且把这种指示变成自身的目标，表现出带有激进色彩的情绪波动。

哄抢事件其实还反映出更深刻的社会心理原因。

比如人们对生活的满意度与社会发展的现实并不一致，哄抢油的人并不缺油。整体说来，趋利避害是人类行为的基本原则，是人类普遍存在的心理。人们都本能地企图在交换中获取最大收益，减少代价，交换行为本身就变成了“得”与“失”的对照。如果收益与代价

平衡，互动得以维持；相反，如二者不平衡则互动难以长期维持。

人们在衡量自身得与失之间的关系时，就形成了“满意度”。满意度的高低，跟现实中金钱名誉的得失并不一定是统一的，它更多的是一种自我体验。同样的处境，不同的人有不同的满意度。钱多的人不一定自我满意度高，穷人也有自己的幸福生活。也就是说，在日常生活中，人们并不是一直以物质作为交换的，也会顾及精神间的交换。

社会激烈变化和转型期间的特殊情况，对人们心理造成了巨大压力。当人们把所有问题的原因都归咎于社会和他人时，“趋利”心理就会让个体放大了不满意自我体验，感到自己获取利益少了，满意度开始下降。同时，个体在归因过程中，对有自我卷入的事情的解释，带有明显的自我价值保护倾向。“避害”心理让哄抢个体认为自己只是在捡洒落的人民币，对自己并不会有任何坏处。

因此，在明知一件事情是违法或犯罪的时候，一个人可能不会去做。但是如果一

群人中有人已经做了，并且在当时只能看到获益而没有产生相应后果的时候，人们就会产生非理性思维，最终“捡拾个体”组成了“哄抢群体”，造成了社会的不和谐。

哄抢中，人群体现出来对物质的过度追求的嫉妒、敌对心理，体现出个体缺乏自身修养的程度正在上升，这个状况是非常令人担忧的；哄抢后，人们对“法不责众”的自我保护心理，如果处理不当，会给其他人产生不良的模仿、暗示和社会感染，具有消极的意义。有专业人士指出，人们心理卫生健康状况是构建和谐社会的关键，哄抢事件引发的深思表明，对大众心理卫生健康辅导迫在眉睫。

为什么我们“欲得寸”，就需要“先进尺”

心理学家认为，在提出自己真正的要求之前，先向对方提出一个大要求，遭到拒绝以后，再提出自己真正的要求，对方答应的可能性就会大大增加。这便是心理学上所说的“留面子效应”，又被称作“欲得寸先进尺”。

有两家卖粥的小店，每天的顾客相差不多。然而晚上结账的时候，左边的那家小店总比右边的那家多出两三百块钱，天天如此。细心的人发现，先进右边粥店时，服务小姐微笑着迎上前，盛了一碗粥，问道：“加不加鸡蛋？”客人说加，于是小姐就给客人加了一个鸡蛋。每进来一个人，服务小姐都要问一句：“加不加鸡蛋？”有说加的，也有说不加的，各占一半。走进左边粥店，服务小姐也是微笑着迎上前，盛上一碗粥，问道："加一个鸡蛋还是两个鸡蛋？"客人笑着说："加一个。"再进来一个顾客，服务小姐又问一句："加一个还是两个鸡蛋？"爱吃鸡蛋的说加两个，不爱吃的就说加一个，也有要求不加的，但是很少。一天下来，左边这个小店就总比右边那个卖出更多的鸡蛋。

心理学家认为，"留面子效应"的产生源于人们内心深处的内疚感。人们在拒绝别人的大要求时，感到自己没有能够帮助别人，辜负了别人对自己的期望，损害了自己富有同情心、乐于助人的形象，会感到非常内疚。这时，如果对方再次提出一个较小的要求，人们为了恢复在别人心目中的良好形象，也达到一种心理上的平衡，便会欣然接受。

美国心理学家查尔迪尼曾经进行过一项"导致顺从的互让过程"的研究实验。他将一批参加实验的大学生分为两个小组，首先，对第一个小组的实验者说，要他们花两年时间担任一个少年管教所的义务辅导员。这是一件劳神费力的工作，而且没有任何回报。结果，大学生们都以各种理由断然拒绝了。随后，他提出了另一个要求，让这些大学生带领少年们去动物园玩一次，需要耗时两个小时。结果有50%的大学生很爽快地答应下来。接下来，他向第二组大学生提出同样的要求时，却只有16.7%的人同意去动物园。

生活中，我们细心留意也能发现很多"留面子效应"的现象：你想要父母为你买数码相机，可以先提出要买一台电脑，父母以家中暂时紧张为由，拒绝了你，这时你再提出要买照相机，父母往往会考虑一番后答应你的要求；自己有一件棘手的事情需要朋友帮忙，先向对方提出了一个更大的要求，遭到拒绝后，再将真实的要求提出来，对方往往比较容易接受；上司需要将一项复杂的工作交给下属完成，可以假装让员工完成另一件更为艰巨的工作，当他面露难色的时候，再将这件工作交付给他，他便会愉快地接受任务。

在人际交往中，恰当地运用“留面子效应”，能及时地消除对方的不满情绪。“留面子效应”也经常被一些精明的商人运用，他们把物品标出很高的价格，然后来个“大甩卖”，很多消费者都兴高采烈地购买该商品。在商场，时常有这样的情形。其实，精明的商家无论最后给出了多大的折扣，都暗暗地运用了“留面子效应”，让顾客心甘情愿地消费。

同样，在一些服务性的行业中，采用巧妙的方法，能够化解顾客抱怨、不满的情绪。

在一架即将着陆的客机上，乘客们忽然听到话务员的通知：“由于机场拥挤不堪，飞机暂时无法降落，着陆时间将推迟一小时。”顿时，机舱里响起了乘客们的抱怨声。他们不得不做好心理准备，在空中备受煎熬地等待一个小时。几分钟之后，话务员甜美的声音再度响起：“旅客朋友们，晚点时间将缩短到半个小时。”听到这个消息，乘客们都欢喜雀跃。又过几分钟，乘客们再次听到广播：“再过三分钟，本机即可着陆。”乘客们个个拍手称快，喜出望外。虽然飞机晚点了十几分钟，乘客们却感到格外的庆幸和满意。

当然，“留面子效应”是否会发生作用，关键在于双方关系的亲密程度以及你需求的合理程度。如果既无责任，又无义务，双方素昧平生，却想别人答应一些有损对方利益的事情，这时候该效应是无法发挥作用的。

巧用“从众心理”，扩大影响范围

如果你是一个善于观察自己的人，你会发现自己的内心深处常会有如下活动：无论做什么事情，只要有很多人支持你，你会有种安全感，进而大胆地去做；无论你说的观点正确与否，只要多数人同意你的观点，你便有胆量大声地说出来；无论你多么讨厌的人，如果周围的人都喜欢她，你也不会轻易地说出讨厌她的想法……告诉你，这种心理活动不仅你有，周围的人也都曾有过。

安阳在一个酒吧里做侍者。刚做侍者的时候，尽管他做得很用心，但是从没人给他小费。每次看到其他人获得小费时他都羡慕不已。他用尽自己的心思，想通过热情的问候、周到的服务赢得小费，但没成功。

几个月后，安阳发现并不是他的服务不好，并发现了一个

获得小费的秘密，即在每次酒吧正式开门营业之前，他先主动地在自己的托盘中放上几张钞票，这会让后面进来的顾客认为该钱是前面客人留给他的，还能使其认为，给小费是酒吧中应有的行为，这时每个他招待的顾客都会在结账时向盘子中放一些小费。

《影响力》一书中曾介绍过销售顾问卡福特·罗伯特说过的一句话："由于只有5%的人是原创者，而其他95%的人都是模仿者，所以其他人的行为比人们提供的证据更具说服力。"的确如此，安阳能够有效地影响顾客，使其给自己小费，正是巧妙地利用了人们这种从众心理。因为在特定的条件下，当受众没有足够或者准确的信息时，他们常常会通过模仿他人的行为来选择策略。因为这种模仿似的从众行为可以有效地避免风险以及意外，因此人们宁愿随大流。

中国有句俗话："一人胆小如鼠，二人气壮如牛，三人胆大包天。"这句话形象地说明

了人们的从众心理。生活中的任何事情都是这样，不论好坏，只要有人敢做，其他人便会蜂拥而至。因为很多时候，当众人都参与到其中的时候，便会被少数人理解为是合情合理的行为，进而引发更多的人参与其中。譬如随意跨栏，随意横穿马路，随意践踏草坪，等等。

心理学家指出，当人们看到一种行为有很多人进行时，心理总会自觉或者不自觉地以多数人的意见为准则，并作出判断，进而采取与其相符的同一种行为。因为在多数情况下，众人都去做的事情往往是正确的，人们参与到这样的行为中可以使其获得更好的评价以及利益，甚至少走弯路、少犯错误，所以人们习惯性地受周围人做法的影响，也便不足为怪了。

木秀于林，风必摧之；独雁南飞，险必随之。与众不同是要承受很大心理压力的，人们正是畏惧这样的心理压力，所以，多数情况下会从众。而且，在特定的条件下，当受众没有足够或者准确的信息时，他们也常常会进行模仿他人的从众行为。追随者越强大，越容易对他人施加影响。当人们看到别人尤其是那些强大者，在某种场合做某件事情的时候，便会断定这样做是有道理的，进而跟随效仿，产生从众效应。

第五章

思路迷失：为什么我们能找到去月球的路，却迷失在大卖场

为什么目标细化后更易实现

著名数学家笛卡尔曾经说过："在解决问题时，把我们所考虑的每个问题都尽可能地分成细小的部分。"他的话告诉我们，为了解决一些复杂的问题，我们不妨把一个难题分解成一些比较容易解决的小问题，然后依次解决这些小问题，最终达到解决整个问题的目的。这不仅适合数学的学习，也一样适用于我们的生活和人生发展。

1985 年，名不见经传的日本选手三田本一出人意料地在东京国际马拉松邀请赛脱颖而出，成为该比赛的冠军。两年后，他又在意大利国际马拉松邀请赛中获得世界冠军，他的胜利让很多人都感到匪夷所思，但没有人找到其中的答案。

十年后，他在自己的自传中解答了这个问题：每次比赛开始之前，他都会乘车去仔细看一下比赛的线路，并且把比赛线路上的醒目的标志画下来。比如第一个标志是一家银行，第二个标志是一棵大树，第三个标志是一个小房子，直到比赛的终点，40 公里的比赛被他分解为几个小的目标。比赛开始以后，他会用最快的速度冲向第一个目标，接着用最快的速度冲向第二个目标。就这样，他轻松地赢得了整个比赛。其实，他之所以这样做与他之前的经历有很大的关系。起初，他并没有意识到这样做的好处，他把目标定在 40 公里外的重点上，结果没有跑到一半就已经疲惫不堪了。后来，他把目标定在赛道的一半的地方，但后来他发现这样做毫无用处。最后，他发现自己的小目标一定要是经过一定的努力就可以实现的，于是，他便重新规划了自己的比赛，这样，他在比赛中的表现开始有了翻天覆地的变化。

如果我们觉得自己的目标完成不了的时候，就需要把大目标分为若干个小目标，完成一个小目标之后再激励自己完成下一个小目标。最后，我们会发现离终点已经不远了。

所以，要想获得大的成功，就要修正自己的思维，学会分解目标，循序渐进。成功不是一蹴而就的事情，很多时候，我们都需要一个长远的目标来为自己指引方向，这样我们才能够在世事变化中始终坚持自己的方向，而不至于走弯路。

但是，相对而言，我们往往容易接受短期、具体的东西，而不容易接受那些远期、模糊的东西。一个目标即使再远大，如果我们看不到摸不到，那么它于我们而言就只是一句空话。而且一个长远的目标的实现往往都需要花费较长的时间，而在短时间内努力的效果通常不是很明显，这样，人们的积极性就很容易受挫。

需要注意的是，如果我们想采用细化目标来解决问题，我们就要让分解的小目标既要有激励价值，又要现实可行。如果小目标依然很难实现，或者毫不费力就可以达到，那么这样的目标分解就毫无意义。在分解目标的时候一定要注意技巧。同时，将自己的每一步目标都控制在一个能预见和操纵的范围内，以便清晰明了地处理每一个问题。这样，上一个目标是下一个目标的前提，下一个目标将升华成上一个目标的结果，当我们实现了这一个个的小目标，大目标的实现将会是水到渠成的事情。

“没吃过猪肉总见过猪跑”说明了什么

我们常说“没吃过猪肉总见过猪跑”，其实这句话反映的正是我们常用的一种思维方式——演绎思维法。演绎推理是从一般规律出发，运用逻辑证明或数学运算得出特殊事实应遵循的规律，即从一般到特殊。在生活中，我们会发现很多事情与演绎思维紧密相连。

柯南道尔的《血字的研究》中有这样一个情景：福尔摩斯和华生初次见面，彼此之间并无交流，但福尔摩斯一眼就断定了华生是从阿富汗来，并看穿他的身份和经历。这是怎么做到的呢？我们不妨来看一下福尔摩斯的思维过程。

在福尔摩斯看来，华生具有医务工作者的风度，却有军人的气质。那么，很显然他是个军医，因为这是军医所具有的气质。

此外，他看到华生面色黝黑而手腕皮肤黑白分明，断定他原本是个皮肤白皙的人，只是最近经常暴晒，而当时英国的阳光不足以把他晒成这样，所以，福尔摩斯就断定华生刚从热带回来，而这也正是所有在热带待过的人的共同特征。

福尔摩斯看到他面容憔悴，左臂受过伤，现在动起来还有些僵硬不便，就断定他久病初愈而又历尽了艰苦。一个英国的军医在热带受过苦，受过伤，在当时的情况下，自然就只能是在阿富汗待过了。

很显然，在福尔摩斯的心里，对各地的气候、各种人的特征有一个大致了解，当他看到这样一个人的时候就会自然而然用这样的标准去判断对方的情况。而福尔摩斯的这个思维过程其实就是对演绎思维法的巧妙运用。

这样的思维过程在生活中是很常见的。比如，当一个孩子明白玻璃会被不易碎的东西打破的时候，如果他认定一个石头不易碎，他可能就会明白石头也会打破其他易碎的东西。这个思维的过程就是演绎思维的过程。虽然孩子本身可能没有意识到这个问题，但它是的的确确存在的。

了解了演绎思维的过程，有助于我们更快更准确地认识事物。而忽略演绎思维则容易让我们的判断出错，混淆真相。

曾经有这样一个谣言，有人说在百事可乐的罐子里发现了皮下注射器的注射针，美国二十几个州的媒体得知这个消息后都作了相关报道。传言说，百事可乐的股价在很短的时间里将大幅下跌，很多资深投资人也以赔本的价格抛售百事可乐的股票。

其实，只要运用一下演绎思维，我们就会发现，这样的谣言其实是不可信的。众所周知，任何突发事件的背后必然会有利益在驱动，而且，事态转变的方向也必然是朝着与利益方的利益相符合的方向，那些因为事态的转变而急于脱身的人很可能不会是最后的受益者。也就是说，当一个表现一直很好的事件突然发生转变的时候，对于手中正掌握着一定利益的人来说，来自对方的不利于自己的信息很有可能就是虚假的。同样地，在百事可乐的罐子里发现注射针这个消息对于那些手中拥有股票的人来说就是虚假的，而对于那些制造信息、企图低价趁机买进股票的人来说就是有益的，再加上百事可乐的发展状况一直很好。

这样想一下，我们就不难发现，这个具体的突发事件其实不过是某些人刻意制造出来的烟幕弹而已。事实也确实是如此，不久之后美国联邦药物管理局和联邦调查局就宣布这些报道完全是在恶作剧。

我们说具体问题要具体分析，但我们也要知道，相似的事物就必然会有一些相同的特征。如果整个类型的事物都是某种状态的时候，那么这个类型中的某个具体事物就必然也处于同样的状态。明白这一点，我们就掌握了演绎思维的精髓。

少数服从多数是必须的吗

我们常说“少数服从多数”，但事实上，真理往往掌握在少数人的手里，财富往往存在于少数人的手里，技术也往往掌握在少数人的手里。所以，我们在做事的时候，只要掌握了关键的部分，我们也就掌握了最大的财富、真理和力量。人的精力是有限的，我们要把大部分精力用于重要的事情中，而不要浪费在不必要的细枝末节上。这就是典型思维。

在中国邮政储蓄银行某支行的所有顾客中绝大多数的顾客是离退休人员，一到该发放养老金的时候，银行服务窗口的离退休人员就会排起长队。为此，他们曾经把工作的重心放在了离退休人员身上。

但很快他们就发现，由于忽视了对高端顾客的优质服务，让为数不多的顾客在服务窗口长久等候，这导致顾客的不满，使得银行出现了顾客流失的现象。长此以往，银行的发展必然会受到很大的影响。

于是该支行又把工作的重心放在了巩固已有顾客和发展新的顾客上。他们为顾客提供了更方便快捷的服务，大大缩短了顾客办理业务的等待时间，顾客流失的问题也因此得到了解决。不久后，该银行就有了近百户的顾客，银行的业务也有了增长。

正是改变思维方式，将“少数服从多数”的思维方式转变为典型思维，将精力集中在少数重要的顾客身上，该邮政储蓄支行才能“化险为夷”，取得出色的业绩。

19 世纪末 20 世纪初意大利经济学家巴莱多在研究后发现

在任何一组东西中，最重要的往往只有20%，剩下的80%是次要的。这说明，不平衡是一种常见的社会状态：比如，商家80%的销售额可能来自20%的商品；市场上80%的产品可能是由20%的企业生产的；企业80%的利润往往是由20%的顾客创造的；销售部门80%的业绩往往是由20%的推销员带回的等。

事实上，“二八”法则在金融行业也是通用的：80%的财富和利润往往来自那20%的高端顾客，自然而然地，他们也应该成为金融业重点服务的对象。当然，我们不否认顾客与顾客之间是平等的，每一个顾客都是上帝，但这并不意味着商家就要认为所有顾客一样重要，就要在所有生意、每一种产品上都付出相同的努力。人的精力是有限的，企业的精力也是有限的，如果把所有精力平均分配给每一个人，最终将捡了芝麻丢了西瓜，得不偿失。相反，如果将有限的精力和资源放在那些重要顾客身上，所取得的成绩将会是可喜的。

“二八”法则告诉我们，做事的时候不能“胡子眉毛一把抓”，要抓住关键的少数环节，对于那些不能带给我们收益的事情要坚决放弃，这样才能最大限度地降低成本，在最短的时间里，收到最大的效果，谋求更大的收益。

一块隔热板毁了“哥伦比亚”号

宏微对比思维法，指的是在做事时对宏观上几乎完全一样的事物进行微观差异的对比，找出其不同性质的一种思维法。

比如“天天”与“日日”两个词的意义是一样的，但从细节上来说两者还是有区别的，“天天”是平声词，读来给人一种高昂上扬的感觉，而“日日”为仄声词，会给人一种压抑的感觉。常用宏微对比法分析问题，人们就会养成细致踏实的好习惯，从最细微之处把事情做到完美。

2003年2月1日美国“哥伦比亚”号航天飞机返回地球准备降落时不幸坠毁。后来查明事故原因是航天飞机在发射升空时，发射架上一块脱落的泡沫撞击了飞机表面的隔热板。这一细节被当时监控发射的有关人员发现，却没有引起他们的重视。因为他们根本想不到这会成为日后灾难的隐患。

耗费大量人力、财力和时间建造起来的“哥伦比亚”号飞船，却因为一个小小隔热板而坠毁并造成难以估量的损失。在我们的日常生活与工作中，类似的错误常常上演。比如，很多年轻人认为自己就是千里马，具有干大事的能力，不乐意做无关紧要的事情，于是，就抱着应付、敷衍了事的态度，去对待自己的工作。最后，“千里马”常常被绊倒在一件小事上。下面的例子就是一个很好的警示。

小乔就读于一所名牌大学，毕业后以优异的成绩考入一家省级机关。当时她豪情万丈，不料上班以后，她才发现每天的工作无非是干些琐碎的事务，她的热情便在不知不觉中冷却下来。一次，为了准备一次很重要的大会，办公室的同事彻夜准备文件，而她的工作就是装订和封套。上司叮嘱她：“一定要做好准备，别到时措手不及。”小乔心想：初中生也会的事，还用得着这样嘱咐？于是根本没理会。

夜里12点多，文件终于完成并交到她手里。她开始装订，没想到只订了十几份，订书机里就没有书钉了。她记得抽屉里一直都有很多，就漫不经心地拉开抽屉，可是翻遍了抽屉也只找到了几个空盒子，一个书钉都没有。她又翻箱倒柜找了半天也一无所获。这可怎么办？出去买的话，半夜三更的哪里还有商店开门？等到明天吧，文件又必须在明早8点大会召开之前发到代表手中。于是上司冲着她大发雷霆："不是叫你做好准备的吗？连这点儿小事也做不好！"她无言以对，脸上像挨了一巴掌似的滚烫刺痛。

高材生小乔并不是没有能力做好装订的工作，真正的问题是她的疏忽与轻视。同样地，在日常生活中，我们常常忽视一些细小的地方，认为它无关紧要，但事实上，细节往往决定成败。细节就是竞争力，能够做好细节的人往往能在竞争中脱颖而出。相反，如果忽略了细节，必然会遭受不同程度的影响或损失。

所以，永远不要因为事小而不为或者应付差事。小破绽往往会导致重大的失败，不肯在细节上下功夫的人也往往成就不了大事。只有在把握宏观的情况下做好细节，才能少走弯路，少出纰漏，最终稳操胜券，让自己成为真正的千里马。

一番好意为何导致分手

推己及人，是指用自己的心意去推想别人的心意，设身处地替别人着想。这是类似思维的一种体现。在为人处事中，我们都提倡推己及人。但是推己及人也要顾及别人的感受，如果只是自己一厢情愿，就可能出现问题，导致好心办了坏事。

丁丁最近刚刚交了一个男朋友，两个人正处在热恋中。她喜欢吃火锅，便经常带男朋友去吃火锅。虽然男友每次都吃得很少，但仍然会积极、主动地陪她去吃。后来她发现，每次她提到请男朋友吃饭的时候，男朋友都会以各种理由说不去。

丁丁觉得他们之间产生了一些问题，于是想找男朋友谈谈，但是话还没说完，两人便在彼此的愤怒中争执起来。在争吵中男朋友说出了吃饭的事情："你喜欢吃火锅，便以为我也喜欢吃火锅，但实际上我根本不喜欢吃火锅。你没发现我每次都吃得很少吗？你想过我爱不爱吃么？你这是真心爱我吗？"男朋友的话让她突然感到无话可说。丁丁只能无奈地接受了男朋友分手的决定。

正是类似思维的指引，让丁丁犯下了一厢情愿的错误，以至于她不仅没能获得男朋友的欢心，还导致两个人分手的结局。

所以虽然说要推己及人，但也不要过分地以己之心度人之腹。那么，怎样才能在推己及人中，避免强加于人而弄巧成拙呢？这就要求我们要学会发现他人内心的真正需求，迎合他们的需求去说话做事，才可能实现自己的目的。或许，我们能从下面的例子中得到启发。

小舟自己开了一家服装店，这天，店里来了一位时尚的女士。她试穿了几件，不是觉得衣服褶皱，就是衣服太宽松，一直没有试穿到合适的。凭着多年的经验，小舟知道问题的根源在于这位时尚女士一直没有直起腰身，她每次试穿衣服的时候，都只是很随意地在镜子前面看一下。

这时，该女士又试穿了一件衣服，并且看得出她非常喜欢这件衣服。于是，小舟在旁边建议说："这些衣服有的大，有的小，把您身上优美的线条都给遮住了，但这件衣服非常适合您，如果您能正式地站在镜子面前，也许效果会更好一点儿。"

时尚女士一听，立刻直起腰身，重新在试衣镜前看着自己。这时这位时尚女士发现，镜子中的自己看上去很漂亮，觉得身上的衣服非常适合自己，凹凸有致的线条，娇美的身材。于是站在旁边的小舟继续说道："这件衣服穿在您的身上，让您看起来比以前更加苗条。"女士笑着说："是呀！我也发现了，显得瘦了几斤。"然后毫不犹豫地买下了这件衣服。

小舟正是通过洞悉时尚女士心中对最后一件衣服的特殊喜爱，才提出了合适的建议，达到了向对方施加影响的目的。在不同的时间、地点，每个人都会做出不同的行为，只有善于从中洞悉出其内心世界中最真实的想法，才能有效影响他人，进而引起共鸣、达成共识。

所以，我们要灵活地运用类似思维，当自己喜欢某一事物的时候不要独断地以为别人也喜欢，否则只会适得其反，换来别人的反感。要记住，我们可以推己及人，但不能一厢情愿而勉强别人，要仔细体察对方真正需要的、真正想要的是什么，然后一击即中，走进对方的内心世界，赢得对方的好感。

“猪”可能不是骂人的话

如果我们只看到了世界的一部分，我们又是如何处理这部分的呢？来看看下面这个故事。

在一条狭窄的山路上，一个货车司机正在爬坡，已经开了三个小时，他有点昏昏欲睡。就要到坡顶的时候，迎面来了一辆车，车上的司机伸出头来，伸手指了一指，对他大喊了一声：“猪！”呜的一声，两车擦肩而过。他的瞌睡一下子醒了，他马上伸出头，冲着车的背影大声骂道：你才是猪！他得意地回过头来，看看前面的下坡路，天啊，一群猪！他刹车不及掉沟里去了。

对面的司机只是想告诉另一个司机前面有猪，但是为什么一个善意的提醒却没能起到作用呢？因为受固定思维的影响，这个司机以为这是一句侮辱。

为什么会这样？如果把人脑比作一台电脑的话，这个司机脑子里运转着自己内心的程序。也许因为这个司机有过被骂的经验，又或者是在他的词汇库中，“猪”是和骂人联系在一起的。

所以当他接收到“猪”这个信息的时候，这个程序迅速地构建出一个“对面司机骂我猪”的世界，于是司机迅速回应“你才是猪”。这让他失去了躲开危机的机会——其实别人的意思是“小心前面的猪”。

总之，我们按照自己过去的经验和记忆在我们脑子里面构建一个自己的世界。我们用一个固定程序来处理进入大脑的信息，然后根据经验和记忆构建出一个我们假设的世界模型，再对这个假设世界作出反应。简单地说，我们给自己创造一个世界模型，然后根据这个创造出来的世界生活。这是我们大脑的工作原理。在很多时候，我们能用这个方式来快速处理非常复杂的问题，比如围棋高手根据经验和棋路（他自己构建的围棋模型）来处理能与计算机抗衡的计算。但是有些时候，这个模型也会让我们犯一些明显的错误，比如上面例子中的司机撞猪事件。

回顾一下我们的经历，不难发现，有时候我们看到一件事情，然后马

上反应说:“哦,那一定是……”事后才发现那是一个错误的看法。所以，当我们觉得世界黯淡、生活绝望时，不要抱怨上帝的不公，先转换一下自己的心智模式，也许我们会看到完全不一样的世界，而豁然开朗。总之要记住，虽然我们同在一个世界，但是每个人看到的世界是完全不一样的，命运因我们的心智而改变。

青春期为什么更依恋同性朋友

回顾我们的青春期生活或者观察周围处于青春期阶段的孩子，不难发现，同性的朋友之间更容易亲近。虽然同性朋友之间的友谊很可贵，但有的父母会担心同性朋友之间过于亲密，会不会导致孩子长大后有同性恋倾向。那么，我们到底应该怎样看待青春期亲密的同性关系呢？

13 岁的小亮与邻居家同龄男孩小阳自小在一块玩耍，从幼儿园到小学一起上学，情同手足，形影不离。但近来小亮父亲感觉到两个孩子常背着人躲在一起，关系似乎有些反常。细心的父亲终于发现两个孩子的“不良行为”，如互相亲吻。对此，他既着急，又惊慌，怀疑两个孩子是不是同性恋。

此外，另一位读高中的女生陈静，近一个月来，她心情悲伤忧郁，甚至闪现轻生厌世的念头。经过询问，原来这种忧虑情绪是因为失掉“挚友”而产生的。她原与一位女同学感情甚密，两人曾海誓山盟，一辈子绝不与其他人交往，将毕生的情感都奉献给对方。可是这种特殊的关系维持了两年，那位女同学与另一位女生好上了。这使她既嫉妒又悲伤，恨不得一死了之。

以上两个事例都指出了一个问题：青春期的少男少女关系过于亲密，会发生同性恋吗？

其实，同性依恋与同性恋是两个截然不同的概念。

首先，我们要从青春期的心理入手来正确看待这个问题。正值青春期的少男少女渴望友谊，急切地寻找能促膝长谈之人，以倾吐心中的喜怒哀乐，以换取理解和支持。

其次，由于这一时期的少男少女性生理处于发育阶段，性成熟现象普遍存在，这与他们幼稚的思想意识相矛盾，朦朦胧胧的性心理促使他们通过各种盲目的手段体验性感觉，如拥抱、亲吻等。其发泄对象多是他们亲密的小伙伴。

所以，从青春期的特殊心理和成长特征来看，同性依恋属于正常的现象，不应该视为同性恋。

尽管如此，对少年时期这类同性相依恋的现象也不可掉以轻心。如果青少年和同性关系异常亲密，会产生只有同性在一起玩耍才舒服的意识，等到了该和异性交往的年龄时，可能不愿意或害怕与异性交往接触。此外，因为同性之间过分地依恋，

容易丧失自己的独立性和完整的人格，产生社会交往的不适应感，将自己囿于狭小的人际交往圈中，成人后也可能发展成同性恋。由此看来，如果不适时加以开导，同性依恋对孩子身心发展会产生不利影响。

所以，父母应尽早注意孩子怎样交朋友及交上怎样的朋友。对青春期的孩子，一旦发现过分依恋同性的苗头，可在温馨亲切的气氛中采取循循善诱的方法，鼓励孩子多交朋友，有意识地介绍几个志趣相投的男女同学给子女，让他们共同学习、娱乐、交往，以逐渐减少特定的同性之间的依恋感。

若发现孩子在与同性玩耍时出现了接吻、拥抱等行为时，既不能当面粗暴地羞辱责骂孩子，也不要斥责别的孩子是坏孩子或禁止往来，以免伤害孩子的自尊心。而应对孩子进行青春期性教育，使孩子消除对性的神秘感，从道德与心理上对一些不良的行为举动产生厌恶，自觉抵制不良行为，同时要让孩子多参加健康有益的文化活动，分散他们的注意力。

如果青春期的孩子同性依恋现象比较严重或者出现异常反应，家长通过温和的教育和引导无效的话，还应从心理上寻找原因以纠正孩子的行为。

综上所述，家长对青春期孩子的同性依恋现象，既不用过于担心焦虑而阻止他们同性交往或破坏他们的同性友谊，也不能采取视而不见、不闻不问的态度，长此以往可能使孩子的心理变得畸形。正确的做法是，对这个阶段的同性依恋行为适当关注，并以平和的心态循循诱导，让孩子们拥有正确和健康的交友观。

为何女性到了更年期容易失眠

女性朋友在绝经期或绝经之后，心烦意乱、失眠、发胖等各种问题都相继而来。

53 岁的梁姨，退休前在市建行工作，近几年来经常情绪急躁、易于激动、喜怒无常，梁姨认为是工作太忙、压力太大的原因，也就没想到要去就诊。好不容易退休了，可以好好休息休息了。可没想到退休后不到两个月，身体就出现了其他症状：经常出汗、头痛、心悸、血压升高、关节酸痛、体形发胖等，最让梁姨受不了的就是晚上睡不着，一开始吃安眠药还勉强能睡着，可是近来安眠药也不管用了，姐妹们说她可能是得了更年期综合征。经医生诊断，梁姨的症状是更年期综合征导致的。

那么什么是女性更年期综合征呢？它是指妇女在绝经期或绝经之后，因卵巢功能逐渐衰退或丧失，以致雌性激素水平下降所引起的以自主神经功能紊乱代谢障碍为主的一系列症候群。女性更年期综合症多发生于 45 ～ 55 岁之间，一般在绝经过渡期月经紊乱时症状便已经开始出现，可持续至绝经后 2 ～ 3 年，仅少数人到绝经 5 ～ 10 年后症状才能减轻或消失。

女性更年期常见的不适症状有：月经周期紊乱、经量不一，并逐渐减少；情绪急躁、易于激动、心烦意乱、思想不集中、喜怒无常；面部潮红、经常出汗、头痛、心悸；血压升高、关节酸痛、体形发胖等。

有些人一下子不能适应这样的变化，会出现异常心理，主要表现为以下几个方面：

第一，悲观。一些妇女对发生在自己身上的更年期症状，出现悲观的想法，情绪消沉。一些人担心自己已经衰老，生命似乎走到终点，失落感特别明显。一些人常回忆过去岁月中不愉快的事件（灰色回忆），经常以泪洗面。

第二，焦虑。由于更年期综合征的出现，使一些妇女顾虑重重，外界的一点点刺激就容易引起很大的情绪波动，精神难以集中。

第三，敏感多疑。有的妇女整日忧心忡忡，郁郁寡欢。她们经常无端猜疑，见风就是雨，格外关注小道消息和闲言碎语，经常喜欢凭主观臆断把他人的言语和行为盲目地联系在一起，这不但影响了人际关系，还影响了自己的心理健康。

第四，个性与心理的改变。一些妇女的某些更年期症状比较明显，这些症状影响并改变了她们的个性。她们有时表现为唠叨、自私、急躁、不近人情，有时过度兴奋，有时则伤感、绝望，看问题及处理问题很极端。

第五，对外界事物失去兴趣。有的人每天上下班两点一线的生活，对社会上的活动失去兴趣，又不想培养新的兴趣。

更年期是每个妇女必然要经历的一个阶段，但每个人所表现的症状不同，症状轻的可以安然无恙，症状重的则会影响工作和生活，甚至会发展成为更年期疾病，如案例中的梁姨。因此更年期妇女更应该关爱自己，多了解更年期的常识，做好心理准备。

首先，要坦然接受成为中老年人的事实，将健康的身心作为美的评价标准，多参加一些活动，比如唱歌、跳舞等活动，让自己的老年时光也散发出另一种“青春”的魅力。

其次，尽快适应人生角色的转变。由于子女长大，有了自己的家庭和事业，母亲面对突然冷清下来的家会感到凄凉。空闲也成了难以对付的难题，不安情绪也就油然而生。这就要求女性朋友们平时要学会扮演多种角色（如朋友、母亲、同学、同事），增强自己的角色可塑性，让自己更好地适应不同阶段的生活。

最后，我们会发现平时独立性比较强、有自己兴趣爱好的女性，到了更年期会适应得更快。所以，要寻找自己工作和家庭以外的其他爱好，拓展自己的兴趣，这样可以快乐地填充自己的空闲时间，减少更年期的烦恼忧虑。

总之，从现在就做足准备，以乐观积极的心态去面对，女性朋友一定可以快乐地度过人生的每一个不同阶段。

活在当下才能不迷失

什么才是你活在当下的真实存在？在喧嚣的社会中，你是否处于迷失当中？留恋、不舍、怀念的是过去，对于未来你又将如何对待？该怎样活在当下，已成为都市人不断寻求的谜题。

一天晚上，我在小区散步。走到湖边的小路上，我看到湖对岸有一轮满月刚刚升起，正好位于湖对岸那座小山丘的山顶。空气中有些雾气，这轮满月有些泛黄，因为这幽暗的浅黄色，这轮满月、这湖、这些小山以及湖边的垂柳都有了一种怀旧的味道。这一瞬间，我被触动，然后拔腿就往家跑，准备去拿相机，拍下这迷人的景色。

但刚刚跑出一段，我又停下来，站在湖边的垂柳下，看那轮幽暗的满月，还有湖水、小山……我彻底忘记了自己，全神贯注于这月、这山、这水乃至湖水上的电线……我与这景色也似乎融为一体。

第二天，我想，差不多的时间，该有差不多的月色吧。于是，到了第二天晚上，我带着相机提前来到湖边，等着这月色的出现。然而，这天晚上的月亮似乎还是那么圆，但那种怀旧感已彻底没有了。我静下心来，再看当时的月色，发

现它尽管没有昨晚月色的特点，但一样有它的迷人之处。

如果执着于过去产生的快乐，那么我们便不能活在当下，便失去了单纯的快乐。随着年龄的增长，单纯的快乐也变得越来越难了。每有一种快乐，我们就会产生一种渴望，希望能在未来继续复制这种快乐。快乐越多，这种渴望也就越多。于是，随着年龄的增长，我们的心就会被一层又一层的渴望所缠绕，从而失去了对当下事物的关注。

快乐有很多种，如果只执着于一种，也就无从看到其他的了。一味地追求虚无的快乐和感觉，人就会活在自己想象出来的世界中，分不清现实与虚幻，让人难以从心底产生快乐感，便会迷失自己，变得无所适从。

不能活在当下的另一个常见原因，是我们容易被目标所淹没。很多人喜欢树立目标，认为目标越高，自己做事的动力就越强。然而，当总是想着目标时，我们就会忽略当下，就做不好当下的事情，而时间却慢慢溜走，等我们注意到的时候，已经来不及了。

活在当下，才能全神贯注把眼前的事情做好。

第六章

进化论：为什么穷人家里女儿多

生男生女到底是由谁决定的

染色体、基因等因素都会影响孩子的性别。

一个广受关注的进化生物学原则——“特里弗斯－威拉德假设”指出，拥有较高社会地位的富裕父母有更多的儿子，而社会地位较低的贫穷父母有更多的女儿。这是因为通常孩子会继承父母的财富和社会地位。富裕家庭的儿子也是富豪，从进化史来看，他们能够拥有很多妻子和情人，可以生几十个孩子，而富裕家庭的女孩的后代可能就没有这么多了。

与此相反，贫穷家庭的儿子可能被彻底排斥在繁衍游戏之外，因为没有女性愿意嫁给他们。但如果是年轻漂亮的女儿，那么仍有可能育有子女。所以父母在各自的经济环境中衡量孩子的性别比例——如果较为富裕，那就要男孩；如果比较贫穷，那就要女孩。

有很多证据能够支持这个假设。美国总统、副总统和内阁成员的儿子数量比女儿多。东非贫穷的游牧民族的女孩数量多于男孩。在美国和德国，精英阶层拥有更多的儿子，而普通人则有更多的女儿。在针对46个国家的调查中，如果人们只能有一个小孩，那么有钱人希望要儿子，而穷人则希望要女儿。

尽管存在一些例外，但多数证据还是支持特里弗斯－威拉德假设的。

一项新假设指出，如果父母能够遗传的特质更适合男孩，那么父母将生男孩。相反，如果父母能够遗传的特质更适合女孩，那么父母将生女孩。大脑类型是此类遗传特质的一个例子。“男性大脑”更擅长系统化（善于理解）；而“女性大脑”更擅长共情（与他人产生关联）。因此新假设推定，拥有“男性大脑”的人如工程师、数学家和科学家，更有可能生儿子，而拥有“女性大脑”的人如护士、社会工作者和学校教师，更有可能生女儿。研究得到的数据也证明事实的确如此。

剑桥大学心理学家西蒙和他的助手以刚出生一天的婴儿为对象做了一项实验。他们同时将一张女性脸部的照片和一张汽车的照片给 102 名婴儿看（其中男婴 44 名，女婴 58 名，但是研究人员在实验结束之前并不知道婴儿的性别）。他们将实验过程拍摄下来，以观测婴儿们更关注哪一张图片。结果显示，大部分男婴盯着汽车图片的时间更长一些；相反，大部分女婴更偏爱看女性脸部图片。

众所周知，男孩和男人对机器及其他机械物体有着浓厚的兴趣，而女孩和女人则更倾向于社交，并对人际关系比较感兴趣。假设这些性别差异是伴随人一生的性别社会化的结果，那么这些刚刚出生一天的新生儿，为什么也会表现出这样的性别差异？即使是“社会化”观念最狂热的支持者都不可能认为，24 小时就能让婴儿“社会化”了！

关于生男生女的研究，或许还有更多有趣的成果等待人们去挖掘。

一头秀发的女性为什么更有吸引力

有很多男生总是为有一头瀑布般长发的女生所倾倒，秀美的头发成为一些女生性别和吸引力的象征。为此，许多女生都选择留一头长发。那么，为什么长发女子会获得青睐？为什么男性对长发女子情有独钟呢？

由于胎儿在女性体内的生长期长达十个月的时间，随后母亲还要花几年的时间养育新生儿，母亲的健康对于新生儿的健康成长至关重要，体弱多病的女性不可能成为称职的母亲。因此，男性喜欢选择健康的女性作为他们孩子的母亲。

男人如何判断他们潜在配偶的健康状况？在远古时代并没有诊所，男性需要自行判断女性的健康状况。其中一个能够准确衡量健康状况的指标就是头发，健康的人拥有闪亮、光泽的头发，而不健康的人的头发就会失去光泽。

在古代，一个女人如果有一头又长又亮的头发，说明她拥有健康的身体和较强的生育能力。可以说，头发是人体健康的测量器。头发的荣枯，在一定程度上反映出身体的营养与健康状态。头发的生长速度与年龄、季节有关。15 ～ 30 岁为头发生长的旺盛期，夏天比冬天长得快些。人体的某些疾病或精神状态，也常常从头发的变化上反映出来。头发的生长非常缓慢，一年大概只长 15 厘米。这意味着一个女人要是有一头齐肩秀发（约 60 厘米），那么她的头发就可以准确地反映出她过去 4 年中的身体健康状况。一个女人也许现在很健康，但假如她在过去 4 年中生过病的话，一头长发就会把她的健康状况显示出来。

研究人员称，长发与性的关系可以追溯到远古时代。在远古时代，女人在衰老的时候没办法让自己的头发看起来健康亮泽。这也是为什么年长的女性更倾向于留短发的原因，她们不希望头发成为昭示她们身体健康状况的标志。而对年轻女生来说，健康柔顺的长发则能反映出她

们的青春活力。心理学家介绍，远古壁画中所描绘的“长发女子”图像是有寓意的，“头发越长，说明其生育能力越强，因而越吸引雄性”。而两性关系学家帕姆·斯派认为，女性把头发剪短是在宣告要收回卧室的“主权”。他说：“对女性而言，头发是一个人的情绪和自我意识的反映。一般，短发象征着干练，更具有自我意识；长发则代表温柔、体贴。”而且“男人们会认为，女性剪短发是刻意使自己更‘阳刚’一些，这会让男人心生排斥”。长发让女人颇具性魅力，而留短发的女人给人的印象是严肃的感觉。而且很多男人迷恋长发在自己手上划过后留下的那种清新顺滑的质感。

长发女人和短发女人哪一类更性感？有人对 5214 名英国男士进行了调查。结果不出所料：74% 的被调查者认为长发女人更性感，12% 的人喜欢短发女人，其余的觉得没有区别。因此，女人想吸引男人时应该留长发，而在工作上则应该留短发或者把头发盘起来。在正式的工作场合，对身居要职或在男人主导的行业任职的女性来说，性感的相貌会成为一种负担。

虽然长发有长发的魅力、短发有短发的气质，但是长发飘飘的女人对男人来说依然是无法抵挡的风景。

谎言能够让社交变得更加顺畅吗

很多人认为说谎是欺骗他人的行为，是一种不礼貌的行为。尽管从小我们就被教育不要撒谎，可在现实生活中，依然还是有很多人喜欢使用谎言。为什么我们一定要说谎？

因为说谎是人类与生俱来的一种能力，说谎意味着我们拥有自我意识；自我意识和说谎的能力是同步发展出来的。人们本能地说谎，甚至让其他人为他们说谎。

社会心理学家史金纳博士认为善意的谎言很重要，它们能维持我们的自尊，可以缓和生活中可怕的焦虑感。从心理学角度来说，说谎并非都会带来负面影响。

韩彬是一所大学的心理学教授。一天课程结束时，他给学生留下一项课外作业。可是到了规定交作业的期限，他发现至少有 2/3 的同学没有完成。

韩教授很生气，站在讲台上说："你们真让我失望，不是说好按规定期限交上来吗？到底是怎么回事？"他的话音刚落，就看到一个男同学站起来解释道:"老师，对不起，我感冒了，刚好。"

"老师，这周末我不得不回家，因为我的父亲出差了……"

"老师，我的电脑最近出了毛病，一直没能修好……"

……

这些没有完成作业的学生似乎都有充分的理由。于是，韩教授花了整整一节课来聆听学生们无法按时交出作业，希望教授宽限时间的一连串借口。

韩教授好笑又好气地给同事说："学生们丢给我各式各样的借口，甚至亲人过世、生病或电脑故障等，有些理由真的是煞费苦心。"

不过，不管这些借口能不能让人相信，学生最终还是得以如愿以偿。因为没有证据指出这些学生在撒谎，教授只能相信他们是诚实的。

事实上，这些学生之所以撒谎主要是从心理上意识到自己没能按时完成作业这件事，已经惹教授生气了。而通过这些没有什么恶意的谎言进行解释，是对教授最基本的尊重，这样一来，教授心理可能会比较好受。

史金纳博士说："谎言能够让人类的社交运转得更加顺畅。"当我们学会使用语言和察言观色时，也就学会了假装、谄媚和奉承，还会养成天天说谎的习惯。真话有时候会带来伤害，所以我们在面对"我胖吗"或"你爱我吗"这类问题时就经常使用善意的谎言。

但善意的谎言有时也会产生负面效果。当我们还年幼时，父母会无条件地给予我们充分的关怀，称赞我们聪明又美丽，而我们也十分相信，直到我们认清真实的自己。

如果一个孩子在亲朋好友编织的谎言中成长，可能会影响他以后的人生。

在某电视台一个才艺表演节目中，一名漂亮的姑娘满怀希望地唱了一首自己偶像的歌曲，当然唱功并不出色，而且有些把握不到位。结果评委给出了真实的评价："你真的不适合唱歌""找一所专业学校再学习几年吧""这根本不能算才艺"……

当这位年轻的姑娘听到这些奚落的语言，哭着跑下了台。家人安慰她说："评委不公正，你应该参加规模更大的选秀节目。"后来，这位姑娘不但没有汲取教训，反而又去参加选美比赛，结果连海选都没通过。一连串的失败打击让她变得再也不自信了。

故事中这位年轻的姑娘是无辜的谎言受害者：她在过去的岁月里，听到太多来自亲朋好友的善意谎言，真的以为自己既美丽又多才多艺。事实上她并没有出色的才艺，甚至很平凡。所以，我们并不需要父母和朋友不切实际的鼓励，不需要靠善意的谎言来满足自我的虚荣心。

当然，并不是所有的谎言都是不好的，我们应根据不同的情况正确使用谎言。

为什么男人更易出现中年危机

很多人相信，男性进入中年时期就会面临中年危机。事实并非如此。尽管很多中年男性会陷入中年危机，但这并不是因为他们已经迈入中年，而是因为他们的妻子步入中年。

从进化心理学的角度来看，我们可以通过女性是否进入更年期判断男性是否陷入中年危机。因为这时男性需要再次吸引年轻而且具有生育能力的女性。因此与25岁女性结婚的50岁男性不会发生中年危机，但是与50岁女性结婚的25岁男性和50岁男性，都会面临中年危机。

男性是否迈入中年并不重要，关键在于女性是否也迈入中年。所以当一位中年男性买了一辆漂亮的红色跑车时，他并不是想要再年轻一次，而是在炫耀他的财富，以吸引年轻女性。

但是，对于进入中年危机的男性，我们要予以警告，或许年轻貌美的女性更有吸引力，或许出轨很刺激，但是，少年夫妻老来伴，选择出轨其实就是选择将下半生的幸福拿来冒险，最后很容易人财两空。

对于进入中年危机的男性，我们给出了以下几条建议：

一、你的变化、需求甚至脆弱，其实都可以和妻子倾诉。感觉对妻子“审美疲劳”了？发现两人没有共同语言了？一般而言，这大都是你在年轻时全力冲刺事业所积累的后果。因为女人一直是渴望话语沟通和精神交流的，或许是你的每一次“冷处理”导致了今天两人“言语乏味”的地步。想想她这么多年来的忍受，是不是该从你开始改观，多关心她、告诉她你的需要，而不是找一个新的女人重新开始。

二、花心思重新爱上你的妻子，也是刺激和浪漫的。因为生活的变化太少，所以会被新的恋情吸引？新的恋情固然刺激，然而，重新激活原来的婚姻关系，也可以给你带来意想不到的幸福，因为你们的“新”恋情里还有深厚的回忆基础。婚姻，本来就是要求你重复地爱上同一个人。

三、某些自由的代价很高。女人能原谅你的出轨，是因为她爱你。但是这并不代表她能忘记你对她的伤害。如果你真的不想以幸福的家庭为代价，就不要幻想她真的不在乎。

还是那句话，少年夫妻老来伴，今天你为了刺激为了激情抛弃了你的糟糠之妻，明天你很可能会后悔今天的决定，因为最爱你的那个人已经远去了。请珍惜身边的人。

为什么男人对婚姻有天生的抵触情绪

在有关“逼婚”的各种案例中，通常都是女人很憧憬进入到婚姻中，而男人则觉得面对婚姻有一种天生的抵触情绪，是被迫才走入婚姻的殿堂。从结婚那天起，他就表现出焦虑与不知所措，因而极力想逃脱现实。这时候，有人会告诉他，恐惧是正常的。接着他们就会安慰他说，你一定会克服那些恐惧心理，并且一定会在这个过程中慢慢地成熟起来。

男人始于新婚的内心抵触情绪，并非幼稚和不负责任，而是一种有益的内心冲动。男人二十多岁就被父母敦促结婚，这是男性的一大悲剧——他的情感远没有得到充分发展，青春年华匆匆度过，事业还处于起步阶段，没有获得较为可靠的经济立足点。早婚将压抑的情感和经济负担压到了他的头上，束缚了他的手脚，使他陷入一种仅仅只能维持生存的生活方式中，身心健康都受到了摧残。

从男性早期的心理状态来看，他们的婚姻似乎没有很好的基础足以使他们得到极大的满足。男性经常为适应情况，只好改变自己固有的生活节奏，强迫自己变成另一个人。结果，他总是有一种被压迫、被掠夺感，而在他人眼里，却一向被看作为一个标准的男士。人们经常听到女人抱怨她们在婚姻中是受压迫的一方，这显然不完全正确。无疑她也被婚姻关系所束缚，但男人的心灵更易受创伤，因为男人在情感上对结婚还缺少充分准备，更易否认和压抑自己的个性。在竭力维持那种婚姻关系的同时，他与真实的自我越来越疏远。

那些即将步入婚姻殿堂的女人不妨先看看你准备嫁的男人准备好了吗？

正视婚姻中残存的心理情结

在婚姻中，我们常会莫名其妙地被配偶“激怒”。配偶无意间说了一句“你真没用”，就可能使我们暴跳如雷、小题大做。顿时，我们似乎在配偶身上，又看到了父母严酷指责的影子；在情绪上，似乎又重新经历了童年被父母苛责讥讽的痛苦。在婚姻中，表面上我们是在与自己的配偶相处，其实是不断重新经历自己过去与父母的关系。婚姻关系，可以说是我们在成长过程中，与父母互动模式的重现。这些残存的心理情结，好似婚姻之河中的漩涡暗流。带进婚姻中的残余情结愈多，要渡过婚姻之河的危险性也就愈高。

这些心理情结，又好似在成长过程中，被设定在自己心版上的“心理程式”。别人按了某个特定的“按钮”，说了某句话或做了某件事时，经过了自己心中程式的解释与处理，就产生了某些情绪或行为反应。可惜，没有多少人明白，我们之所以会生气，其实是与自己相关，只不过是别人按了按钮。使我们产生反应的，是自己心中的“情结”与“程式”，以及我们自己所戴的有色眼镜。

不幸的是，这种不检讨自己的心理情结（程式），只怪别人按了自己的按钮，使自己生气的现象，在婚姻中比比皆是。婚前与父母间的旧情结尚未解决，现在又与配偶彼此伤害，制造新情结，使冲突愈演愈烈，严重破坏了夫妻之间的感情。

一个人不论到了何处，与何人结婚，心中的新旧“情结”（程式）永远会跟着他。这些情结若得不到解决，同样的错误可能会再犯。

择偶真是一个神秘而奇妙的过程。有位妇女，父亲是个酒鬼，她长大后，结了三次婚，三位前夫竟然都是酒鬼。

后来，她的心理治疗者发现，这位女性心中有一种强烈的需要，必须照顾她父亲那一类的“弱者”。唯有当她去照顾酒鬼丈夫时，她才觉得自己有用，才能得到成就感。她在不知不觉中受酗酒者吸引，嫁给他们，可是，她同时也痛恨酒鬼，因而离了三次婚。她心中的程式是：“照顾酒鬼，是让我觉得自己有价值、被人需要的唯一方式。”如果这个程式不改变，我们可以预测，她的第四任丈夫，将又是一位酒鬼。

很显然，这位女士与父亲之间未解决的心理包袱（她的心理情结是“权威问题”），深深地影响了她的婚姻，虽然影响的方式不同，然而，都同样是“权威问题”在作祟。这位女士必须学习以成熟的态度，去面对父亲与其他好用权威的男人，重新学习如何与他们相处，从新的经验中教育自己，解决心中残存的旧账。否则，权威问题将持续影响她的婚姻，也会妨碍她与男性间建立正常的关系。

怎么去克服这种权威问题的影响呢？

人心中的这些“心理程式”或“心理情结”都是可以改变的。举我自己“怕被冤枉”的例子来说，要改变这个程式的第一步，是警觉到它的存在，然后下定决心去改变它。改变了思想，就可以改变情绪反应。在改变我“怕被冤枉”的过程中，我失败了许多次。但是，失败后所产生对自己不满与羞愧的情绪，就变成我改善自己的动力，使我愈来愈想改掉这个程式。要改变一个从小养成的“心理程式”，需要花很多工夫，并且需要经过许多次“尝试错误”的过程。

人永远无法控制他人的言行，不能强求别人不按心理按钮来激怒自己，也无法不许别人使自己难受。即使自己有办法使天下人都对我好，世上仍有许多不如意的事，能触动我们的心理程式。要使自己快乐的唯一方法是改变自己心中的程式，使自己变得更健全、更快乐。每个人心版上的程式，应由自己负责改变，不该把过错推给父母，或其他在童年时曾伤害我们的人。许多时候，别人伤害我们是无意的，有些时候，别人伤害我们，是因为他们不够成熟，不知道他们自己在做什么，何况我们在不成熟时，也伤了许多人的心。

心理程式的形成，很难说是谁的错。这本不是个完美的世界，诿过与报复，均于事无补，只会消耗我们的精力，不如尝试着用积极的心态去面对。

第七章

大话王：为什么我们愿意说假话并听信谣言

说谎是人的天性吗

现在的孩子们小小年纪便能做到说谎不打草稿，家长对此特别苦恼，自己明明教育孩子们不要说谎，为什么他们却还是喜欢说谎？难道说谎是人的天性吗？

有调查显示，孩子说谎的种类并不亚于成人，包括社交性的谎话、残酷的谎话、善意的谎话、隐藏事实逃避处罚的隐瞒性谎话，以及蓄意说谎以获利或增加威信的明显谎话。事实说明，无论家长如何教孩子，他们迟早会对你说谎。

针对孩子说谎的现象，科学家提出了“心智理论”，指出孩子会认识到每个人的想法各异，而他们可利用此情况来欺骗他人。由此看来，说谎是人的天性。

美国有项研究，研究人员将一群三岁大的幼童安置在一间房间里，周围摆放了一些新奇的玩具，研究人员告诫孩子们不可以转头去看那些玩具，然后离开。5 分钟后研究人员回到房间，问每一位小朋友：“你偷看了吗？”尽管录像显示有 90% 的小朋友回头偷看了，却只有 38% 的人说实话。

另一项针对不同年龄层小朋友的实验则显示，小朋友的年龄越大，就越有可能说谎。满五岁的小朋友中，没有任何一个人会承认他们偷看过玩具。

英国朴次茅斯大学心理学家艾尔德·威瑞认为，小孩子天生就是当骗子的料。说谎的能力大约在三岁便与语言能力同时被开发出来。比如，当一个三岁大的小女孩接受祖母所馈赠的礼物时，即使她并不喜欢这个礼物，也会做出热烈的反应。

心理学家认为小朋友说出这类谎话是因为受到了父母的鼓励。生活中，当孩子们犯错不愿承认时，家长会说以后不再爱他们、不再和他们说话和不带他们去旅游，甚至吓唬他们不准吃饭，直到他们就范。

事实上，家长们说出的这些吓唬话并不会真正当真，而当小朋友们意识到这些处罚只是吓唬的时候，就会认为父母说话不算数。既然他们可以说谎，自己当然也可以。当然，如果家长真的处罚了说谎的孩子，也可能会促使孩子们为逃避处罚而说谎。对此心理学家解释说，当一个两岁的小男孩被告知不准吃面包时，他还是忍不住吃了。当母亲问起时，小男孩承认自己吃过，于是母亲很生气地处罚了他。类似的事情重复发生后，小男孩便知道承认做坏事会遭到惩罚，于是就开始说谎以逃避受罚。

当然孩子们的谎言很快就被揭穿了，他被父母告诫说："说谎是不好的行为，以后若是说谎就得受罚。"于是孩子们开始犯难了，假如他们犯错了，说真话就会受罚；如果不说真话，还是得受罚。但孩子们发现他们的父母不可能察觉到自己做过的每一件事情。因此，当错误没有被发现时，他们就撒谎；只有当错误被发现，实在躲不过才承认自己所犯的错误。这样的心理很可能会直接影响到孩子们长大之后的性格。

不说"我"的人多在说谎

在社会交往中，人们说谎或被谎言欺骗的次数之多令人震惊。据统计，每人平均每日最少说谎 25 次。当然，谎言有不同层次之分，善意的谎言其实是出于对对方的尊重，当谎言会伤害他人时，说谎者往往不愿提及自己的姓名。美国赫特福德郡大学的心理学家韦斯曼说："人们在说谎时会自然地感到不舒服，他们会本能地把自己从他们所说的谎言中剔除出去。"比如我们问一个熟悉的朋友：你昨晚为什么不来参加晚宴？这时，朋友抱怨说他的汽车抛锚了，他不得不等着把车修好。说谎者往往说"车坏了"而不说"我的车坏了"。

加拿大探索频道的科学节目《每日星球》曾经进行过一次全国性的谎言监测实验。他们邀请到了好莱坞著名影星和喜剧演员莱斯利·尼尔森作为实验对象，节目主持人杰伊·英格拉姆先后对尼尔森进行两次相同的访问。

第一次的访问是这样的内容：

主持人：你最喜欢的食物是什么？

尼尔森：我最喜欢的食物到底是什么？我可以从任何食物中挑选吧？我得说这真是一个艰难的选择。其实这要看具体情况而定。我想……我最喜欢的食物应该是番茄酱。

主持人：番茄酱！你为什么那么喜欢番茄酱？

尼尔森：我为什么喜欢番茄酱我也不知道。我觉得我是那种可以把番茄酱涂到任何东西上的人，我根本不在乎别人会怎么看。我就是喜欢番茄酱。

当我还是小孩子的时候，我想这个习惯就已经养成了。如果我想找点儿东西吃，通常就会说："嘿，母亲，请给我一片蘸果酱的面包。"

我记得当时我母亲说："我们没有果酱，我们一点果酱都没有。我给你点儿别的吧。"随后她就会给我一片抹了黄油的面包，还在上面涂了很多番茄酱。我很快就迷上了。

我知道，当我在家的时候……如果我心情不错，我就会自己去弄一点来吃。不管怎么样，如果我饿了，我就会直奔冰箱，从中拿出一片面包，抹上黄油，最后再涂上厚厚的一层番茄酱。那会让我的心情变得更棒了。

以下是第二次访问时的对话内容：

主持人：尼尔森，你最喜欢的食物是什么？

尼尔森：让我想一想吧，也许它现在正在变成我最喜欢的食物……那我就选第一个想到的食物吧。嗯……你知道酸奶油吧。比如说，把一些酸奶油放在牛油果沙拉酱上……这就是我比较喜欢的美食吧。

还记得，小时候母亲会吃拌有沙拉酱的番茄三明治。后来，我觉得沙拉酱看起来很像是酸奶油，那可是世界上我最不想碰的东西。

于是，真的，一直都没有碰酸奶油，可是现在……那种味道真的很不寻常，而且还可以选脂肪含量比较低的那种，我对这个比较在意，对于我来说这是一种新的口味，但很快就迷上这种口味了，酸奶油的味道。

在这两次访问中，主持人问了同样的问题，他最喜欢的食物是什么。尼尔森在第一次访问中反复强调“我”，而在第二次访问中却尽量避免使用“我”。细心的读者可能已经猜出来了，尼尔森其实并不喜欢酸奶油，他最喜欢的食物应该是番茄酱。当他说真话的时候，使用了二十多个“我”，而在说谎的时候仅仅用了几次。

所以，如果我们向某人提问时，对方总是反复地省略“我”，对方就有被怀疑的理由了。反过来说，撒谎者也很少使用他们在谎言中牵扯到的人的姓名。

另外，心理学家认为说话内容越是翔实说谎的可能性就越小，表述的内容越简单说谎的可能性就越大。还拿上面两次访问来说，在真实的陈述中，尼尔森对儿时与番茄酱有关的经历描述得非常详细，而且多次提到了自己的感受。例如："我很快就迷上了""如果我心情不错"以及"那会让我的心情变得更棒了"。

相反，尼尔森在说谎的时候都是在泛泛而谈，比如如果使用酸奶油、酸奶油的味道很不寻常、酸奶油脂肪含量较低等。而且只有一次轻描淡写地提到了自己的感受，就是在访谈快结束的时候说了一句"但很快就迷上这种口味了"。

更为可靠的说谎迹象是人们说话的语气和他们不经意间的遣词造句。只要学会了聆听这些神秘的信号，我们就能够揭开说谎者的面纱。也许有一天，我们突然之间就知道了大家最真实的想法和感受。

为什么我们喜欢听信谣言

谣言，重复得多了就会使人相信，这是由心理积累暗示导致的。生活中的流言很多，常常令我们身陷被动的境地。

孔子的弟子曾子，是一个有名的孝子，有一天，他说："我要到齐国去，望母亲在家里多保重身体，我一办完事就回来。"母亲说："我儿出去，各方面要多加小心，不要违反齐国的一切规章制度。"

曾子到齐国不久，有个和他同名同姓的齐国人，因打架斗殴杀死了人，被官府抓住。曾子的一个同门师弟，听到消息就慌忙跑去告诉曾子的母亲说："出事啦，曾子在齐国杀死人了。"曾母听了这个消息，不慌不忙地说："不可能，我儿子是不会干出这种事的。"

那位师弟走后，曾母仍旧安心织布，心里没有半点疑虑。

过了一会儿，又有一位邻居跑来说："曾子闯下大乱子了，他在齐国杀死人被抓起来啦。"曾母心里有点慌了，但故作镇定地说："不要听信谣言，曾子不会杀人的，你放心吧。"

这个报信儿的人还没走，门外又来了一个人，还没进门就嚷道："曾子杀人了，你老人家快躲一躲吧！"

曾母沉不住气了。她想：三个人都这么说，恐怕城里的人都嚷嚷开这件事啦，要是人家都嚷嚷，那么，曾子一定是真的杀人了。她越想越怕，耳朵里好似已听到街上有人在说："官府来抓杀人犯的母亲啦。"她急忙扔下手中的梭子，离开织布机，在那两位邻居的帮助下，从后院逃跑了。

人们常说，"谎言说了一千遍就成了真理"。的确是这样的，开始时曾子的母亲不相信谣言，坚信自己的儿子不会杀人。但是，当三个人都这样说，她就逐渐认同，甚至最后吓得逃跑了，这是因为心理积累暗示发生了作用。

心理积累暗示有移山倒海的功效，可以改变人的信念。一般说来，儿童比成人更易被暗示，女性比男性更易被暗示，处于疲倦、催眠等状态时，比清醒时更容易受到暗示。

谣言并不是什么可怕的事，冷静思考是我们对待谣言的最好处理办法。对于身陷谣言旋涡中的人来说，最需要的是冷静的头脑，而非沮丧的心情和失望的愤怒。

是不是说谎，看表情就可以知道

人际交往中，有些人出于各种各样的目的，不可避免地会说一些谎言。有的人说谎时说话的语气及面目表情很不自然，仔细观察就能看得出来；但有些人说起谎话来面不改色心不跳，让人很难分辨他的话是真是假。那么我们是不是就没有办法判断谎言了呢？

心理学家认为，从笑容中可以辨别谎言。欺骗的表情常常出现在嘴部。任何表情都可以作为伪装以掩饰其他的表情，而笑容是其中最常用的。一个真诚自然的微笑会让整张脸亮起来；但如果只是硬挤出来的笑容，那么嘴巴应该是紧闭的，眼睛和前额也不会因笑容而牵动。一个不牵动整张脸的笑容，则是欺骗的信号。

通常情况下，当一个人感到伪装的表情失败了，他还会用微笑迅速将其掩盖。极细微的表情，常常是我们识别谎言的关键。除了通过一个人的笑容可以分辨谎言，心理学家认为以下几点也可帮助你辨别他人的谎言。

第一，面带恐惧多在撒大谎。如果撒谎者只是说了一个小谎的话，那么他的面部表情中可能没有太多恐惧。因为他心里有底，即使被识破了，也不会有太大的麻烦。但是，如果一个人撒的谎比较大的话，即使他极力地掩藏，一些高明的识谎者也能从他细微的表情中看见恐惧的信号。

说谎者恐惧表情的多寡，取决于说谎者的心理素质，更取决于面对的是怎样的一个识谎者。

第二，情绪持续过久。情绪出现的时间快慢是很难作假的。只要仔细观察，我们就不会被愚弄。比如惊骇、惊讶这种情绪来得快，去得也快，如果持续过久，表示这种反应极有可能是装出来的。

因为作假的情绪反应不是自然发生的，所以它出现的时间会稍微延后，持续的时间也会比真诚的情绪反应要久，然后“突然”就消失了。当假装很惊骇、惊讶的时候，我们通常会保持一副害怕、恐惧的表情，这种伎俩是瞒不过精明的识谎者的。

第三，眼睛斜视。眼睛最容易流露人们的真实感情、性格和健康状态等。眼睛斜视，被认为是说谎时常见的标志。说谎时人们的典型征兆是：频繁地眨眼睛、漫无目的地四处张望和眼睛贼溜溜地转动等。视线斜视是“不想让别人识破本心”的心理在起作用。因为说谎而感到不安，所以试图尽可能地收集周围的信息以求转移不安或者找回安全感。

第四，瞳孔放大。一般说来，瞳孔的大小受光线明暗的影响，同时它也会随着当事人对某一问题感兴趣程度的变化而变化。我们可根据观察说话人的眼睛的变化判断是不是在撒谎，如果随着谈话的深入，对方的瞳孔不由自主地变大，说明对方在否认或者是说了谎话。

女同事甲：“嘿，你是不是对副总有意思啊？”

女同事乙：“怎么可能，没有的事。”

女同事甲：“你就别装蒜了，这些都写在脸上了。”

女同事乙：“啊，什么？”

研究表明，当人们看到或被提及自己喜欢的人时，瞳孔就会放大，相反看到自己讨厌的人时，瞳孔就会缩小。

第五，用手遮住嘴巴。用手下意识地遮住嘴巴，表示撒谎者试图抑制自己说出那些谎话。如果你在公司召开一个会议，你发言时看到有听众捂着嘴，这个时候就要注意了。遇到这种情况，你应该停止发言并询问听众：“大家有什么问题吗？”

也有的人会假装咳嗽来掩饰自己遮住嘴巴的手势。有时候人们是用几个手指或紧握的拳头遮着嘴，但意思都一样。

第六，触摸鼻子。说话者触摸鼻子意味着他在掩饰自己的谎话，聆听者做这个手势则说明他对说话者的话语表示怀疑。有人在说话的时候会用手在鼻子的下沿很快地摩擦几下，有时甚至只是略微轻触。如果他不是什么花粉过敏的话，那就说明他说的话有很多水分。

第七，摩擦眼睛。我们知道，当一个小孩不想看见某样东西时，他会用手遮住眼睛，而我们大人不想看见什么的时候，会下意识地摩擦眼睛。大脑通过摩擦眼睛的手势企图阻止眼睛目睹欺骗、怀疑和令人不愉快的事情，或是避免面对那个正在遭受欺骗的人。电影演员们常用摩擦眼睛的手势表现人物的伪善。

第八，抓挠脖子。当口头语言和这个手势不一致时，矛盾会格外明显。比如，某个人说"我非常理解你的感受"，但同时他却在抓挠脖子，那么我们可以断定，他真的没有理解。

根据观察得出的结论是，人们每次做抓挠脖子这个手势，食指通常会抓挠5次。食指运动的次数很少会少于5次或者多于5次。这个手势是疑惑和不确定的表现，等同于当事人在说："我不太确定是否认同你的意见。"

通过了解表情的细微变化，我们在与人交流和沟通的过程中可以进一步把握说话人内容的真实性，从而尽可能地减少上当受骗的次数。

揭穿骗局的铁匠——洞察谎言

说谎者往往利用一个道具或论据来支撑起整个骗局，此时我们只要不被他们表面的言语所迷惑，认真思考、冷静分析和判断，就能洞察他们的谎言。

燕王有收藏各种精巧玩物的嗜好。有时他为了追求一件新奇的东西，甚至不惜挥霍重金。“燕王好珍玩”的名声不胫而走。

有一天，一个卫国人到燕都求见燕王。他见到燕王后说：“我听说君王喜爱珍玩，所以特来为您在棘刺的顶尖上刻猕猴。”

燕王一听非常高兴。虽然王宫内有数不尽的稀世珍宝，可是从来还没有听说过棘刺上可以刻猕猴。因此，燕王当即赏赐那个卫国人。

随后，燕王对那卫国人说：“我想马上看一看你在棘刺上刻的猕猴。”那卫国人说：“棘刺上的猕猴不是一件凡物，有诚心的人才能看得见。如果君王在半年内不近女色，戒酒戒肉，并且要在一个雨过日出的天气，抢在阴晴转换的那一瞬间才能看到那棘刺上的猕猴。”

为了能看到棘刺上刻的猕猴，燕王只好拿俸禄先养着那个卫国人，等待机会再看。

有个铁匠听说了这件事以后，觉得其中有诈，于是去给燕王出了一个主意。匠人对燕王说：“在竹、木上雕刻东西，需要有锋利的刻刀。被雕刻的物体一定要容得下刻刀的锋刃。我是一个打制刀斧的匠人，据我所知，棘刺的顶尖与一个技艺精湛的匠人精心制作的刻刀锋刃相比，其锐利程序有过之而无不及。既然棘刺的顶尖连刻刀的锋刃都容不下，那怎样进行雕刻呢？如果那卫国人真有鬼斧神工，必定有一把绝妙的刻刀。君王用不着等上半年，只要现在看一下他的刻刀，立即就可知道用这把刀能否刻出比针尖还小的猕猴。”

燕王一听，拍手说道：“这主意甚好！”

燕王把那卫国人招来问道："你在棘刺上刻猴用的是什么工具？"

卫国人说："用的是刻刀。"

燕王说："我一时看不到你刻的小猴，想先看一看你的刻刀。"

卫国人说："请君王稍等一下，我到住处取来便是。"

燕王和在场的人等了约一个时辰，还不见那卫国人回来。燕王派侍者去找。

侍者回来后说道："那人已不知去向了。"

铁匠用推理的方法揭穿了骗子所设的骗局，可见尽管骗子很懂得他人的心理，又很会演戏，巧舌如簧，伪装得几乎滴水不漏。但是，假的毕竟是假的。只要你注意观察，细加分辨，就会发现，在他精心编织的谎言下，仍有大量的破绽和漏洞。这时只要点出说谎者的破绽，抽掉谎言赖以成立的支撑点，即可让谎言无处遁身。

御史巧计救李靖——以谎试谎

通常情况下，谎言有两种，一种是掩盖和隐藏，另一种是编造和篡改。前者不容易被识破，而后者却很容易露出破绽。因为编造和篡改的情节都是无中生有的，并非是说谎者亲身经历的，所以不会留下深刻的印象。当说谎者不断重复谎言时，难免会出现自相矛盾的地方，只要我们留心观察和分析，就很容易识破谎言。

唐朝初年，李靖担任岐州刺史时，有人向当时的朝廷告他谋反。唐高祖李渊派了一个御史前往调查此事。御史是李靖的故交，深知李靖的为人，他心里很清楚李靖遭到了奸人的诬陷，因此便想办法要救李靖，替李靖洗去清白之冤。于是便向皇帝请旨，请告密者共同前去查办此案。皇帝准奏，告密者也高兴地答应下来。途中，御史假说检举信丢失了，观察告密者以后的动作反应。

御史佯装害怕的样子，不停地向陪伴的告密者说："这可如何是好！身负皇上之托，职责所在，却丢失重要证据，我可真的难辞其咎了！"说着，御史便发起怒来，鞭打随从的典吏官。他的举动使告密者确信检举信已丢失。

御史无奈地向告密者请求："事已至此，只好请您重写一份了。否则，不仅我要担负不能办成查访之任的罪责，您的检举得不到查证，就没办法让皇上论功行赏了。"

那人一想不错，赶紧去重写。根据想象，又凭空捏造出一份来。御史接到信件，拿出原信一比较，只见大有出入：除了告李靖密谋造反的罪名一样，而所举证据都换了模样，细节更是大相径庭，时间、人物都难以对上号，一望即知是胡编乱造的诬告信。

御史笑笑，立刻下令把告密者关押起来。随后拿着两封检举信赶回京城，向唐高祖禀告原委。唐高祖大为震怒，竟然有人敢诬陷大唐的开国元勋，一气之下杀掉了诬告人。

整件事情的峰回路转，归功于御史巧妙地引出说谎者前后不一的证据，成功地揭穿了诬告谎言，惩治了撒谎者。

事实上这种方法十分有效，不只是因为临时遗忘而编造另外的谎言能使人抓住自相矛盾的地方，即使事先有很充裕的时间来准备，说谎的人很谨慎地编造了台词，但假如他不够机灵的话，他也无法预期对方反问的所有问题，仔细想好所有的答案；而且，就算说谎的人很机警，当时的情况也会引出突发事件，本来说词是可以骗到别人的，但是一旦发生这种突然的改变，就会令说词出现漏洞。因此，我们就要为说谎者创造这样的“机会”，让他的谎言露出破绽。

为什么恋爱中的男女都爱说谎

人们在谈恋爱时撒谎的次数最多。恋爱期间，男女双方就好像两个对阵的武林高手，你一招，我一招，力量此消彼长，却也无法战胜彼此，而他们所使用的招数就是编织一个个如梦似幻的谎言。

别不信，几乎没有一个人敢坚定地说自己在恋爱的过程中没有撒过谎。世上没有不撒谎的人，只有不敢

或不肯承认自己撒谎的人。所以怕的不是恋人会撒谎，而是他撒了谎还死不承认。所以如果一个人对诚实极度看重，会觉得诚实和不撒谎是画上等号的，但是这样这个人就意味着基本上可以退出爱情江湖了。因为在爱情世界，诚实 = 诚恳的撒谎 + 踏实的被骗。所以在恋爱中的男女都乐于说谎，也偏爱听一下谎话。

日常生活中是否经常听到这样的话："老婆，你是我见过的最美的女人……""老公，你是我遇过的最聪明的男人……"若听到这样的充满"欺骗"的谎话，几乎没有人能经受得住它的魔力，大部分人听到后都会觉得很受用，因为这些话是带着善意和爱意的，所以一般人都宁愿选择沉醉在甜蜜的谎言世界中。

萱如最近觉得很沮丧，男友每到星期五就会加班。一次偶然的机会，她听男友的同事说，公司并没有安排他们每周五加班。

这个信息对萱如来说简直是五雷轰顶。怀疑、气愤等几乎所有负面情绪都涌入她的脑海中，脑里就一直盘旋着这句话："他骗我，为什么？难道他另有喜欢的人了？"生疑的她在一个周五偷偷来到男友的公司，结果出乎她的意料，男友原来是在和同事一起打电脑游戏。非常投入的他并没有看到她的出现。

试想一下如果你是萱如，你要怎么做呢？直接冲到男友面前质问："你这是加班吗？"或者打电话把他叫出去大吵一架。

但是萱如并没有这么做，她悄悄地退出了办公室，回了家。她突然间明白，男友也需要一些自我空间，做一些他感兴趣的事。等晚上男友打电话过来，她跟他说，要不以后就把周五作为他们的"自由行动日"。因为她的闺蜜抱怨她重色轻友，希望每周可以小聚一下。男友听完后欣然接受。

男友不再需要撒谎，因为萱如发现了他的需要，并且尊重了他的谎言，给了他自尊和自由。

事实上在爱情中，男女都不太爱说实话，总是害怕实话会让对方不高兴，影响两人之间的感情。就像萱如的男友一样，很多恋人撒谎并不是因为变心，而是因为他偶尔也需要自我空间。因为他在乎她，既想满足自己的需求，又不想惹来争执，弄得彼此不开心，所以就撒了谎。这样的谎言并不是要伤害别人，而是想为自己争取一些自由。

现实生活中还有一类谎言是很常见的，几乎每个人都会遇到。比如两人约会，一人先到，打电话问另一人，你在哪？另一人明明还差10站，却会撒谎说自己还差2站。

在恋爱时，男人总会说很多甜言蜜语把女人哄得团团转，让女人感到很开心。婚姻存在七年之痒，随着时间的流逝，女人在感情上会缺乏安全感，这个时候男人的甜言蜜语就是对女人的一种安慰。正是因为男人深谙女性的心理需求，所以才会说出那么多的谎言。所以无论是男人还是女人，如同"黄盖挨打"一样，一个愿打，一个愿挨。男人有4个谎言是最常说的，女人不妨作为参考，擦亮心里的那双眼睛，留意一下：我跟前女友没有再联系了；我永远只爱你一个；我得加班呢；我发誓，绝对没有骗你。

其实许多时候男人说谎是抱着多一事不如少一事的心态，顺着恋人的心意说点无伤大雅的谎话哄哄恋人，逗恋人开心。其实，只要有利于安定团结，只要有利于夫妻和睦，只要有利于对方快乐，有时说一些无关紧要的谎话也是生活所必需的。所以像这一类的谎言最好不要揭穿它，彼此心知肚明就好。

然而并不是所有的谎言都是善意的，因此在面对谎言时，人们最好先想一想，自己的底线是什么，不要轻易地让爱情冲破设定的底线——凡是为了占有，却又不想真的负责，这样的情场谎言都不能忍。识破的那一刻，你就要离开。因此当面对着这类冲击你底线的恶意谎言时，各位女士更要提高警惕，时刻留心了。

为什么我们不介意谎言的存在

法国作家巴尔扎克曾说过这么一句话：“文学是庄严的谎言。”古今中外的作家都不停地用手中的笔描绘自己心目中的世界。人们都清楚地知道，这种描绘并非真实描绘，而是按照他们自己的希望构建出的世界。虽然这个世界是作家构造出来的，但人们却甘愿受其感染，对这个世界充满希望。因为他们从来就生活在一个充满谎言的社会中，小说中构造的美好让他们向往。

一位神父在弥撒结束时对众教徒说，下个礼拜日他将作一次关于撒谎者的讲道，请众教徒先回去预读一下《圣经》律法书第6卷，以便更好地接受下次讲道。到了下个礼拜日，神父在讲道前说："读过《圣经》律法书第6卷的教徒举手。"很多人举起手来。有些人看看别人，也举起手来。最后所有人都举起手来。神父看到这么多人举手，眉头一皱，在胸前连连画起十字："主啊，宽恕他们。"众教徒愣住了，神父睁开眼，看着他们叹道，他们这类人就是他今天要讲的人。因为《圣经》律法书里根本没有第6卷。

从这个例子可以看出，只要有人类存在于这个世界，就会不停地出现谎言。谎言，随意的、谨慎的、为自尊而说、为自强而说、为自信而说、为自爱而说、为自卑而说、为虚荣而说、为掩饰羞愧而说、为掩饰失败而说、为谋私利而说、为满足自己的欲望而说等。人们不但要对别人说谎，由于种种原因，人们还要对自己说谎。

谎言成了人们从懂事起便永远伴随的事物，而无论经过多长的时间磨炼，谎言永远都不会消失在这个世界中。人愿意说谎也乐意听到奉承的谎言。人为什么要说谎？心理学家通过对人类说谎的行为进行分析，总结出了以下几种原因：

一是因为游戏人生的乐趣。人是一种难以耐得住寂寞的动物。曾经有一位哲学家如是说，人需要娱乐，因而有时难免说谎。谎言有时能给我们带来快乐。所以，为了能享受谎言所带来的快感和乐趣，人们往往选择说谎而非直面真相。

我们都了解"狼来了"的故事。这个故事中的放羊小孩，撒谎时其实也并没有任何恶意，只不过是觉得太寂寞，想寻点刺激，找点开心，仅仅是出于一种好玩的心理而恶作剧罢了。结果却很出乎他的意料，后果比他想象中的要严重许多。事实上，生活中这种出于游戏目的的谎言很多，因无恶意，我们常常便只当它是玩笑，听过便罢，纵使是谎言也不会放在心上。

二是为了避害趋利。这是大多数人撒谎的根本原因和直接原因。很明显，生活中，作为一个有血有肉的普通人，谁不避害趋利呢？试想一下，当一个窃贼进入你家，盗窃你家的财物，并想从你的口中打探家中有没有数量可观的现金时，你会告诉他今天刚发下来的一万元奖金的位置吗？你不会，大多数人会选择欺骗，让窃贼相信你穷得几乎都揭不开锅了，从而放过你。这种趋利避害的心理几乎所有人都有。

面对现实利益，面对危险，大多数人都做不到诚实面对。人们总是在权衡利弊之后选择其中一种对自己最有利的做法，那么，你觉得他会介意因为自己撒个小谎而获得巨大利益吗？这是不可能的。如果诚实将使财产、名誉以及生命受到损害与威胁，人们选择以谎言应对的现象就会越多，这是肯定的。在现实利益面前，谎言往往就会乘虚而入，使得诚实难有立足之地。

这种为了避害趋利而制造的谎言随处可见，我们不能单纯地用“好”或“坏”来评价它，它是我们生活中必须面临的一种选择，只能是“是”或“不是”，没有中间的道路可走。对此，我们只能更多地从人性的角度来理解它，而不是简单机械地用道德原则或法律准绳来度量它、规范它。

三是病态的说谎心理。有一类说谎者会让人们感到很奇怪，为什么他们总是常常随意地撒谎，好像不说谎就难以过活。也许他们自己都没有意识到，他们就生活在用谎言构成的幻想世界中。

现实生活中很多真实的例子告诉人们，说谎者只要不被发现就不会受到应有的惩罚，反而会因为说谎而获得更多的好处。这就鼓励了说谎者。事实上，说谎者获得的好处会使大量欺骗行为在不被察觉的情况下发生。毕竟，因为这种好处，人们可以并且已经让撒谎成为常态。

最后，人们会发现，说谎者获得的好处不是来自其自身，而是来自被骗的人。但令人惊讶的是，我们并没有发现之所以被骗其实是因为我们不想发现自己被骗了。因为这样能使自己的虚荣心得到满足，自信心得到加强。似乎只有编织谎言，接受谎言，才能获得良好的人际关系，才能不让自己被边缘化。

第八章

心体合一：『无聊死了』，真的会死人

为什么“装”出来的快乐也能真快乐

人的一生就像一趟旅行，沿途中有数不尽的坎坷泥泞，但也有看不完的春花秋月。如果我们的一颗心总是被灰暗的风尘所覆盖，失去了生机、丧失了斗志，我们的人生就会变得暗淡。而如果我们能保持一种健康向上的心态，即使我们身处逆境，也一定会有“山重水复疑无路，柳暗花明又一村”的那一天。

但就现实情形而言，人生不如意十有八九，面对悲观失望我们不能一味地呻吟与哀号，虽然那样能得到短暂的同情与怜悯，但改变不了什么。因此，我们要积极调整自己的心态，努力开拓，赢得鲜花与掌声。

在日常的生活和工作之中，我们要善于消除一些消极的心理暗示，多对自己进行积极的心理暗示，让自己转忧为喜，化苦为甜。心理学家认为，有效调整心

态的途径就是，我们可以先假装自己很快乐，持续一段时间，我们就会感觉内心充满了真正的快乐。

一天早上，正值上班的高峰，北京某路公交车拥挤不堪，整个车厢里挤得水泄不通。这时，司机一个急刹车，站在门口的一个老先生一个趔趄差点倒在旁边一个小伙子身上。

老先生急忙寻找扶手以求支撑，没想到一把就抓住了扶手上一个年轻姑娘的手。还没等老先生开口道歉，这位穿着时尚的姑娘就骂道："你个老不死的，怎么回事，不行待在家里别出来。"

听到这句难听的话，车上的乘客开始为老先生打抱不平，纷纷谴责这位姑娘不礼貌。这位老先生却笑呵呵地劝大家说："别说人家姑娘了，我确实不小心碰到了她。其实我应该向她说谢谢，谢谢！"

那位姑娘顿时无话可说了。但老先生的这一反应把车上的人都闹糊涂了，别人骂他，他不但不生气，反而笑着感谢，有病吧？

这时，有一个人实在忍不住好奇，就问老先生："她刚才骂你，你怎么还谢她？"

老先生说："我确实老嘛，姑娘说了实话，'老不死'，再老都不死，姑娘这不是在祝我长寿嘛，所以，我要感谢她啊。"

听到这番解释，车上的人都笑了。那位姑娘却红着脸低下了头。

这位老先生明明知道那位姑娘在骂他，可他却故意把姑娘的话做出对自己有利的解释，假装别人在夸自己长寿。这样一来，不仅用幽默化解了被骂的尴尬，还调节了自己被骂后不愉快的心情。

心理学家认为假装快乐就会真的快乐。即使处于不利的环境中，如果我们能对自己进行积极的心理暗示，情绪和行为就会产生良性反应，相反，如果习惯使用消极的暗示，往往会把事情弄糟。

当然这种假装不是虚伪，其实是对情绪的积极调整。如果一个人总是沉浸在一种消极的阴郁的心理状态之中，就会使自己的情绪恶化，而善于积极主动地去改变这种消极的氛围，加一些积极的阳光的情绪在里面，就能使自己乐观起来。

当不顺利的时候，有些人就会说些消极的话，对自己进行否定，甚至进行全面否定。例如，“反正我认为不行”，使得本来可以做好的事也做不好了。

可见，消极的语言是一种消极暗示，说多了会导致自卑，使人意志消沉、信心减弱。所以，积极地赞美自己，发现自身的优点，对自己说一些赞美和鼓励的话，有利于发挥积极的心理暗示作用，化解不良的情绪。

每个人都有优点，有些人总是盯着自己的缺点看，从而产生自卑的心理。要克服自卑心理，就要学会发现自己的优点，并设法扩大。无论是多么微小的优点，都可以通过反复强调，进行自我暗示，使自己获得自信。

心理学家认为积极健康的自我暗示，能把人带入天堂；消极有害的自我暗示，能把人带入地狱。我们要想形成一种积极、主动的做事习惯，就要进行自我正面暗示。这种正面的暗示可以调整情绪，增强自信。

在日常生活中，有的人与上司发生了一次口角，就对工作失去了信心；或是跟同事闹了别扭，就觉得上班没劲。其实这大可不必。当心情不愉快的时候，你不妨对着镜子练习笑，对自己说“我的心情很愉快，我要努力地工作”，可能你的不悦情绪就会渐渐消除。这样的话，无论客观的环境多么不如人意，我们只要善于进行积极的心理暗示，就会创造出快乐的心境。虽然每个人的人生际遇不尽相同，但只有自己才是自己命运的主人，只有你才能把握自己的心态，而心态塑造着自己的未来。当我们不快乐时，先不要说生活怎样对待你，而是应该问一问，你怎样对待生活。

“无聊死了”，真的会死人

生活中，我们常常听周围的人这样说“生活太无聊了”“真没劲”“真是无聊死了”。每当人们在感觉生活空虚时，总会发出诸如此类的抱怨。这类人多是生活没有目标，缺少动力，常常有无聊之感。

心理学家认为无聊真的会导致人死亡。对此，相关人员曾经做过跟踪调查。伦敦大学学院流行病学和公共卫生系研究人员调阅 1985 年至 1988 年 35 至 55 岁接受“无聊感”调查的 7524 名公务员信息，并追踪他们二十多年后的健康情况。截至 2009 年 4 月，一些调查对象已经离世。

当年调查结果显示，每 10 名公务员中有 1 人曾在过去一个月内感觉无聊，感觉无聊的女公务员人数是男性的 2 倍多，年轻公务员和从事琐碎工作的公务员比其他人更易感觉无聊。研究人员发现，当年感觉“格外无聊”者的死亡可能性比感觉充实者高 37%。

研究人员通过多方调查还表明，“无聊感强烈”者与感觉充实者相比，因心脏病或中风致死的可能性高出 2.5 倍。因此，那些对生活不满、感觉无聊的人很有可能养成吸烟酗酒等恶习，而这些因素会“折寿”。那么这些感觉无聊的人如何才能摆脱这种消极而又影响健康的感觉呢？专业人士认为要想走出“无聊”，步入“充实”，最关键的是“改变”。可以从以下方面做出改变：

做有意义的事。人们之所以感

觉无聊主要是生活得太盲目，太散漫。不妨找一些有意义的事情去做，从中发现工作的价值，比如你可以到某个医院或学校做志愿者，从服务他人中寻找快乐。

做好职业规划。如果我们的工作处于停滞状态，无法从中获得快乐，就必须及时调整职业规划，拓展发展空间，从中重新发现工作的价值。

走出“舒适区”。如果生活太安逸了，没有新鲜感，久而久之，人们就会因生活平淡而整天抱怨。这时，我们就应该立即走出“舒适区”，可以去学习一项新的技能或者新知识。

打破常规。当我们感觉生活过于平淡时，应打破常规，做些平常不做的事情，比如到一个特别向往但又没去过的地方旅行，给多年未联系的老友打电话，到一个离家较远的特色小店去淘物品。

也许我们无法避免无聊的感觉，但我们可以利用运动来摆脱这种状态。因此，感觉无聊时不要坐着发呆，而应该主动去找事做。因为一旦运动起来，无聊感会减轻，充实感随之而来。

为什么喝水能调节心情

我们都知道，水之于身体，就好像氧气般重要。给身体喝水，是延年益寿的不二法门；给身体喝水，是亮丽皮肤的基本原则。所以，人们喝水多是为了健康，为了美。事实上，喝水还有利于调节人的心情。

专家通过多年的研究发现，当人长期处于同一种状态就很容易产生负面情绪，适当地变化一下自己的状态，心情会朝着积极的方向转化。我们都有过这样的经历：当我们遇到某些让我们紧张或者激动难耐的事情时，有时候喝上一杯水会让我们的情绪平复很多。这是因为，喝水这个动作阻断了情绪的连续性，给人提供了一个喘息休憩的空间，以此完成人体防御机能的自我调整。

专家认为，大脑制造出来的内啡肽被称为“快活激素”，而肾上腺素通常被称为喝水“痛苦激素”。当一个人痛苦烦躁时，肾上腺素就会飙升，但它可以排出体外，方法之一就是多喝水。如果辅助体力劳动，肾上腺素会同汗水一起排出，或者大哭一场，它也会随着泪水排出。

英国东伦敦大学的研究发现，学生在考试前喝杯水，可以提高认知能力，使他们在考试中的表现更出色。而对于上班族，在压力过大或需要做决定之前喝杯水，可以帮助头脑变得清晰。

我们知道，在夏季时，炎热的天气易导致紧张和烦躁情绪的出现，这时如果多喝水，不仅可以补充身体流

失的水分，并且可以及时调整心情。

一个炎热的午后，丛菲和几位朋友约好了一起喝茶聊天。3点一过，只见一个朋友从屋外风风火火地进来了，嘴里不停地念叨着："这天气热死了，整个人都很烦，今天出去办了点事情，差点就和别人吵起来了。我都不知道自己到底是怎么了。"

丛菲这段时间可是经常听到身边的人如此抱怨。近来天气闷热，丛菲的心情开始变得烦躁。直到有一天，她发现多喝水能调节自己的心情，就开始每天定量喝水。

想到这里，她对朋友说："我开始也像你一样心情总是很烦躁，但由于天气热老出汗，我就刻意地比平日多喝几杯水，以补充体内流失的水分。可没想到我的情绪也开始发生了变化，不再那么焦躁不安。你不妨也试试看。"

在炎热的天气中，人很容易出汗，体力消耗较快，我们要注意及时补充水分、多喝开水。喝水不仅有利于健康还可消除疲劳。

生活中，有些人总以为不渴就不必喝水，这是一种错误的认识。其实，当人们觉得口渴时，身体已经流失了至少1%的水分。香港卫生署曾作过一项调查，有1/3的成年人每天喝水少于6杯。上班族工作忙碌，常常半天也顾不上喝一口水。因此，上班族应该形成良好的喝水和排尿习惯，每1小时喝一次水，每2～3小时排尿一次。

在日常生活中，你可能为吃一顿饭绞尽脑汁，却不会为喝一杯水煞费心思。大多数人觉得，喝水是件再简单不过的事，拿起杯子"咕嘟咕嘟"一杯水下肚不就完了吗？

其实，喝水的学问远不止这些，喝水的方式及喝水的时间和时机都会对健康产生重要影响。这里总结出以下几点注意事项：

睡前抿两口。当人熟睡时，由于体内水分流失，造成血液中的水分减少，血液黏稠度会变高。因此，临睡前适当喝点水，可以减少血液黏稠度，从而降低脑血栓风险。

此外，在干燥的秋冬季节，水还可以滋润呼吸道，帮助人更好地入睡。但要注意，睡前喝水不能过多，如果因喝水而造成睡眠不好，反而得不偿失。

运动后小口喝水。运动过后，不宜一次性大量饮水。因为这时胃肠血管处于收缩状态，需要一个恢复过程。如果立即大量饮水，水分积聚在胃肠道里，会导致肚子发胀，影响消化。最好过几分钟，等心脏跳动稍微平稳后，再接着小口小口地喝些温开水。喝水时，尽量保持速度平缓，喝水的频率最好与心跳频率接近，再间歇式地分多次喝。这样，才能使心脏有规律、平稳地吸收进入体内的水分。

洗澡后喝水要慢。很多人洗完澡觉得渴，会端起杯子一饮而尽。专业医师认为洗完热水澡后，身体受热血管扩张，血流量增加，心脏跳动会比平时快些，喝水应特别小心。最好小口慢速喝下一杯温开水，否则容易增加心脏负担。

便秘大口喝水。中医认为便秘的原因之一，是人体缺少津液，大口喝水能起到迅速补充津液的作用，从而刺激肠蠕动，促进排便。大口大口地喝水，吞咽动作快一些，这样水就能尽快到达肠道，刺激肠蠕动，促进排便。

感冒时多喝水。多喝水不仅有利于出汗和排尿，而且有利于调节体温，促使体内病菌迅速排出。感冒时多喝些水或纯果汁，对于疾病康复很有帮助，因为有助于冲走呼吸道上的黏液，让人感觉呼吸舒畅。此外，如果发烧了，人体出于自我保护机能的反应要自身降温，这时就会有出汗、呼吸急促、体表蒸发的水分增多等代谢加快的表现，需要补充大量水分。

说话时轻声细语能让你和他人都变得快乐

如果我们认真观察周围的家庭，就会发生这样一个现象：那些脾气温和、对孩子说话柔声细语的家长们，通常给孩子营造一种和睦、幸福、快乐的家庭氛围；而习惯对孩子大声呵斥的家长们，通常给孩子带来的是温情不多、对人冷漠的家庭氛围。

心理学家认为，生活中的许多摩擦与冲突皆源于说话的语调。我们的说话方式事关周围每个人的幸福，其中自身的幸福也牵涉其中。比如，我们扔块骨头给狗，它会去抢骨头。但它只会夹着尾巴走开，没有半点的感激之情。但若以一种轻缓的语调去呼唤它，让其从我们的手中拿走骨头，它就会表现出感激之情。

讽刺、尖刻、怨恨与不满的语调是导致家庭不和睦的原因，因为人们说话的语调中透露出对别人的情感与态度。尖刻的语调，发出的尽是恼怒与不真诚的心理态度，这无疑是让人反感的。有时，当你觉得自己血脉偾张、愤怒之火在心中燃烧时，只需人为地压低说话的语调，就可以缓解头脑发热的紧绷情绪。

容易动怒或是稍有抵触即怒气冲天的人，很少会意识到，若是任由愤怒的火焰肆无忌惮地蔓延，神经细胞将会被烧得短路，这将损害脑部敏感的机制。不久，他们就会难以自控，就像一个火药桶，随时都有爆炸的可能。要知道，没有比在愤怒时表现出的粗暴的品行更让人觉得羞耻的了。

若是所有家庭的成员在说话之时，绝不提高嗓门，那么，家庭中多少不和的场景都是可以避免的！若是母亲有吹毛求疵与惯于批评的喜好，那么就在你求知若渴的孩子面前，用最富亲和力的语调与充满爱意的言辞大声地朗读奇幻书籍上的内容吧。

有一位总是保持严肃、冷峻、威严表情的老妇人，邻居的孩子都害怕她这副表情，每次遇到她总是远远地避开。一天，她前去照相，在相机面前，她的表情还是依旧冰冷。当摄影师看到她这副表情时，从相机后面探出头，突然说："太太，请给你的眼神一点光。"她努力着按摄影师说的做。

"脸上更加舒展点。"摄影师轻松地说，带着自信与命令的语气。

"年轻人，你这么对一个沉闷的老人发号命令，让人无法笑出来。"

"喔，不，不是这样的。这必须要从你的内心做起。再试一次，好吧。"摄影师以平缓的语调回答。

摄影师的语调与行为充满了自信的气息。她再次尝试了一次，这次比上次进步了许多。

“好！不错！你看上去年轻了 20 岁。”摄影师再一次用亲切而真诚的声音赞叹道。

老妇人带着一种奇异的心情回家。这是她丈夫离去之后，别人对她的首次赞美，这种感觉还真不错。第二天照片就冲洗出来了，照片中的她仿佛获得了第二次青春，脸上泛起久违的年轻时期的热情。她久久地注视着照片，然后用一种坚定的语气说：“如果我能做到一次，那么也可以再做一次啊。”

她走到梳妆台的小镜子前，平静地说：“凯瑟琳，笑一下。”苍老的脸上再次闪现出一道荣光。

“笑得灿烂点！”她用最温柔的语气对自己说道，脸上也随之闪现出一副淡定而富有魅力的笑容。

邻居很快就注意到其中的变化。他们都私下问她说：“凯瑟琳小姐，您怎么一下子就变得好像年轻几岁了，您是如何做到的？”

老妇人温和地说：“这一切都要从说话做起，轻声细语可以让人内心更愉悦。”

老妇人从摄影师那里发现了重获新生的秘密，就是微笑着面对生活，轻声细语地对他人和自己说话。因为轻声细语时，人的心思一般会很谨慎，有利于营造一种恭敬、谨慎的氛围，对自己和他人都好。相反，大声地用命令的口吻说话，会给人一种不友好的感觉，不利于谈话的进行。

另外，科学家发现，如果人们在日常生活中，一直习惯用响亮声音说话，很可能会影响体内免疫系统的运作。

因此，我们在生活中要学会轻松生活，温和表达自己的想法和观点，不与人发生争执。因为大声说话会导致心跳加速，并导致一系列潜在疾病的发作。

人为什么会笑

当看到有趣的事物或者觉得开心时，我们就会笑。人生来就会笑，但很少有人知道，笑也是一种很好的健身运动。如果在百度里输入关键字“笑”，将会出现各种各样的与之相关的词语。

笑的种类的确有很多种，科学家们对此众说纷纭。弗洛伊德、康德、柏格森等学者都对“笑”进行了较为深入的研究。每笑一声，从面部到腹部约有 80 块肌肉参与运动。笑 100 次，对心脏的血液循环和肺功能的锻炼，相当于划船 10 分钟的运动效果。

可惜，成年人每天平均只笑15次，比孩童时代少很多。

心理学家们发现，笑是人类与他人交流的最古老的方式之一。最近有研究结果表明，经常笑可以提高人的免疫力。因此，笑受到了很大的关注。可是，我们到底为什么会笑呢？据科学家说，地球上的生物中，只有人类和一部分猴子会笑。的确，我们从没见过鸡或鸭子笑，如果有会笑的青蛙，那也怪吓人的。

人的笑来源于主管情绪的右脑额叶。每笑一次，它就能刺激大脑分泌一种能让人欢快的激素——内啡肽。它能使人心旷神怡，对缓解抑郁症和各种疼痛十分有益。

吴波正走在下班的路

上，在一个街角处准备拐弯回家。突然，有一个身穿黑衣、凶神恶煞的大汉站在他的面前，吴波心头马上涌起一种不祥的预感，心想这个人到底想干什么？抢钱还是打架？于是，他马上提高了警惕，心跳加速，变得紧张起来。

就在吴波准备拿出手机报警时，没想到那人忽然面带微笑说："我想去交通路的蒂湖花园小区，你能告诉我应该坐哪路公交车吗？"吴波听到这句话后，变得不再紧张了。于是，吴波耐心地告诉他，过前面的路口坐19路车。

那人离开时，还很礼貌地向他道谢。这时，吴波便忍不住笑了出来。

由此可见，人在感到危险时会紧张，但当发现危险并不存在时，就会自然而然地笑出来。在心理学中，对这种状况的解释是：笑是缓和某种紧张状态的方法，人通过笑可以达到心理上的平衡。"讨好地笑"和"谄媚地笑"也是缓和紧张状态的方法。

如果我们对着镜子认真观察，就会发现只要发笑，嘴角和颧骨部位的肌肉便会跟着运动。笑其实是一种保持青春的美容操，可以释放紧张的情绪，缓解压抑的心情，有利于人的身心健康。

笑可以缓解压力。笑是一种健康的情感表达方式，可以使肌肉放松，减轻各种精神压力，驱散愁闷。对于内向的人来说，对人微笑有助于克服羞怯情绪，可以促进人与人之间的交际。

笑能缓解疼痛。长期伏案工作者，由于颈、背、腰肌长期处在固定位置，过分的紧张和收缩容易引起头痛和腰背部酸痛。有这种职业性肌肉劳损的人只要笑口常开，无疑会从这种特殊的运动中大大获益。因为笑可使一些部位的肌肉收缩，使另一些部位的肌肉放松，是一种缓解痉挛性疼痛的妙法。

大笑有助呼吸。笑作为一种有效的深呼吸运动，已被越来越多的人所认识。开怀大笑时，随着呼吸肌群的运动，使胸腔和支气管先后扩张，不仅增强了换气量及血氧饱和度，有助于心脏供氧，而且对哮喘和肺气肿病人也有一定的治疗作用。

此外，笑伴随着腹部肌群的起伏，是一种极好的腹肌运动。腹肌在大笑中强烈地收缩和震荡，不仅有助于把血液挤入胸腔静脉，改善心肌供血，对胃、肠、肝、脾、胰等也是一种极好的按摩。

笑有助美容。因为笑的时候，脸部肌肉收缩，会使脸部更有弹性。俗话说得好：“笑一笑，十年少。”当你笑的时候，大脑神经会放松一会儿，从而使大脑有更多的休息时间。

脾气来得快，伤口好得慢

当我们的身体出现某些疾病时，有的人反应平淡，似乎无关紧要，可以照常工作；而有的人则会大惊小怪，忧心忡忡，寝食难安。为什么会有如此大的反差呢？

医学家给出这样的解释，有些人对疼痛是非常敏感的，这是因为他们的痛点比较低，比正常人更容易感受到疼痛。美国著名的内科医生里伯曼博士做了一个临床测试：用手挤压位于耳郭正下方、颌角后的位置可以测出测试者的敏感度。

如果有人对这种刺激并不畏缩，说明他的痛点不怎么敏锐，也就是痛点比较高。反之，就说明他是个对痛觉敏感度极高的人。

可见，敏感度高的人对疼痛的感受越强烈，这也说明他们对事情的承受能力较弱。里伯曼博士认为敏感度高的人甚至会将肠蠕动的收缩也感觉成是一种疼痛。

如果哪天我们扪心自问："自己的身上有哪些不舒服的地方吗？"接下来我们的身体就再也不是正常状态了。我们可能很容易就找出一个疼痛部位，要么在脚底下，要么在下腹部，有的时候，我们自己也说不出是什么地方，就会忽然产生剧烈的疼痛。好多人疼痛的时候会脸色发白，没有一点血色，这都是疼痛很正常的反应。

不过，由于刺激而产生的疼痛和血管收缩产生的疼痛以及肌肉痉挛产生的疼痛都是无法解释的病症，因此很多病人在遇见这样的疼痛时常常不知所措，并会由此产生更紧张的情绪，造成恶性循环。

仔细观察就会发现，当人处在紧张状态时，疼痛就会加剧。而处在愉快和幸福状态中的人们是不容易感受到疼痛的。随着情绪的转变，如果你感染上了痛苦紧张的情绪，疼痛就会降临。尤其是情绪紧张的时候，背部最容易发生疼痛。因此，当你背痛时，想想是不是情绪的原因。

朱莉是一个性格急躁的人，常常因为一些鸡毛蒜皮的小事情发火。朱莉的同桌张刚却是一个慢性子的人，平日里，有同学拿他开玩笑也不生气。

一次学校组织学生打预防针。打针比较痛，每个人的胳膊上都留下了一个小伤口。多数同学不用涂药，两天就痊愈了。而张刚只是觉得伤口处有点痒，并没有在意，伤口第二天就好了。

朱莉感到伤口有些灼热，有事没事就看伤口好了没，甚至上课还想着。结果，她又是涂药又是抹碘酒，几天后才痊愈，并且还留下了一个小伤疤。朱莉看到同桌张刚跟没事人一样，而自己一个小伤口却折腾了三四天。她很困惑，这到底是为什么呢？

这是因为脾气的好坏与伤口愈合时间长短有一定的关系。医学界认为，脾气来得快，伤口好得慢。意思是说，脾气暴躁、容易发怒的人，伤口愈合的时间就慢。而那些好脾气、不爱发火的人，伤口则好得快。

对此，研究人员曾经做过这样一个实验：研究人员招募了98名志愿者，在其前臂上制造小的烧伤，然后进行连续8天的观察。志愿者事先都接受了一定的心理测试，以评估他们日常发怒的频率，然后被按“发怒等级”分类。

结果发现，对于不能控制愤怒情绪的人来说，测试中的小伤口需要4天以上才能痊愈，约是好脾气的人的3倍。研究人员推测说，易怒的人应激激素皮质醇分泌量比较高，这是他们伤口难以痊愈的原因。

看来，脾气不好的人，受病痛的折磨时间也长。这跟他们的情绪容易激动有关。因此，当我们感受到身体有或轻或重的疼痛时，不要将注意力集中到疼痛的部位上，否则，这种感觉肯定会愈演愈烈。

小心细微动作“出卖”你

人们常常用各种各样的方式掩饰自己的心情与想法，但是不管怎么掩饰，总是有暴露点。生活中，一些细微的动作往往最容易“出卖”我们，反映出我们的心理活动。

揉搓手掌暗示人对东西和事情的兴趣期盼。有一个谈判的录像带，我们可以从中看到，一方快速地揉搓双手，像是在期望着什么东西。开始谈判时，另一方看到这个动作感到十分惊讶，于是询问对方是否预先有其他的安排。被问的一方会一脸微笑，然后告诉询问的一方，他搓手的动作，只是想让别人相信他知道并且非常喜欢即将到来的事情。小孩子看见母亲从超市推出一车子的物品，他很可能搓揉手掌，做出期盼的姿态，希望车子里有他想要的东西。

另一种姿态则显得心情不是特别好，就是慢慢用布等揉搓弄湿的手。这种姿态表现出的是紧张、不安的情绪。

将中指压在食指上的姿态，往往暗示一个人内心的期待。这个动作可以追溯到我们的童年时代。年幼的孩子对父母撒一个无关紧要的谎时，或是盼望好运气时，常常会交叉着手指。

弄响口袋里的铜板，看似平常，也可能“出卖”人。桑•费德曼博士观察到，经常把口袋里的铜板弄得叮当响的人，不是很重视钱就是缺钱。有一个人是某电影公司的制片人，他总是习惯把裤袋里的铜板弄响，你问他为什么这么做时，他的答案是：“提醒我记得当年没钱的时候。”你是否注意到乞丐是怎么走过你身边的，他总是把铁罐里的钱弄得叮当响，表示他们需要钱。

由此看来，平常看似简单常见的小动作，有可能在关键时刻“出卖”了我们的真正想法。因此，一定要小心管好自己的手，不要在无意中被它“出卖”了！

成人磨牙多是心理受挫

入夜之后，人们大都能够安然入睡，然而有一些人在熟睡时却“咯咯咯咯”地磨起牙来。人在 6 ～ 13 岁都处于换牙期，此时会有磨牙现象。但是，过了换牙期的成人常有磨牙现象发生就是一种病态，医学上称为“磨牙症”。磨牙症是指人在睡眠或醒着时有无意识的上下牙齿彼此磨动或紧咬的行为。磨牙症多见于儿童，但成年人也不少见，且有增多趋势，不过，临床就诊者并不多。入睡后磨牙看似平常，实际上隐藏着磨牙者的心理状况。

口腔是人体首先兴奋的源点，是与外界交流的重要渠道，且口腔具有表现紧张、悲观、压抑等情绪的功能。当今社会，人们的生活节奏不断加快，竞争也越演越烈，每一个人都试图缓解生活或工作中的各种压力，其中一个有效的方法就是运动和精神转移，而有些人则表现为磨牙。

国内外许多学者对磨牙症的发病机理进行了大量研究，认为成人磨牙比儿童及青少年磨牙的发病机理更为复杂，其危害也同样不可小视。其中精神因素引起的磨牙症尤其受到学者们的关注。北京大学口腔医学院曾对 80 位 16 ～ 45 岁的磨牙症患

者和80位无磨牙症的人作了对照研究，为他们做艾森克个性测定，结果表明：性格内向、压抑，特别是情绪不稳定、易紧张等个性是磨牙症发病的重要因素。许多学者在研究中发现，口腔疾病在磨牙症的发病原因中并不显得重要，心理因素往往占据首要位置。他们认为，当人为逃避潜意识的心理压力时，在梦中或睡眠中就会磨牙。不少学者观察到，磨牙是心理受挫的一种表现，也是患者必须就诊于心理医生的一个证据。

磨牙代表一种心理状况，是一种受挫和焦虑，属于潜意识中的心理压力，特别是在生气、焦虑、愤恨、悲观和受虐待时，显得更为突出。许多学者的调查和分析结果还表明，磨牙症者较非磨牙症者的悲观情绪更严重。也有人认为，成人磨牙是心理疲劳的一种特征，应当注意休息和调整自己的心态。

但成年人磨牙却不被重视，究其原因，与人们对成人磨牙症的认识误区有关。有人曾经做过调查，在40位具有不同程度的磨牙症患者及60名患者家属中，竟有62.3%的人认为磨牙症患者不必看医生，他们认为磨牙算不了什么，不必大惊小怪。

成人偶尔磨牙对健康影响不大，只需注意休息和调整心态；但长期磨牙，或每次入睡后磨牙的时间太长，则应及早就医，不可马虎对待。在排除生理疾病引起的磨牙后，应注意考虑是否存在心理障碍。如果存在心理障碍，则应该进行自我调适，或找心理医生治疗。实践证明，通过多种方式摆脱心理压力、稳定情绪，是治疗磨牙症的一剂“良药”。

人为什么喜欢接吻

两个人互相喜欢，恋情发展到一定程度，常常会情不自禁想要亲吻对方。为什么恋人之间喜欢接吻呢？

科学家最新发现，接吻可以改变身体的化学成分，相互摩擦嘴唇、交换唾液，改变了从大脑释放到血液中的后叶催产素的水平，这种催产素是一种荷尔蒙，可以让人感觉更加亲切。

科学家还发现，在接吻比赛期间，女性释放的催产素减少了，而男性的催产素释放量反而增加了，但并不清楚男女之间为什么会出现这样的差异。

除了催产素水平的变化，科学家们还发现，在15分钟的接吻比赛中，亲吻了心爱的人压力荷尔蒙——应激激素皮质醇的释放量减少，这会增加情人的幸福感。

新泽西州罗格斯大学的人类学家海

伦·费舍尔表示，接吻可以刺激参与交配与繁殖的三个主要的大脑系统（性欲、浪漫爱情和长期依恋）中的任何一个：“性欲激励你寻找一系列的伙伴；浪漫爱情则激励你将你的交配能源一次只集中在一个人身上；依恋感则激励你保持伴侣关系到足够长的时间，男女双方可以一起陪孩子度过婴儿期。”

通过接吻，你还可以闻出对方的牙齿是否健康，对方喜欢吃什么，是否吸烟，等等。

通俗地讲，接吻有以下好处：

减肥。研究人员通过测试发现，接吻能够稳定心血管的活动、防止高血压、降低胆固醇。如果每天接吻 3 次，每次 20 秒钟，就能够达到减肥的目的。

增强人体的免疫力。我们人体的唾液中含有大量的细菌，其中 20% 的细菌因人而异，这样在接吻对象的口腔中，一旦加入了他人的细菌，这些微生物就会产生不同的反应，从而刺激一个人的免疫系统产生特定的抗体，达到增强免疫力的作用。

美容。接吻的时候会牵动脸部 30 块的肌肉，促进血液循环，平滑人的脸部肌肤，从而达到美容的效果。

保护牙齿。研究人员认为，在接吻的时候，人的口腔会分泌大量唾液，唾液含有大量的钙和磷，不仅能够保护牙齿，还能够降低牙龈发炎的概率。

稳定心血管。爱人之间的亲吻会让人心跳加速，刺激心跳频率提高到每分钟 100 ～ 140 次，这样对于稳定心血管、降低高血压以及降低胆固醇非常有利。

稳定人的情绪。接吻能够阻止肾上腺皮质激素的形成，而肾上腺皮质激素是一种压力激素，因此接吻就能够有效地稳定人的情绪，保持乐观的心态。每天接吻 3 次，就会让人整天处在浪漫快乐的氛围当中，心情自然会非常好。

止痛。接吻甚至还能够止痛，因为唾液含有一种止痛成分，吻得越激烈，分泌的唾液就会越多，这样对于止痛更有利。

降低某些疾病的患病率。研究发现，经常接吻的人在胃、膀胱以及血液系统方面的患病率会非常低。

接吻如此有益身心，恋人、夫妻又怎么会不喜欢呢？

健康是身心健康的统一

“祝您身体健康！”这是人们最常用的祝福语，可见健康对我们来说是十分重要的。健康是人类生存和发展的最基本条件，也是人生的第一财富。可是我们怎么才能知道自己是否健康呢？也许很多人会说：“无病无灾、身体强壮就是健康。”其实，现代社会所说的健康，早已超出了人们的传统认识，它不仅指生理上的健康，还包括心理和社会适应等方面的完好状态，即包括身、心两个方面，并且心理健康已成为现代健康概念中一个不可缺少的部分。

世界卫生组织（WHO）对健康的界定是：“健康乃是一种在

身体上、心理上和社会适应方面的完好状态，而不仅仅是没有疾病和虚弱的状态。”就是说健康这一概念的基本内涵应包括生理健康、心理健康和社会适应良好这三个方面，表现为个体生理和心理上的一种良好的机能状态，亦即生理和心理上没有缺陷和疾病，能充分发挥心理对机体和环境因素的调节功能，能保持与环境相适应的、良好的效能状态和动态的相对平衡状态。

健康的含义：

身体各部位发育正常，功能健康，没有疾病。

体质坚强，对疾病有高度的抵抗力，并能吃苦耐劳、担负各种艰巨繁重的任务、经受各种自然环境的考验。

精力充沛，能经常保持清醒的头脑，精神贯注，思想集中，

对工作、学习都能保持较高的效率。

意志坚定，情绪正常，精神愉快（这虽和思想修养有关，但身体是不是健康对它也有很大的影响）。

衡量身体健康的“五快”“三良”标准

1. 快食

三餐吃起来津津有味，能快速吃完一餐而不挑食，食欲与进餐时间基本相同。快食并不是狼吞虎咽、不辨滋味，而是吃饭时不挑食、不偏食、吃得痛快、没有过饱或不饱的不满足感。如出现持续的无食欲状态，则意味着胃肠或肝脏可能出了毛病。

2. 快睡

快睡就是睡得舒畅，一觉睡到天亮。醒后头脑清醒、精力旺盛。睡觉重要的是质量，如睡的时间过多，且睡后仍感乏力疲劳，则是心理和生理的病态表现。快睡说明神经系统的兴奋、抑制功能协调，且内脏无病理信息干扰。

3. 快便

便意来时，能迅速排泄大小便，且感觉轻松自如，在精神上有一种良好的感觉。便后没有疲劳感，说明胃肠功能好。

4. 快语

说话流利，语言表达准确、有中心，头脑清楚，思维敏捷，中气充足，表明心肺功能正常。说话不觉吃力，没有话说而又不想说的疲倦感，没有头脑迟钝、词不达意现象。

5. 快行

行动自如、协调，迈步轻松、有力，转体敏捷，反应迅速，证明躯体和四肢状况良好、精力充沛旺盛。

衡量身体健康的“三良”标准：

1. 良好的个性

性格温柔和顺，言行举止得到众人认可，能够很快地适应不同环境，没有经常性的压抑感和冲动感。目标明确，意志坚定，感情丰富，热爱生活和人生，乐观豁达，胸襟坦荡。

2. 良好的处世能力

看问题、办事情都能以现实和自我为基础，与人交往能被大多数人所接受。不管人际关系如何变化，都能保持恒久、稳定的适应性。

3. 良好的人际关系

与他人交往的愿望强烈，能有选择地与朋友交往，珍视友情，有爱心，尊重他人人格，待人接物能宽大为怀。既能善待自己、自爱自信，又能助人为乐、与人为善。

身体健康与心理健康密切相关

在中国传统文化中，人们总是把身体健康放在第一位，对自己的身体呵护备至，却忽略了自己的心理健康，或者把心理健康问题当作身体疾病来对待。特别是现如今，诸如食疗药疗、气功坐禅、减肥健身、瑜伽等各种养生之道层出不穷，这充分说明了人们对身体健康的热切关注。重视身体的健康无可非议，但有识之士的冷静思考和触目惊心的事实不能不让我们发出这样的呐喊：人的心理健康与身体健康是密切相关的，我们不能忽视人的心理健康！

身体健康与心理健康是同等重要的。心理健康是身体健康的精神支柱，身体健康是心理健康的物质基础。身体是生命的物质载体，没有身体，生命就无法存在；心理则是生命的精神载体，没有良好的心理素质，其他一切也将失去存在的意义。一个人身体与心理都健康才称得上是真正的健康。身体健康与心理健康是互相依存、互相促进、相互制约的，就犹如一枚硬币的两面，二者缺少哪一个都是不完整的。身与心是无法分开的，身体疾病可以导致心理问题，而长期累积的心理问题形成心理障碍，无疑又会对身体健康造成负面的影响。“笑一笑，十年少；愁一愁，白了头。”这句话形象地说明了心理与身体健康的关系。我国古代的医学经典《内经》认为，人的情绪、情感、思维等心理活动会影响身体健康，指出：“怒则气上，喜则气缓，悲则气消，恐则气下，惊则气乱，思则气结；大怒伤肝，暴喜伤心，思虑伤脾，悲忧伤肺，惊恐伤肾。”即七情过度百病增。《内经》还特别强调：“心者，五脏六腑之主也，故悲哀忧愁则心动，心动则五脏六腑皆摇。”现代医学更进一步证明了心理健康对身体健康的重要影响，如高血压、心脏病、癌症、溃疡症、结核病、支气管炎等疾病都与心理健康有关。有的学者指出：“情绪可能是癌症细胞的促活剂。”有研究表明，具有什么性格的人容易得什么样的病，是有规可循的。更有专家指出，人体 70%左右的疾病是由心理因素引起的。

关于身心健康的关系，有位心理学家曾做了个有趣的实验：他把同一窝出生的两只健壮的羊羔安排在相同的条件下生活，唯一不同的是，在一只羊羔的旁边拴了一只狼，而另一只羊羔旁边没有。前者在可怕的威胁下，本能地处于极其恐惧紧张的状态，很少吃东西，于是逐渐瘦弱下去，不久就死了。而另一只羊羔则由于没有狼的威胁，没有这种恐惧的心理状态，一直生活得很好。另外，《三国演义》中诸葛亮三气周瑜夺去了周瑜风华正茂的生命；长坂坡前，张飞的一声断喝就把夏侯桀吓得肝胆俱裂，落马而死。这些精彩的事例无不形象地说明了心理健康与身体健康息息相关。

现代有关医学和心理学的研究都表明，人们的身体健康与他们的心理健康状况密切相关。20世纪70年代，医学研究人员有两项重大的发现：首先，大脑中的同一化学物质不仅调节身体的免疫系统，同时还影响人们的思维和情感。这意味着人们的心理状况和生理状况有着非常紧密的联系。其次，这种化学物质不仅存在于人的大脑中，而且在身体的各个系统中循环传递，包括免疫系统。这意味着人们的生理状况和心理健康状况之间可以互相影响。

身心疾病是对这一关系的一种证明。身心疾病是指那些发病、发展、转归与治疗都与心理因素密切相关的疾病。负面的心理活动如消极的情绪、长期的焦虑和巨大的精神压力等会导致不良的生理反应，这种生理反应如果持续过久，就会导致躯体的损害，甚至造成身体器质性病变。常见的身心疾病有溃疡、炎症、高血压、心脏病和疼痛等。而另一方面，乐观、积极的心理状态又可以预防疾病，在患病的康复治疗中有时可以起到药物甚至手术都无法达到的作用。

由此可见，身体健康和心理健康是密切相关的。因此，我们不仅要关心身体健康，也要像关心身体健康那样关心心理健康。

心理因素影响人体健康

我们知道，人的心理状态是和人的全面身心状态紧密相连的，而且与人的健康状况也是密切相关的。

人的心理活动会影响神经系统（主要是脑），而神经调节是人体最重要的调节，因此，心理因素能够对生理产生作用。但是，一般性的心理活动不会给人的健康带来明显的影响，能让人察觉的影响人的身体健康的心理活动通常是强烈的、快速的或持久的。

美国生理学家坎农在 20 世纪初做过大量的实验研究，他发现人在焦虑忧郁的时候，会抑制肠胃的蠕动，抑制消化腺体的分泌，引起食欲减退；在发怒或突然受惊的时候，则会呼吸短促、加快，心跳剧烈，血压升高，血糖增加，血液含氧量增加；突然惊恐时甚至会出现暂时性的呼吸中断，心电图会发生波形明显改变。

为了研究心理活动对人的生理的影响，美国医生加里·赖特还专门研究了巫术治病的问题，并写了《巫术的见证人》一书。经过长期观察研究，赖特认为，巫师不管年龄大小、种族或性别，都是一个精明的心理学家，而且是个政治家、演员。他正确地指出，巫师的主要威力不是在于使用特殊的药物，而是善于使用心理分析和心理疗法，巫师所使用的巫术的本质是心理学和心理疗法的基本原则。巫师最常使用的两种基本心理疗法的机制是暗示和自白。巫师能使病人消除恐慌，能动员病人自身的生理潜能，使病人处于生理和心理亢奋状态，增强其信心，而这是一种完全符合心理分析和心理疗法的原则。

苏联心理疗法专家B. 莱维在为《巫术的见证人》苏联译本加的出版前言中叙述了著名的暗示死亡的案例：有个被判死刑的杀人犯被告知用切断静脉法处决。行刑者在刑场向他出示了刑具——解剖刀，并明确暗示他静脉

切开后过一段时间他就将死去。于是有人蒙上了他的双眼，接着有人用刀背在他的手臂静脉处划了一刀，但没划破皮肤，再用一股细细的温水朝他裸露的手臂上流去，让放在地上的面盆不断发出“血”滴落的声音。过了几分钟，犯人开始垂死挣扎，接着就断了气。通过解剖发现，犯人的死亡是由心脏停搏所引起的。

这个实验可靠地证明了暗示死亡的可能性，同时也证明了暗示的巨大力量。临刑前的暗示和模仿迫害使犯人相信死亡即将来临，死亡的“模式”完全控制了犯人的大脑，最后导致了犯人的死亡。由此可见，既然暗示可以“杀”死一个人，那么，暗示也可以让一个人活下去。而巫术正是暗示人们活下去的一种精神疗法，它是通过病人的心理活动而产生的治疗效果。

在生活中，你可能碰到过这样的事例：某个人能正常地过家庭生活和社会生活，正常地工作、学习和娱乐。

但在偶感不适后去看病，却被发现得了癌症。在治疗过程中，这个人的身体迅速垮掉了，以后则很快衰竭，不久就死去了。可见，这与病人的心理恐惧、过度忧郁和他人对癌症过分夸大其词的宣传对人的心理的不良影响等心理因素有必然的联系。说得明确一点，就是病人内心的崩溃使其全身的生理发生了紊乱，从而降低了其对疾病的抵抗力，加速了病情的恶化。

在日常生活中，我们经常会遇到生病、失业、失恋等各种应激事件。面对应激事件，不同的人会有不同的表现。一般来说，应激事件会导致人精神紧张、焦虑不安。虽然应激状态能使人在特殊的环境中产生奇迹般的表现，但它同时也增加了心脏的负担，导致了人体生理系统的紊乱，并极有可能影响人体健康。

你会赞美你自己吗

当你站在镜子前发现自己沮丧的一张脸的时候，有没有想过跟自己说一声："我很棒！""我能行！"有没有想过试着赞美自己，让自己沮丧的心情变好呢？或许有人会发出这样的疑问，哪有可能那么容易赶走坏心情。事实却并非如此，赞美往往能发挥意想不到的效用！

在上班的路上，晓昕看见一个年轻的妈妈带着自己年幼的儿子在家门口学习走路。当小孩扶着妈妈的手时，敢大胆地迈步往前走。一旦妈妈把手拿开，他便站在那儿不敢往前迈步。孩子的妈妈并没有急着过去扶他，而是蹲在前面不远处，鼓励着他，"宝宝真厉害，宝宝一定能走过来。"

晓昕心想孩子那么小，哪懂得这些鼓励的话啊，这招肯定不管用。谁知过了一会，小孩居然真的在妈妈的鼓励下向前迈出了一小步，晃晃悠悠地往前走，最后一下子扑到母亲怀里。

"宝宝真棒！"年轻的母亲又不住地赞美着自己的儿子。孩子"咯咯"地在母亲的怀里笑着。

相信在那一刻，晓昕会觉得很不可思议，怎么年轻妈妈的几句赞美的话竟能起到这么大的作用，使一个还没学会走路的小孩鼓起勇气往前走。小孩子如此，大人又何尝不是呢。可见，赞美的力量多么惊人。

马克·吐温曾说过这样一句话："只凭一句赞美的话，我可以多活三个月。"人人都渴望得到别人的赞美，赞美是一种肯定，一种褒奖。工作中听到领导的表扬，我们干活便特别带劲；生活中听到朋友的赞美，心情就能舒畅好几天。因此，适时地给自己一句赞美，面对困难、面对不愉快的时候就更有勇气面对。可是，赞美自己也是有技巧的。

赞美就像照在人们心灵上的阳光，能给人以力量。没有阳光，我们就无法正常发育和成长。赞美能给人以信心。没有信心，人生之船便无法驶向更远的港湾。在快节奏的大城市生活，大多数人就会患上一些情绪综合征，烦恼时常跟随。为什么会有这种情况呢？原因大致有三：过于追求完美，过度自卑，过度关心自己。

过度追求完美的人，往往要求自己做的每一件事、说的每一句话都必须十全十美。一旦有一点小错就会责备自己，情绪变得低落。让自己试着放轻松，暗暗地告诉自己："我已经尽力了！"再试着给自己一个宽慰的微笑，这样你的心情就会变好很多。

过分自卑的人，会特别害怕出现在社交场合。因为他们总是担心自己做不好，担心自己会给别人留下不好的印象，担心自己会让别人感到尴尬。这和一个人过分在意自己的容貌、口才、自我表现力等有关，因为对自己不自信，所以会对自己作一些消极的评价。那么试着发现自己身上的闪光点，没有一个人是毫无特色的。所以，找出自己最优秀的部分，告诉自己，虽然我在某方面不足，但在这方面却能做得很好。要记住一句话，没有一个人能让全世界的人都喜欢他。做好自己，做自己该做的事就好了。

有些过度关心自己的人往往很容易产生忧虑和烦恼。这种情形跟追求完美主义倾向有共通之处，那就是非常在意自己身体的完全健康与舒适感。当一个人发现自己有任何的身体不适症状时会非常紧张，并马上去医院检查。那么，试着告诉自己，我虽然感觉到不适，但我的身体抵抗能力很好，不用担心，小病很快就会痊愈的。

其实，归根到底，人之所以会焦虑会担心会害怕，是因为在潜意识中我们都渴望过一种自由自在、无忧无虑的生活。我们在面对可能发生的消极的事件或克服此事件产生的后果时缺乏信心，潜在的不自信使我们的思想、行为、情绪变得紊乱。因此，只要先弄清自己焦虑、不安的原因，再分析自己为什么会这样，之后针对自己不安的原因，用含有鼓励意味的词语安慰自己。如果自己还是觉得很害怕，那不妨试着这么告诉自己：纵然我所怕的事情真的发生了，或是最坏的结果发生了，是否真的是那么可怕？他人不是也有过这样类似的遭遇？他们不是照样过得好好的吗？如果真的发生了，我以后真的就无法活下去了吗？如果再不行的话就问问自己，害怕死亡吗？如果不怕的话，那就告诉自己，我连死都不怕，还有什么好怕的！

星云大师也曾说过这么一句话："看得破的人，处处都是生机。看不破的人，处处都是困境。"这才是一个真正聪明的人做人的智慧。

所以，要赞美自己，就学着先把自己看破了，把事情看破了，那你还担心自己不快乐吗？

为什么换个发型就能换个好心情

不知道从什么时候开始，身边快乐的人似乎越来越少。每天总是听这个说"烦死了"，听那个说"真郁闷"。问他们为什么不能快乐一点，有些人一听就皱起了眉头，说：“别跟我提快乐，我每个月挣这么少的钱，有什么可快乐的？”难道就因为这样不快乐？金钱真能决定一个人的心情好坏吗？

有一种很常见的论调就是，快乐是建设在金钱等物质生活上的。没钱怎么吃饭？没钱租房睡哪里呢？别人开着车到处去玩，自己却连稍微高档一些的消费场所都去不起，这样的生活能快乐吗？他们认为，人是世俗的，不可能脱离金钱而生活。当人为了金钱而奔波忙碌时，根本顾不上快乐不快乐。而一些精神至上主义者认为，快乐与金钱无关。

这两种论调各有道理。的确，有些人没钱也可以很快乐，但这并不是人人都能做到的。更多的人在没钱的时候恐怕快乐不起来。

事实上，快乐是依附心境而生的。只有心觉得快乐了，才能真正快乐。但我们常常会陷入一种常规的少有变化的生活中，心总是很容易就变得倦乏了，于是感受不到快乐。

生活如果一成不变，就算舒适安逸也会让人感到厌倦。是的，人一旦在一种循规蹈矩的生活中待久了的话，就会变得精神萎靡，千方百计地想要逃离这种生活。

乐乐是一个很阳光的女生，但最近她变得一点也不快乐。每天朝九晚五地上班，一成不变的工作内容，奔波在两点一线间的生活让她觉得生活变得苍白乏味，毫无趣味。她工作越来越没有热情，和同事间的关系也越来越僵，后来连和男朋友吵架都懒得吵了。

一次下班的时候，她不小心坐过了一个站，往回走时发现了一家很不错的美发店。于是她进去，把自己一头瀑布般的长发做了个最新的卷发造型。出来的效果很好，乐乐不由得对着镜子里的自己笑了笑。旁边的人也称赞她的发型好看。

第二天，同事和男朋友见她换了发型，都称赞了她一番，乐乐觉得自己这一天笑的次数比之前整个月笑得还要多。人也变得阳光了起来！

很多女生想要改变心情的时候，首选的就是改变造型。很多人感到十分奇怪，外形的改变对内心能起这么大的影响。心理学家经过研究后发现，造型的改变能改变人的心境。美国的一些研究人员通过对某间监狱的一些面容有损伤的犯人进行整形，并对他们出狱后的表现进行跟踪记录，发现整过形的犯人犯罪的概率比没整形的犯人少得多。也就是说，造型的改变对一个人的心境变化能够起到一定的效果。

在生活和工作中，谁都难免有不开心的时候，每当此时，大家往往希望能发生什么事情，让自己开心起来。可如果没什么事发生，难道就只能任由郁闷侵袭吗？当然不行。快乐是由心发出的，而心是由自己掌控的。那么，何不自己创造一些能让自己心情变好的事情，以此作为催化剂，催化自己内心潜藏的快乐情绪加快发酵呢？这时，简单地改变一下造型，你就能获得好心情。

美国心理学家沙赫特曾说，情绪的产生不是单纯地取决于外界刺激和机体内部的生理变化，影响情绪变化是由三个原因共同作用、共同影响的结果，这三个因素就是刺激因素、生理因素和认知因素。他认为，情绪和情感是由“认知”活动所折射出来的，认知活动影响了我们的生理因素。因此，只要人们意识到自己改变造型，便能使自己的心境发生改变，这种认知因素就会对人们的认知行为和生理产生影响，从而改变不愉快的心境。

认知受心理因素影响，要改变自己的心境，就要做到自悟自度。是的，人要能做到自悟自度，才能对自己有所认知，才能挖掘出自己的潜能，才能依靠自己的力量把悲伤变成欢乐，把忧郁变成喜悦。这种转变力是一种心灵的力量，不是天生就具备的，更多的人需要通过后天有意识的训练。要完成这个训练并不容易，不是一朝一夕可以做到的，需要点滴的努力。所以，在日常生活中得有意识地加强锻炼对自我的认知，使自己不仅有个快乐的外表，也有一个开心的心境。

为什么人类会有瞬间呆住的反应

我们常常可以遇到这样的场景：当一辆车驶向我们时，按照常理来说，我们应该会下意识地拔腿就跑，毕竟趋利避害是人类的本能。但是，在现实生活中，遇到这样的情况，更多的人可能会僵立在原地而无法动弹。因为当时已经被“吓傻了”！

在我们面对许多事情的时候，比如威胁或其他危险，不是奋起战斗就是退缩，这是普通情况下的选择。可是，它只说对了大半。现实生活中，动物，包括人类，会依照下列顺序——冻结、逃跑、战斗——来应对各种苦恼和威胁。

由此可知，冻结其实是比较容易流露出来的状态。边缘系统使用的第一种防御战略就是冻结反应。移动会引起注意，一旦感到威胁时立刻保持静止状态，这是边缘系统为人类提供的最有效的救命方法。

国外某大学发生了两起校园枪击案，就有学生使用这种冻结反应来对付丧心病狂的杀手。很多学生虽然仅与凶手相隔几米，但是他们通过保持静止和装死逃过了一劫。

在生活中，这种冻结反应常常是善意的。比如，一个人出门的时候可能忘了锁门，当他匆匆地走在街上的时候，会突然停住，脑子里可能会有一瞬间的念头闪现，最后恍然大悟然后回去锁门去了。

其实，不管人类面对的威胁是来自一辆急速的汽车，还是突发的暴行，或者突然想起的事情，那一瞬间的停止足够让大脑做出快速的决定了。如今，冻结反应已经被人们巧妙地应用在了日常生活中。

有一家人正在看电视、吃冰激凌，天色已经逐渐暗了下来，平时，这家人居住的地方很少有人来拜访，忽然，门铃响了。就在铃声响起的同时，无论是吃着西瓜的小弟弟，还是看着电视的妈妈和姐姐，还是正在翻找东西的爸爸，都停了下来，一齐看向了门口。就在那一刻，所有人都“在瞬间冻结了”。

我们为什么会有这样“瞬间冻结”的举动呢？

原始人类横跨了非洲大草原。那个时候，他们面临着很多猎食者的威胁，这些动物跑得比他们快，力气也比他们大。然而，他们最终生存了下来，就是因为大脑的边缘系统，它们为人类远祖找出了弥补力量不足的方法。

很多动物——尤其是大多数食肉动物——对移动非常敏感。因此，这种应对危险的冻结反应真的很有效。

那么，在现实生活中，还有一些反应也可以称之为冻结反应。

当我们在面对可能对自己来说十分重要的场面时，我们就有可能屏住呼吸或只做浅呼吸。这是一种非常古老的应对威胁的方式，可以放缓我们的气息和运动。这是下意识应对危机的反应。比如，当某人向一个喜欢已久的人求婚，当说“你愿意嫁给我吗”的时候，他就有可能逐渐地屏住呼吸，等待对方的回答，直到得到理想的答案后才心满意足地恢复正常呼吸。

同时，还有一种冻结反应就是减少曝光率。我们在商场的监控录像中发现了一个比较突出的问题，小偷们通常会弓背弯腰，尽量隐藏自己。其实，这样的举动让他们更显眼，因为大多数人在商店里会很活跃，他们向上挺的动作多于向下弯的动作。通常，人们还会通过限制自己头部的曝光率来达到隐藏自己的目的，如竖起衣领和低下头，这被称作“海龟效应”。

第九章

压力释放：为什么说脏话让人心里觉得舒畅

为什么人在夜晚感情最丰富

许多文字工作者喜欢在夜晚工作，因为那个时候他们能写出感情充沛、有感染力的文章。同时，因为在夜晚人容易变得冲动，犯罪活动也多发生在夜晚。我们经常会有这样的感觉，晚上我们似乎远离了现实，心情舒畅，一切困难似乎都算不上什么，而清早醒来，回到了现实中，忧愁烦恼似乎又回来了。

为什么会有这种情况呢？

因为人的新陈代谢在早晨比较缓慢，血糖含量处于一天中最低水平，人的思维活动不会太活跃。晚上，人的新陈代谢比较活跃，有足够的能量来支持思维活动，因此往往能够更加集中注意力，思维也更加灵活。

人在晚上无须扮演太多社会角色，多会进行无意识的思想活动。而在白天，人们要扮演社会角色，进行的思想活动都是有意识的。夜晚正是人们思想活动从有意识到无意识转变的过渡阶段。此时，人们更容易用心去感受这个世界，处理一些事情。

其实，人本身就有制造快乐的能力。白天，人们在扮演社会角色的同时会更多地把希望寄托在外界，希望外界刺激能带给自己快乐，而不是依靠自身去制造和享受快乐。晚上，人们回归家庭，不需要承担来自外界的压力，也不需要把希望完全寄托在外界环境当中，能够有更多的精力去想自己的事情。

人在晚上感情丰富，与感觉系统活动规律有关。白天，人的感觉器官、视听系统被高度利用，忙于接收外界信息，处于相对疲惫的状态。晚上，外界环境变化，光线变暗，噪音降低，人们接受的视听刺激变小，从而可以集中注意力考虑问题。

说脏话竟让我们更痛快

现代社会生活节奏越来越快，人们的生存压力也越来越大。在这样的环境下，人们常常感到压抑，并希望能够发泄一下。为了发泄，有人猛吃畅饮，有人参加蹦极，有人与朋友一起狂欢，有人则是张口大骂。在我们所能采用的宣泄途径中，说脏话无疑是最容易实现的选择。

“我承认我有时是故意在某些场合爆粗口”，身为老师的许小美这样描述自己，“而另外一些时候，我尽量克制也无法挡住那些从我口中冒出来的脏话。我在学生面前已经忍够了！有人认为我是装酷，事实是，某些时刻只有脏话才能让我感觉真实。”

我们不得不承认，遇到可恶之人时，我们真想揍他们一顿，但事实上，绝大部分时候你没有碰过他们，最多只是骂几句。此时，这些脏话就代替了你的拳头。因为脏话让你的不满情绪得到了很好的发泄。

另外，在某些特殊的场合，说脏话能帮助我们更快地融入团体。如果一群朋友邀请你参加派对，在场的每个人都在抽烟，你就很难不抽，哪怕你其实很讨厌抽烟。同样，当大家都在说脏话发泄不满情绪时，如果你独善其身就显得有些另类。而一旦你也加入其中，立刻表明你是“我们的人”，你们之间的谈话是“我们的谈话”，从而拉近朋友之间的心理距离，营造出轻松愉快的谈话氛围。

由此可见，说脏话并不是不可以的，关键要看场合。

为什么有些人总爱插话

现实生活中往往有人话特别多，总喜欢在别人说话的时候插上几句。在朋友聚会、公众场所甚至在单独的闲聊中，你可能都遇到过一些喜欢打断别人谈话的人，未等你把话说完，他们就迫不及待地插上一句。这往往让我们很不舒服。

再如，每当大人讲话时，孩子总是爱插话，要不就故意制造点噪音，以此获得大人的关注。通常这些孩子都比较自我，希望得到社会（大人世界）的认同，并且有着被关爱和关注的强烈需求。如果他们的这种需求没有得到满足，便常常以插话来获得。面对这样的孩子，大人可以给其自我表达的机会，在他畅所欲言后，再提醒他应该给他人说话的机会，从而帮助孩子健康成长。

我们知道，打断别人说话是非常无礼的表现。尽管如此，在日常生活中，你可能还是会遇到这样的人，他们很热衷交谈，当别人阐述自己的观点时，总喜欢打断别人。这样的人往往会遭人厌烦，别人也不愿与其交流。但你越是不想和他们说话，他们得不到周围的认同，就越喜欢加入到你们的谈话中来，越爱插上几句。他们为什么喜欢这样呢？遇到这样的人，我们又该如何应对呢？

我们每个人都经历了这样一个阶段，即从青春期的自我中心阶段过渡到成人期的自我互动阶段。在自我中心阶段，青少年以为自己是世界上独一无二的存在，是最值得关注的。他们过分关注自我内心的感受，不懂得去照顾别人的真实感受，所以，当他人正在说话时，他们总是去打断别人，以证明自己的存在，并希望得到他人的认同。

要解决这个问题，就得不断地调整自己在社会中的自我认同机制，达到一种良性的认同；同时，当要打断别人时，提醒自己“多给别人一些表达的机会，并从中找到自我发展的资源，获得人际双赢”。如果在生活中遇到这类人，起初你可以多给他们一些自我表达的机会，然后用语言暗示他："现在我可以说了吗？"你也可以善意提醒他们："希望我说的时候，你先不要插话，好吗？"这种方式可以提醒他们调整自己的人际沟通方式，使其与他人更顺畅地交流。

所以，碰到爱插话的人，不要讨厌他们，也不要对他们翻白眼，只要给他们表达的机会，认同他们的观点，他们就能慢慢改掉打断别人说话的毛病。

为什么说懂得宣泄愤怒的人更健康

当愿望不能实现时，人们通常会有一种紧张而不愉快的情绪。有人认为应该把不愉快的情绪发泄出来，这样才能让自己变得平静。也有人说释放愤怒时容易做出不理智的行为，我们应该淡定。

通常情况下，人们往往只从负面角度去理解"发泄"这个词，认为"发泄"具有破坏性。但事实是发泄也可以不那么疾风骤雨，甚至可以是平静的。发泄的方式有很多，如哭泣、倾诉、唱歌、垂钓等。那么愤怒应不应该发泄出来呢？

加州心理学家和婚姻咨询师乔治·巴哈博士，曾接待过几对以消极方式表达愤怒的夫妇，他们采用非身体性攻击手段发泄愤怒。巴哈博士得出结论，不会正确表达愤怒并因此不公正地还击的夫妇，通常关系很坏。

巴哈博士及其他专家认为，愤怒一类的消极情绪可以通过正确渠道发泄出去。他们呼吁人们学习"创造性争吵"，表达愤怒但不贬损对方或伤害对方的自尊。这个方法要求双方在不损害双方关系的基础上，坦诚表达各自的情绪。

不少心理学家都认为人的心理疾病往往是由于压抑引起的。咨询师通常让寻求帮助的来访者先尽量发泄他们的情绪。基于这个原因，一些公司设立了“发泄屋”，让那些在工作中受了委屈的员工到此发泄愤怒的怨气。来时每个人都怒气冲冲，去时大家则心情舒畅。

任何事情都可能导致人们产生愤怒的情绪。把愤怒宣泄出来是好的，但要选择成熟的表达方式——愤怒的表达不是为了让某一方狼狈不堪。

研究表明，恰当宣泄愤怒的人在成长过程中较少出现情绪和社会问题。只要我们能够恰当地、富有成效地宣泄，愤怒不一定是毁灭性的。

另类偷窃，只为了寻找快感

2002 年 10 月，某大学发生了一件奇怪的盗窃案。仅两个月时间，一新生女寝室频繁被盗，被盗次数达 20 余次。奇怪的是，被盗钱物每次价值均在百元以下，被盗物品仅仅是日常生活所需的牛奶、水果、零钱等，而放在寝室的大额现金、银行卡及手提电脑等贵重物品却没有被盗。

经过一番调查，疑点开始集中到一位叫芸的女生身上。当名单报上去时，学校却惊呆了。芸在学校各科成绩都非常好，学习也特别刻苦，是什么原因让这个尖子生走上这条路呢？是贫穷，还是其他？

起初，芸死不承认。后来辅导员反复地做思想工作，她才开始认错。当问到偷盗的目的时，她的回答令在场的每一个人吃惊。她说，她从不缺吃少穿，她偷东西仅仅是为了报复周围的人，从中找到快感。

为什么学习上一向表现优秀的芸会做出这种大家所不齿的行为呢？主要是因为芸总是对身边的人无法产生信任感，甚至充满敌意。在偷窃中她觉得自己实现了对他人的报复，于是充满了胜利的喜悦。

那么又是什么原因，让芸形成这种孤僻的性格，在人际交往中始终对人充满敌意呢？在调查访谈中，我们了解到，芸这种对他人的敌意，是从小时候耳闻目睹了别人对母亲的不公后开始的。

芸的母亲能干善良，对邻居特别友善。但是她却一直生活在别人对母亲的嘲笑与轻视里。大一点她才知道，别人看不起母亲，仅仅是因为母亲生得特别矮小，五官看上去有一些不协调。

从初中开始，芸一直发奋读书，期望考上好的学校后以自己的能力向别人证明自己，也为母亲讨回面子。但是尽管成绩再好，因家庭环境的影响，同学仍然看不起她。在学校，她常常一个人独来独往，给同学的印象是性情孤僻、不好相处的那种。所以，在学校里几乎没有人愿意和她做朋友。有时，她甚至觉得周围的同学都在私底下取笑自己、取笑母亲。

在这种环境下，她常常感到自卑和绝望，似乎无论自己如何努力，也摆脱不了别人轻蔑的眼光。在压抑与愤怒之中，她便想到了报复。不管是邻居，还是同学，谁看不起她，她就偷谁的心爱之物。她发现，每偷盗成功一次，她就能从中获得一种极大的快感。

有专家指出，发生在这名女生身上的这种偷窃属于心理不卫生行为。很多时候，事发后，有这样畸形偷窃心理的人，无一例外地受到学校的严厉处分。若他们的心理得不到及时疏导，很容易发展成为严重的抑郁症。

正确的做法应该是给他们更多心理上的关爱，找到他们心理问题的根源，对症下药，及时给予心理的疏导和指引，让他们回到正确的人格轨道上来。作为父母，在事发之后，应避免打骂或羞辱孩子，而应站在孩子一边，给孩子更多

理解和帮助。而作为学校，应建立有效的心理疏导机制，让孩子在遭遇精神苦闷时能找到倾诉对象，大胆讲述自己的精神障碍，促进孩子健康人格的及早形成。

总之，很多孩子犯错并不仅仅是他们自身的错，而是我们教育的一种失误，在重视对孩子的智力教育的同时，孩子的健康人格教育应引起家长、学校、社会的关注。

冥想可以控制忧虑

生活中，有些人会有异常多的忧虑，他们被称为心胸狭窄或者好做消极思考的人。这类人经常会因尚未发生的事情而战战兢兢，往往无法接受不久的将来有可能在自己身上发生的一些不好的事情。

那么，如何摆脱这些忧虑呢？

美国知名经济类杂志《商业周刊》上说：“通过冥想教育，许多经营者都不约而同地察觉到，公司员工的决断力和共通能力都大有提高。”因此，为了能够有效地消除员工的烦恼，提高工作效率，美国企业在其经营当中积极运用冥想教育。

冥想的一大优点就是不受时间和地点的限制。有研究结果显示，冥想对于身体和心理都有着积极的影响。多虑的人主要将自己的能量消耗在担心某些事情上，因此，他们经常会感到头痛或浑身乏力。而且这些心里充满了忧虑的人，也很难全身心投入到所从事的工作当中。冥想，主要分为集中冥想和智慧冥想。集中冥想是指集中精神、维持平稳心态的方法；智慧冥想则是指通过感觉身体和心灵上的变化，最终达到一种无常和无我的超然境地。

冥想时，穿着要舒适，需要安静的环境。然后，双目闭合，双腿盘绕，伸直脊椎，放稳心态，开始感受自己的呼吸。

冥想时，最好将自己的意识置于鼻尖，或者胸部。

心理垃圾要随时清理

有没有试过在一个月没整理的包包里翻寻一件小物品，这时，是不是觉得怎么也找不到，恨不得把整个包包翻过来，把所有的东西都倒出来。心理压力的问题也是这个道理，如果不及时把心理的垃圾清扫出来，就会因累积太多而占据了内心太多的空间，最后，除了不快、压力等负面情绪，其他积极向上的情绪都会被排挤出去。要想解决这个问题其实也很简单，那就是定期把东西全倒出来。

一天深夜，一位医生突然接到一个陌生妇女打来的电话，对方的第一句话就是:“我恨透他了！”“他是谁？”医生问。“他是我的丈夫！”医生感到突然，于是礼貌地告诉她，她打错了电话。但是，这位妇女好像没听见似的，絮絮叨叨地说个不停。她告诉医生，自己一天到晚照顾四个小孩，丈夫却以为自己是在家里享福。平时她想出去散散心或者和朋友聚餐，丈夫老是反对。然而丈夫自己却每天晚上出去，说是有应酬，可谁会相信呢，反正她自己是不会相信的。尽管医生一再打断她的话，告诉她，他并不认识她，但她还是坚持把自己的话说完。最后，她对这位素不相识的医生说，她知道他不认识她，就是因为俩人是陌生人，她才敢把这些压抑了这么久都没发泄的心理垃圾对他说。在向医生表达了深深的歉意后，妇女满意地挂上了电话。

大部分人在面对压力的时候，会选择向朋友诉说，觉得这样总比闷在心里好。但事实上，很多事是没办法完完全全、坦坦白白地跟朋友诉说的。很多人觉得什么隐私都告诉朋友的话，这样的自己就如同一个赤身裸体的人直接地摆在朋友面前，这会令人感到尴尬，觉得难堪。更有甚者觉得，如果向朋友发泄多了，朋友把自己视作“祥林嫂”之类的人，岂不是更惨。所以，很多人都觉得很难找到一个合适的倾诉者。这时找一个合适的陌生人倾诉倒是个不错的建议。陌生人不了解你曾经的故事，对你的未来也不会参与，而且，你们不会干预到彼此的生活。这也是大多数人在面对陌生人的时候更容易说出心里话的原因。

适当的情绪宣泄就好像在定时地为自己的心理排毒。当人们感到愤怒、不满、抱怨等不良情绪在内心聚集时，及时的宣泄对于身心健康是十分必要的。它能让我们感觉到似乎没那么生气了，心里能装得下一些快乐积极的情绪了。这便是心理学上常说的“霍桑效应”。它指的是一种情绪上的宣泄。

“霍桑效应”来源于美国国家研究委员会对霍桑工厂的调研得出的一个结果。霍桑工厂是美国芝加哥郊外一个制造电话交换机的工厂。它拥有较为完善的娱乐设施、医疗制度和养老金制度。但令人匪夷所思的是，这个工厂的员工经常抱怨自己的待遇不好，有时甚至还因为情绪影响了工作效率。为了探寻原因，研究人员对霍桑工厂进行了一系列的实验研究。

在这些研究实验中，有一个被称作“谈话实验”的重要环节，即专家们历时两年多的时间分别找工人们进行推心置腹的谈话，耐心倾听他们对待遇、环境等方面的意见和不满，并将他们的言论记录在案。令人惊讶的是，经过“谈话实验”后，霍桑工厂的工人们不再抱怨，干活时更加卖力，工厂的产量自然大幅度提高了。

原来，工人们在长期的工作中对工厂的各种规章制度、工作环境、福利待遇等方面心有不满，但这些不满情绪又找不到地方宣泄，长年累月的积累后便演变为抱怨、抵触等负面情绪。他们将这种情绪带到工作中，自然影响了工作效率。而“谈话实验”使他们将这些不满及时地、尽情地宣泄出来，他们因此感到心情舒畅，干劲倍增。于是，社会心理学家将这种奇妙的现象称为“霍桑效应”。

人在一生中会产生数不清的意愿和情绪，但最终能实现、能满足的却为数不多。对那些未能实现的意愿和未能满足的情绪，千万不能压抑着不让它发泄出来，不然的话，很容易产生种种压力。人们应该知道，压力不是一种想象出来的疾病，而是身体的一种“备战状态”，是因为身体意识到了某件事情具有潜在的威胁性而做出的反应。如果你恰好在进行一项耗费工作记忆的复杂的思考工作，或是在解决推理问题，仅仅是焦虑本身就会让你发生思维短路。所以，我们要千方百计地让它宣泄出来，这样既有利于我们的身心健康，又有助于提高工作效率。

所以，要允许自己软弱，要尊重自己所有的情绪。该笑的时候笑,该哭的时候哭。知足常乐才是人生最好的心态。要知道，伤害往往发生在你力不从心的时候。如果你只是个杯子，那就不要去干暖水壶才能做的事。适当地放下，为自己而活，你会发现快乐其实很简单，世界从此不同。

你知道撒娇也能释放压力吗

人只要生活在这个世界中，就不可避免地需要和自己、和他人建立亲密、和谐的关系。但快节奏的生活往往会使人承担着来自学业、职场、家庭等很多或重或轻的压力。这时，适当向自己撒撒娇，可释放压力，肯定自己，增强信心；向他人撒撒娇，可弱化自己的气场，强化人际关系，舒缓他人给你带来的压力。

很多人都认为撒娇只是心智不够成熟的人喜欢做的事，甚至有些成年人觉得现在再向父母、恋（爱）人、朋友等撒娇是件很伤面子、很令人难堪的事。所以，一些难以说出口的压力就一直在内心积淀着，难以找到发泄的突破口。可是，你知道撒娇也是一种舒缓压力、释放压力的好方法吗？很多难以言说的话语，通过撒娇巧妙地发泄，能达到意想不到的效果。

很多人也觉得撒娇只是女生的专利，一个大男生如果对着家人、朋友、上司撒娇是件很“娘”的事，特没面子。然而在情侣相处时，男生撒撒娇也不是件丢脸的事。徐志摩就说过这么一句经典的撒娇的话：“别拧我，疼。”别小看这类肉麻的撒娇方式，这是恋人相处的润滑剂。一句“我的心还在痛”“为你弄伤的手还在痛”等，让人听了就不免会生出怜悯之心。痛的表面信息是静态的受伤，背后却暗示“我是个弱者”的主动柔攻，暗藏的指令是：“你可要宠我。”

如果两个人刚好处于情感的低潮期，或者刚好吵架冷战，一

句“我病了，我痛”能够勾起对方的关怀，起到挽回破裂关系的妙用。因此，只要无伤大雅，男女朋友之间私密的撒娇话，通常是最有效的降温药。男生若能巧用撒娇这招，欲挽回女生的心也绝不是件难事。

在感情关系上，如果能把这种撒娇哲学运用得当的话，缓解情侣间相处的压力不是件难事。其中，最有效的当属“痛症”的活用，这是男女互相修补关系最常用的撒娇绝招。

有些人会说，对着恋人撒娇那是无可厚非的事，但你能对着老板、同事撒娇吗？不行吧，所以职场压力还是没解决啊！是谁说职场上就一定得以强碰强呢？我们应该学会以柔克刚。

大部分职场中人觉得压力最大的莫过于人际关系。想要有良好的人际关系，就要学会沟通，而偶尔适当地撒个娇对沟通有益无害。

撒娇之术的高明之处在于能够缓解相处过程中带来的压力，还能给足彼此面子。撒娇术练到高明至极的人是最懂维护面子沟通心理学的。给个面子，万事好商量。客户高兴，老板有面，一切矛盾、冲突和个人问题都在言谈之中悄然化解，变得容易协调。职场上撒聪明的娇能制造双赢局面，一方面既克制自己，又降低了攻击性，另一方面则容易赢取对方的信任。

在职场上，如果事事追求完美，不仅会在无形中使自己倍感压力，而且会使自己与同事的关系难以融洽相处。人对于过于追求完美的人总是心存距离，这样就容易被同事排挤，如果事情无法达到自己想要的要求的话，则会打击自己的信心。无形之中压力就会越积越多。怎样才能改变这种局面呢？适当地调整自己的心理，以无伤自尊又不失大雅的方式撒个娇，把荣誉让给同事、领导。能维护他人的面子和权威，工作气氛良好，才能有力地缓解自己周围环境所带来的压力，才有助于自己掌握提升的机会。给足他人面子，才能获得更多的发展空间。

说到底，改善心理的最高境界是自疗，也是最彻底最有效的治疗态度。人活得最自在的状态是自我认同、自我满足。要做到这点，向自己撒个娇是一种有效的办法。

我们每天想得太多乐得太少，压力就像空气般环绕在周围，这时，和恋人撒个娇，以舒缓压抑和不安情绪。如果还是做不到向他人撒娇的话，试着跟自己撒个娇，例如说“今天好累呀，你就让我休息一晚，明天再奋斗吧”“今天我才不要让自己煮菜做饭呢”……把自己不想做的事、不想说的话和不想见的人暂时放下，跟自己撒个娇，不硬逼着自己承受一切。你会发现，其实生活中并没那么大的压力。

为什么有些人容易出轨

根据专家对离婚率的统计得出，80% 以上的情感关系破裂，是因为第三者的介入。60% 以上的人曾遭遇过不同程度的身体出轨或精神出轨。50% 以上的人认为自己的出轨是“鬼使神差”，虽然出轨后会觉得很后悔，但很享受出轨给自己带来的前所未有的刺激感。当专家问及是否愿意重蹈覆辙，大部分人普遍表示沉默，表示“说不准”。同时，几乎所有的人都认为，出轨后自己再也无法回归到原先的婚姻轨道上。很多夫妻离婚的第一原因是——出轨。为什么有些人会那么容易经受不住诱惑，主动或被动地出轨呢？现代人的出轨很多都是出于一种不自觉的行为。这是一种病态心理，可以称为“出轨癖”。是由于压力过大，需要通过出轨寻求压力的释放点。

小郝从来没想过婚外情会发生在自己的丈夫身上。无论是相貌、身材还是工作都令人羡慕的小郝一直对自己充满信心。她甚至有点轻视那些“管不住”丈夫的女人。直到有一天，她发现了丈夫王东手机里有着一连串暧昧露骨的短信。丈夫和别的女人早已经发展到了令她难堪的地步。那一瞬间，小郝多年来对丈夫的信任全盘崩溃。看到妻子歇斯底里的模样，王东吓坏了，他本来就是“妻管严”，现在更是六神无主，怕把事情闹大。他抱着“打死也不说”的心态，拼命否认，解释那只是无聊发着玩的。但小郝是眼里不藏沙子的那种人，她暗中开始调查，一个个打电话给丈夫的朋友、同事，最终知道了是丈夫的一个新下属，除了年轻一点外，姿色和能力远比不上小郝。等到小郝跑去王东的单位羞辱那个女孩，事情终于到了不可挽回的地步——王东被迫暂时停职，而那个女孩也消失了。

王东沮丧极了，他没想和那个女孩怎么样，就是感到和妻子在一起压力太大，想出来“透透气”。但“透气”的后果太严重了——妻子要离婚，自己的工作也快保不住了。再加上朋友、客户都知道了这件事，让他更加脸面无光。朋友倒没什么，都过来安慰他。多年维系的客户都认为他品行不好，不愿意再和他做生意了。“原本是歉疚，现在则是恨。”王东觉得妻子做得太过分了，对一个男人来说，事业、面子太重要了。赌气之下，他同意了离婚。

现代社会，越来越多的人把出轨作为缓解婚姻压力、社会压力的一种宣泄口。尤其是那些对自己事业不满意或者娶了女强人的男人。他们因长期无法满足自己在社会、家庭上取得绝对的支配作用而备受压抑，心理累积的压力越来越多，他们就需要宣泄以维持男性的自尊心。一旦遇到一个小小的诱惑，他们就无法抵制，出轨成了他们释放压力的一种寄托。

他们把出轨作为一种“负面情感的发泄口”，甚至还有人抛出这么一种论调——“出轨能拯救婚姻”。因为他们不懂得怎样更好地释放心中的压力，只好通过一种极端的方法转移压力，

以暂时的心理刺激使压力得到暂时的释放。但随之而来的因社会的无法认同而带来的种种压力又使他们放弃了此段出轨经历，再陷入另一段出轨经历之中。长此以往，他们就形成了一种“出轨癖”的变态心理。

如今，社会的出轨成本越来越低，高速发展的网络社会给越来越多的人提供了便利的机会。无论是婚姻上的不满、工作上的压力，还是人际相处的种种问题都可以透过电脑屏幕、通过虚拟的网络平台获得宣泄的机会。通过网络，对方不仅倾听了你的不满，甚至还充当了开导者的角色。心理的压力得到释放，人感觉轻松了，但是对网络的依赖就会越来越大，出轨的概率也更大。大部分人会越来越觉得妻子怎么没有屏幕里的那个人那么善解人意，怎么会那么无理取闹而令人厌烦。不满的情绪随之而生，他们又不断地在网络上寻求“负面情感的发泄口”。出轨，就变成了可能，变成了他们发泄内心压力的渠道。

社会环境的复杂多变造成个人心灵和际遇的嬗变，面对这种为发泄压力而出轨的行为，心理学家建议，夫妻双方应增强彼此之间的交流。虽然这对解除当时的压力“无济于事”，但从长远上看确实有益。对于个人，自己也应主动采取各种措施缓解压力，比如通过运动转移压力。另外，如果家里有孩子，可以把精力放在孩子身上，寻求双方的共同点。如果夫妻有一方压力很大，另一方则要多花点时间和对方谈谈，帮助其建立信心，并表示自己会时刻支持对方。此外，得给彼此留有一定的空间。

为什么有时候人要“看小”一下自己

如今，越来越多的人倾向于追求一种完美的生活，无论是自己的外表、工作能力还是人际关系，都希望自己达到完美状态。但我们都知道，“尺有所短，寸有所长”，一个人若刻意追求“面面俱到”，欲使自己在人前人后占尽风光，其结果只能是徒耗精力，使自己备受压力。

一位作家的寓所附近有一个卖油面的小摊子。一次，这位作家带孩子散步路过，看到摊子的生意极好，所有的椅子都坐满了人。

作家和孩子驻足观看，只见卖面的小贩把油面放进烫面用的竹捞子里，一把塞一个，仅在刹那间就塞了十几把，然后他把叠成长串的竹捞子放进锅里。

接着他又以极快的速度，熟练地将十几个碗一字排开，放盐、味精等佐料，随后他捞面、加汤，做好十几碗面的时间竟不到五分钟，而且还边煮边和顾客聊着天。

作家和孩子都看呆了，当他们从面摊离开的时候，孩子突然抬起头来说："爸爸，我猜如果你和卖面的比赛卖面，你一定输！"

对于孩子突如其来的话，作家莞尔一笑，并且立即坦然承认，自己一定会输给卖面的人。作家说："不只会输，而且会输得很惨。在这个世界上我是会输给很多人的。"

之后，他们在豆浆店里看伙计揉面粉做油条，看油条在锅中胀大而充满神奇的美感，作家就对孩子说："爸爸比不上炸油条的人。"

他们在饺子饭馆，看见一个伙计包饺子如同变魔术一样，动作轻快，双手一捏，个个饺子大小如一，晶莹剔透，作家又对孩子说："爸爸比不上包饺子的人。"

例子中的父亲是个能坦然承认自己技不如人的人。他适当地"看小"了自己，没有事事都要求自己得强于他人，得尽善尽美。他还言传身教地把这种豁达的生活态度教给自己的孩子，使他在今后的生活中，能坦然面对自己的弱势，不因虚荣而盲目与人、与自己较劲，这不能不说是一种明智之举。父亲在坦然面对不足之处的时候，也给自己卸下了不少压力。他不用为了让孩子觉得他是全世界最强的人而让自己学习更多他本来就不会的东西，不用为了维护自己高大的形象而不断地逼迫自己承担本来没必要承担的责任。

人真的没有必要妄自尊大，适当地“看小”自己，能使自己免于承担更多本来不必承担的责任。要知道，完美只是一种理想境界。人可以接近完美，但不可能达到完美。美国前总统富兰克林·罗斯福曾这么对民众坦诚——如果他的决策能够达到75%的正确率，那就达到了他预期的最高标准了。罗斯福尚且如此，我们又何必对自己一味地苛求呢？当我们每完成一项工作以后，可以反思，也应该总结。但千万不要因一点小小的缺憾而自责。试想，当你因过分追求完美而陷入自责的怪圈，到时懊悔、伤心、失望，种种负面情绪堆积成的压力都快把你压得透不过气，你还有闲心思去改进工作吗？

所以，适当地把自己“看小”，把自己放低，不刻意地追求完美，甚至学会放弃，这对于压力的缓解是有益无害的。“塞翁失马，焉知非福。”我们要学会放弃，为得到而放弃。生活中，大部分人心里都在想如何更多地“拥有”，如面子、金钱、地位、权力、信任、知识、经验、能力、学历、人际关系，一样都不能少，通吃最好。结果是拥有得越多，心理包袱就越大、越重。事实上，拥有其中的某些对自己来说是最重要、最必要的，已经足以让大部分人感受到幸福了。所以，放弃一些对于自己来说不那么重要、不那么必要的，人也就会轻松得多。

当人们放眼这个世界的时候，如果以自我为中心，就会觉得自己很了不起。可一旦人们以坦诚的心去内观自己，就会发现其实自己是多么的渺小。我们什么时候看清自己不如人的地方，那就是对生命真正有信心的时候。

大部分人都明白，生活不是为了工作，而工作是为了生活。如果本末倒置，仅为工作而生活，就徒然让自己陷入压力怪圈。适当地“看小”自己，该负责的工作认真完成，不属于自己工作的范畴，如果有兴趣便试着学习，如果没兴趣就不用强迫自己去接受。

如果人总在追求完美，死不认输，最后因无法承担过大的压力而使自己输掉整个人生，那岂不是得不偿失。所以，要正确剖析自己，敢于承认自己技不如人，敢于“看小”自己，走出面子围城，这不是软弱，而是一种人生智慧。

只需一根柱子——自信

300 多年前，名不见经传的年轻设计师克里斯托·莱伊恩参加了英国温泽市政府大厅的设计工作。他运用工程力学的知识，巧妙地设计了只用一根柱子支撑的大厅天花板。一年以后，市政府权威人士进行工程验收时，说只用一根柱子支撑天花板太危险，要求莱伊恩再多加几根柱子。莱伊恩坚持一根柱子足以保证大厅安全，他的“固执”惹恼了市政官员，险些被送上法庭。后来为了应付“当局”，他在大厅里又增加了 4 根柱子。

300 多年的时间里，市政官员换了一批又一批，市政府大厅坚固如初。直到20世纪后期，市政府准备修缮大厅的天花板时，人们惊奇地发现，支撑大厅天花板的依然是一根柱子，而其他 4 根柱子并没有与天花板接触，只是摆设。

消息传出，世界各国的建筑师和游客慕名前来，观赏这几根神奇的柱子，并把这个市政大厅称作“嘲笑无知的建筑”。最让人们称奇的，是这位建筑师当年刻在中央圆柱顶端的一行字：自信和真理只需要一根支柱。

人们在资料中发现他当时讲过的一句话：我很自信，自信至少在 100 年后，当你们面对这根柱子时，只能哑口无言，甚至瞠目结舌，你们看到的不是什么奇迹，而是我对自信心的一点点坚持。

故事中主人公的自信是我们每一个人要学习的地方。自信是发自内心的自我肯定与相信。自信无论在人际交往、事业工作上都非常重要。自信是一根柱子，它不仅可以撑起高楼大厦，也可以撑起我们的人生。

一个人要想增强自信，可从以下几点做起：

积极自我暗示，相信自己能行。每天早晨起床后、临睡前各默念几次：“我是最好的，我是最棒的。”这样，就会通过自我积极的暗示机制，鼓舞自己的斗志，增加心理力量，使自己逐

渐树立起自信心。

注意仪表，保持精神风貌。漂亮的仪表能够得到别人的夸奖和好评，提高人的精神风貌和自信心。所以，自卑的人特别要注意学会从头到脚扮靓自己，保持发型美观，衣着整洁、大方。当你的仪表得到别人的夸赞时，你的自信心一定会油然而生。

挺起胸膛，让步履轻松稳健。心理学家告诉我们，步态的调整，可以改变心理状态。自信的人走起路来则是胸膛直挺，步子稳健轻松。挺起胸膛，你的自信心就会慢慢增长。

挑前面的位子坐，敢于引人注目。有意识地练习坐在前面，能够引起别人的关注，拉近你与领导、师长的心理距离，赢得他们的赏识，激发自信心，集中注意力。

练习正视别人，提高自我胆识。一个人的眼神可以透露出许多有关他的信息。不敢正视别人是胆怯、心虚的表现。而大大方方地正视别人，等于告诉他人："我是诚实的，而且光明正大，毫不心虚。"因此，在学习和工作中要经常提醒自己要面带微笑，正视别人，用温和的目光与别人打招呼，用点头表示问候，用聚精会神、专心致志的听讲表示对他人的理解与支持。

丘吉尔的幽默——幽默

他是二战时反法西斯阵营的三巨头之一，他曾连续两次担任英国首相，直到今天，人们仍将他列为20世纪最重要的政治领袖之一，他就是温斯顿·丘吉尔。除此之外，他还是演说家、作家、记者、历史学家和画家。

一个具有幽默感的人，一定会具有强大的人格魅力，因为他总能强烈地感受到自己力量的存在，所以能够从容地应对各种尴尬困苦的窘境。丘吉尔不仅是一位声名卓著的政治家、军事家，还是一位机敏睿智的幽默大师。他思维敏捷，语言机智，常常用幽默的语言化被动为主动，捍卫自己和国家的尊严。

有一次，萧伯纳为庆贺自己的新剧本演出，特发电报邀请丘吉尔看戏："今特为阁下预留戏票数张，敬请光临指教。并欢迎你带友人来——如果你还有朋友的话。"丘吉尔看到后立即复电："本人因故不能参加首场公演，拟参加第二场公演——如果你的剧本能公演两场的话。"丘吉尔善用幽默的特点由此可见一斑。

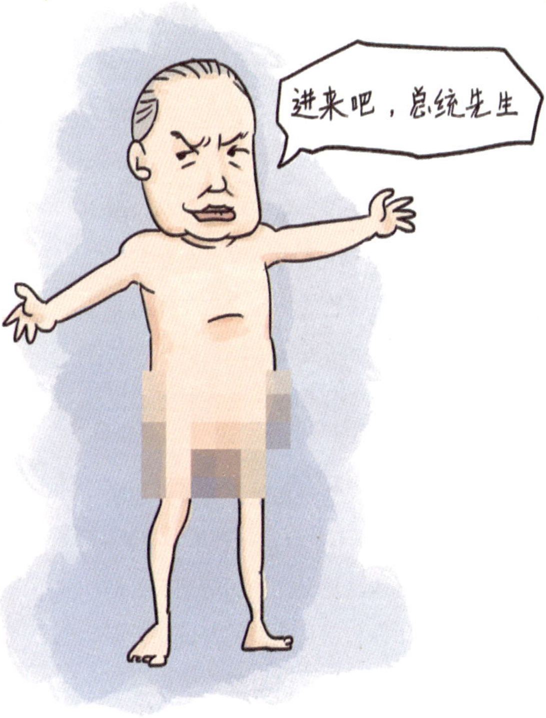

不仅在生活中如此，即便是在政治上，丘吉尔也能够将这种智慧应用自如。丘吉尔有一个习惯，一天之中无论什么时候，只

要一停止工作就爬进热气腾腾的浴缸中去洗澡，然后裸着身体在浴室里来回踱步，以事休息。二战期间，一次，丘吉尔来到白宫，要求美国给予军事援助。当他正在白宫的浴室里光着身子踱步时，有人敲浴室的门。“进来吧，进来吧。”他大声喊道。门一打开，出现在门口的是罗斯福。他看到丘吉尔一丝不挂，便转身想退出去。“进来吧，总统先生。”丘吉尔伸出双臂，大声呼喊，“大不列颠的首相是没有什么东西需要对美国总统隐瞒的。”看到此景的罗斯福会心一笑，也被丘吉尔的机智幽默所折服。

就是通过这样直白坦率而又幽默的方式，丘吉尔最终赢得了美国总统的信任，让美国和英国结成了同盟，从而帮助自己的国家走出了困境。丘吉尔的幽默是一种智慧，更是一种胸襟和力量。

通过上述的故事我们知道，幽默让丘吉尔获得了成功。幽默的力量是无穷的，它可以吸引众人的注意力，可以在微笑间缩短彼此的距离。可以在各种紧张、尴尬的场合中，发挥出非凡的作用，使所有令人不快的气氛一下子变得愉悦而轻松，使对立冲突、一触即发的态势转为和谐与融洽，还能使对方心悦诚服地理解、接纳你的观点。

生活中的你，是整天一副严肃的表情，还是常能于妙趣横生中化干戈为玉帛呢？要知道，幽默并不仅仅是一种单纯说笑，它还是一种智慧的迸发、善良的表达，是交往的润滑剂，更是一种胸怀和境界。幽默不仅能增加你和朋友之间的友谊，更能使一些误解得到消除。幽默就像阳光一样，可以使这个世界变得温暖明媚。因此，我们一定要培养自己的幽默感，多参加社会交往，多接触形形色色的人，增强社会交往能力，使自己的幽默感增强。多参加专门的幽默训练，从自我心理修养和锻炼出发来提高自己，比如拓宽自己的知识面，知识积累得多了，与各种人在各种场合接触就会胸有成竹，从容自如。

不食嗟来之食——自尊

战国时期，各诸侯国互相征战，老百姓不得太平，如果再加上天灾，老百姓就没法活了。这一年，齐国大旱，一连3个月没下雨，田地干裂，庄稼全死了，穷人吃完了树叶吃树皮，吃完了草苗吃草根，眼看着一个个都要被饿死了。可是富人家里的粮仓却堆得满满的，他们照旧吃香的喝辣的。

有一个富人名叫黔敖，看着穷人一个个饿得东倒西歪，他反而幸灾乐祸。他想拿出点粮食给灾民们吃，但又摆出一副救世主的架子，他把做好的窝窝头摆在路边，施舍给过往的饥民们。每当过来一个饥民，黔敖便丢过去一个窝窝头，并且傲慢地叫着："叫花子，给你吃吧！"有时候，过来一群人，黔敖便丢出去好几个窝头让饥民们互相争抢，黔敖在一旁嘲笑地看着他们，十分开心，觉得自己真是大恩大德的活菩萨。

这时，有一个瘦骨嶙峋的饥民走过来，只见他满头乱蓬蓬的头发，衣衫褴褛，将一双破烂不堪的鞋子用草绳绑在脚上，他一边用破旧的衣袖遮住面孔，一边摇摇晃晃地迈着步子，由于几天没吃东西了，他已经支撑不住自己的身体，走起路来有些东倒西歪。黔敖看见这个饥民的模样，便特意拿了两个窝窝头，还盛了一碗汤，对着这个饥民大声吆喝着："喂，过来吃！"饥民像没听见似的，没有理他。黔熬又叫道："喂，听到没有？给你吃的！"只见那饥民突然精神振作起来，瞪大双眼看着黔敖说："收起你的东西吧，我宁愿饿死也不愿吃这样的嗟来之食！"最后那个人饥饿而死。

古往今来，有许多自尊自强的人。陶渊明不为五斗米折腰，李白高吟"安能摧眉折腰事权贵，使我不得开心颜"……他们都不因一时的困窘而忘了自己的尊严。

自尊即自我尊重。在心理学上，自尊感可以是个体对自我形象的主观感觉，可以是过分的或不合理的。一般来说，心理健康的人自尊感比较高，认为自己是一个有价值的人，并感到

自己值得别人尊重，也较能够接受个人不足之处。形成自尊感的要素有安全感、归属感、成就感等，这些因素都与个体的外在环境有关。自尊的心理品质不是天生的，而是在生活、学习和工作中逐步培养起来的。要培养正确的自尊心，需要做到以下几点：寻找个人自尊的支点，即自己突出的优点和长处；要有正确的方向，即培养个人的自尊，并懂得把个人的自尊上升为集体、国家的自尊。

跌跤的福特总统——豁达

曾任美国总统的福特在大学里是一名橄榄球运动员，体质非常好，所以在 62 岁入住白宫时，他仍然非常挺拔结实。当了总统以后，他仍继续滑雪、打高尔夫球和网球，而且擅长这几项运动。

在 1975 年 5 月，他到奥地利访问，当飞机抵达萨尔茨堡，他走下舷梯时，他的皮鞋碰到一个隆起的地方，脚一滑就跌倒在跑道上。他站起来，没有受伤，但使他惊奇的是，记者们竟把他这次跌倒当成一项大新闻，大肆渲染起来。在同一天里，他又在丽希丹宫被雨淋滑了的长梯上滑倒了两次，险些跌下来。随即一个说法散播开了：福特总统笨手笨脚，行动不灵敏。自此以后，福特每次跌跤、撞伤头部或者跌倒在雪地上，记者们总是添油加醋地把消息向全世界报道。后来，竟然反过来，他不跌跤也变成新闻了。哥伦比亚广播公司曾这样报道说：“我一直在等待着总统撞伤头部，或者扭伤胫骨，或者受点轻伤之类的来吸引读者。”记者们如此的渲染似乎想给人形成一种印象：福特总统是个行动笨拙的人。电视节目主持人还在电视中和福特总统开玩笑，喜剧演员切维·蔡斯甚至在“星期六现场直播”节目里模仿总统滑倒和跌跤的动作。

福特的新闻秘书朗·聂森对此提出抗议，他对记者们说：“总统是健康而且优雅的，他可以说是我们能记得起的总统中身体最为健壮的一位。”“我是一个活动家。”福特抗议道，“活动家比任何人都容易跌跤。”他对别人的玩笑总是一笑了之。

1976年3月，他还在华盛顿广播电视记者协会年会上和切维·蔡斯同台表演过。节目开始，蔡斯先出场。当乐队奏起“向总统致敬”的乐曲时，他“绊”了一脚，跌倒在歌舞厅的地板上，从一端滑到另一端，头部撞到讲台上。此时，每个到场的人都捧腹大笑，福特也跟着笑了。轮到福特出场时，蔡斯站了起来，佯装被餐桌布缠住了，弄得碟子和银餐具纷纷落地。蔡斯装出要把演讲稿放在乐队指挥台上，可一不留心，稿纸掉了，撒得满地都是。众人哄堂大笑，福特却满不在乎地说道："蔡斯先生，你是个非常非常滑稽的演员。"

生活是需要睿智的。如果你不够睿智，那至少可以豁达。以乐观、豁达、体谅的心态看问题，就会看到事物美好的一面；以悲观、狭隘、苛刻的心态去看问题，你会觉得世界一片灰暗。两个被关在同一间牢房里的人，透过铁窗看外面的世界，一个看到的是美丽神秘的星空，一个看到的是地上的垃圾和烂泥，这就是区别。

面对嘲笑，最忌讳的做法是勃然大怒，大骂一通，其结果只会让嘲笑之声越来越盛。要让嘲笑自然平息，最好的办法是一笑了之。一个有目标的人，不会去考虑别人多余的想法，而是有风度、有气概地接受一切非难与嘲笑。伟大的心灵多是海底之下的暗流，唯有小丑式的人物才会像一只烦人的青蛙一样，整天聒噪不休！

那么，我们该怎么做才能让自己拥有豁达的胸襟呢？方法很简单，尝试做到以下几点即可：

平时凡是小事，不要太过和人计较，要经常原谅别人的过失，但是大事也不要糊涂，要有是非观念。

不为不如意事所累。不如意事来临时，能泰然处之，不为所累，器量自可养大。

受人讥讽恶骂，要自我检讨，不要反击对方，器量自然日益增长。

学习吃亏，便宜先给别人，久而久之，从吃亏中就会增加自己的器量。

见人一善，要忘其百非。只看见别人的缺点而不见别人的优点，无法养成豁达的胸襟。

法师与小沙弥——平常心

寺院里收留了一个十几岁的流浪儿，这个流浪儿头脑非常灵活，给人一种脚勤嘴快的感觉。灰头土脸的流浪儿在寺里剃发沐浴之后，就变成了一个干净利落的小沙弥。

法师一边关照他的生活起居，一边苦口婆心、因势利导地教给他为僧做人的一些基本常识。看他接受和领会问题比较快，又开始引导他习字念书、诵读经文。也就在这个时候，法师发现了这个小沙弥的致命弱点——心浮气躁、喜欢张扬、骄傲自满。例如，他刚学会几个字，就拿着毛笔满院子写、满院子画。再如，他一旦领悟了某个禅理，就一遍遍地向法师和其他僧侣们炫耀。更可笑的是，当法师为了鼓励他，刚刚夸奖他几句，他马上就在众僧面前显摆，甚至不把其他人放在眼里，大有不可一世之势。

为了改变和遏制他的不良行为和作风，法师想了一个用来启发、点化他的非常智慧的办法。这一天，法师把一盆含苞待放的夜来香送给这个小沙弥，让他在值更的时候，注意观察一下花卉的生长状况。

第二天一早，还没等法师找他，他就欣喜若狂地抱着那盆花一路招摇地主动找上门来，当着众僧的面大声对法师说：“您送给我的这盆花太奇妙了！它晚上开放，清香四溢，美不胜收。可是，一到早晨，它又收敛了它的香花芳蕊……”

法师就用一种特别温和的语气问小沙弥：“它晚上开花的时候，吵你了吗？”

“没有，”小沙弥高高兴兴地说，“它的开放和闭合都是静悄悄的，哪能吵我呢。”

“哦，原来是这样啊，”法师以一种特别的口吻说，“老衲还以为花开的时候得吵闹着炫耀一番呢。”

小沙弥愣怔一阵之后，脸唰地一下就红了，喏喏地对法师

说：“弟子领教了，弟子一定改过！”

爱叫的鸟儿没虫吃。那些喜欢四处炫耀自己一点点成就的人，就像一个瓶子，很容易摔碎。山深愈幽，水深愈静。真正有学问有道行的人，真正成功和芬芳的人生，不需要张扬、炫耀。

不管你比别人多占有了多少智慧、美貌、财富，如果不保持谦恭的态度，谨慎的作风，最后都可能只是暂时拥有。

因此，我们在生活中一定要戒骄戒躁，保持一颗平常心。即使一时取得了优异的成绩，也要学会像花儿那样静静地开放。

感谢别人给予的一切——感恩

黄美廉是一位自小就患脑性麻痹的病人。脑性麻痹夺去了她肢体的平衡感，也夺走了她发声讲话的能力。从小她就活在众多异样的眼光中，她的成长充满了血泪。然而她没有让这些外在的痛苦击败她内在奋斗的精神，她昂然面对，迎向一切的不可能，终于获得了加州大学艺术博士学位。

有一天她站在台上，不规律地挥舞着她的双手。仰着头，脖子伸得好长好长，与她尖尖的下巴扯成一条直线。她的嘴张着，眼睛眯成一条线，诡谲地看着台下的学生。偶然她口中也会咿咿唔唔的，不知在说些什么。基本上她是一个不会说话的人，全场的学生都被她不能控制自如的肢体动作震慑住了。这是一场倾倒生命、与生命相遇的演讲会。她的听力很好，只要对方猜中，或说出她的意见，她就会乐得大叫一声，伸出右手，用两个指头指着你，或者歪歪斜斜地向你走来，送给你一张用她的画制作的明信片。

“黄博士，你从小就长成这个样子，你都没有怨恨吗？”台下的一位同学小声地问道。

“我没有怨恨，我很感激上帝给予我的一切。”黄美廉用粉笔在黑板上重重地写下这几个字。她写字时用力极猛，有力透纸背的气势。写完这个问题，她停下笔来，歪着头，回头看着发问的同学，然后嫣然一笑，回过头来，在黑板上龙飞凤舞地写了起来：

妈妈给了我可爱的面容！

上天给了我一双很长很美的腿！

老师对我也很好！

……

教室内鸦雀无声，没有人敢讲话。她回过头来定定地看着大家，再回过头去，在黑板上写下了她的结论：“我感激别人给我的一切。”

从黄美廉的话语间，我们可以知道她是一个感恩的人。感恩是一种利人利己的责任，是一种不求回报的自觉和奉献，是一种对自然、社会、他人的尊重，是对自然规律、社会规律和生命价值的敬畏与崇拜。一个人如果有了一颗感恩的心，就是一个幸福的人。

大树感恩大地，白云感恩蓝天……让我们心存感恩，感谢身边的一切。因为感恩才会有多彩的世界，因为感恩才会有温馨的真情，因为感恩才让我们懂得了生命的真谛。

国王与大臣——乐观

人生不可避免地要经历很多不如意的事情，很多事情也并不是我们自己可以自由选择的。《沉思录》的作者马可·奥勒留认为："如果神灵对于我，对于必须发生于我的事情，都已经做出了决定，那么他们的决定便是恰当的。"他劝自己要接受所有在他身上发生的事情，这在很多人看来可能是顺从命运的消极主义看法。但是，在很多时候，很多东西并不是我们可以预测的，未来也不是凭我们的意志就可以改变的。世界上没有绝对的事情，任何事情都有两面性，塞翁失马，焉知非福？任何事情都是变化无常的，好的事情也会变坏，有的时候坏的事情也会出现好的转机。要学会从乐观的角度来看待和接受所发生的事情。

从前，有一个国家，它的宰相总是觉得"一切都是最好的安排"，这让国王觉得又可笑又有些讨厌。

有一天，国王准备外出，突然下起了大雨，这让国王非常扫兴。但是宰相说："这是一件好事情，大雨过后的街道一定会被冲刷得很干净，国王您就可以享受清新的空气了。"国王没说什么。

又一次，国王准备外出巡视时却遇到了酷热的天气，十分郁闷。这时宰相又对国王说："这是一件好事情，在这么炎热的天气下出巡才能了解百姓的疾苦。"国王忍着一股无名火没有发作。后来，国王在检查猎器时，不小心被猎器斩断了一截手指。宰相居然也认为这是上天最好的安排，是一件好事情。国王听后终于忍无可忍，立即把他打入大牢，并以一种幸灾乐祸的嘲讽口吻问宰相："你认为这是一件好事情吗？你认为这也是最好的安排吗？"没想到宰相居然说是，国王更加生气地告诉他："好，既然你认为好，那你就继续在这里待着吧！"

过了两天，国王去打猎，不小心误入森林深处，被食人族捉住了。当晚，食人族准备了柴火，支起了大锅，准备烹饪国王。但是，当食人族清洗国王身体的时候却发现国王少了根手指头，这在族内是大忌，因为他们认为不完整的动物是不祥之物。于是他们用特有的仪式把国王送出离他们很远的森林之外。

劫后余生的国王回国后做的第一件事情就是去牢里拜见宰相，他激动地说："断了指头果真是一件好事情。"过了一

会他突然想起了什么，他问宰相：“难道我把你关在牢里这么多天也是好事情吗？”宰相说：“当然是好事情了，陛下您想，如果我不在牢里而是像以往那样陪同您去打猎的话，我们都会被食人族捉住。您会因为那个断指而保全性命，但我必死无疑，因为我很完整啊！”

国王终于开悟：任何事情都有两面性，你所接受的都是最好的安排。

就像老子所说：“祸兮福之所倚，福兮祸之所伏。”坏事可以引出好的结果，好事也可以引出坏的结果。当你的事业遇到瓶颈的时候千万不要灰心丧气，要接受现实并想办法进行突破，因为这刚好就是你百尺竿头更进一步的大好机会；当你在工作中遭遇重大失败的时候千万不要情绪低迷，这是一件好事情，因为经验教训是一笔宝贵的财富，你会避免今后再犯此类错误；当你与同事关系相处不好的时候，这也不是什么坏事情，因为这说明你该反省自己了，人只有不断反省，才能不断成长进步。

总之，接受所有发生的事情吧，多点乐观精神，多把事情往好处想，不要让失意的事情来影响你的情绪，这样你会更加容易快乐，更加容易跨越所有阻碍与困难。

国王与三个儿子——宽容

一位国王决定将王位传给 3 个儿子中的一个。一天，国王把 3 个儿子叫到跟前说：“我老了，决定把王位传给你们 3 兄弟中的一个，但你们 3 个都要到外面去游历一年。一年后回来告诉我，你们在这一年内所做过的最高尚的事情。只有那个真正做过高尚事情的人，才能继承我的王位。”

一年后，3 个儿子回到了国王跟前，告诉国王自己这一年来在外面的收获。

大儿子先说：“我在游历期间，曾经遇到一个陌生人，他十分信任我，托我把他的一袋金币交给他住在另一个镇上的儿子。当我游历到那个镇上时，我把金币原封不动地交给了他的儿子。”

国王说：“你做得很对，但诚实是你做人应有的品德，不能称得上是高尚的事情。”

二儿子接着说：“我旅行到一个村庄刚好碰上一伙强盗打劫，我冲上去帮村民们赶走了强盗，保护了他们的财产。”

国王说：“你做得很好，但救人是你的责任，还称不上是高尚的事情。”

三儿子迟疑地说:“我有一个仇人，他千方百计地想陷害我，有好几次我差点就死在他的手上。在我的旅行中，有一个夜晚，我独自骑马走在悬崖边，发现我的仇人正睡在一棵大树下，我只要轻轻地一推，他就掉下悬崖摔死了。但我没有这样做，而是叫醒了他，告诉他睡在这里很危险，并劝告他继续赶路。后来，当我下马准备过一条河时，一只老虎突然从旁边的树林里跳出来，扑向我。正在我绝望时，我的仇人从后面赶过来，他一刀就结果了老虎的命。我问他为什么要救我的命，他说‘是你救我在先，你的仁爱化解了我的仇恨’。这……这实在是不算做了什么大事。”

“不，孩子，能帮助自己的仇人，是一件高尚而神圣的事，”国王严肃地说，“孩子，你做了一件高尚的事，从今天起，我就把王位传给你。”

宽容使三王子没有乘人之危夺去仇人的性命，同样，是宽容在危急时刻挽救了王子自己。宽容和豁达的人方能担当重任，故事中的国王做出了正确的判断。

生活中，我们一定要培养自己宽容的心态，例如在看到别人“犯错”时：

首先告诉自己,“未必如此”。别人的做法也许未必是错误的，也许自己还没有理解别人的真实用意。每个人对别人的判断都会受到自己主观因素的影响，不一定完全公正，武断地得出结论很容易引起误会甚至冲突。所以，在做出决定前，一定要清楚所有事实。

其次，如果你确定对方犯错，那就告诉自己：“人难免会犯错。”人非圣贤，孰能无过，自己应当设法宽恕对方的过错，这样才能将谈话或工作推进下去，也可以让你赢得更多的朋友。

再次，如果你为此苦恼甚至动怒，那就问问自己，值得为了别人的过失而付出自己不快乐的代价吗？此外，还要通过培养自律和自控的能力，避免自己陷入失控的泥潭。

如果我们生气，吃亏的究竟是谁

生活中很多人都爱发脾气，而当我们因生气使自己的情绪恶化到失去控制时，往往会做出一些过激的行为。等到情绪平稳时，我们则会后悔当时不理智的所作所为。

当我们遇到让自己生气的事情时，应该先努力让自己平静下来，好好想一想，为什么会有这样的情况发生；如果这时采取行动将会造成怎样的后果……当你冷静地考虑过这些以后，或许你的怒气就已经消减大半了。在生气的时候，你如果不能让自己冷静，做出冲动的事情，可能最终受苦的还是自己。

一天早晨，明辉醒来，发现自己睡过了头，很可能要耽误一个重要的会议，于是不由得生起自己的气来。他匆匆地穿衣洗漱，却发现妻子还没有准备好早餐，于是就冲妻子发起火来。妻子觉得他太过分，于是两个人就吵了起来。直到他们的女儿被父母激烈的争吵吓得大哭起来，明辉才气冲冲地空着肚子去上班。

半路上又遇见堵车，他本来心情就不好，这下更是急躁地拼命按着鸣笛。因为情绪不好，又太着急，他的车在路口还与别的车发生了摩擦，险些出现大的交通事故。明辉被这一连串的事情弄得暴躁异常，他愤愤地想：今天是怎么了？怎么就那么不顺呢？

到了公司，会议已经开始了，明辉因为迟到被点名。会议中，由于别人提出的想法和他的不同，明辉就和这个人在会议上争论起来。由于一早上没一件顺心的事情，明辉的话语显得有些刻薄，最终会议不欢而散。

明辉回到自己的部门后，又发现有人把昨天的工作弄出了乱子，这下明辉更火了，将犯错的下属大骂一通，他的大嗓门让整个部门的人都听见了。几天后，经过董事会的一致投票，明辉被免去了主管职务。

控制好自己的怒气，才能让人和人之间更理智地相处，从而避免做出冲动的行为。

在生气的时候，我们更应该保持冷静。想一想，为什么会这样？我有什么责任？对方有没有什么值得理解的地方？你不仅要站在自己的立场去想问题，而且要站在对方的角度去想。这样，你不仅能弄清楚事情的对错，也不会冲动了。

总之，生气是害人害己的一种恶劣情绪。我们必须学会克制怒火，学会忍让、宽容、理解别人。

博士的“旷世杰作”——自恋

一名某名牌高校的博士，心理似乎出了点问题，他的女朋友陪他来到一家心理咨询中心，下面是这名博士生的自述：

“我是个法学专业的研究生，正在读博士学位，可称得上天之骄子了吧！但最近，我发觉自己陷入困境，似乎很难念完博士学位。前不久，我写了一篇论文。我认为那是篇很有价值的论文，我相信，它会在法学界产生极大的震动，并会产生深远的影响。但我写到2/3时，却很难进行下去。我的导师们对我的论文很不以为然，而且，还软磨硬拖，阻碍它早日脱稿发表。我知道，怕我的文章出来后，显得他们脸上无光，他们就是妒贤嫉能。其实，这正说明他们故步自封。不过，我会尽力而为，用行动证明自己能超越他们，同时证明他们不过如此。就是因为此事，近来我严重失眠，常在床上翻来覆去睡不着。本来我和女朋友的关系还可以，近来也显得非常紧张。我不知是怎么回事，希望能得到您的帮助。”

心理咨询师听完博士的话笑了笑，然后问博士关于论文的事。一触及此，博士便眉飞色舞，甚至于手舞足蹈，似乎他正在万人会场的主席台上慷慨陈词。

为了进一步了解情况，咨询师又问了几个问题。

“你有过自卑的时候吗？”

“没有，我没有必要自卑。”

“那么，你有孤独的时候吗？”

“我一直在孤独中。不过，这没关系，我知道，有成就的人总是孤独的。”

“你和女友关系怎样？”

“不怎样。和女人相处，对我来说只是一种调节剂，不会有太大的收获。”

问完这些，咨询师让博士到外面稍等片刻，请他的女友进来，了解了一些情况。

博士的女友说，在她以前，他曾结交过好几个女孩子，但不知什么缘故，谈的时间不长，一个个都离他而去了。在学校里，他总是“天马行空”、独来独往，逢年过节学校联欢时，也没什么人愿意同他搭话，他也不理别人。

谈到那篇论文时，博士的女朋友说，那只是一篇平庸之作，既无新的见解，论述也不够全面，他的导师也这么认为。

到了这一步，心理咨询师已经完全明白了是怎么一回事。他告诉博士的女朋友：“从你男朋友的种种表现来看，他是严重的自恋患者。”

自恋是一种心理障碍，其突出表现就是以自我为中心，按自己的需求，凭自己的情绪办事。

病态自恋者处处为自己物质的和心理的利益考虑，而实际上，他们的一切利益都因为自恋而受到了损害。

自恋是一种对赞美成瘾的症状，为了获得赞美，自恋者会不惜一切代价。自恋者也会下意识地明白，总是从别人那里获得赞美是不可能的，所以会不自觉地限定自己的活动范围，以回避外界任何可能伤及自恋的因素。

自恋是一种非理性的力量，自恋者本人无法控制它，所以就永远不可能获得内心的宁静，永远都会被无形的鞭子抽打，只知道朝前奔走，而没有一个可感可知的现实目标。

在与他人的交往中，自恋者会因为他们的自私表现而丧失他们最看重的东西——来自别人的赞美，这对他们来说是毁灭性的打击，自恋者易患抑郁症，原因就在这里。

每个人都会有或多或少的自恋倾向——小到对一枚指甲的专心修饰，大到爱自己而不能与别人相爱。人人都应该爱自己，但是爱得过了火就很危险。所以我们平时要客观地评价自己，建立积极的自我概念，学会公开、直接表达自己，努力倾听和了解周围人的思想和感受，积极沟通感情，认真听完别人的讲话，不要轻易打断别人的讲话，尽量避免让自己产生病态的自恋心理。

“先生，你掉了钱”——善良

法国的一座小城市，很少能有外地的剧团或乐队来演出。一天，这座城市来了一个马戏团，7 个孩子穿着干净的衣裳，手牵着手排队在父母的身后等候买票。他们兴高采烈地谈论着上演的节目，好像自己就要骑着大象在舞台上表演似的。

终于轮到他们了，父亲走到窗口期待地跟售票员说道:“请给我 7 个小孩和 2 个大人的票。”

售票员说出了价格。一旁的母亲的心颤了一下，她扭过头，眼垂得很低。父亲轻声地问了一遍:“你刚才说要多少钱？”售票员重复了一次价格。父亲的眼里透着痛楚，他实在不忍心告诉他身旁兴致勃勃的孩子：我们的钱不够！

一位排队买票的男士目睹了这一切，他悄悄地把手伸进口袋，把一张 50 元的钞票拉出来，让它掉到地上，然后拍拍那个父亲的肩膀，指着地上说：“先生，你掉了钱。”

父亲回过头，瞬间就明白了。他的眼圈红红的，随后，他弯下腰捡起了地上的钞票，然后又紧紧握住了男士的手：“谢谢先生，这对我和我的家庭意义重大。”

故事中的男士是一个具有善良个性品质的人，他故意掉下钱，在顾及别人感受的情况下，帮助别人，这种善良、伟大的举动值得我们每一个人学习。

心存善良，就会以他人之乐为乐，乐于扶贫帮困，心中就常有欣慰之感；心存善良，就会与人为善，乐于友好相处，心中就常有愉悦之感；心存善良，就会光明磊落，乐于对人敞开心扉，心中就常有轻松之感。总之，心存善良的人，会始终保持泰然自若的心理状态，这种心理状态能把血液的流量和神经细胞的兴奋度调至最佳状态，从而提高了机体的抗病能力。所以，善良是心理养生不可缺少的高级营养素。

人生为何如此黑暗——空虚

田新性格内向，平时不爱跟同学说话，有什么事总是憋在心里。他在日记中写了这样一段话。

“刚读高中的时候，我还没有什么忧愁，可从高一下学期开始，无论何时何地我总会感到一阵阵烦躁，烦躁的原因有来自生活上的，也有来自学习上的。”

“在学习上我一直是中上水平，可后来不知怎么搞的，大概是几次考试失利的缘故吧，我感到学习特没劲，成绩也落后了，班主任找我谈了几次，我也没什么变化，我对什么都无所谓了。想来想去，觉得生活没意思，真的没意思。同学们都在那里学习，可学习好了又有什么用呢，究竟为了什么呢？成绩再好也免不了生老病死。学校有时也搞一些活动，但内容几乎和小学生一样，各种各样的评奖只不过是些幼稚的活动，我真的觉得很无聊。家里，爸爸每天出入花鸟市场，炒股票，打麻将，对我的学习一点也不关心；妈妈除了做家务，只会每天盯着我，唠唠叨叨说个不停，一会儿说我头发长了，一会儿又数落我东西没放整齐……事无巨细，她都要唠叨一番，我都替她累。有时夜深，独自坐在书桌前，望着一大堆功课，我会想很多：活着真没劲，就这样一天天混下去也不知有什么结果，真想离开

这个灰暗的人生，有个新的开始……”

田新之所以感到人生灰暗，没有色彩，这和他的空虚心理有很大关系。

空虚心理指一个人的精神世界一片空白，没有信仰、没有寄托、百无聊赖，如同行尸走肉。精神空虚者往往萎靡不振，缺乏社会责任感，有碍于社会发展，也有害于人类发展。

空虚是一种不良心理，有碍于人格的健全发展，我们要防止这种心理。现实生活中，摆脱空虚感可以采用以下 5 种方法：

调整需求目标。空虚心态往往是在两种情况下出现的。一是胸无大志；二是目标不切实际，使自己因难以实现目标而失去动力。因此，摆脱空虚必须根据自己的实际情况，及时调整生活目标，从而调动自己的潜力，充实生活内容。

多与人交往，获得别人的支持。当一个人失意或徘徊时，特别需要有人给予力量和支持，予以同情和理解。只有获得别人支持，才不会感到空虚和寂寞。

博览群书。读书是填补空虚的良方。读书能使人找到解决问题的钥匙，使人从寂寞与空虚中解脱出来。读书越多，知识越丰富，生活也就越充实。

忘我地工作。劳动是摆脱空虚极好的措施。当一个人集中精力、全身心投入工作时，就会忘却空虚带来的痛苦与烦恼，并从工作中看到自身的社会价值，使人生充满希望。

转移目标。当某一种目标受到阻碍难以实现时，不妨转移目标，比如在学习或工作以外培养自己的业余爱好（绘画、书法、打球等），使心情平静下来。当一个人有了新的乐趣之后，就会产生新的追求；有了新的追求就会逐渐完成生活内容的调整，并从空虚状态中解脱出来，迎接丰富多彩的新生活。

丈夫离去的日子里——孤独

3 年前，60 岁的露丝失去了丈夫，当时她悲痛欲绝，觉得自己的世界一下子塌了。自那以后，她便陷入了一种孤独与痛苦之中。“我该做些什么呢？”在丈夫离开她近一个月之后的一天晚上，她对朋友哭诉：“我将住到何处？我将怎样度过一个人孤独的日子？”

朋友安慰她说，她的孤独是因为自己身处不幸的遭遇之中，才 50 多岁便失去了自己生活的伴侣，自然令人悲痛异常。但时间一久，这些伤痛和孤独便会慢慢减缓消失，她也会开始新的生活——从痛苦的灰烬之中建立起自己新的幸福。

“不！”她绝望地说道，“我不相信自己还会有什么幸福的日子。我已不再年轻，孩子也都长大成人，成家立业。我孑然一身还有什么乐趣可言呢？”露丝得了严重的自怜症，而且不知道该如何治疗。好几年过去了，她的心情一直都没有好转。

有一次，朋友忍不住对她说：“我想，你并不需要特别引起别人的同情或怜悯。无论如何，你可以重新建立自己的新生活，结交新的朋友，培养新的兴趣，千万不要沉溺在旧的回忆里。”她没有把朋友的话听进去，因为她还在为自己的孤独自怨自叹。后来，她觉得孩子们应该为她的幸福负责，因此便搬去与一个结了婚的女儿同住。

但事情的结果并不如意，由于她的孤僻，她和女儿都得面临一种痛苦的经历，甚至恶化到母女反目成仇。露丝后来又搬去与儿子同住，但也好不到哪里去。后来，孩子们只好共同买了一间公寓让她独住，但这更加重了她的孤独。

她对朋友哭诉道，所有家人都弃她而去，没有人要她这个老妈妈了。露丝的确一直都没有再享有快乐的生活，因为她认为全世界都在孤立她。她实在是既可怜，又可悲，虽然已年过半百了，但情绪还像小孩一样不成熟。

每个人都有孤独的时候，这是一种正常的现象，但如果孤独超出了一定的界限，就会造成心理障碍。

要想战胜孤独，保持健康的心理，我们可以采用以下方法：

要战胜自卑。因为总觉得自己跟别人不一样，所以就不敢跟别人接触，这是自卑心理造成的一种孤独状态。这就跟作茧自缚一样，要冲出这层包围着自己的黑暗，必须先咬破自卑心理组成的茧。要随时跟朋友们保持联系，不应该只是在你感觉到孤独的时候才想起他们。要知道，别人也都跟你一样，要想体会到友谊的温暖，就要为别人做点什么。

适度地离开熙熙攘攘的尘嚣世界，接近大自然，享受大自然带给我们的乐趣，也是排遣孤独的良好方式。只不过忙碌于名利和生计的人们，早已没有闲适的心情去品味自然的美妙之处。

要想从根本上克服内心的脆弱，莫过于给自己确立一些目标，培养某种爱好。一个懂得自己活着是为了什么的人，是不会感到寂寞的；同样，一个活着而有所爱、有所追求的人，也是不怕寂寞的。

第十章

背道而驰：为什么就爱有人对着干

人们为什么总是喜欢对着干

我们经常会遇到这种情况：你越是让我做什么，我偏不做；你越是不让我做什么，我偏要做。即使两个陌生人碰面，甲让乙给自己让路，乙要是高兴的话，会很痛快地让开；如果不高兴的话，则会说："凭什么给你让路啊？这条路是你们家修的？我想站哪就站哪，你管得着吗？"为什么人们总是喜欢对着干呢？

其实，这是人们逆反心理的一种体现。逆反心理是一种常见的心理现象。每个人都有好奇心，因为好奇而想要了解某些事物，当这些事物被禁止时，最容易引起人们强烈的好奇心和求知欲。特别是只作出禁止的命令而又不解释禁止原因的时候，更容易激发人们的逆反心理，使人们更加迫切地想要了解该事物。因此，你越是禁止，对方越是想知道。

逆反心理是人们彼此之间为了维护自

尊，而对对方的要求采取相反的态度和言行的一种心理状态。这种现象在青少年人群中是最常见的，其他年龄阶段的人群也会有这种心理。在日常生活中，人们常常通过这种与常理背道而驰的行为，来显示自己的“高明”和“非凡”，来抗拒和摆脱某种约束，来满足自己的好奇心、占有欲。

逆反心理会使人形成一种狭隘的心理定式和偏激的行为习惯，处处与人对着干，使自己变得偏激、固执，无法客观地、准确地认识事物的本来面目，无论何时何地总是下意识地与常理背道而驰，从而做出错误的选择和决定。

因为逆反心理可以造成这样的心理结果，即你越是制止人们的某种行为，他们越是想要这样去做；如果你坚持采取某种行动，结果却会使对方采取相反的行动。利用这种心理效果，我们可以设下一个小陷阱，刺激对方的逆反心理，使其主动地钻进来，以达到改变人们某种行为的目的。

苏联心理学家普拉图诺夫在《趣味心理学》一书的前言中，特意提醒读者请勿先阅读第八章第五节的故事。大多数读者没有遵守作者的告诫，而是迫不及待地翻看第八章第五节的内容。其实这也是作者的本意，他正是利用人们的逆反心理达到了让人们关注第八章第五节内容的目的。如果他只是在前言中说，第八章的内容很精彩，希望大家仔细阅读，这样反而起不了太大的作用。

人们做任何事情都会有自己最初的想法，不希望受到别人的限制。如果要改变他们的行为，我们可以巧妙地利用别人的逆反心理使其改变。我们要善于利用这一点，学会对人们进行善意的规劝和说服，同时也要警惕别人恶意利用逆反心理来激你，使你做出不理智的选择。

幸福必须靠自己争取

丽华是某国企中层领导干部，28 岁走到这一步，已经很了不起，家中又有英俊、能干、体贴的丈夫以及漂亮、可爱的女儿，她成为同事、朋友们羡慕的对象。

可谁知，她最近异常憔悴，因为怨恨而痛苦不堪。原来，几天前，她的公公和婆婆对她说了一些不友善的话。丈夫是家中的独生子，而公公、婆婆都是思想非常保守传统的人，3 年前儿子结婚时他们就一直盼着儿媳能给他们生个白白胖胖的孙子，以传宗接代，用他们的话说就是“家族香火不能断”。眼巴巴地盼了 3 年，却事与愿违，两位老人极度失望。虽说孙女极像儿子，非常乖巧，但仍难以消除二老心中的遗憾以及对儿媳的不满。他们知道这是无法补救的事实，但有时仍忍不住会借机对儿媳说些难听的话。丽华怀孕那段时间，公公、婆婆对她都非常好，总是变着花样做好吃的给她，还不让她做任何家务活，总是让儿子陪着儿媳去公园散步。还有两个月才临产，他们就硬让丽华请假在家休养。可是，一旦希望落空，他们便对丽华十分冷淡，甚至都不愿照顾刚出院的丽华。对这些，丽华并不在意，她觉得只要丈夫对自己好就行了，反正自己嫁的是丈夫，而且她还认为时间久了，公公、婆婆还是会重新接纳她以及她的女儿的。

就这样过了半年，女儿长得越发乖巧，但公公、婆婆的态度却没有一点儿改变，他们甚至有些变本加厉了，有时甚至无中生有，还经常在儿子面前说丽华的坏话。丽华产生了强烈的怨恨心理，她说："我再也无法和他们恢复昔日的关系了，往后的日子叫我如何面对？"

认识他们家的人谈及她时都认为她是无辜的受害者，似乎不应该承受那么大的罪过，请她不要太伤心，但她愈想愈激动。她哭着说："总有一天我会想办法报这个仇，让他们也尝尝这种滋味！"她说这话时的脸色十分吓人，眼睛像要喷火一样恐怖，拳头攥得紧紧的，似有深仇大恨一般。

在日常生活中，也有不少类似丽华这样的情况。从心理学的角度分析，丽华之所以没有了幸福和快乐，是因为她心中充满了怨恨。这种深深的怨恨蒙蔽了她的双眼，使她无法自拔。

怨恨是一种消极心理，我们要努力克服它，具体做法如下：

适当的否认。对痛苦的现实进行适当的否认，这是一种保护性的正常防御，如自我暗示说："我并不是一无是处，我还有我的优点……""我有丈夫的支持，这是最主要的。"

积极的压抑。把妨碍身心健康的痛苦体验或创伤性事件予以选择性遗忘，阻止它们扰乱正常的生活。如：不要老是去想自己如何失败，自己的面子如何，而是想想怎样才能改变现状。

有利的合理化。有两种表现，一是"酸葡萄心理"，即把得不到的东西说成是不好的；另一种是"甜柠檬心理"，即在得不到葡萄而只有柠檬时，就说柠檬是甜的，两者的作用都是掩盖痛苦和失败，以保持内心的安宁。

合理的移植。将指向某一对象的情绪、意图、欲望转移到另一个对象或替代的物体上，借此减轻精神负担，获得心理平衡。不是顺应不良的行为，而是用人们可以接受的方式，如体育活动、文娱活动等积极的行为。

积极认同。从他人身上获取适应生活、工作、学习的有效方法，从而自我安慰、自我解脱、自我调整、自我激励，正确对待自己，对待他人，对待生活。

青春期的孩子怎么变叛逆了

青春期是人生重要的转折期，这个阶段的顺利与否关系到人生的未来。然而，一提到青春期，很多家长就会头疼，因为孩子进入青春期之后，会突然变得不顺从、不听话，他们的行为甚至可以用不可理喻来形容。

青春期的孩子就像一个矛盾体，前一刻钟，他们还在肯定这一切；下一刻钟，他们又会否定这一切；有时他们会盲目崇拜，而有时他们又会把所崇拜的事物贬得一无是处。他们就像一颗随时都会爆炸的“炸弹”，也许家长不经意的一句话、一个眼神，就会成为引爆这颗炸弹的导火线。同时，他们对家长充满了敌意，事事都与家长对着干，家长让他们往东，他们就偏要往西。

总之，青春期孩子脾气暴躁，叛逆，充满矛盾，令人捉摸不透。面对这样一个完全陌生的孩子，很多家长不知道该如何去教育他们，从而感到恐慌和无奈。这些青春期的孩子心里都在想些什么呢？心理学专家为我们提供了答案：

第一，我想独立。进入青春期之后，孩子的身体开始慢慢发育成熟，这让他们感觉自己已经是成年人了。因此，他们在思想上也想得到大人的尊重。于是他们总是试图摆脱对大人的依赖，想独立，并不断地挑战大人的权威。

然而，由于这些青春期的孩子缺少社会经验，当他们以成人姿态出现在社会中时，却又屡屡碰壁。也就是说，他们想独立，但又害怕品尝碰壁的苦头，这一矛盾使得他们对自己感到很迷茫。

实际上，青春期的孩子非常渴望得到家长的理解和安慰，如果家长真的理解他们，他们是很愿意向家长敞开心扉的。然而，现实是，孩子要经常面对家长的指责和不满。在这种情况下，孩子不仅不愿意向家长敞开心扉，甚至会和家长对着干。

第二，我正常吗？到了青春期，孩子的身体开始出现第二性征，女生的乳房开始隆起，男生出现喉结、胡须等。这使得他们感到困惑和不安。

与此同时，性成熟会使孩子开始对异性产生莫名的好感和幻想，并产生对性的渴望和冲动，这又加重了他们的罪恶感。这种心理冲突会促使他们在心中不停地问自己："我正常吗？"

那么，家长们要怎么做，才能帮助他们更好地度过青春期呢？

首先，家长要适当地让权。

一些家长喜欢与这些青春期的孩子"较真"：批评他们的奇装异服、怪异发型；指责他们不务正业；过多插手孩子的事情……这些都不是有效的教育方式。这样做的后果只会让家长与孩子"两败俱伤"！家长越生气，孩子的怪异行为越多；家长与孩子之间的关系恶化，家长说孩子不可理喻，孩子说家长不理解自己。

正确的做法是，给孩子一些空间，让他们在宽松的环境中自我思考。

其次，以平等的态度多与孩子沟通。

青春期的孩子，存在很多成长的困惑。作为家长应该了解他们的真实想法和困境，并帮助他们解开心中的种种疑惑。但是，在帮助孩子时，家长要特别注意方式方法，因为青春期孩子的自尊心特别强，家长应该以平等的态度与他们沟通。

只有这样，青春期的孩子才更乐意接纳家长的"教育"和帮助，才能顺利度过青春期，甚至会在这个过程中和家长成为朋友。

表扬孩子未必都是好事

表扬，是家长对子女进行教育时常用的手段。表扬的形式很多，例如：肯定、赞许、期待、激励、物质奖励，等等。正确使用表扬，将会收到令人满意的效果，但是，有很多家长却不懂得表扬的方式方法，这样不仅不能使表扬产生积极的作用，反而带来了弊端。

有一位家长对自己上小学六年级的孩子说："如果你这次考上重点中学，就给你买电脑。"果然，孩子考好了，得以如愿。但是后来的一个学期孩子忙于玩电脑游戏，不做作业，期末考试成绩很不好。这时候，家长才意识到：以买电脑来刺激孩子学习的方法欠妥。

这个例子中，该家长单纯以物质奖励来刺激孩子的学习，结果适得其反。因为孩子的心智尚未成熟，很多时候对自己的欲望缺乏自制力，以物质来刺激孩子，可能让孩子形成一种错误的学习动机，即只为了得到物质奖励而学习，这对于孩子长期的发展是不利的。所以，要注意采用“精神奖励为主，物质奖励为辅”的奖励方式。

在表扬的过程中，家长需要注意哪些问题呢？

第一，要营造良好的表扬氛围。表扬如果是在良好的气氛下进行，能增强孩子的荣誉感、责任感、进取心，反之，则收不到好的效果。

第二，应该重视做人方面的表扬。有些家长很重视孩子的学习成绩，一旦孩子考试成绩好，就大大加以赞扬，给予物质奖励。而有的孩子常常助人为乐，却往往得不到家长的表扬。其实，孩子在生活与学习中，只要有了好的表现，就要进行表扬。

第三，表扬方式要多样化。单一的表扬方式，不仅激发不了孩子的学习热情，时间一长，还会引起孩子的厌烦。

第四，表扬要实事求是。孩子的微小进步都值得给予肯定，但表扬时要实事求是。如果家长对孩子的微小进步评价过高，就容易使孩子滋长骄傲自满情绪。

第五，表扬要因人而异。表扬时，要视孩子的具体情况而定。如果对于一个成绩原来在下游的同学，那么当他取得中等的成绩时，家长应该及时给予表扬和鼓励，让他们看到自己的进步，并因此树立信心，再接再厉。如果一味地要求孩子一定要考到前三名，才能得到表扬或奖励，那么可能会影响孩子的学习积极性。

总之，只有了解了孩子的心理需求，投其所需，才能真正收到良好的表扬效果。

为什么销售员很专业，顾客却不买账

有的销售员以为自己对产品的性能及特点很了解，因此在向顾客推销时，不是一味地自吹自擂，就是不断地询问顾客："你懂吗？你知道吗？你明白我的意思吗？"他可能真的是在为顾客着想，希望能更好地介绍自己的商品，但顾客却十分不满，感觉自己被当作一个什么都不懂的傻瓜。

无论是自我吹嘘还是不断地质问，都会让顾客觉得受到了轻视，从而产生逆反心理。一旦造成这种结果，还谈什么销售？

吴女士准备给刚上学的女儿买一套合适的书桌。周末，她来到了某商场的家具销售区。吴女士一进门，一名销售员就热情地迎了上来，迫不及待地说："欢迎光临，本店的家具质量上乘，设计一流，豪华高档，摆放在您的家里，一定可以大大提升您的品位。"

吴女士笑了笑说："谢谢，不过我对这些倒不是很重视。对了，你能给我讲讲这套家具的具体构造吗？"并指着一套家具说。

销售员马上说："非常乐意为您效劳，这套家具的整体风格总体来说复古怀旧，由著名的设计师设计。如果你买了，还可以当作梳妆台用……"

吴女士再次果断地打断了销售员的介绍："这也不是我最感兴趣的。我比较关心的是……"

销售员马上又接过了她的话：“我知道了，您想了解构造！这套家具采用的都是上乘木料，外面还配置了保护层，我敢保证它的使用寿命绝对在20年以上……”

这依然不是吴女士关心的内容，于是不得不再次打断销售员：“关于这些，我都相信。但是我想，你是误会我的意思了，我更关心孩子……”

还没等她的话说完，销售员又一次抢过了她的话说：“您完全不必有这样的担忧，我们会为您的家具特别配置一些防护措施，能够避免小孩子在上面乱涂乱画。如果您现在买的话，我们还可以给您优惠价……”

吴女士实在听不下去了，马上向对方告辞，转身离去。销售员只好满腹疑惑地道别。

这个案例中，双方交易之所以失败，就是因为这位销售员不明白吴女士的心理，而且不等顾客把自己的想法表达出来就一味自吹自擂。销售员以为自己了解顾客，是想顾客之所想，认为顾客都是外行人。事实上，吴女士关心的是家具适不适合自己的孩子用。

作为一名销售员，最关键的一点就是要站在顾客的角度着想，从而了解并把握顾客的心理需求，只有这样，才能促成交易。销售员如果只顾介绍，而没有弄明白顾客的真正需要，势必会引起顾客的反感。

优秀的销售员善于把握顾客的心理，知道如何赢得顾客的信赖，促成销售。

为什么有人喜欢偷吃“禁肉”

《圣经》中亚当与夏娃偷吃了禁果，于是被赶出了伊甸园。

现实中人类偷吃了“禁肉”，于是酿成了一场又一场的悲剧。

2003 年春天，正当人们欢天喜地地度过充满祥和的春节，一场没有硝烟的战争却悄然在中国拉开序幕。

2002 年 11 月 16 日，佛山市第一人民医院接诊了一例特殊肺炎患者，并发现了 2 到 3 个病例。此后，河源、中山、江门、广州、深圳相继出现类似病例。

2002 年 12 月 15 日，紫金县的黄可初和郭杜程先后住进了河源市人民医院。曾经接诊过他们的 5 名医务人员先后出现与患者相同的症状。人们开始恐慌。

2003 年 1 月 2 日，中山市收治类似病人。由于对这种病缺乏了解，医务人员并没有及时防护，中山市某医院有七八个工作人员被传染。从 1 月 16 日开始，中山市“肺炎流行”的谣言蔓延开来，市民纷纷到药房购药用以防备，一些人一买就是几十盒。

2003 年 2 月 6 日，广东非典型肺炎进入发病高峰，全省发现病例达 218 例。这些病例主要集中在广州，相当一部分还是接诊的医务人员。

2 月 10 日到 11 日，广州街道呈现出一片萧条景观，酒店、餐馆及各种娱乐场所无人光顾。

之后，非典型性肺炎开始在全国各地蔓延。不少人在这场没有硝烟的战争中丧生，非典型性肺炎的恐惧笼罩着整个中华大地。

这场战争给我们的心灵带来了巨大的阴影，恐慌的人们仰天长叹：为什么会发生这样的悲剧！

不久，调查结果出来了：最初的传染源是果子狸，非典型性肺炎是吃野味的人吃了果子狸而引发的病毒。看到这一结果许多人大跌眼镜，这场战争的罪魁祸首居然是果子狸！在过去，果子狸肉一直被视为难得的山珍野味和滋补佳品，被人们推崇为山珍之首。后来，中国一些地区食用果子狸现象愈演愈烈，鲜活果子狸成为市场上的畅销货，价格不断上涨。1998 年每公斤 40 元，至 2003 年每公斤 180 至 200 元，丰厚的利润促使各地盗猎贩卖果子狸之风极盛。但是，果子狸早在 2000 年 8 月 1 日已被列为国家保护的野生动物。

除了果子狸，还有数不清的野生动物被摆上餐桌，其中很多是受国家保护的野生动物。国家已经明令禁止，为何还有人要对着干？

首先，受猎奇心理驱使。如今，标新立异、与众不同、吃出花样成为许多人广为追求的目标。由于野生动物的种类和数量都在锐减，使得野生动物变得更加稀奇与珍贵。在这种情况下，品尝野味满足了人们的猎奇心理，因此很受欢迎。

其次，满足虚荣心理。“民以食为天”，饮食是人类的基本需求。在中国传统观念中，野生动物尤其是珍稀动物的“地位”

是至高无上的。它是富贵的象征，只有最富有、最高贵的人才有资格享受它。因此，在人们生活水平日益提高的今天，品尝野生动物尤其是珍稀动物，对于当今少数新贵来说，迎合了其摆阔、显贵等虚荣心理。

最后，受从众心理的影响。“从众”是一种比较普遍的社会心理和行为现象。通俗地解释就是“人云亦云”“随大流”。国人在饮食方面存在许多误区，以为食用野生动物能获得日常饮食所不能代替的滋补效果，大家都这么认为，我也就这么认为；大家都这么做，我也就跟着这么做。事实上，野生动物并没有特殊的营养价值，也没有无可代替的滋补地位。

婆媳之间为何经常硝烟弥漫

自古以来，婆媳关系就非常复杂，常言道：“家家有本难念的经。”其中一本就叫“婆媳经”。在家庭中，两代人之间的矛盾和冲突最明显和最常见的是婆媳关系。婆媳不合是让很多人头痛的问题。那么，是什么使得婆媳之间经常硝烟弥漫？

第一，“真有之情”与“应有之情”的矛盾。

婆媳两个人来自两个不同的家庭，因为爱着同一个男人而成为一家人，她们既不是婚姻关系，也无血缘联系。社会心理学的观点认为：中国人对各种人际关系会采用一个双维度的标准，一个维度是关系中的两个人身份角色的距离，另一个维度是关系中两个人的真情交换和义务履行的均衡，这就是两种感情——“应有之情”与“真有之情”。新媳妇嫁过来的时候，没有血缘的两个人只是把自己放在了婆婆与媳妇这两个角色上，她们之间的情感是由双方的角色建立起来的“应有之情”而不是两个人相处所形成的感情。

第二，角色的偏差导致彼此对对方的期望值不同。

这一点是和上一点连接的。婆媳双方混淆了婆媳与母女之间的关系，把“应有之情”期望成“真有之情”，婆婆用当“妈”的口气训媳妇，媳妇用在娘家的习惯在婆家生活和婆婆相处，婆媳双方都希望对方像对自己的亲妈和亲女儿一样对自己，可是两个人没有天然的血缘关系，自然会对对方失望，于是争吵不断，造成婆媳之间的矛盾升级。

第三，婆媳对儿子养老资源与物质保障的争夺。

自古有云：养儿防老。在中国，养儿防老的观念根深蒂固，老人辛苦一辈子，就是为了这个儿子，也希望儿子以后成为自己在物质和精神上的保障，可是儿子娶了媳妇，这个时候老人的心里自然是不平衡的，为了消除这种不平衡就把气发到媳妇的头上，婆媳矛盾就此形成。

第四，婆媳对家庭的经营权与管理权的争夺。

在中国古代，只有媳妇熬成婆了才能挺起腰板做人，因为封建的大家族都是婆婆掌管家里的大事小情，媳妇只能听婆婆的安排。但是现代文明社会与过去有天壤之别，现代媳妇也不像以前的媳妇那样对婆婆唯命是从，婆婆还是像以前一样管着家里的事，管着媳妇，但媳妇也想自己当家作主，同时觉得婆婆的某些观念是不合时宜的，此时婆媳双方对家庭的管理权的争夺也成了婆媳矛盾的又一原因。

基于以上原因，婆媳关系成了家庭关系中令人头痛的环节，并非婆媳之间刻意要对着干，而是感情基础不扎实，日常生活习惯不同等诱因引发。那么，我们如何才能尽量平息这场历史悠久的“婆媳大战”呢？

首先，要培养婆媳之间的感情。婆媳虽然没有血缘关系，但婆媳之间也有共通的地方，那就是同时爱着、关心着同一个男人。只要利用好这个条件，拉近婆媳关系，并在日常的相处中增进彼此的感情，婆媳关系也可以很融洽。

其次，要相互理解、相互包容。婆媳来自两个完全不同的家庭，她们的家庭背景与教育背景可能有落差，在生活中表现出的处事风格不同，只有相互理解、相互包容，从对方的角度去思考问题，冷静理智地对待生活中各类小摩擦，抱着“大事化小、小事化了”的心态去沟通，冲突自然会减少。

再次，“尊老爱幼”。家庭关系应建立在互相关心、互相扶持的基础之上。因此，要尊重关心老人，为老人提供生活上的照料，心灵上的安慰。而婆婆也要放下封建思想的枷锁，真心实意地关心爱护儿媳。

最后，发挥儿子的中介作用。儿子作为双方关系的关键点，在处理婆媳关系中起着十分重要的作用。儿子不能在婆媳之间传话，会做的儿子两头瞒，不会做的儿子两头传；儿子可以帮助婆媳进行心理沟通，帮助婆媳消除心理上的障碍，增进感情。

处理好婆媳关系，是保证家庭和睦的重要环节之一。婆媳之间本无仇，女人何苦为难女人？

他们为何对名人穷追不舍

狗仔队通常是指一些专门跟踪知名人士（例如艺人、政治人物、皇室成员、运动员等）的记者。这些人不甘于等新闻，而是主动创造新闻，名人就成了他们全天全程追击的目标。

社会越开放，人际关系越趋复杂，人们也越来越珍惜自己所拥有的空间。因为只有这块领域，人们才可以卸掉伪装，去掉设防，松弛心情，与自己的家人或爱人自由自在地相处。但是，自从有了“狗仔队”名人便无法安宁了。名人们的隐私频频遭到曝光，导致了名人与记者关系日趋紧张，冲突不断。

狗仔队为何要对名人穷追不舍，这背后是一种什么样的心理驱使他们这样做？

心理学家认为，这一现象归根结底来源于大众对名人隐私，尤其是负面隐私所表现出来的极度好奇的心理。那么，人们为什么会喜欢窥探名人的隐私呢？

第一，源于人类天生的好奇心。人刚出生时候，眼前的一切对初生婴儿来说都是未知的，于是在成长过程中我们带着浓厚的兴趣开始探寻、了解和适应这个大千世界。人类生来就存在好奇心，特别是对隐私的好奇。

第二，为了获得心理上的满足以及别人的关注。人生活在特定的群体中，需要通过不同的方式来体现自己在这个群体中的地位，以满足被这个群体其他人关注的需要。就像在一个班级里面，成绩好的学生通过取得优异成绩来获得别人的认可，成绩差的则通过做小动作或调皮捣蛋来获得同学的关注。喜欢窥探别人隐私的人，大多数也是为了向别人炫耀自己“知道得比别人更多”而获得心理上的满足，以显示自己的“能耐”。

第三，自我保护的需要。人生活在这个世界，安全的需要是最基本的需要，每个人潜意识里都有自我保护的一道防线，都有属于自己不愿为外人所知的隐私。

有位心理学家曾说：“只要人格还没有成熟，人们就还会热衷于窥探别人的隐私；只要还有欲望被深深压抑的人，就会有人挖空心思地揭露别人的隐私，借着别人的隐私，宣泄自身的欲望；只要人性还存在着缺陷，窥探隐私的喜好，就永远不会结束。”

说到这，我们就不难理解狗仔队的动机了，正是为了迎合大众这种喜欢窥探他人隐私，尤其是名人隐私的心理，为所在单位或自己带来各种经济利益，狗仔队才疯狂地、不惜代价地挖掘名人隐私，甚至不惜撕破脸皮与名人们对着干。

为什么会对领导决断有抵触心理

领导与下属是社会关系中常见的一种。领导者对下属实施领导，并按照一定的目标、任务、标准、程序等要求下属做什么、怎么做，并规范下属的行为。二者之间有时难免会发生冲突。

在职场中，为什么下属会对领导的决断产生抵触呢？所谓抵触心理是对事物的压力变化产生的一种抵触心态，使情绪变得非常的暴躁和极度的不稳定。比如你想尽快地完成工作，领导却给你设置了重重障碍，致使你产生抵触心理。

抵触情绪常常以下列三种形式出现：其一，条件限制。某些人不能支持或同意你的提议，是由于某种无法妥协的原因（例如：公司政策、法律原因、合同义务）。其二，找借口。人们会找借口或拖延，是因为不相信你的主意会使他们受益。此时你能做的就是消除他们的疑虑。其三，真正的反对。这种情况是由于缺乏资金或资源，受时间限制等原因造成的。

对领导决断的抵触，其实就是对领导能力以及决断的怀疑。当你在职场碰到能力不如你的领导，心里或多或少会有些不服，对领导的话也不怎么放在心上，对于领导的决策也持反对意见，更不愿意去执行。觉得领导的各种决策都是错的或者觉得领导是在自作聪明，这种肤浅的决策作为下属的你动动脑筋就能作出判断；甚至你觉得这决策很不可思议，对此感觉很无奈。产生矛盾后，若身边再有人挑唆，下属就会觉得自己的努力领导根本就不会放在眼里，因而做事变得不积极；而领导会觉得，我给他做规划都是为了他可以尽快晋升，他还不领情。双方有了矛盾一般不会当场发作，但会对对方产生不满的心理。

出现抵触心理时，我们应该怎么做呢？

先来了解令下属不满的领导类型。暴躁型：这类上司经常为一点小事发脾气，性格急躁，容易将个人情绪带进办公室；优柔寡断型：你的上司总是朝令夕改，令你措手不及；摆款型：此类上司自命清高，喜欢摆架子，而且心胸狭窄；管家婆型：这类上司事无巨细，什么都管，表面上他似乎相当开明，鼓励人尽其才，实际上他只是将他下属当工具，他的意见就是命令，你很难获得成就感；不体谅下属型：此类上司做事缺乏责任心，不懂得体谅下属，这一类型也是下属最抵触的。

对于以上几种类型的领导，我们能做的就是熟悉领导的心理特征，与之多沟通交流。不熟悉领导的心理特征，就不能与之进行良好的交流，无法与领导取得共鸣。

即使你受到了极大的委屈，也不要把这些情绪带到工作中，因为这会影响你的工作。

领导和下属要学会换位思考，站到对方的立场去想问题，这样双方的合作就会十分愉快。一旦你真正消除了抵触心理，你就会觉得你们更像是伙伴而不像是上下级。作为伙伴，领导会委托给你更多更重的任务，使你有更广阔的发展空间。

为什么有些女人30岁了还单身

张爱玲在自己的小说里曾经评价女性为“女结婚员”。但是这样的说法在现在的社会似乎行不通。女权运动、争取男女平等这些行动落实到了实处的结果，就是女人再也不肯对恋爱生活妥协。婚姻不适，我们会主动选择解除关系；没有合适的对象，我们宁愿单身。再加上一些指导单身女性如何幸福生活的书籍不断涌现，女人们似乎掌握了很多独立生活的要领，也变得更加享受和热爱这种一个人的孤单生活。可是，孤单就像是一种冷暴的游戏，刚开始尝试的时候会觉得刺激，时间长了，并不利于生活的健康。

我们选择单身的那一刻，其实是选择了一个人跟生活的磨难斗争。可是作为一种群体动物，我们还是需要一个伙伴，与他互相扶持着生活会更加舒服。单身的女人会面临各种难题，尽管我们学会了自己缝衣服、刷马桶、换煤气，但我们还是会生病、脆弱、悲伤、无助，还是要面对生理上和心理上的空虚，而这样的需要，不是亲人和好朋友能够满足的。所以，单身女性更需要恋爱来缓解一个人的悲哀，但这并不是让单身女性为了寂寞而去恋爱。

面对单身女人的这些困境，香港社会工作者何式凝说："单身的人怎么才能维持自己的幸福呢？这需要他们所居住的城市足够大，持有不婚或者晚婚念头的人足够多，多到组成一个大池塘，单身的人就可以在其中自由游弋，排列组合。有了这样的大池塘，才能出现'奔四'而活得依然潇洒的单身男女。"单身是一种生活的态度，一个单身部落能够让人们从中得到足够的安慰，寻求到足够多的精神寄托。但是，尽管眼下"剩女"成了一个热点话题，但是这个群体并不集中，人们分散在大都市的各个角落，孤单而无助。

选择单身，最重要的心理原因之一可能是对婚姻的畏惧。剩女可能会觉得婚姻是一件很恐怖的事情：两个人生活在一起，要想维护和谐的关系本身就已经够难了，还要时刻地为对方着想，顾及对方的家人和朋友；婚姻中会形成更加复杂的社会关系，可能会给我们带来更多的压力;还要面对随时可能出现的第三者……

面对单身问题，其实我们大可不必顾虑太多，以至于给自己带来太大的压力和负担。其实，无论是选择婚姻，还是选择单身，两者都是一种生活态度和生活模式。我们不要因为恐惧婚姻带来的压力就走上了单身之路，同时，也不要因为害怕孤独而选择了婚姻。

我们要学会正确面对自己的生存状态。选择单身，最好是在自己能够感受自由、快乐的前提下，年龄或许会是一个压力，但是，我们要学会转移矛盾，要想到人生中我们还有更多有价值的事情可以做。

真的是“无仇不成父子”吗

文学家朱自清的《背影》中老父亲朴实、行动蹒跚的形象深入人心，把深沉厚重、含蓄内敛的父爱描写得淋漓尽致。

父亲，是对儿子关心最多、对儿子人生影响最大的人。最美好的父子关系应该是朋友关系——平等相处，互相关心，彼此尊重，苦乐共享。而这种父子关系在我们的生活中是不多见的，更多的儿子觉得父亲并不关心自己，他们无法从日常生活中感受到父亲的爱，对父亲产生误解，久而久之还会与父亲疏远。很多父子缺少沟通的习惯，因而在相处的过程中不断产生摩擦与误会，却碍于这种特殊的“面子”让双方都不愿主动去握手言和。

我和父亲关系一直不太好，交流得太少，没什么话可说，我知道这样不好，可是不知道该怎么解决。最近这两天看他下班回来好像是有点什么问题似的，话少，吃饭也不跟我和母亲一起按时吃。在别人那里我听说他好像认为我不爱理他，说我总是跟我妈说话，但实际上我很羡慕别人跟自己的父亲关系那么好，羡慕动画片《大头儿子小头爸爸》里面的父子关系，我曾经为此找过几次学校的心理老师，但还是不知道跟父亲怎样沟通交流。别人让我主动跟他说话，今天他回来的时候我就是这样做的，吃饭时跟他说话，但他却不理我，我真不知道该怎么办。

这是一个大二男生的困惑，相信这也是很多儿子的困惑。为什么父子关系会变这样呢？心理学家认为，这与男性的个性特点和心理特点有很大关系。

相比女性，男性的情感表达能力不够强，很少通过语言及外显的行为来表达爱。儿子小时候，通常会把父亲当成榜样，完成自己“男子汉形象”的建立。男孩子刚毅、勇敢的性格受父亲的影响是非常大的，在学习了父亲身上这一系列优秀品质的同时，也学会了不善情感表达，这就使得男性之间的情感表达不畅通。

另外，受传统角色的影响，男性都有很强的控制欲和支配欲。儿子小的时候，父亲能够很好地控制、支配其行为，并从中体验到一种满足。但是随着儿子步入青春期，儿子强烈的自主意识和父亲的控制欲形成了冲突，于是父子之间的抗衡产生了。

除此之外，父亲对儿子的高期望也是造成矛盾的一大原因。

一旦儿子的行为不符合自己的期望，父亲便容易产生失望、愤怒的情绪。

基于男性的心理特征，父子之间的冲突属于正常现象，而且，儿子也是要通过“挑战”父亲来证明自己长大了。不过，如果冲突过于激烈就不妥当了，要把握好度，否则只会伤害彼此。

首先，了解彼此的心理特点是非常必要的，在此基础上，才能做到相互理解。做儿子的要尊重父亲的价值观，而做父亲的也要接受儿子长大的事实，并给予尊重。

其次，要善于培养彼此的情感沟通能力。具体做法如下：对对方的优点，能及时肯定赞美；对对方为自己的付出，能及时表达感激；对对方的困难应及时发现，并给予帮助。语言虽然是沟通情感的重要途径，但却不是唯一的方法。父亲和儿子之间也可以通过其他途径来弥补语言表达的不足，比如，父亲用眼神鼓励儿子，就会传达给孩子很强的力量感；儿子默默地为父亲倒杯水，父亲就能感觉到来自儿子的关心。多在非言语行为上做努力，对父子之间情感的培养是非常重要的。

作为儿子，只有明白父子关系的特点，就会懂得如何处理父子关系。当与父亲出现不同的看法的时候，要心平气和地交流，不要固执己见。人无完人，父亲也不例外，也会有缺点和犯错误的时候，但父亲的出发点总是为了儿子好。有时父亲可能不理解年轻人的想法，这需要我们换位思考。

第十一章

行为规范：为什么白干活高兴，干活赚钱反而不高兴

为什么愿意免费做义工，给补贴却不愿意做了

每当有大型活动，像什么奥运会、亚运会等，总少不了志愿者的身影。志愿者或者义工，他们致力于免费、无偿地为社会贡献自己的力量，被称为新时代的“雷锋”。这些人要么是为了锻炼自己的社交能力，要么是为了结交新朋友，要么是为了报答社会。无论是出于什么考虑，反正就是不和金钱沾上一丁点关系。我们最不能容忍的就是，自己的义务劳动被明码标价了。为什么我们不愿意在获得心理满足的同时，又获得一定的报酬呢？为什么当志愿活动成了兼职，我们的积极性就会下降，甚至于不愿继续做了？当我们的志愿活动被明码标价的时候我们更会被彻底激怒，这是怎么回事呢？

这是因为我们分别遵守了两条截然相反的行为规范准则，一条是由社会规范主导，一条则由市场来规范。

社会规范是人们社会行为的规矩，社会活动的准则；是

人类为了社会共同生活的需要，在社会互动过程中衍生出来，相习成风，约定俗成，或者由人们共同制定并明确施行的。其本质是对社会关系的反映，是社会关系的具体化。社会规范包括人与人之间互相的友好请求。你能帮我搬家吗？你能帮我修水管吗？社会规范一般是友好的。我们可以帮邻居搬沙发，帮助了别人，我们除了得到一句道谢或者给人留下一个“好人”的形象外，不会捞到任何物质上的“好处”。

市场规范所统治的商业化行为则完全相反。人与人之间的所有行为都被定性为市场化行为，里面不再存在情感，而且界限十分清楚。这里的交换是黑白分明的：工资、价格、租金、利息以及成本和盈利。当达成约定时，我们就得按照白纸黑字的协议执行。这时，我们就不是帮忙搬家了，而是用劳动去换取报酬，一定得让顾客称心如意，与此同时他人就得及时付款。

志愿活动更多只是帮帮忙，力所能及地帮助他人，这是社会

规范守则主导的。当我们被告知我们的行为有丰厚的报酬，我们的行为就变了性质，这无疑是与崇高的志愿精神相抵触的。当我们的社会规范意愿被商业侵犯的时候，行为的市场属性无形中打击了我们的积极性。当社会规范被市场规范所取代，便产生了另一个矛盾。我们往往认为志愿者的劳动是无价的，就算再多的报酬也被认为是配不上个人的付出的，明码标价是对义务劳动的侮辱。

但这种关系未必是邪恶与卑俗的——事实上，它同时也包括了自立、创新以及个人主义，只是放错了位置。如果我们处在由市场规范行为守则的世界里，按劳取酬——它从来就是理所当然的。

行为规范守则的错位，导演着这种怪诞的心理。社会规范下，我们干活赚钱不高兴，这不是因为我们犯贱，而是因为用错了行为守则去看待问题。市场规范下，我们白干活不仅会不高兴，还会演变为劳资纠纷。行为规范守则就像是我们学生时代遵守的《日常行为规范守则》，小学的不能与大学的混用。持有不同规范守则，就会有迥异的心理反应，它们是不可调和的，却可以互相制衡，互相转变。

岳母准备的晚餐你能付费吗

大年三十，我们在岳母家参加家庭宴会。看着她精心准备了一下午的丰盛晚餐，鲜美的白切鸡、香脆的烤鸭，一家人吃得不亦乐乎。餐后是她拿手的黑芝麻糊汤圆。

节庆的氛围一直持续到凌晨。时间差不多了，我稍稍放松下心情后，啜上一小口酱香茅台，感激地注视着岳母，然后诚心诚意地说声："妈，您辛苦了。为了表达我对您的感谢，我给您 500 元吧。"

这场景会发生什么事？美国著名插画家诺曼·洛克威尔的画表现过类似的主题。一杯葡萄酒被打翻了，岳母大人满脸通红地站了起来；小姨子怒目相向；外甥女哭了起来。

这是怎么回事呢？为什么我们提出直接付款，会让聚会的人们如此扫兴？有"英国大众心理学传播第一教授"之称的理查德·怀斯曼教授总结出这样的结论：我们同时生活在两个不同的世界里：其中一个世界由社会规范主导，另一个则由市场规范来制定法则。社会规范包括人们之间互相的友好请求。另一个世界与此截然不同，为市场规范所统治。

把亲人的社会规范当作市场规范，当然会惹怒众人。

从心理上来说，我们可以这样理解。社会规范指的是人与人之间交往的普遍准则，例如互相帮助，互相关心，社会规范一般是友好的，界线不明的，不要求即时回报的，社会规范下的行为偏离靠内疚等情感因素矫正。另外一种则是市场规范，市场规范下的人际关系界线十分明确，就是你付我多少报酬我给你干多少活，简单地来说就是在商言商。

社会规范更像是一种感性规范，强调的是情感上的认同，而市场规范则偏重于理性，强调物质上的回报。

我们不由得发现，因为没有顾虑到社会规范和市场规范的差异心理，往往会使我们陷入交际的困境。

社会规范和市场规范的博弈

社会性行为规范守则维护着我们的人际关系，使我们的生活更加有“人情味”。市场性行为规范守则形成了我们的商业关系，是我们生活的生产力。两者就像是一道美味里的调味料，它多了你少了，两者的博弈之间演绎着我们阴晴圆缺的社会心理。那么两者又是如何在日常生活中发挥作用，如何深入地影响我们的心理呢？

曾有心理学家做过这样的实验。在一个电脑屏幕的左边会出现一个圆圈，右边是一个方框。参与者的任务是用鼠标把圆圈拖到方框里去。一旦圆圈被成功地拖进方框，它立即从屏幕中消失，原来的起点上又出现一个圆圈。参与者尽量快地拖圆圈，记录下在 5 分钟内能拖多少，用这个方法测量他们在这一任务中付出的努力。

这样的设计是如何阐明社会规范和市场规范的呢？原来心理学家把参与者分成了三组，第一组的参与者参与实验可以得到 50 元的报酬。第二组的参与者也提出了同样的任务和要求，不过他们的报酬要低得多，只有 5 元。第三组的参与者被告知他们这个任务只是一种社交请求，并没有任何劳动报酬。

我们可以看到，第一组和第二组是被设置市场规范下的比较，第三组就完全是社会规范。那么最后这几个组各自的努力程度如何？

结果在市场规范下的组：得到 50 元的参与者平均拖了 159 个圆圈，得到 5 元的平均拖了 101 个圆圈。在市场规范下，得钱多的参与者受到的激励更大，工作更努力。

不给钱的那一组是怎样的情况呢？这些参与者比那些拿钱较少的参与者干得差吗？或者是他们遵照预想的社会规范工作更加努力呢？结果是，他们平均拖 168 个圆圈，比拿 50 元的那些多得多，比拿 5 元那些也要多。换句话说，这些人没有金钱激励，他们仅仅是按社会规范来参与，可是他们比那些为 50 元的人更加努力。

这是怎么一回事？零元怎么会比 50 元更有吸引力？我们再看一个现实中的例子。

曾经，在美国，大多数的律师都无法接受美国退休人员组织提出以约一小时 30 美元的价钱为一些需要帮助的退休人员服务，然而，当他们被问及是否愿意免费为需要帮助的退休人员服务时，绝大多数的律师却赞成了。

律师的表现跟我们提到的实验里的参与者如出一辙。这是因为，提到了钱的问题，律师们用的是市场规范，认为报酬与他们的实际工资标准相比太少。没提到钱的问题，他们用的是社会规范，所以他们愿意贡献时间。那么，为什么他们不干脆把自己假想为拿了30美元补贴的义工呢？这是因为，一旦市场规范进入了我们的考虑，社会规范就随之而去。

在前面的实验里，那些拿到50元报酬的人同样不会有“给这些研究人员帮了忙，还挣了点钱”的心理，进而干得比那些没拿钱的更出力一些。相反，他们把自己转到了市场行为规范守则的心理中，认为50元值不了多少，因此干起来心不在焉。

市场规范的心理一来，社会规范的心理就会被挤跑。两种心理的博弈成为我们行为选择的根本决定因素。现实生活中，如若我们不仅把握了自己的这两种心理，还把握了别人的这种心思，我们在人际交往中不但不会闹出笑话，还有可能会有意想不到的收获。

礼品如何发挥平衡作用

我们可以用行为规范心理的社会性和市场化来解释日常生活中的各种怪诞心理，那么我们能不能找到两者的一个平衡点形成一个行之有效的方法“控场”，使之为我们所用。社会规范规避金钱，市场规范渴

望金钱，如果能在两者之间建立一个缓冲点，或许就能达到一个很好的平衡。

有心理学家就提出了礼品。礼品既规避了赤裸裸的金钱利益，又富含了真金白银的内涵。那么礼品在社会规范和市场规范中又是怎样的一个位置？同样是分成三组，在一个电脑屏幕的左边会出现一个圆圈，右边是一个方框。参与者的任务是用鼠标把圆圈拖到方框里去。记录下在 5 分钟内能拖多少。不过这三组分别得到的报酬换成了，一大块的巧克力；一小块的巧克力；什么都没有。

参与者们进行实验之后，我们看到这样的结果：参加实验的三个组干得同样出力，不管得到的是一小块巧克力（这组参与者平均拖了 162 个圆圈），还是一大块巧克力（这组参与者平均拖了 169 个圆圈），或者什么也没有（这组参与者平均拖了 168 个圆圈）。

赠送礼品并没有引起他们的不快，因为即使是小礼品也能把我们保持在社会规范守则里，脱离市场规范。

但是如果我们把这两种规范的标志混合起来，会怎么样？换言之，如果我们说要给他们一大块巧克力价值 50 元，一小块巧克力价值 5 元，参与者们会怎么样？价值 50 元的巧克力会让他们像之前一样出力吗？或者使他们变得心不在焉，就像拿到 50 元时一样？或者可能在这两者之间？

结果是，参与者拿到被称为价值 50 元的巧克力以后一点也没有受到激励，事实上他

们干活出的力和拿 50 元的时候一样。他们对明码标价的礼品的反应与现金完全相同；礼品失去了唤起社会规范的功能，它越过边界进入了市场规范的领域。

这就像是我们问过路人是否愿意帮我们从卡车上卸一个冰箱。我们得到了同样的结果。路人愿意不要钱地帮忙，也愿意拿相应的报酬来干活；但我们给的报酬太少，他们就扬长而去。礼品在这里发挥同样功效，给人们送个礼品，即使是小礼品，也足以让他们帮忙；但一说这礼品值多少钱，价低了，他们随即转身离开。

这就是为什么我们想要报答某人的时候，请他吃个饭会比直接送钱来得轻松愉快。情人节为伴侣精心准备的小礼品，会让情人更能感觉到你的风情万种。一份不需要太贵但是精致的小礼物，迅速就能打消人与人之间金钱联系的尴尬，使市场规范行为心理转变成社会规范行为心理。

1000 美元的礼物
还是 1000 美元的现金

认识了人做事原动力的社会规范与市场规范，各大公司的老板似乎会受益匪浅，可是别用此来压榨员工，而是要更注重思考如何运用人们对社会规范和市场规范的不同反应。在某些方面，老板们更是要如履薄冰，因为稍不留神不仅会打击了员工的积极性，还会造成各种内部矛盾。

我们是要给雇员值1000美元的礼物还是1000美元的现金？

如果直接问员工，可能大多数人都希望得到现金而不是礼物。然而礼物的价值往往会在推动老板和员工之间的社会性关系上大放光彩。

当然了，礼物是一个象征性的表示。人们上班是为了薪水而不是礼物。就此而言，没有人愿意白干活不挣钱。但是你如果看看像网易一类的公司，它给员工提供多种多样的福利（包括精美的午餐晚餐），就可以看出强调雇佣关系中社会性的一面所能营造出的亲善氛围。这种关系的建立，在新兴的公司里更为重要。当共同创业的兴奋（社会规范）强于新近报酬（市场规范）时，员工就能为公司创造出更多的价值。

如果我们的企业一开始就从社会规范角度思考，就能认识到社会规范是可以用来建立忠诚的，更重要的是，还能促使人的自我发展。由此就可以达到员工关心公司，并且积极参与公司事务，与公司一同成长的效果，这些都是社会性关系带来的。

社会规范的心理，从这个方面来说可以看作是责任感。简而言之，就是我们充分考虑了工作场合里的社会规范问题，员工就会以促进公司的发展为己任，对工作更有责任心。现代社会的劳动生产率越来越依赖于员工的才能和努力，因而如果我们的老板的经营活动一直是把我们从社会规范的领域引向市场规范，我们可能具备忠诚和信任等社会价值吗？员工们考虑的只是金钱，而不是从长远利益着手，试问公司的劳动生产率会高吗？

1000 美元的礼物可以将人带入社会规范的领域，1000 美元的现金使我们市场规范的心理越发根深蒂固。哪方面有利于社会的发展，这是可想而知的。

我们懂得人们不会为钱去死。警官、消防队员、军人，他们不可能是为了工资而牺牲，只有社会规范、职业的光荣和责任感，才是激励他们献出生命和健康的原因。

在美国，警察的“缉毒”行动是很少开枪的。事实上是因为警察与毒贩们有条不言自明的协议：如果毒贩们不首先开枪，缉毒人员也不会开枪。一个在海域巡逻的海关人员就曾透露，他才不会为了政府的那点工资去送命。

看情形，如若我们要改变这种情况，无外乎大幅度提高缉毒人员的工资，使他们能够为之冒生命危险。但生命的价值如何用金钱衡量呢？其实我们可以选择提高社会规范，让缉毒人员明白，他们的使命以及我们对他们的尊敬远远高于他们的工资收入，他们担负的使命不仅能让社会结构得以稳定，还会拯救我们的孩子们，使其远离各种危险。这看起来只起鼓舞的精神作用，但确实有用且可行。

现在我们再设想一下：谁工作会更努力，对公司更忠诚，更热爱自己的本职工作？是得到1000美元现金的那一个，还是得到价值1000美元礼物的那一个呢？答案显然易见。

鱼与熊掌不可兼得

善用人的社会规范心理能促进人的能动性，但并不是一劳永逸的。如果我们是公司，更需谨慎对待与客户之间的社会性关系。社会规范和市场规范，鱼与熊掌不能兼得。我们不能一会儿拿客户当作一家人，过一阵又公事公办。如果我们需要社会性的关系，我们大可以去寻求，但是无论何时何地都必须维持它。

越来越多的公司进一步模糊了朝九晚五的工作日概念，进而采用弹性工作制。在这种每周 7 天每天 24 小时的背景下，社会规范有更大的优势：可以让员工工作有热情，变得更勤奋。在市场规范下雇员对雇主的忠诚度常常会减弱，而社会规范是激励员工、保持忠诚的最好办法。

在如今的市场中，我们可以随时随地构造自己的创意和想法，制造无形的东西。工作与休闲的界限也已经模糊起来，员工在开车回家的路上，在淋浴间里也想着工作。善于营造社会规范的公司就会给员工配笔记本电脑、移动电话等来消除工作场合和家庭的界限。

比如软件领域，开放源代码软件开发显示出社会规范的潜力。

在Linux和其他协作项目中，人们可以把关于问题的帖子发表在任何一个论坛里，随后很快就有很多人回帖，告诉发帖者如何修复软件。应征者用的是休闲时间，发帖人不需要偿付这种服务。但是如果想要花钱雇同样水平的人，很有可能会碰到狮子大开口的人。相反，这些网络社区里的人们都乐意把时间贡献给整个社会。

这些愿意在网络发布源代码的网友，从中获取的是社会收益，就和我们帮朋友粉刷房子一样，属于社会规范领域的心理。这可以说是创建社会规范的典范模式。

有些公司与员工创建社会规范取得成功，但并不是每个人都可以摆脱追逐短期利润、苛刻的成本削减等困扰，这种困扰可能会把所有努力成果破坏。在社会规范中，人们相信，如果他们出了什么问题，另一方会站出来保护和帮助他们。这种信念没有写在合同里，但它是一种道义责任，在需要的时候提供关怀和帮助。

公司方面若想用市场规范的思维来保持社会规范，也就是用成本来建立社会规范，这是异想天开，二者是不能兼而有之的。如大幅削减雇员福利，儿童福利、养老金、弹性时间、健身房、餐厅、家庭野餐等方面，这极有可能从社会交换领域付出代价，从而影响员工的生产力。医疗福利等的削减很大程度上会把公司与雇员的社会性关系转向市场关系。

如果公司方面想从社会规范的优势上得到好处，它们必须做出更大的努力来培育这些规范。医疗福利，特别是综合医疗保险，是公司表达它们社会规范意愿的最好方式之一。鱼与熊掌兼得的妄想，通常会演变成：一边在要求提高保险计划的免赔率，一边又在缩小享受福利的范围。

简而言之，这些都无疑是在破坏雇员与公司之间的社会契约而代之以市场规范。由于公司方面首先掀起了台面，迫使雇员们从社会规范滑向市场规范，那么当雇员有了更好的机会跳槽时，当然就没有义务留下。到底是要鱼还是要熊掌，通过对效果的预判，决定着我们对社会行为规范心理的重视态度。

同时，社会规范一旦被市场规范打败，那么要想重建社会规范则是一项非常困难的事情。一旦这朵盛开的玫瑰从枝头落下，一旦社会规范被市场规范打败，它很难再发挥任何效力。因此，企业如果选择将社会规范作为企业的准则的话，那么最好一直保持，不要改变，如果选择市场规范的话那就在商言商，不要再试图建立情感的纽带。

罚款对杜绝迟到有效吗

日常生活中，我们可以说每时每刻都处于管理活动之中，惩罚是管理行为中不可或缺的手段之一。我们熟知的国际大都市香港，在城市管理中，巨额的罚款在很大程度上遏制了各种不文明行为，诸如随地吐痰、乱丢垃圾等。但是，罚，在社会规范中是否就一定有效呢？

加州大学圣迭哥分校教授尤里·格尼齐和明尼苏达大学教授奥尔多·吕斯提切尼对从社会规范转到市场规范案例的长期影响做了巧妙的测试。他们在以色列的一家幼儿园进行实验，看运用罚款措施是否能有效减少某些家长接孩子迟到的现象。

结果他们发现，罚款的效果并不好，甚至还带来了长期的负面效应。这是为什么呢？实施罚款之前，老师和家长之间是社会的关系，是用社会规范来约束迟到的。因此，如果家长迟到了，有时家长还会对此感到内疚，这种内疚迫使他们以后准时来接孩子。但是一旦实施了罚款，幼儿园就无可挽回地用市场规范取代了社会规范。既然家长们为他们的迟到付了钱，他们就用市场规范来诠释这件事了。换言之，既然有了罚款制度，他们就可以自己决定早来还是晚来了。

更令人觉得不可思议的是，当幼儿园取消了罚款，就是说幼儿园想要把局面换回到社会规范中去，但家长们并没有因此而回到社会规范局面上来，取消了罚款，家长们继续在接孩子的时候迟到。归根结底，这是因为幼儿园与家长间的社会规范和市场规范都取消掉了。

一旦社会规范与市场规范发生碰撞，社会规范就会退出。当我们意识到问题的时候，却无奈地发现社会规范并不能重建。只要想到金钱，我们的行为就变得远离我们日常生活中所呈现出的社会性特征。

明尼苏达大学教授凯瑟琳·福斯、佛罗里达州立大学研究生尼科勒·米德和不列颠哥伦比亚大学研究生米兰达·古德用一系列别出心裁的实验对此做了探索。

他们要求参与者们在实验中完成“造句任务”的数据录入工作，就是把单词的顺序重新排列，组成句子。其中一组参与者的任务是基于一些中性词语（例如“天气”）；另一组则是一些与钱有关的词语（例如“高薪”）。

在一次实验中，参与者做完了句子重组练习，主持人又出了一道很难的智力题，要求他们把 12 个圆盘安装到一个方框里。主持人随后就离开实验室，不过提醒参与者如果需要帮助，可以去找他。最后用“高薪”造句的那一组苦思冥想了五分半钟才求助，而用“中性”造句那一组大约三分钟后就去求助了。因此，想到金钱，使得做“薪金”句子的那一组参与者更加自立而不太愿意求助。

“高薪”一组的参与者显示了很多市场特点：他们更加自私并且自立；他们想有更多时间独处；他们更愿意挑选需要单打独斗的工作而非团队合作的任务。像这样有了钱的意识就足以改变参与者的行为，更何况那些直接接触金钱的人。

为何我们的请求常常事不过三

我们同时生活在社会规范和市场规范两个世界里，这一事实还从很多方面关系到我们的生活。我们都不时地需要有人帮我们搬搬东西，替我们照看几个小时的孩子，或者在我们出城时替我们收一下邮件。怎样才能更好地激励朋友和邻居帮助我们？付钱吗？有的时候，如果处理不当，存在着把关系推向市场交换领域的危险。

或许我们可以思考以下几种方式：请朋友帮忙搬一件大家具或者几个箱子是可以的，但请他帮忙搬一大堆箱子或家具就不可以，特别是我们让他做着和我们花钱雇来的人干一样的活儿。同样地，请我们的邻居在我们度假的时候收邮件是可以的，但是我们让他花同样时间为我们免费起草文件，那就不可以了。

当我们有求于人时，一来一往的过程就会形成社会规范的心理领域。但如果我们一而再、再而三地利用建立的社会规范得寸进尺地要求更多时，无论是再铁的哥们的情感性社会规范也是会轻易瓦解的，正如我们俗语说的一样，亲兄弟明算账。

社会规范和市场规范的微妙平衡不仅表现在人与人之间的关系，在商界也很明显。比如一些公司试图把自己推销成顾客在社会交换领域的同伴，也就是说，他们想让大家认为他们和我们同属一个大家庭，起码是朋友，是一条船上的旅客。

全家（Family Mart）作为亚洲最大的两所便利店之一，以“服务力NO.1”自我要求，用认真、负责、诚恳的态度，让自己成为顾客最想接近的人，提供让顾客觉得有趣的事，提供顾客喜爱的商品和服务，让每一家全家便利店都能使顾客感受到最满足、亲近及舒适的优质服务。

他们提出“全家就是你家”的服务口号。

“全家”便利店所做的努力，全都是为了让“全家”成为顾客最想要亲近的所在。

如果顾客和公司成了一家人，公司会从几方面获利，其中最大的是使顾客忠诚。轻微的损害，搞错账单等会得到宽容。彼此关系总是有起有落，但总体上还是相当有好处的。不过如果双方都以为从此就可以一而再再而三，那就大错特错了。尽管公司方面在营销和广告上倾注了数十亿美元来打造社会性关系，起码是制造一种社会性关系的印象，但它们似乎不懂社会性关系的本质，特别是它的风险。

假如一位顾客要求退货怎么办？如果双方关系在市场规范内，那么可以协商解决，但是总不是每一笔货物出了问题都可以退换。生意归生意，由此就会引起各种利益冲突。尽管大家都还在社会规范内，但一大笔的钱财损失，不是经理出面调解就可以结束纷争的。没能达成共赢的协商，最终会损害双方关系。消费者会把它当作个人恩怨，他们会气冲冲地离开，连续几个小时向亲朋好友抱怨这家公司多么差劲。为什么会出现这样的情况呢？

主要是这种情况就跟事不过三的请求一样，说到底，这种关系是在社会规范交换的框架之内，不管商家提供多少精美礼品，打出多少贴心的标语，做出多少友好的表示，只要有一次违反社会交换原则就会使消费者又回到市场交换领域。

社会规范心理对行为的促进作用

相信大家也有发现，人们在集体工作或有人在旁边观察的时候，工作效率会比单独进行时高。

这种他人在场（比赛伙伴或观看者）引起的个体活动中效率相应提高的现象，称为社会促进效应，也就是由社会行为规范心理驱动的促进效应。

这种现象在生活中也是很常见的。比如，教室里只有一个人自习时，我们的学习效率可能并不是很高。尽管此时教室明亮、宽敞、安静，但我们常常会分心，想想这个，做做那个。但是，如果此时，有两三个同学来到了我们所在的教室，并随便找了个座位和我们一起自习时，我们立刻就会聚精会神起来，开始积极地演算起数学题或认真学习起英文单词了。再比如：我们如果是位人民教师，虽然有时候我们身体不大舒服，可是一上讲台，精神就来了；我们在一条空旷的马路边散步，当另一个人在我们身后急匆匆地赶超时，我们会不自觉地加快自己的步伐。

社会促进效应的形成是因为，单独一个人时，无所谓输赢和好坏，怎样都可以。人没有了比较，便很容易产生惰性。而此时如果出现了第二个、第三个人，我们就不可能做得安稳了，若他碰巧又和我们做着同样的事情，我们更是或多或少地感受到他在和我们竞争，我们就会争取把事情做得又快又好。这其中还暗含着一种评价作用，我们会情不自禁地想：“他们也可能正在评论我干得怎么样呢，我一定要好好干，让他们瞧瞧。”

在任何社会环境中，人们都害怕被抛弃，总想着要别人喜欢和接受自己。很明显，当我们与别人在一起时，这些动机变得更为强烈，当别人在身边时，我们总认为别人可能正在观察自己。即使我们根本就不认识身边的人，但我们可能认为他们在某种程度上在进行着评价，而社会中的我们又是很关心别人对自己的看法的，所以就不安起来，也会更加把劲了。

总而言之，当有旁观者或是同行者在身边时，容易激发起个人本能的反应，我们提高运动标准或努力展示自己，我们的工作就会进展得很顺利。

可以说，竞争也是促进效应的一个因素。在竞争的状态下，大家都争先恐后地去争取胜利，于是形成一种生气勃勃、人人争先的局面，从而产生一种激励作用。体育比赛的新纪录总是在激烈的国际大型比赛中产生的。在国际大型体育比赛中，由于竞争的激烈，人们往往把全身的体力、心力调动起来去夺取胜利，使奇迹得以出现。但是，社会促进并不是在任何情况下都适用的，有时有旁人在场，反而会引起促使效率下降的“社会促退”效应。比如，当一个员工面临难题正苦于无计可施时，如果上司死盯着他不放，他就会感到很大的压力而无法专心工作。也就是说，社会促进效应的发生是有条件的。对于那些做简单工作的人来说，有他人在场，会激发个体竞争的动机，而增强的动机有利于个体加快做事的速度。但如果这项工作对个体来说是新接触的，还很不熟悉，或个体还很难做好，还需要动很多脑筋，在这种情况下，旁人在场会导致个体的紧张和焦虑，个体更容易表现得手忙脚乱，反而做不好。

了解了社会促进和社会促退的原理，管理者在工作中可以应用这些原理来更合理地安排员工的工作。如果需要完成的是一件技术难度很高的工作或是一个非常复杂的问题，需要当事人集中精力思考，此时他人的存在会妨碍当事人的工作，就不应该让他感觉到有人在注视他，这样才能提高工作效率。

而像打印上司交代的文稿、装订材料、核对账目这样的工作，员工已经做得相当熟练了，管理者可以将他们的办公桌和工作台放置在任何人都可以看到的地方，或让许多人在一起工作，这样在社会促进效应下，员工就能够提高工作效率。

所以说，要适当地使用社会促进和社会促退的原理，才能使大家的工作效率最大化。

第十二章

销售陷阱：为什么便宜的东西让我们花更多的钱

“免费”让我们买了不需要的东西

每当节假日时，我们都能看到商场里提着大包小包满载而归的人们。如果问起这些物品的实用价值，人们通常会说：“反正很便宜，先买了再说。”事实上，人们所购买的这些物品有些并不是自己所需要的。但人们为什么常购买自己不需要的物品呢？看到各商家推出的广告，我们就明白了。“购买商品满 98 元，免费赠送食用油一瓶”“满 200 元减 50 元，买 300 元减 80 元”“购买巧克力满 50 元，赠送泰迪熊”……

试想，当看到这样的消息时，我们怎么会不心动呢？有的人甚至为了得到免费赠送的东西而购买指定的商品，可往往将商品买回来后却发现这些东西，其实自己并不需要。为什么会出现这样不理智的行为呢？

贪图便宜是人们常见的一种心理倾向。很多顾客对打折的商品、免费的商品可谓是趋之若鹜。物美价廉永远是大多数消费者追求的目标，很少听见有人说“我就是喜欢花多倍的钱买

同样的东西”。通常情况下，人们总是希望花最少的钱买最好、最多的东西，如果有免费赠送的，更觉得是额外的收获，喜不自胜。这都是人们占便宜心理的一种生动表现。

其实在日常生活中，我们也经常会做这样的事情：为了一张优惠券而到某商场去消费，结果换回一包免费的咖啡豆；为了获得免费赠送的小礼品，而在该商场消费千元以上。然而，最后我们却发现自己并不喜欢吃咖啡豆，小礼品也不是自己十分需要的。这样，我们就不难解释，为什么人们总是会不由自主地抢购自己并不需要的东西了。

为什么越“限购”越好卖

在逛商场时，我们常常看到商家打着“限购”旗号来宣传商品。其实，这是商家们运用消费者的逆反心理，而进行的营销手段。

每个人多多少少都会有逆反心理。在消费过程中，我们也经常能够发现这样的情形，销售人员越是苦口婆心地把某商品推荐给顾客，顾客就越会拒绝。因此，商家就巧妙地抓住顾客的消费心理：商家越是不卖，顾客就越想买；越是限购的商品，反而会卖得越好。

我们会有这样的体会，当我们对于某商品特别感兴趣的时候，想要摸摸质地，而这时销售人员过来说：“不好意思，我们的样品是禁止触摸的！”这时我们的心里立刻会变得反感：为什么不能摸，我不仅要摸，我还要买呢！结果这个顾客很可能因对商品的强烈的好奇心受到了阻碍，而买下这个商品。

在这种情况下，当顾客的心理需要得不到满足的时候，反而会更加刺激他强烈的需要。比如，人们往往对于自己越是得不到的东西，越想得到；越是不能接触的东西，越想接触；越是不让知道的事情，越想知道。

在现实生活中，也有很多销售人员不懂得顾客的逆反心理，在销售过程中，总是片面地、滔滔不绝地介绍产品，而不顾顾客的感受，结果只能是一次又一次地遭受到顾客的拒绝。

华先生是当地的名流，但他的私家车已经用了很多年，最近频繁发生故障，于是决定换一辆新车。这一消息被一些汽车销售公司得知，于是很多的销售人员都来向他推销轿车。

每一个销售人员见到华先生，都无一例外地介绍自己公司的轿车性能多么好，多么适合他这样的人士使用，有的销售人员甚至还嘲笑说：“你的那台老车已经破烂不堪，不能再使用了，否则有失你的身份。”华先生听到这样的话，心里特别反感和不悦。

销售人员的不断登门让华先生感到十分烦躁，同时也增加了他的防御心理，他想这些人的目的只是为了推销他们的汽车，还说些不堪入耳的话，完全不顾自己的感受，我就是不买。于是，任凭销售人员如何吹嘘，华先生就是不动声色。

当所有的销售人员都失败而归时，杨帅主动要求前去拜访华先生，经理尽管不相信他能成功，但还是让他去试试。两人一见面，华先生心里就打定主意，不管他怎么说就是不买他的车，坚决不上当。

可是，杨帅只是对华先生说："我看您的这部老车还不错，起码还能再用上一年半载的，现在就换未免有点可惜，我看还是过一阵子再说吧！"说完给华先生留了一张名片就告辞了。

杨帅的言行和华先生所想象的完全不同，因此其逆反心理也逐渐地消失了。经过思考，他还是觉得应该给自己换一辆新车。于是一周以后，华先生拨通了杨帅的电话，并向他订购了一辆新车。

由此可见，容易引起顾客逆反心理的原因是对立情绪。在实际销售中，很多销售人员往往为了尽快签单，而一味穷追猛打，以为通过热情轰炸就可以把顾客搞定，但是这样很有可能会起到相反的效果。这样的话，销售人员把自己的产品说得越好，顾客越觉得是假的；销售人员越是热情，顾客越是觉得他虚情假意，只是为了骗自己的钱而已。

逆反心理既会导致顾客拒绝购买你的产品，相反也会促使其主动购买你的产品。上述案例中的杨帅就是从相反的思维方式出发，消除顾客对销售人员的逆反心理，从而使他主动购买自己的产品。

因此，销售人员在向顾客推销产品的时候，一方面要避免引起顾客的逆反心理，驱使其拒绝购买自己的产品；另一方面，还要学会刺激顾客的逆反心理，引发顾客的好奇心，让顾客产生强烈的购买欲望，你不卖他就会非要买，从而从正、反两方面来调动顾客的积极性，使自己的销售工作获得成功。

借势胜过明势的生意经

由于人们对推销员的认知度比较低，导致推销员在许多人眼中成为骗子和喋喋不休的纠缠者的代名词，从而对推销产生反感。这不仅给推销员的工作带来很大不利，而且也在潜移默化中让有些推销员自惭形秽，甚至不敢承认自己推销员的身份，让他们工作的开展更加艰难。如果在营销活动过程中，能换种思维也许还会给我们一个意外的收获。

现在，我们去邀几个朋友共同来参加一个有趣的小游戏。这个游戏非常简单，它能激发人们从多角度思考问题，让所有人参与到解决问题的过程中来，同时也考验了每个人借力解决问题的能力。

一、游戏说明

参与人数：不限。

时间：10 分钟。

场地：不限。

材料：正方形木板，胶带，报纸，笔，气球若干。

二、游戏的步骤

游戏开始之前，用两段大约长30厘米的胶带在木板上贴一个“十”字；

把气球吹起来，在气球上面写“极其珍贵”等字样，或者在气球里放一些硬糖块，作为参与者取回气球的奖品，还能防止气球被风吹走；

把木板放在地上（贴胶带那面朝上），让所有学员都能看到；

让一名志愿者站在“十”字中间，给他一张报纸。把气球放在地上，距木板边缘4米远；

要求参与者在3分钟之内取回气球，但不能离开“十”字。其余学员只能观看，不能建议参与者该如何取回气球；

3分钟之后，如果那个参与者还没完成任务，询问其他队员该如何取回气球。

三、游戏建议

做这个游戏的时候，需要注意的是要想把气球弄到手，可以把报纸卷成一个比较紧的纸筒，然后从一端慢慢拉出里面的报纸，使之加长，最后形成一个纸杆。从木板上撕下胶带，粘到纸杆的一端，让胶带的黏面露在外面，利用纸杆上的胶带把气球粘过来。建议主持者引导团队合作解决问题。

游戏做完了，想必大家心里也明白了，这个游戏传达的是一种借势思维。如果我们摆脱传统推销，借消费者自己来扩大产品的知名度，从而扩大公众影响力，促进销售行为的达成。

聪明的商人都懂得借势的道理，他们把这种借势思维用在营销上，取得了好成绩。

英国有一个妇女向法庭控告，说她丈夫迷恋足球已达到了无以复加、不能容忍的地步，严重影响了他们的夫妻关系，要求生产足球的厂商赔偿她精神损失 10 万英镑。本来这一指控毫无道理，可没想到她在法庭上竟然大获全胜。

原来，公关顾问向最初对这一指控置之不理的厂商建议：不妨利用这一离谱的案例大造声势，利用她的指控向人们证明该厂生产的足球的魅力之大。

果然，这一奇特的官司经传媒大肆渲染后，该厂名声大振，产品销量一下子翻了四倍。老板惊喜地对记者说："想不到我们仅花了 10 万英镑就做了一次绝妙的广告。"

如果我们仅仅从表面上看，足球厂不仅败诉，还又赔了钱，实际上足球厂利用这场官司为自己做了一次绝妙的广告。这一事件之后，足球厂名扬四方，其产品也供不应求。足球厂的老板是聪明的，他知道如何借势扬名，这种隐蔽的炒作方式更容易让消费者接受。

美国黑人化妆品市场的黑马
——捆绑销售

美国的约翰逊黑人化妆品公司总经理约翰逊是一个知名度很高的企业家。可是，当初他创业时，也曾为产品的销售伤透了脑筋。

那时，约翰逊经营着一个很小的黑人化妆品公司，因为黑人化妆品市场的总体销售份额并不大，而且，当时美国有一家最大的黑人化妆品制造商佛雷公司，几乎垄断了整个市场。

经过很长时间的考虑，约翰逊提出了一句措辞非常巧妙的广告语："当你用过佛雷公司的化妆品后，再擦一次约翰逊的粉质膏，将会得到意想不到的效果。"

约翰逊的这一招的确高明，不仅没有引起佛雷公司的戒备，而且使消费者很自然地接受了他的产品，达到了事半功倍的效果。因为他当时主推的只有一种产品，凡是用佛雷公司化妆品的黑人，大都不会在乎再增加一种对自己确实有好处的化妆品的。

随着粉质化妆膏销量的大幅度上升，约翰逊抓住了这一有利时机迅速扩大市场占有率。为了强化约翰逊化妆品在黑人化妆品市场上的地位，他同时还加速了产品开发，连续推出了能够改善黑人头发干燥、缺乏亮度的"黑发润丝精""卷发喷雾剂"等一系列产品。经过几年的努力，约翰逊系列化妆品占领了绝大部分美国黑人化妆品市场，成了一匹黑马。

不知什么年月起，捆绑销售已悄悄地侵入人们的生活，而且蔚然成风，有愈演愈烈之势。大至买楼房送车位、买大件家电送电饭锅，小至买手机送话费，买酸奶"二送一"，甚至买支牙膏也送个钥匙圈。问商家不要赠品能否减些价？商家回答：不要可以，但不减价。

捆绑销售也被称为附带条件销售，即一个销售商要求消费者在购买其产品或者服务的同时也得购买其另一种产品或者服务，并且把消费者购买其第二种产品或者服务作为其可以购买第一种产品或者服务的条件。捆绑销售通过两个或两个以上的品牌或公司在销售过程中进行合作，从而扩大它们的影响力，可以说是共生营销的一种形式，开始被越来越多的企业重视和运用。

捆绑销售方式给商家带来好处的同时，也给消费者“更实惠”的心理满足，从而促使一些精打细算的消费者产生购买冲动。如何少花钱、多办事，为商家节省资金、降低成本、提高竞争力，是我们共同关心的话题。但不要走向另一个极端，为了省钱，什么都“绑”，搞得风马牛不相及，甚至引起消费者的反感。

福特公司的抽奖活动——活动促销

活动促销是一种常用的促销手段，通过举办与产品销售有关的活动，吸引顾客的注意与参与，能够有效地促进产品的销售。

20 世纪 70 年代，美国经济不景气，人们的收入水平普遍有所下降，各家庭已经不再像从前那样经常频繁地购买和更换汽车了。几乎所有汽车公司的汽车销售量都有所下降，福特汽车公司的领导人意识到，如果不设法开创新的局面，公司的前景将会非常黯淡。

福特汽车公司在经过一番仔细的市场调研之后，发现最有可能购买福特汽车的客户，是那些已经拥有了福特汽车的家庭，因为他们了解并信任福特汽车的品质和性能，在接受调查时都纷纷表示如果有可能，愿意再买一辆新的福特汽车。于是，福特汽车公司决定将这次促销的目标顾客定位在过去 4 年中所有已经购买了福特汽车的老客户。

为了吸引这些老客户，福特汽车公司在全国各大主要媒体，例如报纸、电视台、广播等上面进行了铺天盖地的广告宣传，向他们发出了福特汽车促销的信息；同时，为增加对老客户的吸引力，福特公司还专门设置了 80 万个奖项，希望老客户光顾福特汽车的各家专卖店，借此来制造福特汽车热销的浪潮。具体安排促销内容如下：

向老客户直接邮寄函件，里面附有当地经销商的汽车维修折价券。

在向老客户直接邮寄函件的同时，寄出数以万计的抽奖券，并在抽奖券上说明此次奖品共计 1000 万美元,欢迎大家踊跃参加。

在广告宣传中说明头等奖赠送两辆福特汽车，此外还有许多其他的奖品。如果所中的奖品没有被领走，可以继续抽奖，直到被领走为止。

福特汽车公司开展这次抽奖促销活动的目的，一方面是为了增加福特汽车的销售量，另一方面也可以促进福特汽车的维修业务，掌握用户对福特汽车的意见，加强同汽车专卖店的联系，使这些专卖店积极配合福特汽车公司的促销活动。

抽奖促销活动举行之后，福特汽车公司的上述各项目标基本实现，有的甚至出人意料。例如，有超过 30 万的新老顾客前往福特汽车公司的各家专卖店参观展览，大约有10%的人购买了新的福特汽车，使福特汽车的销售量比上年增加了30%；同时，经销商的参与率也比上一年增加了1倍多，从而大大提高了福特汽车公司的知名度，加深了福特汽车在消费者心目中的印象。

福特公司采用的是活动促销中的“抽奖促销”，通过抽奖的方式，吸引顾客的注意与参与。抽奖与促销是指顾客在购买商品或消费时，对其给予若干次奖励机会的促销方式。可以说，抽奖与摸奖是消费加运气并获得利益的活动。这种促销活动的其他形式还有很多，例如刮卡兑奖、摇号兑奖、拉环兑奖、包装内藏奖等。

除了抽奖促销外，活动促销还包括新闻发布会、商品展示会、娱乐与游戏、制造事件等。

新闻发布会，活动举办者以召开新闻发布的方式来达到促销目的。这种方式十分普遍。它是利用媒体向目标顾客发布消息，告知商品信息以吸引顾客积极去消费。

商品展示会，通过举办展销会、订货会或自己召开产品演示会等方式来达到促销目的。这种方式每年可以定期举行，其不但可以实现促销目的，还可以沟通网络，宣传产品。这种方式亦可以称之为“会议促销”。

娱乐与游戏，通过举办娱乐活动或游戏，以趣味性和娱乐性吸引顾客并达到促销的目的。娱乐游戏促销，需要组织者精心设计，不能使活动脱离促销主题。特别是当产品不便于直接广告的情况下（如香烟），这种促销方式更能以迂为直，曲径通幽。如举办大型演唱会、赞助体育竞技比赛、举办寻宝探幽活动等。

制造事件，即通过制造有传播价值的事件，使事件社会化、新闻化、热点化，并以新闻炒作来达到促销目的。“事件促销”可以引起公众的注意，并由此调动目标顾客对事件中关系到的产品或服务的兴趣，最终达到刺激顾客去购买或消费的目的。如果制造出的事件能够引起社会的广泛争议，那么，“事件促销”就会取得圆满结果。

商家为什么
卖给我们一个“免费”人情

我们在逛商场时，有些商家为了宣传某种食品，提高产品知名度，推出先免费品尝再购买的促销活动。正是因为商家打出的“免费品尝”口号，人们往往想，反正是免费，尝尝又何妨。事实上，但凡品尝过的顾客，大都会多少买下一些。

心理学认为，人情的往来有个非常重要的原则，就是对等性原则。其实，商家是通过对等原则来让顾客背负心理负担。因为顾客品尝之后如果不购买，心里会感觉好像欠了商家一个人情。为了偿还商家让其免费品尝的情谊，顾客只好顺手购买该商品了。

丁芸刚进公司不久，和同事并不太熟悉，也谈不上什么交情。一次，公司安排让她和一个男同事去做市场调查。到了中午，这位男同事就热情地请丁芸去一个环境不错的饭店吃午餐，花了差不多 100 元。这让丁芸很是过意不去。从此以后，丁芸总想着找个合适的机会回请那个同事。

上述案例中，新人丁芸由于与同事交往不多，觉得自己平白无故让同事请吃饭，心里颇感不安。按照正常的情理来推断，她一定会提醒自己务必回请同事吃一顿饭。

中国人请人吃饭就是给面子的最好表达方式之一。之所以我有回请你吃饭的行为，是因为你首先对我表示了尊重，你给了我面子，我当然也要给你面子，不回请于情于理都是说不过去的。

正如商家举办“免费品尝”活动，让顾客试吃，也是抓住顾客的不愿欠商家人情的心理。顾客在免费品尝之后，都会感到有些不好意思，即产生了心理愧疚感，于是会礼貌性地购买。

尤其是当所有的人都这样做的时候，你采用同样的做法并不能让顾客感觉“欠人情”，当别人都没有做而你却做了时，顾客才会感觉到“欠人情”，进而回报你的付出。

当然对于商家来说，做人情是有成本的。如果所付出的成本与可能得到的收益不成正比，那这样的销售行为显然是不可取的。而对于销售人员来说，就要有效地控制成本，以达到最佳的效果。

用户体验不是免费的午餐

李涵的丈夫在外地出差，这些天总是她一个人在家，冷冷清清的。又到周末了，她决定到街上逛逛，凑个热闹也好过一个人在家。于是，李涵决定去附近的一个商场看看。

由于是周末，商场里闲逛的人们多是一家三口或男女朋友，李涵看到此景更加想念远方的丈夫。她决定给丈夫打个电话问问他过得怎么样。当拿出手机拨打丈夫的电话时，她才发现自己的手机竟然欠费了。

无奈之下，她只有到商场的手机销售区去交话费。可是商场里没有交话费的地方，她很沮丧地站在一个手机柜台前。这时，销售员热心地询问怎么了？李涵就把自己遇到的麻烦诉说了。

这个销售员安慰着李涵说，没关系，而且我可以让你看到你丈夫。只见她从柜台内拿出一款全新的手机，迅速地装上一个手机卡，然后对李涵说："用这个手机打给你的丈夫吧。"

当李涵用这个新手机拨通丈夫的电话时，惊喜地从屏幕上看到了丈夫的面庞。原来这是一个功能齐全的视频手机。于是，李涵兴奋地和丈夫聊了好一会儿。挂掉电话后，李涵再也没有之前的沮丧，而是请销售员给自己拿出一个包装完好的同款手机，然后高兴地回家了。

这个销售员正是运用"用户体验"来让李涵感觉手机的视频功能，而对李涵来说，这款手机确实帮

她解了相思之苦。

用户体验这个词最早被广泛认知是在 20 世纪 90 年代中期，由用户体验设计师唐纳德·诺曼所提出和推广。

通俗地说，用户体验即用户在使用一个产品或系统之前、使用期间和使用之后的全部感受，包括情感、喜好、认知印象、生理和心理反应、行为和成就等各个方面。影响用户体验的因素有三个：系统、用户和使用环境。

从上面的案例来说，之所以形成“用户体验”，是因为首先手机具备视频功能；其次用户李涵急需要与丈夫通话；而李涵与丈夫相距两地，这款手机的视频功能正好满足了用户的需要。这时，销售员先建议用户免费体验，然后再牵着顾客的鼻子走。

到这里，我们这就可以解释，为什么房屋中介喜欢领我们去看房子，并让我们描述一下入住后会把它布置成怎样；为什么汽车经销商会把钥匙塞给我们，让我们开车上路遛一遛。

销售过程中的尴尬与技巧
——以诚动人

正值家电卖场淡季，一位表情严肃的顾客走进某家电销售专区。

销售人员小赵说：“先生您好！欢迎光临 ×× 家电大卖场，我们正在搞淡季大促销活动，请问您需要购买什么家电？”

顾客看都没看小赵一眼，径自走进家电卖场。

小赵有些尴尬，然后就在距顾客 4 米远处不时观察顾客的需求。

没过多久，顾客看了一会儿，摸了摸一款数码摄像机。

销售人员小赵忙上前去：“呵呵！您要购买相机啊，这款相机正值厂家促销，是今年柯达公司力推的主力机型，像素1200万，防抖功能很好……”

“哦！我随便看看。”顾客打断了小赵的介绍。

过了几分钟，顾客什么也没说就走出了家电卖场。

销售员笑颜以对，可顾客却毫无反应、一言不发或冷冷回答一句“我随便看看”，这种场面其实非常尴尬。因为这类顾客对销售人员的冷淡往往是出于情感上的警戒，要化解这种警戒，销售人员应该从顾客行为中尝试分析顾客类型，然后利用情感感化法朝着有利于活跃气氛和购买的方向引导。

作为销售人员，每天都能遇到这样的顾客，冷冰冰地进来，对销售员爱答不理，顶多抛出一句“我随便看看”，让销售员热脸贴了冷屁股，场面比较尴尬，不知道如何是好。其实，这些类型的顾客不外乎以下 3 种情形：

一是对要买的产品比较熟悉，没必要让销售人员介绍，自己看就行了，顶多讨价还价和支付的时候需要销售人员。

二是顾客只是来收集一下所要购买产品的信息，比如要购买的产品到底是什么样子的，各家卖场报价是多少等各种对比信息。

三是随便逛逛，看着玩。

因此，针对不同的顾客，销售人员应该采取不同的方法来接近顾客，而不是一种方法撞到南墙不回头。

很明显，“没关系，您随便看看吧，需要什么帮助叫我就行”

之类的话是错误的，因为销售人员没有主动去顺势引导顾客需求，从而减少了顾客购买产品的可能性。

此外，顾客对销售人员都有戒备心理，生怕刚来就中了销售人员的圈套，因此他们都对销售人员非常消极。作为销售人员，你可以尝试从以下几个方面接近顾客：

找好接近顾客的时机。这个时机往往不是在顾客刚进店的时候，而是在顾客浏览商品时对某一件家电比较感兴趣的时候，此时你可以根据顾客感兴趣的商品，大致联想出顾客想要什么类型的商品，因势利导，成功率往往会比较高。

在顾客挑选商品的过程中，不要像盯贼似的跟着顾客，更不要顾客跑到哪里销售人员就跟到哪里；不要问一些无关痛痒的话题。

在一段时间后要尝试积极引导顾客。如果再次询问顾客时顾客还是回答“我随便看看”，销售人员就要尽量朝着有利于活跃气氛的方向进行。

面对冷淡型顾客，销售人员的信心常会被对方冰冷的口气摧毁，或者被对方的沉默不语打垮，其销售热情也会降到零点。其实顾客冰冷的口气并不代表顾客是个毫无情感的人。销售人员需要做的就是用情感去感化他们。

推销的失败与成功——洞察关注点

书店里，一对年轻夫妇想给孩子买一些百科读物，销售员过来与他们交谈。以下是当时的谈话摘录。

客户：“这套百科全书有些什么特点？”

销售人员：“你看，这套书的装帧是一流的，整套都是这种真皮套封烫金字的装帧，摆在您的书架上非常好看。”

客户：“里面有些什么内容？”

销售人员：“本书内容按字母顺序编排，这样便于资料查找。每幅图片都很漂亮逼真，比如这幅，多美。”

客户：“我看得出，不过我想知道的是……”

销售人员：“我知道您想说什么！本书内容包罗万象，有了这套书您就如同有了一套地图集，而且还是附有详尽地形图的地图集。这对你们一定大有用处。”

客户：“我是为孩子买的。”

销售人员：“哦，原来是这样。这套书很适合小孩子的。它有带锁的玻璃门书箱，这样您的孩子就不会将它弄脏，小书箱是随书送的。我可以给您开单了吗？”

（销售人员作势要将书打包，给客户开单出货。）

客户：“哦，我考虑考虑。你能不能找出其中的某部分比如文学部分，让我们了解一下其中的内容？”

销售人员：“本周内有一次特别的优惠抽奖活动，现在买说不定能中奖。”

客户：“我恐怕不需要了。”

对客户来讲，“值得买的”不如“想要买的”，客户只有明白产品会给自己带来好处才会购买。在销售时，如果销售人员只把注意力放在销售产品上，一心只想把产品推给对方，甚至为了达到目的不择手段，这样，失去的可能比得到的更多。因为你可能推出了一件产品，但从此失去了一个客户。

这位销售人员给客户的感觉是太以自我为中心了，好像他需要的就是客户需要的。他完全站在自己的角度上对产品进行理解，然后强加于客户，让客户感觉：这样的书是你需要的，而不是我需要的。

以上的失败只是源于销售人员的疏忽，他自顾自地说话，没有仔细想一想对方的需求，其实客户已给过他机会，只可惜他没有及时抓住这样的信息。因此，一场不欢而散的谈话所导致的失败结局也就在所难免。

所以，在推销某一产品的时候，销售员不要只是说明产品的特点，而要强调产品能为客户带来哪些好处。

客户张科长："我 10 分钟后还有一个会议要开。"

吴昊："好的，张科长，我会在 10 分钟内把更适合贵企业的建议案说完，绝不耽误您的时间。"

"一辆好的配送车，能比同型货车增加 21% 的载货空间，并节省 30% 的上下货时间。根据调查显示，贵企业目前配送的文具用品体积不大，但大小规格都不一致，并且客户多为一般企业，数量多且密集，是属于少量多次进货的形态。一趟车平均要装载 50 家客户的货物，因此上下货的频率非常高，挑选费时，并常有误拿的情形发生。如何正确、迅速地在配送车上拿取客户采购的商品，是提高效率的重点。这点张科长是否同意？"

张科长："对，如何迅速、正确地从配送车上拿出下一家客户要的东西是影响配送效率的一个重要因素。"

吴昊："配送司机一天中大部分时间都在驾驶位上，因此驾驶位的设置要尽可能舒适，这是配送司机们一致的心声。"

张科长："另外，车子每天长时间在外行驶，车子的安全性绝对不容忽视。"

吴昊："张科长说得很对，的确，一辆专业配送车的设计，正是要满足上面这些功能。本企业新推出的××型专业配送车，正是为满足客户对提高配送效率而专门开发设计出来的。它除了比一般同型货车超出了15%的空间外，并设计有可调整的陈放位置，可依空间大小的需要调整出0～200个置物空间，最适合放置大小规格不一致的配送物，同时能活动编号，依号码迅速取出配送物。贵企业目前因为受制于货车置货及取货的不便，平均每趟只能配送50个客户，若使用此种型号的配送车，可调整出70个置物空间，经由左、右门及后面活动门依编号迅速取出客户所要的东西。"

"配送车的驾驶座，如同活动的办公室。驾驶室的位置调整装置能依驾驶人的特殊喜好而作适当的调整。座椅的舒适度，绝对胜过一般内勤职员的椅子，并且右侧特别设置了一个自动抽取式架子，能让配送人员书写报表及单据，使配送人员能感到企业对他们的尊重。"

"由于配送车在一些企业并非专任司机使用，而采取轮班制，因此，车子的安全性方面的考虑更显重要。××型配送车有保护装置、失误动作防止、缓冲装置等。电脑安全系统控制装置，能预先防止不当的操作给人、车带来的危险。贵企业的配送人员也常有轮班、换班的情形，使用本车能得到更大的保障。"

张科长："××型配送车听起来不错。但目前我们的车子还没到企业规定的汰旧换新的年限，况且停车场也不够。"

吴昊："科长您说得不错。停车场地的问题，的确给许多成长的企业带来一些困扰。贵企业业务在处长的领导下，每年增长 15%，为了配合业务成长，各方面都在着手提升业务效率。若贵企业使用 ×× 型配送车，每天平均能提升 20%的配送量，也就是可以减少目前 1/5 的配送车辆，相对地，也可以节省 1/5 的停车场地。

"贵企业的车子目前仍未达企业规定的使用年限，淘汰旧车换新车好像有一些不合算。的确，若是贵企业更换和目前同型的车子，当然不合理，可是若采取 ×× 型专业配送车，不但可以因提高配送效率而降低整体的配送成本，而且还能节省下停车场地的空间，让贵企业两年内不需为停车场地操心。

"据了解，目前贵企业 50 辆配车中有 10 辆已接近汰旧换新年限，是否请科长先同意选购 10 辆 ×× 专业配送车，旧车我们会以最高的价格估算过来。"

在吴昊充分进行了利益解说之后，客户同意签订购车合同。

在本案例中，吴昊通过对客户的调查发现了他们对配送车的需求特征，就是要提高效率。而提高效率的关键点在于客户配送的东西大小规格都不一致，导致每一辆车的装载量少、装卸速度慢。

在明确了客户的具体需求后，吴昊便有针对性地解说他们公司所提供的配送车的利益点："它除了比一般同型货车超出了 15% 的空间外，并设计有可调整的陈放位置……同时能活动编号，依号码迅速取出配送物。"

在客户说明原来的车还没有到企业规定的以旧换新的年限且停车场也不够时，吴昊更是抓住时机说明使用××型配送车的利益点。最后，吴昊根据客户的实际情况，建议将其中10辆接近汰旧换新年限的车换成××型专业配送车。

在整个销售解说过程中，吴昊一直牢牢地把握住客户的需求并结合自己产品的特性和利益来解说××型专业配送车，让客户在利益需求思考下作出购买决定。

根据对实际销售行为的观察和统计研究，60%的销售人员经常将特点与好处混为一谈，无法清楚地区分；50%的销售人员在做销售陈述或者说服销售的时候不知道强调产品的好处。销售人员必须清楚地了解特点与好处的区别，这一点在进行销售陈述和说服销售的时候十分重要。

那么推销中强调的好处都有哪些呢？

帮助顾客省钱。

帮助顾客节省时间。效率就是生命，时间就是金钱，如果我们开发一种产品可以帮顾客节省时间，顾客也会非常喜欢。

帮助顾客赚钱。假如我们能提供一套产品帮助顾客赚钱，当顾客真正了解后，他就会购买。

安全感。顾客买航空保险，不是买的那张保单，买的是一种对他的家人、他自己的安全感。

地位的象征。如一块百达翡丽的手表拍卖价700万人民币，从一块手表的功用价值看，实在不值得花费那么多，但还是有顾客选择它，那是因为它独特、稀少，是一种地位的象征。

健康。市面上有各种滋补保健的药品，就是抓住了人类害怕病痛死亡的天性，所以当顾客相信你的产品能帮他解决此类问题时，他也就有了此类需求。

会听客户话外音的大卫
——窥探心理动向

销售过程中及时领会客户的意思非常重要。只有及时领会客户的意思，读懂其弦外之音，才能有针对性地给予答复，消除其顾虑，并为下一步的销售创造条件。

大卫是伊蓝公司的销售人员，这个公司专门为高级公寓小区清洁游泳池，还包办一些景观工程。伊蓝公司的产业包括 12 幢豪华公寓大厦。大卫为了拿下这个项目和伊蓝公司董事长史密斯先生交谈。

史密斯："我在其他地方看过你们的服务，花园弄得还算漂亮，维护修整做得也很不错，游泳池尤其干净。但是一年收费 10 万元，太贵了吧？"

大卫："是吗？你所谓'太贵了'是什么意思？"

史密斯："现在为我们服务的 C 公司一年只收 8 万元，我找不出要多付两万元的理由。"

大卫："原来如此，但你满意现在的服务吗？"

史密斯："不太满意，以氯处理消毒，还勉强可以接受，花园就整理得不太理想；我们的住户老是抱怨游泳池里有落叶。住户花费了那么多，他们可不喜欢住的地方被弄得乱七八糟！

虽然给C公司提了很多次，可是仍然没有改进，住户还是三天两头打电话投诉。”

大卫：“那你不担心住户会搬走吗？”

史密斯：“当然担心。”

大卫：“你们一个月的租金大约是多少？”

史密斯：“一个月3000元。”

大卫：“好，这么说吧！住户每年付你3.6万元，你也知道好住户不容易找。所以，只要能多留住一个好住户，你多付两万元不是很值得吗？”

史密斯：“没错，我懂你的意思。”

大卫：“很好，这下，我们可以开始草拟合约了吧？什么时候开始好呢？月中，还是下个月初？”

史密斯：“我对你们的服务质量非常满意，也很想由你们来承包。但是，10万元太贵了，我实在没办法。”

大卫：“谢谢你对我们的赏识。我想，我们的服务对贵公司很适用，你真的很想让我们接手，对吧？”

史密斯：“不错。但是，我被授权的上限不能超过9万元。”

大卫：“要不我们把服务分为两个项目，游泳池的清洁费用4.5万元，花园管理费用5.5万元，怎样？这可以接受吗？”

史密斯：“嗯，可以。”

大卫：“那现在我们可以开始讨论管理的内容了吧？”

史密斯：“嗯，是的。”

大卫能及时领会史密斯的话，巧妙地做出适当的回应，并适时地提出益于销售的有效方案，使事情朝好的方向发展。如果大卫没有及时领会史密斯的意思，就无法很好地解除对方的疑虑。

对于销售人员来说，客户的某些语言信号不仅有趣，而且肯定地预示着成交有望。很多销售人员在倾听客户谈话时，经常摆出倾听客户谈话的样子，内心却迫不及待地等待机会，想要讲他自己的话，完全将“倾听”这个重要的武器舍弃不用。如果你听不出客户的意图，听不出客户的期望，那么，你的销售就会跟射错了方向的箭一样徒劳无功。

要是一个销售员忙于闲谈而没有听出这些购买信号的话，那真的非常可惜。

除了领会客户的话外之音，还需要掌握一些沟通技巧，从客户的话语中挖掘深层次的东西；而在领会客户的意思以后，要及时回答；当客户犹豫不决时，要善于引导客户，及时发现成交信号，提出成交请求，促成交易。

一件“减价”的貂皮大衣——把握价格策略

爱占便宜追求的是一种心理满足，无可厚非，且每个人都或多或少地具有这种倾向，唯一的区别就是占便宜心理的程度深浅。我们所说的爱占便宜的人，通常是指占便宜心理比较严重的那部分人。

销售过程中，这类客户不在少数，他们最大的购买动机就是是否占到了便宜。所以，面对这类客户，销售员就是利用这种占便宜的心理，通过一些方式让客户感觉自己占到了很大的便宜，从而心甘情愿地掏钱购买。

在英国有一家服装店，店主是两兄弟。在店里，一件珍贵的貂皮大衣已经挂了很久，因为高昂的价格，顾客在看到价格后往往望而却步，所以，这件衣服一直卖不出去。两兄弟非常苦恼。后来，他们想到了一个办法，两人配合，一问一答确认大衣的价格，但弟弟假装耳朵不好使将价格听错，用低于卖价很多的价格出售给顾客，遇到爱占便宜的人，大衣一定能卖出去。两人商量好以后，第二天清早就开始张罗生意了。

弟弟在前面店铺打点，哥哥在后面的操作间整理账目。一个上午进来了两个人，这个方法并没有奏效。到下午的时候，店里来了一个妇人，在店里转了一圈后，她看到了那件卖不出去的貂皮大衣，于是问道："这件衣服多少钱？"作为伙计的弟弟再次假装没有听见，依然忙自己的。于是妇人加大嗓门又问了一遍，他才反应过来。

他抱歉地说："对不起，我是新来的，耳朵不太好使，这件衣服的价格我也

不太清楚。您稍等，我问一下老板。”

说完他冲着后面大声问道：“老板，那件大衣多少钱？”

老板回答：“5000 英镑！”

“多少钱？”伙计又问了一遍。

“5000 英镑！”

声音如此大，妇人听得很真切，她心里觉得价格太贵，不准备买了。而这时，店员憨厚地对妇人说：“老板说 3000 英镑。”

妇人一听，顿时非常欣喜，肯定是店员听错了，想到自己可以省下足足 2000 英镑，还能买到这么好的一件貂皮大衣，于是心花怒放，害怕老板出来就不卖给她了，于是匆匆付钱买下就离开了。

就这样，一件很久都卖不出去的大衣，按照原价卖了出去。

以上的案例中，两兄弟就是利用了妇人爱占便宜的心理特点，成功地将大衣以原价销售了出去。

对于爱占便宜型的顾客，可以善加利用其占便宜心理，使用价格的悬殊对比或者数量对比进行销售。占便宜型的客户心理其实非常简单，只要他认为自己占到了便宜，他就会选择成交。

利用价格的悬殊差距虽然能对销售结果起到很好的作用，但多少有一些欺骗客户的嫌疑，所以，在使用的过程中一定要牢记一点：销售的原则一定是能够帮助客户，满足客户对产品的需求，做到既要满足客户的心理，又要确保客户得到实实在在的实惠。只有这样，才能避免客户在知道真相后的气愤和受伤感，保持和客户长久的合作关系，实现双赢结果。

“您说的‘价值’，指的是什么”
——捕捉客户下意识

销售员：“先生，您是说您想买一个教育性的玩具送人？”

客户：“对，得有一定的教育性。”

销售员：“我们的拼图玩具就是一个不错的选择。”

客户：“我可看不出一幅拼图有什么价值。”

销售员：“您说的‘价值’，指的是什么，是教育价值呢，还是金钱价值？”

客户：“对我来说，拼图可真是难得够呛，弄得我是焦头烂额，需要的拼块儿老是找不着。我还记得每次我只能拼出几种颜色，完整的一幅图我从未拼出过。”

销售员：“所以您就觉得拼图很困难，是不是？”

客户：“或许它并不是那么困难，只是因为我不知道怎样拼罢了，现在的拼图是不是更容易些了呢？”

销售员：“您说得对，现在的拼图盒子的背面都有些拼法说明，文字通俗浅显，遵循这些说明做会很容易。上面对拼搭步骤写得很清楚。首先将所有的拼块放在一个平面上，然后再将相同颜色的分门别类地放在一起，接着从四个角开始，一块一块自外而内地拼搭。”

客户：“这样就好多了。我真希望几年前就有这样的说明（哈哈笑了），那样的话拼起来就简单多了。对了，有什么图案的？”

销售员：“图案有几种，动物，植物，还有风景的。”

客户：“我比较喜欢风景的。这幅拼图共有多少块儿？”

销售员："有 2000 块，得花 14 个小时才能拼完，但拼出来后会很漂亮。"

客户："你认为小孩子能从中学到什么知识吗？"

销售员："当然能了。拼图可是孩子学习和培养心理技能的一种很好的途径。"

客户："你的意思是？"

销售员："在孩子寻找正确拼块的过程中，会挑战其想象力，而在拼搭过程中，拼图又会挑战其逻辑能力。从四边向内心拼搭时，则能培养孩子的分析能力。它能培养孩子色彩协调的技巧及对拼块组合的节奏感，另外，它还有助于孩子们去创作。"

客户："创作？此话怎讲？"

销售员："他们看着盒子上完整的图像，接着开始一次一块地拼搭，而这需要坚持不懈。有时拼块能吻合，有时则不然。这样他们就学会了不断地去尝试，一直到拼出与盒子上的图像完全一致的图为止。这也正是我们在现实生活中创作的方式——坚持不懈，不断地进行尝试。"

客户："（停顿了一下）我想你是对的。好，我买一盒风景图案的，这真是件很棒的礼物，下午能送到吗？"

销售员："可以，要不要把它包装起来？我们这儿有些很漂亮的包装纸。"

客户："好的，谢谢你。"

在上述故事中，销售员建议客户买一幅拼图玩具送人，当听到客户说"我可看不出一幅拼图有什么价值"后，销售员反问了一句："当您说'价值'时，指的是什么，是教育价值呢，还是金钱价值？”这句回答重新组织了客户的问题，在无形中引导客户的思维发生下意识的转向。同时，这也让客户感觉到这个反问似乎是为了更好地回答自己的问题，比较重视这个问题，并且态度慎重，不是匆匆忙忙地回避自己的问题。

当了解到客户是因为觉得拼图很困难才不愿购买后，销售员再次通过强调拼法说明、文字通俗浅显、色彩及逻辑介绍，取得了客户下意识的认同感。接着，销售员又把拼图对小孩子的好处进行了详细的介绍，最后客户认为拼图的价值确实很大，所以决定购买。在整个推销过程中，销售员通过对客户下意识的引导与操纵，让消费者的心理发生了根本性的转向，从而促成了交易。

一般情况下，客户对销售人员都会有下意识的防备和排斥心理。这是许多销售人员都得面对的问题。但是高超的销售人员并不是抱怨，他们会以另外一种思维去控制客户的下意识，让坏的下意识发生偏转，朝着自己意想的方向走来。这其中的过程有点类似催眠，非常微妙，需要销售员们在实践中慢慢地体会、琢磨。

等候的成效——右脑思维

陈成是推销水泥用球磨机的业务员，他认为某市是个水泥厂集中的地区，对球磨机的需求肯定不小，于是他打点行装就过去了。

通过走访，陈成了解到，不久之前，有一家外资企业在此刚刚开业，他们的悬窑生产线采用了世界上最先进的技术，其球磨机对铸球料的质量要求极高。如果能和这家大企业建立起购销关系，该地区其他小厂肯定会纷纷效仿。

做好准备后，陈成就登门拜访去了。没想到刚到大门前，他就被门卫非常客气地挡在了外面。在出示了一系列证件后，门卫才帮他拨通总经理办公室的电话。可想而知，陈成遭到了拒绝。

跑了上千公里路，结果连人家的厂门也没有进去，陈成当然很不甘心。他想，阻拦自己的是谁呢？是门卫。所以，他就在门卫身上下起了工夫。

陈成使尽了各种方法，门卫都不愿意放他进去，门卫说："我不会让你进去的！你要搞清楚，我好不容易才得到这份工作，请你不要给我添乱了！"

陈成见正面请求没有见效，于是，就转换策略与门卫拉起了家常。门卫开始不愿意与他多说话，后来见他比较真诚，就爱答不理地应付了几句。

到了后来，两人竟然聊得很投机，陈成就对门卫说："大哥，我这份工作来得也不容易啊！这次我跑了上千公里路来到这里，如果连你们的厂门都进不去的话，我的饭碗可能会保不住。但我知道您也不容易，就不难为您了，我打算明天就回去，以后记得常联系啊！"

门卫就动了真感情，悄悄告诉他说："总经理每天早上8点准时进厂，如果你有胆量，就堵住他的车。记住，他乘坐的是一辆白色宝马。我只能帮你这么多了。"

获此消息，陈成喜不自禁。第二天天刚蒙蒙亮，他就开始在厂外等候，并终于见到了总经理。经过一番艰苦的谈判，厂方订了一大批货。

对于那些上门做业务的销售员而言，门卫、秘书等接待人员往往成为他们接触负责人的最大障碍。因此，销售员首先应取得这些人的认可，才有可能达到签单的目的。

在案例中，销售员陈成为了拿下一个大客户而登门拜访，但却始终过不了门卫这一关，无论他怎样请求，都无济于事。门卫不放销售员进去是在履行自己的职责，也就是说此时的门卫正在使用左脑思考，销售员要想进入公司，就必须改变策略，让门卫放弃使用左脑。

陈成不愧为一个右脑推销的高手，他及时转变了策略，与门卫拉起了家常，这是一个典型的右脑策略。两人越聊越投机，最后陈成说："大哥，我这份工作来得也不容易啊！……以后记得常联系啊！"这句话同样是直接作用于门卫的右脑，尤其是"大哥"这个非正式的称呼更是拉近了两个人的距离，获得了对方进一步的好感。最终，右脑策略取得了成功，门卫彻底放弃了左脑的理性思考，而向他透露了总经理的信息，陈成最终见到了总经理，成功签约。

可见，当销售员遭到接待人员的拒绝后，千万不要灰心，而是要积极发挥自己右脑的实力，与他们搞好关系，一旦获得了接待人员的认可，由于他们对负责人的情况比较了解，就可以变障碍为桥梁，顺利达到你的目的。

客户的担心——安全感

当你购买某一产品的时候，你最怕什么？质量不好？不安全？不适合自己？花冤枉钱？……是啊，几乎所有的消费者在面对不熟悉的产品时，都会有这些担心和害怕，怎么做才能让他们安心购买呢？

用心传递价值，让客户没有任何后顾之忧。心理学研究发现，人们总是对未知的人、事、物产生自然的疑虑和不安，因为缺乏安全感。在销售的过程中这个问题尤为明显。一般情况下，客户对销售员大多存有一种不信任的心理，他们认定销售员所提供的各类商品信息，都或多或少包含一些虚假的成分，甚至会存在欺诈的行为。所以，在与销售员交谈的过程中，很多客户认为他们的话可听可不听，往往不太在意，甚至是抱着逆反的心理与销售员进行争辩。

因此，在销售过程中，如何迅速有效地消除顾客的顾虑心理，就成为销售员最重要的能力之一。因为聪明的销售员都知道，如果不能从根本上消除客户的顾虑心理，交易就很难

成功。

客户会产生顾虑的原因有很多，除了对产品性能的不确定外，主要有以下几点：

第一，客户在以往的生活经历中曾经遭遇过欺骗，或者买来的商品没有达到他的期望。

第二，客户从新闻媒体上看到过一些有关客户利益受到伤害的案例。新闻媒体经常报道一些客户购买到假冒伪劣商品的案例，尤其是一些伪劣家电用品、劣质药品或保健品，会给客户的健康甚至生命造成巨大的威胁。

第三，客户害怕损失金钱或者是花冤枉钱，他们担心销售员所推销的这种产品或者服务根本不值这个价钱。

第四，客户担心自己的看法与别人的会有不同，怕销售员因此而嘲笑他、讥讽他，或是遭到自己在意的、尊重的人的蔑视。

种种顾虑使得客户不自觉地绷紧了心中的那根弦，所以说，在面对消费者时，销售员要尽自己最大努力来消除客户的顾虑心理，用心向他们传递产品的价值，使他们打消顾虑。

消除客户的顾虑心理，首先要做的就是向他们保证，他们决定购买是非常明智的，而且购买的产品是他们在价值、利益等方面做出的最好选择。

一位客户想买一辆汽车，看过产品之后，对车的性能很满意，现在所担心的就是售后服务了，于是，他再次来到甲车行，向销售员咨询。

准客户：“你们的售后服务怎么样？”

销售员：“先生，我很理解您对售后服务的关心，毕竟这可不是一个小的决策，那么，您所指的售后服务是哪些方面呢？”

准客户：“是这样，我以前买过类似的产品，但用了一段时间后就开始漏油，后来拿到厂家去修，修好后过了一个月又漏油。再去修了以后，对方说要收5000元修理费，我跟他们理论，他们还是不愿意承担这部分费用，没办法，我只好自认倒霉。不知道你们在这方面是怎么做的？”

销售员：“先生，您真的很坦诚，除了关心这些还有其他方面吗？”

准客户：“没有了，主要就是这个。”

销售员：“那好，先生，我很理解您对这方面的关心，确实也有客户关心过同样的问题。我们公司的产品采用的是欧洲最新AAA级标准的加强型油路设计，这种设计具有很好的密封性，即使在正负温差50摄氏度，或者润滑系统失灵20小时的情况下也不会出现油路损坏的情况，所以漏油的概率很低。当然，任何事情都有万一，如果真的出现了漏油的情况，您也不用担心。我们的售后服务承诺：从您购买之日起1年之内免费保修，同时提供24小时之内的主动上门服务。您觉得怎么样？”

准客户：“那好，我放心了。”

最后，客户买了中意的汽车。

从某种意义上来说，消除疑虑正是帮助客户恢复购买信心的过程。因为在决定是否购买的一刻，买方信心动摇、开始后悔是常见的现象。这时候顾客对自己的看法及判断失去信心，销售员必须及时以行动、态度和语言帮助顾客消除疑虑，加强顾客的信心。

消除顾客疑虑的最佳武器就是自信。优秀的销售员的沉稳和自然显现的自信可以重建顾客的信心。

除了自信的态度之外，另一个重要的武器便是言辞。比如有一位顾客原本想采购一种电子用品，但是他没有用过，不确定这个决定对不对。聪明的销售员会马上说：“我了解你的想法，您不确定这种电子产品的功能，怀疑是不是像产品说明书所说的，对不对？您看这样好不好，您先试用……”在关键时刻，销售员纯熟的销售技巧会让顾客疑虑全消。

在销售过程中，顾客心存顾虑是一个共性问题，如若不能正确解决，将会给销售带来很大的阻碍。

所以，销售员一定要努力打破这种被动的局面，善于接受并巧妙地化解客户的顾虑，使客户放心地买到自己想要的商品。只要能把握脉络，层层递进，把理说透，就能够消除客户的顾虑，使客户产生安全感，最终使得销售成功进行。

电话销售人员的哀兵策略
——利用同情心

电话销售人员：“白总，我已经拜访您好多次了，您对本公司的汽车性能也相当的认同，汽车的价格也相当合理，您也听朋友夸赞过本公司的售后服务，今天我再次打扰您，不是向您销售汽车的。我知道您是销售界的前辈，我在您面前销售东西压力实在很大，大概表现得很差，请您以一颗爱护晚辈的心，指点一下，我哪些地方做得不好，让我能在日后改进。”

白总："你不错嘛，又很勤快，对汽车的性能了解得非常清楚。看你这么诚恳，我就坦白告诉你，这一次我们要替企业的10位经理换车，当然所换的车一定要比他们现在的车子更高级，以激励士气，但价钱不能比现在贵，否则我短期内宁可不换。"

电话销售人员："白总，您实在是位好经营者，购车也以激励士气为出发点，今天真是又学到了新的东西。我给您推荐的车是由美国装配直接进口的，成本偏高，因此，价格不得不反映成本。但是我们公司月底将从墨西哥OEM进口来的同级车，成本较低，并且您一次购买10部，我一定说服公司尽可能地达到您的预算目标。"

白总："喔！的确很多美国车都在墨西哥OEM生产，贵公司如果有这种车，倒替我解决了换车的难题了！"

当销售人员山穷水尽，无法成交时，由于多次的电话拜访和客户多少建立了一些交情，此时，若面对的客户不仅在年龄上而且在头衔上都超过销售人员时，可采用哀兵策略，以让客户说出真正的异议。

而销售人员一旦确确实实地掌握了客户真正的想法，了解了客户的真正异议，只要能化解这个真正的异议，销售人员的处境将有180度的戏剧性大转变，订单也将唾手可得。

通常来说，使用哀兵策略，要遵循以下步骤进行：

态度诚恳，说出请托的言辞。

感谢客户，并真切恳请客户坦诚指导自己销售时有哪些错误。

诱使客户说出不购买的真正原因。了解原因后，再度销售。

第十三章

安慰的魔力：为什么赞美与表扬能使白痴变天才

查尔斯·史考伯的经验之谈——赞美

赞美别人是一种有效的情感投资，而且投入少、回报大，是一种非常符合经济原则的行为方式。对领导的赞美，让领导更加赏识与重用你；对同事的赞美，能够联络感情，使彼此愉快地合作；对下属的赞美，能赢得下属的忠诚，换得他们的工作用心和创造精神；对商业伙伴的赞美，能赢得更多的合作机会，赚得更多的利益；对妻子或丈夫的赞美，使夫妻关系更加甜蜜；对朋友的赞美，能赢得崇高的友谊。

赞美之所以会有如此巨大的力量，就是因为人类有一个共同的弱点——爱慕虚荣。大多数人在做觉得没有多大把握的事情时，往往极乐意看到自己在这些没什么把握的事情上表现不凡，获得别人的称赞。当你对他们这些没把握的事情中的任何一件加以赞扬时，都会得到你所期望的功效。

钢铁大王安德鲁·卡内基对于赞美也曾这样提醒我们：说句好话轻而易举，只要几秒钟，便能满足人们内心的强烈需求，注意看看我们所遇见的每

个人，寻觅他们值得赞美的地方，然后加以赞美吧！

查尔斯·史考伯是美国商界年薪最先超过100万美元的人之一，在他38岁时，便出任了由安德鲁·卡内基提拔新组的美国钢铁公司的第一任总裁。为什么钢铁大王安德鲁·卡内基要付给史考伯一年100万美元的薪资？

因为史考伯是一名奇才吗？不是。因为他对钢铁的制造知道得比其他人多吗？也不是。史考伯的手下有许多人，他们对钢铁的制造知道得比他还多。史考伯说，他得到这么多的薪金，主要是因为他与人相处的能耐。他是如何与人相处的，以下就是他以自己的话语说出的秘诀："我认为，我那能够使员工鼓舞起来的能力是我所拥有的最大资产。而使一个人发挥最大能力的方法，是赞赏和鼓励。"

史考伯这样说道："再也没有比上司的批评更能抹杀一个人的雄心。我从来不批评任何人。我赞成鼓励别人工作。因此我善于称赞，而讨厌挑错。如果我喜欢什么的话，就是我诚于嘉许，宽于称道。"

所以，赞美的话都应该说出来，让对方知道。如果你以为赞美的话只埋在心里就行了，那就大错特错了。适当的赞美能够令对方感到高兴，但有的人却不知道究竟该如何赞美对方，实际上只要你愿意并留心观察，对方处处都有值得赞美的地方，适时说出来，会产生意想不到的效果。

此外，如果别人都没注意到的地方，你注意到了，并恰如其分地将欣赏表达出来，这怎能不让人怦然心动呢？因此，我们在对陌生人加以赞美时，如果能悉心挖掘那种鲜为人赞的地方，并适时地表达出来，对方会非常开心，就算对方是陌生人也会很快就变得熟络起来。

不过，虽然真诚的赞美很容易打动对方的心，但是，有时候直接的赞美却有可能引起对方的警觉，令其存有戒心，觉得你是因为有所企图才这样阿谀逢迎，溜须拍马。所以，“借”他人之口进行赞美的确是一种很好的方法。例如说：“别人都说你……故我今天特来请教。”意思就不是你一个人的评价了，而是大家的评价，无形之中扩大了被赞美者的声誉，效果更佳。另外，在赞美别人之前，我们还需要做一番调查，比如对方的优点和长处，还要熟悉对方的爱好、志趣、品格等，这样才能避免泛泛而谈或者无话可说。

子高求情——“高帽”策略

战国时期，韩国修筑新城的城墙，规定限 15 天完工。大臣段乔负责主管此事。有一个县拖延了两天，段乔就逮捕了这个县的主管官员，将其囚禁起来。这个官员的儿子设法解救父亲，就找到管理疆界的官员子高，让子高去替父亲求情。子高答应了这件事。

一天，见了段乔后，子高并不直接提及释人的事，而是和段乔共同登上城墙，故意左右张望，然后说："这墙修得太漂亮了，真算得上是一件了不起的功劳。功劳这样大，并且整个工程结束后又未曾处罚过一个人，这确实让人敬佩不已。不过，我听说大人将一个县里主管工程的官员叫来审查，我看大可不必，整个工程修建得这样好，出现一点小小的纰漏是不足为奇的，又何必为一点小事影响您的功劳呢？"

段乔见子高如此评价他的工作，心中甚是高兴，然后又听子高的见解也在情理之中，于是便把那个官员放了。

那个官员之所以能够获免，是因为子高的求情。子高把一顶高帽子给段乔戴上，然后就事论题，深得要领，不能不令人拍案叫绝。其实，一般人都存在顺承心理和斥异心理，对那些合自己心意的就容易接受。因此，顺应事物的发展规律，巧言游说，便容易成功。

有一位学心理学的杂志社编辑，他对说服作家很有一套。不论那些作家如何繁忙，他都有办法使他们答应为他写稿。本来他的口才并不属一流，但奇怪的是那些作家在他面前，都无法拒绝他的要求。

"当然我知道你很忙，就是因为你很忙，我才无论如何请你帮个忙，那些过于空闲的作家写出来的作品，总不见得会比你的好。"

据这位编辑说，这种说法从未失误过。一般来说，当对方已有很充分的拒绝理由时，想让他接受你的请求是十分困难的。如果你事先也知道他会用这些理由来拒绝你，就因此而裹足不前的话，会增加他对抗的意念，于是当时的气氛就更加紧张，也谈不上什么说服了。但若能运用前述那位编辑先生说的那套办法，先给对方来个“高帽子”，使他无法拒绝，也就是巧妙地使对方的“不”成为“是”了。

所以，要说服别人，不妨找准他的痒处，把他吹捧上天，让他在舒服的同时又无法拒绝你的要求，从而达到你的目的。

卡耐基与比西奇——夸奖教育

故事一：

有一次，卡耐基先生正在教学，在场听课的学生中有一位来自匹兹堡的学生，他叫比西奇。比西奇在上课过程中似乎显得特别笨，在每个方面都似乎差人一等。因此，比西奇感到很沮丧。

下课以后，比西奇终于带着失望的心情来到卡耐基的办公室，对卡耐基说：“先生，我想退学。”

“为什么？”卡耐基奇怪地问。

“我……我感觉比别人笨多了，根本学不会你的教程，这样一来，我完全是浪费时间而已。”

“我觉得不是这样的，比西奇！”卡耐基说，“在我的感觉中，这半个月来，你比以前进步明显，在我的心目中，你是个勤奋而又成功的学生。”

“真的是这样吗？先生，你真的是这么认为的吗？”比西奇略带惊喜地问。

“当然，当然是真的！而且，在我看来，在不久的将来，或许就在毕业的时候，你就会取得非常优异的成绩。”

看到比西奇的神情明显好转了不少，卡耐基继续说：“在我小的时候，人们都认为我是个笨孩子，那时的我是多么的忧郁！后来，我摆脱了忧郁，同时也摆脱了‘笨’，你比我当年强多了！”

经过这一段对话之后，比西奇内心深处升起了希望。他凭着自己的努力和卡耐基先生的赞美终于学完了全部教程，毕业时成绩虽不很优异，但也足以让人刮目相看了。

故事二：

一位叫马尔科姆·达尔科夫的人，一直从事着广告促销方面的专业创作，并取得了相当的成功。他深情地回忆起24年前那位改变他人生的女老师的故事：

小时候的达尔科夫是位生性极为内向、胆怯、害羞的男孩。他几乎没有朋友，对什么事都缺乏信心。那是1965年10月的一天，他的中学女教师露丝·布劳奇在班上布置作业。学生们已阅读了《杀死一只知更鸟》一文，老师要求学生接着那篇小说的最后写续文。他无法回忆起女老师布劳奇给的评分是多少，但他至今仍清晰地记得，而且永生难忘的是布劳奇老师在他作文的页边空白处写下的那四个字“写得不错”。

他说：“在读到这些字之前，我不知道我是谁，也不知道将来要干什么。读了她的批注之后，我回到家，就写了一篇短篇小说，这是我梦寐以求、但从来不相信自己能做的事。”

从此，在中学时代剩下的日子里，达尔科夫用课余时间写了大量的短篇小说，经常将它们带给布劳奇老师评阅，布劳奇老师不断地给予鼓励，批改一丝不苟，态度和蔼可亲。不久，他担任了中学报纸的编辑工作，他的信心与日俱增，开始了一种充实的、富有收获的生活。

在中学建校 30 周年的联欢会上，达尔科夫对已经退休在家的布劳奇老师说，如果没有老师那四个令人鼓舞的字，他也许今天不会成为作家。

夸奖应该真诚与实事求是，夸奖别人最忌讳的是用不太真诚的态度说出敷衍的话。千万记住，人是喜欢被夸奖、被人欣赏和赞美的。当别人夸奖他比别人更强或某方面做得特别好时，那他会变得乐不可支，卡耐基先生与比西奇的谈话之所以获得成功，是因为他深谙比西奇的心理。他能够用自己小时候的例子，让比西奇很容易相信他说的是大实话，因而产生了心灵共鸣，并让比西奇付之行动，取得成功。因此，大人用真诚的态度、站在孩子的立场、设身处地的谈话，是最成功的谈话策略，因为能够产生心灵共鸣的教育才是最有效的教育，也才有可能真正将孩子教育成人、成才。

如果我们的老师都愿意在学生的作业簿上多写一些“写得不错”“有进步”“真是太好了”“好样的”等激励性的批注，那么在我们的学校里，将有更多的学生走向成功之路。

肯德基的特殊顾客——激发动力

肯德基公司的子公司遍布全球 60 多个国家，数量达 9900 多个。然而，肯德基公司在万里之外，又是怎么管理好子公司的呢？

一次，上海肯德基有限公司很意外地收到了3份总公司寄来的鉴定书，对外滩快餐厅的工作质量分3次鉴定评分，分别为83、85、88分。公司中外方经理都为之瞠目结舌，这三个分数是怎么评定的，后来他们才得知，肯德基公司雇用、培训了一批人，让他们佯装顾客进入店内检查评分。从表面上看，这些“特殊顾客”和普通顾客一样，毫无差别，这就使快餐厅经理、员工时时感到某种压力，丝毫不敢疏忽。这就是肯德基公司管理的高明之处。

很多企业都在宣传“老板在与不在都一样”，这句话说起来容易，做起来却难了。有的企业，当老板在的时候，有些员工就装模作样，表现卖力，等老板前脚刚走，他们就在办公室里大闹天宫了。于是，老板会在这个时候杀个回马枪，刚好逮个正着。这种情况毕竟是少数，因为老板没有这么多精力去跟员工玩游击战，所以，要想管理好企业，主要还是确立制度。如果建立了一套完善的制度，让员工意识到，无论何时都必须认真工作，那么员工就不会偷懒了。所以，要想达到这种效果，管理者就必须采取一些措施，时刻给员工一点儿压力、一点儿动力，以保持他们不懈的进取心。

正确只能把事情做对，而用心才能把事情做好。尤其对于直接服务于顾客的企业来说，更应以责任感作为管理的核心。

为了让员工树立起一种责任感，除了向肯德基学习，找一些特殊的顾客替自己监督外，你还可以采取下面的几种方法：

1. 把“我的事”变成“你的事”，把“我解决”变成“你解决”

老板不要轻易地亲自去帮员工解决问题，除非解决该问题超出了员工的权力范围和能力范围。这样既培养了员工的责任感，也培养了员工的工作技能和独立解决问题的能力。

2. 经常对员工的表现予以肯定

老板的肯定方向就是员工的价值取向。没有人不期望得到老板的肯定。老板应着重了解顾客对员工的评价，凡对顾客服务好、受顾客广泛好评的，老板就要肯定，可以公开表扬，也可以加薪、晋级，还可以送礼物。总之，要让努力的人更努力，不努力的人知道努力的方向。

3. 树立榜样

在自己的团队中，树立一个榜样，对激发员工的责任心有着深远的影响。社会上的榜样太遥远，身边的榜样不仅容易学习，更有一种直接的压力和动力。

“小笨蛋”爱因斯坦——永不放弃

爱因斯坦出生于德国，父母是犹太人，后加入美国国籍。他创立了相对论，是现代最伟大的科学家之一，他的理论改变了传统的科学体系，开创了一个新时代。

然而，他在童年时期，却很不起眼。除了老师发现他拥有数学天赋之外，他是一个迟钝、害羞、落后的小孩，老师认为他是个累赘，父母也认为他是一个低能儿。他仅有的数学才能，也常被人否定。有一次，爱因斯坦到一个车站去买车票，当他发觉售票员找他的钱不够时，他便向售票员提出抗议，售票员仔细数了一遍之后，一点也未弄错，于是对爱因斯坦说：“你就是常把数字弄不清楚。”

据说，爱因斯坦到3岁时还不会说话，人家都叫他“小笨蛋”，只有母亲相信他是有才能的。他10岁时才进入慕尼黑的一所小学读书。读书时成绩也坏透了，他在任何一个学校里都没有读好。

后来，爱因斯坦在普林斯顿大学讲课时，便主张学生们要自由发展、不必拘泥于课本。他说：“一个人在大学毕业前后，站在天平上称称看，是不是一个真正有学识和思想的人非戴方顶帽不可？”

和爱因斯坦一样早期“愚钝”，长大后成为“天才”的人还有很多：“氢弹之父”特勒直到3岁才会说话，别人都当他是弱智儿；小儿科医学家蒙斯克博士3岁了还不会说话，而且每次开口说话都是慢吞吞的，让人受不了；堪称最好学的美国总统威尔逊，小时候情况更糟，直到9岁才会认识26个字母；著名数学家庞加莱小时候被认为是低能儿；“发明大王”爱迪生13岁就被学校开除，校长说他永远一事无成，等等。

孩子的成长需要一个过程，不可能一蹴而就。在这个漫长的过程中，孩子有自己的身心发展规律。例如，有些老师觉得有些孩子考试总是太粗心，不该错的会出错。其实有时并不是孩子有意在犯错，而是孩子年龄尚小，大脑和神经系统还没有发育成熟，记忆的瞬间性、注意的短暂性、思考的不周密等因素都会造成粗心。这些在成人看来低级而简单的错误，会随着大脑和神经系统功能的成熟和完善而自动消除。

此外，每一个孩子都是一个独立的个体，先天的禀赋、后天的教育等都造成孩子之间的千差万别。就像人的手指头有长短，孩子也各有千秋。不能认为孩子在某一方面比别的孩子差，就认定孩子的任何方面都比别人差。有的孩子在交际上如鱼得水却不擅长写作；有的孩子内向害羞但写起文章妙笔生花；有的孩子唱歌会跑调但数学很好……老师期望自己的学生样样出色，这个出发点是好的，但也是不现实的，毕竟这个世界上也没有谁是真正的全能手，不是吗？

而且，不同孩子的成长速度有快有慢。有的孩子早早地锋芒毕露；有的孩子则可能属于大器晚成。我们在生活中也经常可以看到这样的例子，一些孩子在小学学习成绩一般，但是到了初中或高中成绩就有明显提高，甚至很突出。

孩子的成功离不开历任老师对他们从始至终的爱意和信心。所以，老师教育学生也要遵循其自然发展的规律，让孩子自由地发展，而不可拔苗助长。而且，每个孩子都是独一无二的。老师们不要总是拿自己的学生互相比较，哪个孩子成绩“好”就对他报以希望，哪个孩子成绩“差”就对他不理不睬。这样的做法是不对的，不仅容易失去客观的判断标准，而且会对孩子幼小的心灵造成伤害。

这个世界上没有坏孩子，只有“坏教育”。人各有其才，各有不同的能力。要善于发现孩子的闪光点，因材施教。即使我们一时未能找到孩子的闪光点，也绝对不要对孩子失去信心，更不能轻言放弃。当一种方法不行时，老师们可以积极尝试另一种方法，以调动孩子的积极性，让他朝着你预设的目标进发。相信总有一天，你会发现自己的学生已经长成了一棵参天大树，成为一个优秀的人！

苏步青和三位恩师——教师人格

我国著名数学家苏步青在《怀念我的老师》一文中，讲述了他在求学路上遇到的几位老师。苏步青出身于贫苦农民家庭，九岁时才作为一名插班生进入一所小学，由于语言不太通，学期结束时，成绩排在全班倒数第一名。

第二年他换了一所学校，语言是通了，但遇到一个歧视穷家子弟的老师。他怀疑苏步青作文中的好语句不是他自己写的，因而尽管有好语句，还是给批了个“差”字。这使苏步青的心灵受到了打击，他便以不听课的方式相对抗，结果学期末又考了个倒数第一。

第三年他遇到了正直可亲、不歧视穷人孩子的陈老师，这位老师主动地接近他，了解他内心的苦闷，耐心地启发教育他要靠自己的努力争取好的前途，这位老师还说：“我看你的资质不差，只要好好努力，一定会成为有用之才。”这给了他以极大的鼓励。从此，他开始集中心思学习，当学年结束时，他获得了全班第一名。从此以后的每次考试他都名列前茅，几年以后，他以优异的成绩考上了中学。

在中学二年级时，他遇到了一位姓杨的数学老师，他的课讲得非常吸引人，这使苏步青开始对数学产生了兴趣。这位老师赞扬苏步青文理科的基础不错，并鼓励他走科学救国的道路。在这位老师的指导、鼓励与帮助下，苏步青学数学的积极性与才能被激发了出来。他曾用 20 种方法解一道几何题，并写成论文，被送到当时的浙江省学生作业展览会上展出。

这时他又遇到了兼教几何课的洪校长，这位洪校长经常看着苏步青做作业，边看边点头，脸上时时露出笑容。当洪校长在即将离开中学到教育部任职之前，把苏步青叫到办公室，鼓励他毕业后到日本去留学，并说一定要给以帮助。苏步青中学毕业后写信给这位昔日的校长，很快就收到了洪校长寄来的200块银圆与临别赠言，鼓励他要为中华富强而发愤读书。洪校长经济上的资助与精神上的指引、鼓励，成为苏步青一生事业的转折点。

苏步青遇到的这三位老师，不仅有好心肠，不歧视穷人子弟，而且在培养人才方面非常内行。他们都有一双识别人才的“慧眼”，这位姓陈的老师一眼就看出苏步青“资质不差”；他们都爱惜人才，那位洪校长一次资助苏步青200块银圆；他们不仅诲人不倦，而且深谙育人之道，他们用发展的眼光去看待学生，能把一个青年在某一方面的兴趣与才能挖掘并培养出来。由此可见，他们作为老师拥有高尚的人格。可以说，如果苏步青没有遇到这三位老师，今天的中国就会缺少一位成就卓著的数学家。

所以，做老师的应力求避免把学生分成“优生”和“差生”，而且要取消“差生”这种称谓。事实也是如此，6～15岁就确定一个学生是可以培养的还是不可以培养的，是“优生”还是“差生”为时过早。从苏步青教授的成长经历不难看出，三位好老师帮助苏步青树立了对自己的信心，并且在以后的人生路上，这几个老师的鼓励和指引也让苏步青获得了成功的体验，并最终成为一个优秀的人。因此，老师们应为学生创设一个让学生体验成功的教育情景，而不能在有意无意中打击年幼的学生。对于学生们来说，老师的认可和鼓励对其一生影响深远。

赞美的力量——南风效应

庙里的小沙弥聪明伶俐，深得方丈宠爱。方丈见其颇有慧根，决定将自己毕生所学倾囊相授，希望他日后学有所成，继承自己的衣钵。

一次下山，小沙弥被五光十色的红尘迷住了心窍，从此沉浸在花街柳巷中，拒绝再回到寺庙专心向佛。

20 年后，当年的小沙弥已人近中年，多年的红尘俗世经历使他开始明白事理，并深深忏悔自己这些年来的荒唐生活。他决定回到寺里，恳求方丈的原谅，希望能挽回自己的过错，重新做人。

庙门前，昔日的小沙弥长跪不起。

方丈很是厌恶他昔日的行径，拒绝了他的要求，说："你罪过深重，要想佛祖饶恕，除非桌子也能开花。"方丈顺手指着供桌。

桌子开花是不可能的，也就是说，方丈连悔过的机会都不给他。伤心失望的昔日小沙弥心灰意冷地离开了寺庙。

第二天早上，踏进佛堂的方丈惊呆了：一夜间，佛桌上开满了大簇大簇的花朵，每一朵都芳香逼人，佛堂里一丝风也没有，那些盛开的花朵却簌簌急摇，仿佛是焦灼的召唤。

方丈在瞬间大彻大悟。他连忙下山寻找浪子，但已经找不到了。

到了深夜，方丈发现：佛桌上开出的那些花朵也凋零了，从头到尾它们只开放了短短的一天。

当夜方丈圆寂，临终遗言：这世上，没有什么歧途不可以回头，没有什么错误不可以改正，一个真心向善的念头，是最罕有的奇迹，就像佛桌上开出的花朵。让奇迹陨灭的不是错误，是一颗冰冷的、不肯原谅、不肯相信的心。

是人都可能会犯错，可是只要肯悔改，我们就应该给其机会。故事中的老方丈对小沙弥昔日的罪过选择了不原谅，连最后悔过的机会都没有给他。小沙弥绝望之下离去，没有人知道他会变成什么样，是否会再次堕落呢？老方丈最终醒悟，他不肯原谅、不肯相信的心很可能令小沙弥从此一蹶不振，甚至就此堕落下去。这个故事告诉我们应该学会原谅，学会给人机会，而不是冰冷以待。

现实生活中，每个孩子都有一颗向上、向善的心，老师应该尊重、关心、激励自己的孩子。在处理与孩子的关系时，一味地要求或者命令孩子，有时效果反而不好；如果老师可以站在孩子的角度上考虑问题，体谅孩子，就能很容易达到好的教育效果。

法国作家拉封丹曾写过这样一则寓言：

南风和北风打赌，看谁的力量更强大。他们决定比试谁能把行人身上的大衣脱掉。北风先来，他鼓起劲，呼呼地直吹着，直吹得冷风凛凛、寒冷刺骨，哪知道，风越刮，天越冷，行人把大衣裹得越紧。接下来是南风，南风徐徐吹动，轻柔温暖，顿时风和日丽，行人春暖身热，于是解开纽扣，继而脱下了大衣。结果是逞强好胜的北风输给了温文尔雅的南风。

人们把这种以启发自我反省、满足自我需要而达到目的的做法称为“南风效应”。南风之所以能达到目的，就是因为它顺应了人的内在需要，使人的行为变为自觉。

“南风效应”给我们的老师什么样的启示呢？在处理老师与学生之间的关系时，宽容比惩戒更有效。每个孩子都可能犯错误，老师要容忍孩子的缺点，客观、理智、科学地处理日常生活中出现的各种问题，而不是不分青红皂白地否定孩子、训斥孩子。当孩子犯了错误后，很多老师都选择扮演着“北风”的角色，忽视了教育有时也有负面作用，那就是当老师一味“吹北风”的时候，那些“不经意的严厉批评”和“恨铁不成钢的指责”会让孩子“裹紧身上的大衣”，引发一些心理问题，诸如自卑、孤僻、自闭等，甚至产生报复心理，专门和老师作对。

某位教育家曾经说过：当孩子犯错误时，我们应该先避开错误的实质，把孩子从错误的阴影中带出来，带他们走向温暖的“阳光”，打开他们的心锁。这就是说老师要尊重和关心孩子，要用温暖的“南风”逐步吹掉他们自我保护的厚厚的紧紧裹着心灵的大衣，再心平气和地对待孩子的错误，以恰当的方法去引导他们、激励他们，发挥他们的主观能动性，最终帮助孩子改正错误，并获得成功。

给孩子贴上正面标签——标签效应

在第二次世界大战期间，美国由于兵力不足，而战争又的确需要一批军人。于是，美国政府就决定组织关在监狱里的犯人上前线战斗。这些人纪律散漫，不听指挥，于是美国政府特派了几个心理学专家对犯人进行了战前的训练和动员，并随他们一起到前线作战。

心理学专家和他们谈话后，要求他们每周给自己最亲的人写一封信。当然，他们很高兴。信的内容由心理学家统一拟定，要他们照抄一遍就行了。信的内容大体是告诉他们的亲人，他们在前线如何勇敢，如何听指挥和创立了多少战功。

这样坚持了半年后，奇迹发生了：这些士兵竟一个个变了样，在战场上的表现比起正规军来毫不逊色，真的像他们信中所说的那样服从指挥，那样勇敢拼搏。

一个人被别人下某种结论，就像商品被贴上了某种标签。当被贴上标签时，就会使自己的行为与所贴的标签内容相一致。孩子的情感态度都是直接的，你给他们贴上什么标签，他们就会做出与标签一样的事情

来。比如，你说他们是个乖孩子，他们就是个乖孩子，就会表现出听话的举动来；你说他们是个不听话的孩子，他们就会打人、骂人，做出一些让人生气的事情来。

老师应该及时给孩子贴上正面标签，哪怕是一个让人伤透脑筋的孩子也不要放弃，找准一个闪光点，把这个亮点放大，他们就会向着你期望的目标一步一步靠近。

一个人当被一种词语名称贴上标签时，就会做出自我印象管理，使自己的行为与所贴的标签内容相一致。这种现象是由于贴上标签后引起的，故称为“标签效应”。

心理学认为，之所以会出现“标签效应”，主要是因为“标签”具有定性导向的作用，无论是“好”是“坏”，它对一个人的“个性意识的自我认同”都有强烈的影响作用。给一个人“贴标签”的结果，往往是使其向“标签”所喻示的方向发展。

有的老师对孩子要求过高，当孩子无法达到时，老师就很失望，认为孩子“脑子笨”，经常批评他“大笨蛋”“不是读书的料”，这等于在无形之中给孩子贴上了“我不行”的标签。这种不良的标签会使孩子产生“我确实不行”的感受，并且对自己的能力产生怀疑，进而对自己失去信心，就会不自觉地放弃追求成功的努力。长此以往，坏标签的预言便会成真。

曾有人以“你长大想当什么？为什么？”为题，对小学五年级学生进行一个问卷调查。有些学生是这样回答的：“我学习成绩不好，老师说我是笨蛋，我也不知道长大能当什么。”

从中可以看出大人给孩子的负面标签，给孩子造成了多大的危害！

孩子的很多行为，例如顽皮、好动，甚至做出“出格”的举动，这些表现多为孩子天性使然，无所谓好、坏，即使有一些不良行为，往往也是一种无意识行为或对成人的简单模仿。所以，切忌动不动就对孩子的行为贴上“好”“坏”的“标签”，人为地划分“好孩子”“坏孩子”，那样，很容易使孩子不自觉地趋同于划定的类别，妨碍了他们的自然成长。

也许有的老师会说，给孩子贴上不好的标签，只是“激将法”，是想让他变得好一点而已。这是一种错误的观点。激将法对成人或许有用，但对孩子却很难奏效。因为，孩子年龄尚小，其独立性有限，对老师的说法易于认同，也很难产生“你说我不成，我就做得更好给你看”的想法。老师不可轻易对孩子下结论，不要给孩子乱贴标签。因为这样轻则会恶化师生关系，严重的还可能促使孩子向消极方面发展。

例如，日常生活中，有的孩子起床后不叠被子，老师往往不耐烦地说：“你真是条大懒虫。”有的孩子接受知识慢，老师有时也会忍不住批评说：“你怎么这么笨。”这些看似随意的一句话，实际上对孩子自尊、自信的伤害往往很深。

而且，在社交活动中往往物以类聚、人以群分，如果你给孩子贴上坏的标签，他就会把自己归到表现不好的学生那一类，经常和那些孩子待在一起，这又会加重孩子的不良倾向。

所以老师对有缺点、坏习惯、坏行为的孩子，千万不能动辄贴上坏的标签。相反，要从各方面去观察，用放大镜尽力找出孩子的闪光点，时刻看到他们的进步，用好标签去鼓励他们发扬优点。那么，"笨孩子"就有可能悄悄地变成"聪明孩子"，收到意想不到的教育效果。

期望能产生奇迹——罗森塔尔效应

我们在生活中可以发现这样的现象：当一个人没有得到应有的注意和期待，而是被埋没在人群中，那么他很可能就这样一直平庸下去；而当他被周围人寄予厚望并频频鼓励时，他却能宛若新生，仿佛突然间充了电一样，做出一番令人不可思议的"壮举"。

这就是神奇的"期待效应"，心理学上叫作"罗森塔尔效应"。

罗森塔尔是20世纪美国著名的心理学家。1966年，他做了一个实验：

他把一群小老鼠一分为二，把其中的一小群（A群）交给一个实验员，说"这一群老鼠是属于特别聪明的一类，请你来训练"；把另一群（B群）交给另外一名实验员，告诉他这是智力普通的老鼠。两个实验员分别对这两群老鼠进行训练。一段时间后，罗森塔尔对这两群老鼠进行测试，测试的方法是让老鼠穿越迷宫，结果发现，A群老鼠比B群老鼠聪明得多，都跑出去了。

其实，罗森塔尔对这两群老鼠的分组是随机的，他自己也根本不知道哪只老鼠更聪明。当实验员认为这群老鼠特别聪明时，他就用对待聪明老鼠的方法进行训练，结果这些老鼠真的成了聪明的老鼠；反之，另外那个实验员用对待普通老鼠的方法训练，也就把老鼠训练成了普通的老鼠。

罗森塔尔立刻把这个实验扩展到人的身上。1968 年，他和助手们来到一所小学进行一项实验：

他们从小学一年级到六年级共选了 18 个班，对班里的学生进行了“未来发展趋势测验”。之后，罗森塔尔以赞赏的口吻将一份占总人数 20% 的“最有发展前途者”的名单交给了校长和任课老师，并叮嘱他们一定要保密，否则会影响实验的正确性。

8 个月后，他们再次来到这所小学，对那 18 个班的学生进行复试。结果奇迹出现了：凡是上了名单的学生，个个成绩都有了较大的进步，而且活泼开朗，自信心强，求知欲旺盛，更乐于和别人打交道。

其实，当初那份名单只是罗森塔尔随机挑选出来的，不过这个谎言对老师产生了心理暗示。在这 8 个月里，谎言左右了老师对名单上的学生的能力评价，老师又将这一心理活动通过情感、语言和行为传染给了学生，使学生强烈地感受到来自老师的热爱和期望，从而使各方面得到了异乎寻常的进步。

上述的实验结果深刻地表明了一点：教师对学生的期望影响着学生的成绩。此后，罗森塔尔等人又做了一个实验，把教师的期望与学生的学业成绩做了相关分析，结果表明：教学成功的个人期望与学生的成绩是相辅相成的。克雷纳等人于 1978 年对 4300 名儿童进行了 4 年的纵向研究，并进行了一系列相关分析，结果表明教师期望明显地引起了学生成绩的变化。

现在，人们就把这种由他人的期望和热爱，而使人们的行为发生与期望趋于一致的变化情况，称之为“罗森塔尔效应”或“期待效应”。

罗森塔尔效应也告诉我们，当老师把学生当作聪明的学生来对待，用对待聪明学生的方法来教育时，学生就会成为聪明的人；当老师把学生当作天才，并让学生知道他们是天才的时候，老师的眼里就无“差生”可言。

均衡发展最重要——木桶定律

古希腊神话中曾经有一则这样的传说：

美丽的女海神蕾蒂斯生下一个孩子，他的名字叫作阿喀琉斯。她把新生儿带到圣河，双手紧紧握住阿喀琉斯的脚踝，将孩子几乎完全浸到圣河里。经过圣河洗礼的阿喀琉斯，从此拥有一副与众不同的金刚不坏之身。

长大后的阿喀琉斯果然骁勇善战，他为希腊立下许多不朽的功勋。所以在他的生命中，只有胜利与荣耀，他是失败、挫折、疾病、灾难等的绝缘体。直到特洛伊战争改变了这一切。特洛伊城的王子帕里斯劫走了希腊皇后海伦，阿喀琉斯奉命不计任何代价，必须救回皇后海伦。

一向战无不克的阿喀琉斯，经过 9 年苦战，却依旧攻不下特洛伊城。在战争进行到第 10 年时，敌方将领帕里斯在众神的示意下，一箭射中了阿喀琉斯的脚踝，阿喀琉斯倒下了。

原来当年蕾蒂斯将阿喀琉斯浸入圣河时，她双手紧紧握住阿喀琉斯的脚踝，这是阿喀琉斯身上唯一没有浸到圣河的地方，如今却成了阿喀琉斯的致命伤。

脚踝是阿喀琉斯唯一的弱点，可就是这个弱点决定了英雄的生死。

上述的故事讲述了一个道理，也就是木桶定律。一只木桶由许多块木板组成，如果组成木桶的这些木板长短不一，那么，这只木桶盛水的多少并不取决于桶壁上最高的那块木板，而取决于桶壁上最短的那块木板。这就是所谓的木桶定律。

现实生活中，每个人都有优势和劣势，它们共同构成了一个人的能力。然而，如果一个人的某些基本能力严重欠缺，那么原来的优势就会失去必要的支撑和平衡，强项必然受到弱项的拖累而无法顺利施展，最后鸡飞蛋打，导致崩盘。

对于学生来说同样如此，如果存在某类知识缺陷，能力的发挥总是受到制约；如果他的某些缺点长期得不到改善，甚至可能会给自己带来致命的打击。所以，学生只有均衡发展，充分发挥协同效应，才可能取得更大的成功。

如果把对学生的教育比作“木桶”的话，它应该由德育、智育、体育、美育、劳动技能教育五块“木板”组成。然而，我们在生活中发现，很多老师都非常重视智育这块“木板”的长度，却忽视了其他四块“木板”。这种片面的教育，其结果很可能与老师的初衷大相径庭。例如，我们看到有的老师不注重对学生的思想品德教育，结果学生走上了犯罪的道路；有的老师不重视学生的体育，结果一些成绩优秀的学生成了“豆芽儿”体形；有的老师不注重学生的美育，导致他们盲目接受社会的反面文化……

除此之外，在学生时代，有偏科现象的学生比比皆是，有些老师却忽视了对其偏科现象的纠正。这并不是一种好的教育方式。要知道各学科之间是相互联系、相互渗透的。学生的知识面如果太狭窄会影响他们对新事物、新学科的接受，甚至还会妨碍学术交流，影响学生的进一步发展。老师要有足够的耐心，不仅要保障学生“优势学科”的发展，更要热情辅导学生的“非优势学科”，善于发现学生的点滴进步，及时予以肯定和鼓励，激发学生对该学科的兴趣，增强信心。长期坚持下去，学习“偏科”的问题会逐渐得到解决。

总而言之，老师在培养学生的能力时，应及时纠正学生学习能力发展失衡的情况，千万不能只强调学生的优势或特长，而忽视甚至放弃学生的弱势能力，这样势必影响学生未来的学习和生活。

第十四章

一切只因非常态……

为什么他要动手打女友

对内衣有特殊爱好的男孩——恋物癖

18 岁的贺钦因潜入女浴室偷窃女性贴身用品被派出所拘留了，后来，警方在他家发现他窃藏了一衣橱女性乳罩、内裤等物品。

贺钦出生在一个普通的工人家庭，父亲是跑采购的，常常到处跑，在家的时间很少。贺钦与父亲的交流很少。在贺钦看来，父亲是一个嗜酒如命，性格粗鲁，脾气暴躁，在家时常与母亲争吵，动辄打骂的不负责的人。

贺钦自幼胆小畏缩、执拗、内向。在他 9 岁时，父母因为性格不合离婚了。自此，贺钦十分憎恨父亲，他觉得是父亲毁了母亲的生活，也毁了他的生活。他变得更加依恋母亲了，也只愿意和女孩一起玩耍。当时，由于他少年老成，又会关心体贴人，所以女孩子们都很喜欢跟他在一起玩。12 岁那年，一次偶然的机会，贺钦看到姐姐洗澡及之后仅穿内衣（裤头、乳罩）躺在床上的样子，顿起一种强烈的好奇心和性冲动。在以后的日子里，他经常会想起当时的情景，并伴有手淫。高一时，贺钦恋爱了，他和女友的感情很好，以致多次发生性关系。可是，相爱 3 年后，女方家长不同意他们在一起，女友还被其父母送

到了外地上学，并最终嫁作他人妻。贺钦为此心情苦闷，借酒消愁，酒后常拿出女友的内衣裤抚摸，同时手淫。

一次，他从女工宿舍楼旁边路过，看到晒在晾衣绳上的女性内衣内裤，心中突然产生一种冲动，接着便迅速上前偷取两条女短裤。这令他的心里涌起了一种紧张而又满足的兴奋感。从此，每当他路过这栋楼时，都会不由自主地寻找晒着的女性内衣内裤。一旦看见就极度紧张，心跳加快，只想取走这些短裤、乳罩等，偷取以后会觉得心满意足，要是拿不到就非常焦虑，紧张不安。很多时候，无法通过上述途径窃取这类物品，他便会去商店购买这类物品，有时则直接钻进女更衣室、女浴室去窃取。他自知行为丑陋，也曾下决心痛改前非，写过许多自我警告的誓言，但每当欲念发作时，又身不由己，不能自制，事后又往往陷入悔恨、自责的深深痛苦中。

此案中的贺钦属于典型的恋物癖患者，由此案可以看出恋物癖患者的特点为：

第一，恋物癖者把某种物体作为性爱对象的替代物或象征物，他们只能在所恋物体的帮助或存在情况下才能获得性满足。如案例中患者贺钦看到晒在外面的女性内衣内裤，心中会突然产生一种冲动，偷窃后通过抚摸、观看达到性满足。

第二，恋物癖者一般在儿童或青少年时期就已显示出明显的恋物迹象，这一点在贺钦身上也得到了体现。

第三，恋物癖者中多有神经脆弱的表现，一般难以对自己的性欲进行控制，而且存有若干幼稚的性幻想，常无端地想入非非，自寻苦恼。如上述案例中的贺钦，也深知自己行为的丑陋，并发誓改过，但一遇到情境，无法自制，给自己带来无休止的痛苦。

第四，恋物癖者为了收集获得所恋之物，常常涉及偷窃及流氓等犯罪行为。有的恋物癖患者偷窃女性衣物达数百件甚至上千件。部分恋物癖患者也易于导致犯罪行为，如偷剪发辫等。

所以，恋物癖患者应该积极正视自己的不良癖好，并找适当的心理医生帮助自己慢慢戒除这样的癖好，以免对自己的生活产生更深更坏的影响。

偷窥的乐趣——窥阴癖

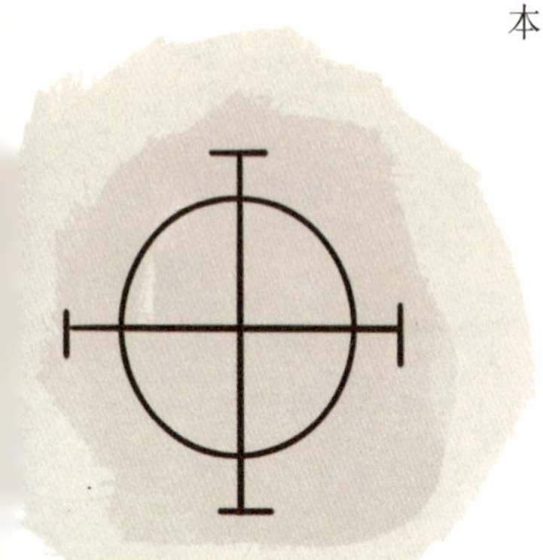

在一个初夏的夜晚，天色已经很晚了，原本热闹的海滩恢复了平静，只见还有一个年轻女郎在那里徘徊。她似乎有些迟疑，又好像在挣扎些什么，终于，犹豫了很久之后，她还是下定了决心，只见她迅速在一个礁石下躲了起来，然后从礁石的缝隙窥视不远处的一对情侣。那对情侣显然没有觉察到自己的一举一动正被一个神秘的女人盯着，他们在夜幕下放纵着自己的情欲，接吻、拥抱，忘乎所以，礁石下的女人随着他们的亲昵举动激动得全身颤抖……

她这样偷窥已经不是第一次了。今年25岁的她，是个漂亮文静的小学教师。她性格温和、内向，在学校的表现都很正常。平日里，她对工作认真负责，为人也谦和有礼，同事和学生们都十分喜欢她。不过，她的家庭生活不是很幸福，两年前她结了婚，但由于婚后的夫妻生活不和谐，所以不到一年两人就协议分居了，并且这段时间在商议离婚的事。

她说："我从来没有从夫妻的性生活中得到过快感和满足，那样的性爱对我来说显得那么的索然无味，我只能从偷窥别人的亲昵中得到性满足。其实，我也感到这样做很可耻，甚至是下流的。每当我走进教室看见同学们那一双双天真无邪的眼睛，都会被一种

深深的罪恶感压得喘不过气来，可是我却控制不了自己强烈的偷窥欲望。在我小的时候，差不多10岁左右吧，由于家庭条件的原因，房子很小，我还是跟父母一起睡。有一天晚上，我偶然在半夜醒了，竟然看到在我身旁睡觉的父母做爱的情景，我当时感到非常惊讶，不过强烈的好奇心很快占据了主导，我不敢声张，偷偷地眯着眼睛看完了整个过程。在以后的日子里，我晚上都会先装睡，然后再偷偷看父母做爱，慢慢地，我自己也有了一种特殊的兴奋和快感。后来，等我长大了，我开始意识到这是一种很无耻的事情，所以尽量约束自己不再去想这件事。有那么一段时间，我真的好像完全戒掉了这种嗜好。可是18岁那年的夏天，我由于考试成绩的原因心情很不好，所以吃过晚饭就到我家附近的海滩上独自徘徊，我慢慢地走着，脑子里还在想着白天考试成绩的事情。突然间，我被一种奇怪的声音拉回思绪，我很快发现那是由我前方那块巨大礁石后面传出的。鬼使神差地，我慢慢地走了过去，然后我看到一对情侣在那里拥抱、亲吻，我悄悄地躲在那里偷看，看着他们的接吻、抚摸等亲昵举动，我产生了一种奇异的性快感。从此，我就不可自拔地迷恋上了窥视他人亲昵的行为，那种欲望非常强烈，所以我总是控制不住自己，一次又一次地深陷其中……”

故事里的女主人公就是一个窥阴癖患者。窥阴癖又称窥淫癖，是一种并不少见的心理变态，其特点是寻机窥视异性下身裸体或他人性行为，并从中获得性满足。一般多见于男性，女性较少。这种性变态心理者为了获得窥视的机会，常常不择手段，无视法律，以求得逞，如躲在异性浴室或厕所等地，窥视异性裸体及排便过程，但对所窥异性并无直接的性要求。窥阴癖患者一般都较内向，平时多与人保持良好的关系，社会适应能力良好。有的人还是一贯品行端正、工作和生活作风表现好的人。所以，一旦发生性异常行为，周围的人感到十分惊奇，认为不可思议。其主要表现为患者具有一种窥视别人性交或窥视异性裸体及性器官的病态欲望，这种欲望非常强烈，以致患者不能自持的性心理受到了严重扭曲，最终发展成性变态。在故事中的女主人公身上，窥阴癖患者的几种表现都存在，可见其性变态情况已经非常严重，应该及时就医。

事实上，性变态通过治疗是可以得到一定程度矫正的。一般来说，主要是采用各种心理和行为治疗，其中包括心理疏导、认识疗法及厌恶疗法等，也可配合某些药物治疗。经过一定的治疗，案例中的这位女教师在医生的指导下病情应该可以得到矫治。另外，需要注意的是，父母对子女的健康成长要进行正确的教育和影响，注意检点自己的行为，夫妻亲热时应对子女回避防范。对于居住条件差的家庭，这个问题更应得到重视。

另类的男孩——异装癖

卢洋（化名）是很多人眼里的另类，身为男儿身的他偏偏喜欢穿女装，在他看来男装都太难看了，只会丑化他的形象，只有穿上女装他才会自信一些。他常常对身边的朋友说：“只有女装才是王道！”终于，高喊女装是王道的他在一次上女浴室的时候被人识破，并扭送到了派出所。面对公安民警的询问，卢洋讲述了自己和女装的故事：

“不知道我是怎么会有异装癖的，但是当我知道时我已经深陷其中不可自拔了。记得在上幼儿园的时候，大概只有 4 岁，我第一次穿女式的游泳衣，身边的小朋友都笑我，那估计是我的第一次异装了。那次，是因为妈妈舍不得几十元钱给我买泳衣，因为那时候我们的游泳课很少。所以，就拿姐姐的游泳衣给我套上了。虽然大小不是很合身，可是，我觉得那是我穿过的最漂亮的泳衣，所以，游泳课后我竟舍不得脱下，直到晚上回到家被姐姐发现，才舍不得地还给了她。上小学了，我开始对女装有特别的爱好，觉得自己穿的衣服特别难看，很想穿女装上学。那个时候，大我两岁的姐姐有很多衣服，因为身高的原因不能穿了，这倒是便宜了我。妈妈觉得我还不懂事，也就由着我在家里穿姐姐的小衣服，这让她少花了不少原本要给我买衣服的钱。

“上初一了，距离我上次异装已经过去好几年了。有一次，我放学回家见家里没人，就拿起姐姐晒在外面的校服裙子穿上，紧接着是妈妈的凉鞋和丝袜……总之，能穿的我都穿了一遍，那感觉真的太好了。从那以后我就一发不可收拾了……

“终于，家里人发现了我另类的癖好，他们很不能理解，我没有办法只能向他们保证不再在家里穿女装了。长大后，参加工作了，为了穿女装我搬出了家，自己在外面租房子住。我买了很多女性的衣物，内衣、裙袜、高跟鞋……应有尽有。我常常穿着女装出去逛街，因为身高太高（身高 190 厘米）的原因，常常会有人对我指指点点，但是我不在乎，我觉得自己就是个长得有点高的女人而已。

“我不是耍流氓，我只是真的把自己当成了女人，所以才进了女浴室……”

本案例中的卢洋就属于异装癖患者。异装癖属于性变态者的一种行为表现，指的是通过穿着异性服装而得到性满足的一种性变态行为。这种性变态患者大多数为男性，女性虽少见但也存在，只是女性着男装易被世人所接受，而男性着女装通常遭到世人鄙夷。

某电视台的男性选秀节目，部分参赛者就是地道的异装癖患者，他们获得了大多数人的理解和认可。这说明，随着社会进步与发展，人们变得越来越宽容，只要本着善意出发，不做作奸犯科的事情，即便你有某些非常态的癖好，也会得到一定的理解。只不过，千万不要像案例中的卢洋一样，把自己完全当作是女人而进了女浴室，那样势必会引起骚乱，甚至会造成犯罪。

但总的来说，异装癖既然属于瘾症的一种，患者就应该积极寻求心理辅导，争取早日回归正常的生活和状态。

露阴者的求救——露阴癖

“我是一个‘露阴癖’患者，只要是看到漂亮女性，就会控制不住自己疯狂的行为。有时候，甚至看到漂亮的女中学生，我也会做出那种事情来。我自己也很苦恼，可是却无能为力，医生你能帮我吗？”41 岁的钱深因为患有较严重的露阴癖，不得不向心理医生求助。

“你可以讲述一下自己的经历吗？当然，如果不介意的话，希望你也可以顺便讲讲什么时候自己第一次有这种癖好，或者在这之前有没有发生过什么特别的事情？什么都行，你放松一点，我们就当是一般的聊天，不要有心理压力。”心理医生说。

“我是一家工厂的技术工人，十几岁就在那里工作。我记得小时候，差不多八九岁的时候吧，我常常和一个玩得好的同学互相玩弄‘小弟弟’，当时就感到特别兴奋，所以，玩的次数不少。十几岁的时候，我开始知道男女之间的事情，不过我觉得那是一种非常羞耻的事情，不过我没有对别人说过。

“高中毕业以后，我交了一个女朋友，我很喜欢她。可是，有一次，我亲眼看到她和我好朋友抱在一起接吻。我很难过，就和她分手了，但是我没有告诉她我看见了什么。分手后，我心里很不舒服，在接下来的几年里我又陆续谈了几次恋爱，不过时间都不是很长，每次都以分手收场。后来，我染上了手淫的习惯。

“我记得有一次，经过一条偏僻的小巷子时，对面走来一个漂亮女孩，我一时控制不住自己，竟然脱下了自己的裤子，对方捂住眼睛尖叫着跑开了，这时我感觉到了一种前所未有的刺激。从那以后，我就像着魔一样，欲罢不能了。

“还有一次，我在公交车上作案，被一个中年阿姨发现了，她对我破口大骂，我很自责，也很懊悔，可总是忍不住，隔一段时间，又犯了。

“我一点也不怪他们骂我，我知道是自找的，如果她们是我的姐妹，一定会为我感到羞耻。后来，我觉得自己不能再这样下去了，就想也许结婚以后自己会有所改变，可是我错了。

“我的妻子原本并不知道我有露阴癖，直到有一次，我在下班途中，遇到三五个女中学生，看着她们穿着漂亮裙子，我忍不住又发作了，结果被旁边的路人扭送到了派出所。妻子知道后，大骂我是流氓，要与我离婚。

“现在，我真的很唾弃我自己，根本就没有脸见人，我怕自己再犯，所以除了上班以外，从不出门，而且，我也害怕我的事情传到厂里领导那里，那样我肯定得丢了工作，那就真的生不如死了。医生，你帮帮我吧！”说到这里钱深已经泪流满面了……

上述故事中的钱深属于典型的露阴癖患者。露阴癖指的是在不适当的环境下，在异性面前公开暴露自己的生殖器，引起异性紧张性情绪反应，从而获得性快感的一种性偏离现象。露阴癖是一种心理疾病，对于发病原因，目前尚无定论，但这种行为与幼年经历关系密切。和许多露阴癖患者一样，案例中的钱深在幼年时也曾有过与同性小伙伴互摸外生殖器等经历。其实，在其成年以后，幼年时取乐性的性经历依然存留在潜意识中，以致一旦遇到性压抑或重大精神创伤，而无力化解时，便不自觉地用幼年的方式来解除和宣泄成年的烦恼。钱深就是因为遭遇了初恋女友和最好朋友的背叛，才深受打击患上露阴癖的。

露阴癖患者应该像上述案例中的钱深一样，打破心理枷锁，勇于寻求适当的帮助。相信在心理医生的帮助下，一定能够通过回忆幼年的有关生活经历，找出露阴癖产生的根源，并在心理医生的进一步辅导下走出露阴癖的阴影，早日回归到正常的生活中来。

动手打女友的原因——变态心理

陈瑞是个22岁的小伙子，大学刚毕业，照常理说他的前途是一片光明的，可是他却因为殴打女友被警方刑事拘留了。事情到底是怎样的呢？

自成年以来，陈瑞交往了四五个女友，每个都不欢而散。毕业前，陈瑞又交上了新女朋友。对方还是个大二学生。两人男才女貌，十分般配。可是，交往一段时间后，女友对陈瑞很有意见。因为陈瑞总让她在约会时穿黑色的长筒丝袜，即便女友没穿裙子而是穿着牛仔长裤。为此，两人曾多次争吵。

一次，女友生日，陈瑞在餐厅订好了位置，就拿着一束花到女友学校门口去等女友。好不容易女友出来了，远远地，陈瑞看见女友穿着一身白的连衣裙，可是却没有穿黑丝袜。陈瑞很不高兴，让女友回宿舍换，女友不同意，两人便吵了起来。见女友心意已决，陈瑞心中的火气越来越大，最后竟向女友挥拳过去，紧接着便是拳脚相加，幸好被周围的人制止了，事后女友被送进了医院，随后她便报了警。

在警方的询问中，陈瑞说："我没有想动手打她的意思，只是我希望她穿黑丝袜，可是她总是拒绝穿，我忍了很久，但还是忍不住动了手。"接着，陈瑞还交代说，自己之前的几任女友都是由于黑丝袜分的手。

陈瑞这种对于黑丝袜超于常人的偏好其实就属于变态心理的一种，他在其他方面的心理活动是正常的，所以基本可以判定陈瑞具有变态的心理倾向。

很久以来，心理变态的人常被人们所排斥或遗弃。人们不把心理障碍看成是疾病，而把心理变态的人看成是邪恶或魔鬼附体，视其为恶魔的化身。在中世纪的欧洲，教士们常常使用所谓驱魔术来驱赶魔鬼，大多数心理变态的人受鞭笞、火烧和其他人身凌辱与虐待，因为在当时，人们深信躯体痛苦难受时魔鬼就会被驱逐出去。所以，除了少部分癔症或抑郁病人被劝服外，这种处理常会导致病人的死亡。

此外，当时的社会骚动和对于灾祸的恐惧导致人们产生了一种信念，他们认为情欲是邪恶的，而女人使得男人产生了情欲，所以女人是邪恶的，代表邪恶。因此，很多妇女在无情拷打之下被迫忏悔，接着就被绑在火刑柱上烧死。后来，不管女子、男子、儿童，只要是与众不同或稍有不正常的行为都会受到指控。心理异常或离奇行为被看成淫威的表现，结果葬送了百十万人的生命。像这种对心理变态的患者所进行的凌辱和折磨持续了约 300 年。尽管如此，当时也有一些医生和学者认为心理变态是疾病，他们大多同情精神病患者，主张给予一定的帮助和有效的治疗。

变态代表不正常，变态心理是相对于常态心理而言的。常态心理指的是在适应周围环境方面具有被大多数人所理解和公认的应有的一般的反应方式。而变态心理相反，指的是绝大多数人没有的非常态的心理现象。变态心理主要有人格障碍、精神病、性变态。例如，有的人属于感知变态，他可能会将一只凶猛的老虎看成是温顺的小猫，也可能会因为听到悠扬的音乐而感觉烦躁不安，甚至觉得身上有上万只虫蚁在咬他，但其他时候他的心理表现都很正常。所以说，变态心理并不等同于心理全部异常。很多具有变态心理的人，智力和其他一些心理活动都很正常，只不过在某一活动对象上或者方式上不同于常人。

那些抑郁自杀的人——情感障碍

2009 年 11 月 10 日，德国足球运动员恩克选择了汉诺威一条地区铁道，让迎面飞驰过来的列车将他带到了另外的世界之中。警方事后发现了恩克的遗书，虽然出于尊重家庭隐私的需要，没有对外发布遗书的所有细节，但是有一点令人动容：恩克表示，他之所以结束生命，是要到另外的世界与3年前因为先天性心脏病去世的小女儿团聚。

恩克的妻子表示恩克自2003年效力巴塞罗那期间就一直深受抑郁症的折磨，后来，痛失爱女，使得被抑郁长期侵蚀的恩克的世界几近崩溃。虽然又收养了养女，但是对于爱女离世，恩克一直消沉抑郁，难以自拔，导致足球场上的表现也同时受损，双重苦痛让恩克像很多抑郁症患者一样，结束了自己的生命。

越来越多的抑郁自杀或杀人的消息被报道出来，不知不觉间“抑郁症”已经成了大家耳熟能详的流行词汇了。日常生活中，很多人谈论起这个病名，却很少有人真正了解它，甚至，有的人因为一点事情想不通而“郁闷”，就给自己冠上“抑郁症”的名号。虽然，现代医学对抑郁症的探索还在持续进行中，抑郁症的盲点正在一点一点被揭开，但是，随着研究的深入，医学上对抑郁症的治疗有了长足的进展。

抑郁症是情感障碍的一种，以情感低落、思维迟缓以及言语动作减少、迟缓为典型症状。抑郁症一般由三类因素造成：

第一，遗传的易感性，由遗传因素造成，一些人对现实应激事物刺激的承受力差。

第二，抑郁症发病有其生物学基础，当人脑中某一种化学物质的浓度过低时，就会发生抑郁症，相反，则会使人发生狂躁症。

第三，社会应激事件刺激容易构成抑郁症的诱因。人们一旦得了抑郁症，就会严重影响生活和工作，给家庭和社会带来沉重负担。

所以，千万不能小看抑郁症，一旦发现其萌芽，就要积极就医，力争在早期将其治愈，千万不可任其肆意伤害我们的身心。

幻听者的疯狂——感知障碍

2006 年，某省一所中学的历史老师李某，因为“听到”年仅 11 岁的女学生章某骂他是疯子、癫子、神经病，所以在课堂上不仅用钢筋殴打该女生，还猛踩该女生的头部，最后甚至亲手把该女生从学校的四楼扔了下去，导致该女生身亡。

事情的经过到底是怎样的呢？又是什么令李某变得如此疯狂呢？

据当时在场的其他学生说，女学生章某坐在教室的第一排，当时李某拿她的头往桌子上使劲撞，撞了五六下，又往桌子后面撞了五六下，然后她倒在地上，李某又用脚踩她的头，踩了两三脚，然后从裤子口袋里掏出一根钢筋使劲打她，打她的头，流了很多血，但是李某接下来的举动更是令人震惊。章某后来被打得不动了，李某把她抱起来，说了一句“送医务室”，然后走到窗子边，打开窗户，就把她丢下去了。班里的学生被李某的行为吓得魂飞魄散，全部跑出了教室。

在审讯的过程中，李某向警方交代，当天他发现该女生拨弄手指甲，并把指甲里的东西弹到他身上，他敲打她，她却骂他“神经病”，他受到刺激痛下杀手。他说：“我打学生是为了维持好课堂秩序。”

此时，李某的同事向警方反映，李某曾有过精神病史，曾经拿着菜刀在大街上喊杀人，后来被警察抓进看守所后被强制送入了精神病院。

李某到底有没有精神病呢？司法机关对李某进行了司法精神病学鉴定，鉴定结果表明肇事教师李某患有间歇性精神病。后来，根据调查取证，警方也得知被摔死的女生根本没有骂他，李某所说的听到受害人骂他完全属于幻听。

通过上述故事中的描述，可知李某当时就处于发病期，他所谓的“听到”就属于幻听。幻听是幻觉的一种，幻觉是一种没有外界刺激而出现的虚幻知觉，是精神疾病的典型症状。对于精神病患者来说，幻觉是“真实的”，所以患者的思维、情绪等都会受幻觉的支配，患者的判断能力也会因此受到影响，从而导致异常行为的发生。

幻觉是感知障碍的一种，所谓的感知障碍是指感觉和知觉发生异常变化或明显失常。除了幻觉以外，错觉属于另一种感知障碍。当然，正常人出现错觉也是有的，不过这属于生理性错觉，而精神病患者的错觉则属于病理性错觉，多出现意识障碍而难以纠正。其中以视错觉最为典型。常见的错觉多为危险性的、离奇的，如把晾晒的衣服看成吊死的人，将医生视为“鬼怪”，由于错觉的存在，精神病患者常对视错对象产生攻击行为。例如：某一女精神病患者，把其丈夫的人头视为“西瓜”砍过去。由于精神疾病患者的错觉是病理性的，所以只有疾病消除才能纠正。

妄想导致的悲剧——思维障碍

在某机关会议室里发生了一起血案：27 岁的机关干部唐某手持射钉枪，突然闯入会议室，向正在开会的领导程某头上开了一枪。“子弹”射穿头颅，程某经抢救无效死亡，唐某被当场抓获。

案情看起来非常简单，行凶者唐某智商良好，意识清楚，平静地供述了自己的杀人动机。原来唐某一直怀疑同在一个单位工作的妻子王某与程某之间存在不正当关系，让自己戴了绿帽子。王某在刚调入该单位时，程某对她有过帮助，每逢节假日王某都会登门拜访。因此，唐某觉得妻子与程某之间一定有不正当的关系。

唐某认为，程某帮助妻子调动工作就是想占有她，没达到目的后，就指使本单位干部萧某、陈某勾结一伙人强奸她。他还认为一个以程某为首的团伙想迫害妻子，共同奸污妻子，并逼迫其卖淫。唐某只要一发现妻子手脚上有青肿，就认为是妻子被人强奸留下的。平时在单位，只要听见程某和妻子单独说话，或者程某与萧某等人在一边说话，就会认为事情不寻常，甚至觉得他们是在密谋迫害妻子。后来，他的怀疑对象不断增加，发展到怀疑程某等十多人。他反复追问妻子，缠着她承认和那十几个人有不正当的关系。妻子对于他的多疑感到十分疲惫，便与他离婚了。离婚后，妻子搬去单位住，唐某仍认为程某一伙人还在迫害妻子。他要求与妻子复婚，但单位人事处要求他写复婚理由。唐某觉得这是程某等人事先安排好的，为的是阻止他与妻子复婚。所以，他觉得自己一定要杀死程某，并当即跑回去，拿出早已经改装好的射钉枪作案。

案发后，经调查了解到，唐某因怀疑程某迫害妻子王某，曾向全国人大、最高人民法院、最高人民检察院写过 3 封信，要求处理程某等人，并说："如果法律对如此严重的犯罪行为置若罔闻的话，我只有自己拿起讨伐邪恶的正义之剑，用自己的生命去伸张正义。"但事实上根本不存在唐某所说的迫害王某的团伙，其所列团伙成员名单，有的是其上级、同事，有的是其在住院时的医生和病友（唐某于 1989 年 6 月因肝功升高住院），有的是与程某、王某素不相识仅有过一面之缘的人。在审讯过程中，唐某对其作案经过直言不讳，但追问其作案动机时言语却十分混乱，并且他一再强调自己所指控的犯罪团伙真实存在。后来，司法机关对其进行司法精神病学鉴定，经鉴定认为，唐某患偏执型精神分裂症，主要表现为嫉妒妄想和被害妄想。

唐某患有典型精神病妄想症，无缘由地怀疑妻子与别人关系不正常，甚至怀疑别人迫害妻子，并无理取闹，四处告状，犯罪理由荒诞离奇，最终导致枪杀事件的发生。这种犯罪是病人在妄想的支配下，丧失了辨认能力，所以无须承担法律责任。

思维障碍的种类有很多，主要可分为思维表达和思维内容两大类，其中思维内容障碍极易使得精神病患者产生危害他人的行为。上述故事中的唐某所患的妄想症就属于思维障碍中最常见的症状，也是思维变态的一种重要表现。尽管妄想本身既不符合客观事实，又与患者本身的教育水平、环境背景等不相称，可是患者就是会对此深信不疑，并且很容易会在妄想的支配下做出伤害他人或者自杀等恶性事件。生活中，人们对于这一类的精神病患者不得不提高警惕，防患于未然。

第十五章

心灵保卫：为什么相爱容易相处难

为什么暧昧让人欲罢不能

通常我们所理解的暧昧就是在没有确定恋爱关系之前的一种模糊的感情，或者指男女之间不明朗、模糊的关系。心理学上认为暧昧是一种幽暗不明的情境，是人在匆忙生活中似忙似闲的中介状态，是感情间远近难测的距离。暧昧分良性与恶性两种。良性暧昧指向爱情，至于后来能不能发展成爱情，那得看天时地利人和。恶性暧昧，就是为暧昧而暧昧，更多的是一种调侃爱情、游戏爱情的态度。

男人就坐在女人的对面，但女人却选择了短信的方式进行交流：“于千万人中遇见你，只说一句，原来你也在这里。”收到短信，男人给女人回了条：“我在佛前求了五百年，只为了今世的擦肩而过。”

下班的时候，女人对男人说：“有没有吓一跳？别怕，那句话不是我说的，是张爱玲说的！”男人也笑着说：“彼此彼此，我那条也不是我说的，而是席慕蓉的诗句！”

可是，他们彼此都嗅到了空气中暧昧的味道。

不少人认为，暧昧已经成为置身于红尘俗世中的现代人枯燥生活里的一勺调味品，是一种需要。没有身份的束缚，没有责任的压力，处于暧昧状态的人，从来不用为了恋人关系而去勉强自己。但是，暧昧又会让人觉得迷茫。因为我们还是渴求清晰明了的关系的。完美恋人基本上是不存在的。有些关系很好的情侣甚至夫妻，可能从来都没有说过一句“我爱你”，更没有明确提出过“做我的女（男）

朋友好吗”这种要求，但是他们却无比幸福。只是，这种完美是可遇不可求的，所以就算非得用“正式的关系”去终结暧昧，我们也不用叹息，因为暧昧不可能维持一辈子，总有一天要结束。我们常常不敢确立恋爱关系，当然不是因为对方现在对自己不好，而是担心对方将来不会持续地对自己好。暧昧确实可以让我们“预支”本该是和对方在一起之后才能体验到的快乐，但试想一下，当你失去这种快乐的时候，难道就真的会比和正式的恋人分手要轻松得多吗？

所以我们也该看到：在没有确立恋爱关系的情况下，既然可以预支恋爱的甜蜜，那么也就无法拒绝失恋的痛苦。暧昧也许不用负责任，却同样需要付出代价！

那些所谓的情场老手，他们善于玩暧昧是因为他们可以把注意力集中在“不用负责任”上面，全力去享受追求“完美恋人”的刺激。他们是有经验的，知道说什么话可以让你脸红心跳、送什么礼物让你迷恋不已、做什么事让你招架不住。他们会说好听的话来欺骗你，同时也是骗自己，给双方造成完美的假象。但是当他们“清醒”之后，他们就会迅速脱身，把代价和痛苦留给你来承受。

暧昧不是每一个人都玩得起的，也许有些人能潇洒畅快地脱身，但更多的人深陷其中无法自拔。如果对一份感情明知无望，就不要让自己轻易走进暧昧的氛围中；如果有一份感情碰触不得，就劝诫自己不要盲目走进暧昧的世界里，你需要做的应该是冷静地确定与对方的距离。

为什么职场恋情容易发生

“办公室恋情”近年来越来越受到人们的关注。在日益繁忙的现代社会，办公室白领没有足够的时间去接触公司外的异性，越来越多的人将目光瞄向了自己的同事。

李小姐和男友原来在同一家公司工作，刚开始只是一般的同事，后来成了一对办公室恋人。公司明文规定同事间不准谈恋爱，不过真正谈起来也没人管，只是双方都觉得挺别扭的，于是李小姐辞职，另外找了一份工作。

人是一种非常有趣的动物。即使我们对对方（异性）完全不感兴趣，但是如果对方在自己的私人空间中存在很长时间，我们也会渐渐对其产生好感。所以，职场中的异性同事之间，容易产生恋爱。因为在一个团队中的同事有共同的工作目标，一起加薪时可以分享彼此的喜悦，甚至连发牢骚、说坏话都能找到共同话题。长期相处下来，形成“心有灵犀”的默契也就不足为奇了。

还有一个因素是造就“职场恋情”的重要原因，那就是工作中适度的紧张状态。适度的紧张能够增强女性对男性的依赖度，从而加深男女同事之间的感情。而且，在紧张状态下努力工作的男性，在女性眼中充满了无限魅力。毫无怨言、埋头苦干的男性，给女性留下的多是强大、可靠的印象。女性在不经意间就会想：这样的男人，一定也能给我安全感。其实，很多女性想从男性那里得到的就是安全感，而男性努力工作的样子恰好可以使女性联想到这种感觉，因此会受到女性的青睐。

不过，办公室恋情也需要承受很大的压力。因为你们的一举一动都在“监视”中，也最容易遭到非议，因此需要尽量保持低调，最好不要当众表示亲昵或者眉目传情，不要做出任何让你们显得与身边人格格不入的举动。这样，你们的恋情才会更加安全、长久。

有些办公室情侣喜欢说些得了便宜还卖乖的话：“哎，我们每天都在一起，抬头不见低头见，真无聊。”小心被异地恋的情人们丢砖头。天天见面还整天待在一起的恋爱方式，确实非常适合那些缺乏安全感以及占有欲比较强的人。事实上，每个人都有占有欲，每个人都会缺乏安全感，所以多享受一下相伴相依的幸福，少抱怨一点没有隐私或者神秘感的缺憾吧。总之，理性看待办公室恋情，才能帮助你职场情场两得意。

“刺猬效应”

为了研究刺猬在寒冷冬天的生活习性，生物学家做了这样一个实验，他把十几只刺猬放到户外的空地上。因为寒冷，这些刺猬被冻得浑身发抖。为了取暖，它们想了一个办法，那就是所有的刺猬紧紧地靠在一起。

可是靠在一起的时候，问题来了，因为忍受不了彼此身上的长刺，刺猬们又不得不马上分开。可天气实在太冷了，后来，它们又再次尝试靠在一起取暖。然而，靠在一起时的刺痛使它们不得不再度分开。就这样反反复复，最后，刺猬们终于找到了一个适中的距离，既可以相互取暖，又不至于被彼此刺伤。这就是刺猬效应。现代社会中，每个人都变得像刺猬一样，为了保护自己而不得不装上了各种防备的刺。可是如果彼此距离太靠近了，心灵就可能受到伤害。

女人说:“他那么优秀,太招人喜欢了,我不敢靠近。”男人说:“她太漂亮了，追她的人太多了，我不敢奢求。”本来可以拥有幸福的两个人，却因为太害怕靠近而失去交往的机会。过了热恋期的情侣，女方往往会抱怨：“他觉得我是黄脸婆，一点都不在乎我，老是在外面瞎混。”男方则常会无奈地说：“她老是查岗，整天电话跟踪，老是无理取闹。”两人之间的争吵也越来越多，最后感情无法继续维系。可见，感情的维护是需要空间的，太靠近了就会令人窒息。

靠得太近了，容易产生矛盾，互相伤害；离得太远了，又无法更好地了解对方。

那么怎样的距离才是合适的呢？

初次见面的人，如果你一上来就直接称兄道弟，往往让人觉得反感，别人也不想对你有什么更深入地了解了。如果一开始就拒人于千里之外，相信也没人愿意靠近你。

同样地，再好的朋友，再熟悉的亲人，即便是最亲密的夫妻，也应给彼此保留一点心理空间。这是一种相互间的尊重，这种尊重表现为不随便打听他人不愿意、不主动告诉你的事，不追问他人的秘密等。

只有正确地掌握与陌生人、与朋友、与亲人的距离，互相之间才能维持良性的交往与互动。

女人如何能不唠叨

田勤剑经常向他的朋友诉苦："我娶了个'唠叨皇后'，再也受不了她吹毛求疵、无休无止的抱怨和骚扰了，我只想解脱。"

有一份调查显示，男人讨厌女人做的事情当中，"唠叨"排在了首位，且远高于排名第二的"不爱打扮"。

女人爱唠叨，一是缘于女人的爱心和责任心，她们要操心家庭的每一个成员和家庭生活的每一个细枝末节；二是在家务中女人是主要负责人，男人不管事，女人"照单全收"，管的事多而琐碎，难免多说几句；三是女人把她的喜和忧说出来，是在向丈夫倾诉，希望能得到丈夫的宽慰。

其实，大多原因都表明，女人的唠叨本意是好的，是出于对男人的爱、对孩子的关心、对家庭的责任。

从男人的角度来看，唠叨是一种间接的、无休止的、否定性的提醒。它提醒你还有什么事没有做，或提醒你还有什么缺点。女人越唠叨，男人就越喜欢装聋作哑把女人一个人晾在那里，让她满腹委屈；而她越被冷落，唠叨就越发变本加厉。

卡耐基在他的《人性的弱点》中说：唠叨是爱情的坟墓。聪明的女人，如果你真正爱他，希望得到他的宠爱，想要维持家庭生活的幸福快乐，就停止唠叨吧！

如果你是一个爱唠叨的女人，那么为了你的爱情和婚姻，请停止唠叨，以下几点是给你的建议：

第一，多交流，不唠叨。忙了一天，好不容易两个人见到面，也许你想跟他说说今天的见闻，但男人也许很累，也许正在为某件事烦心，想安安静静地看个报纸，此时如果你不识趣地打扰，就是自找麻烦了。你不妨先给他一点自己的空间，等他情绪稳定了，再好好地交流。

同时，你在表达自己的意愿和看法时，最好用委婉和幽默的方式，避免重复的命令和埋怨。

第二，就事论事，停止唠叨。比方说，你看到他脏衣服乱扔，就开始唠叨，接着说道书柜太乱，然后又扯到他不帮你做饭，这样就会让他无所适从，不知道自己哪里错了，反而责怪你太唠叨。所以你要就事论事，明确地指出脏衣服应该放到哪里。

第三，冷静对待不愉快的事。有些女人在遇到不愉快的事情时，总是不厌其烦地诉说着自己的不快和郁闷，却没有看到男人对你的唠叨已经不胜其烦了。所以，这时你应该想办法控制自己的情绪，把坏情绪通过另外的途径排解出去。

克服“婚前恐惧症”

如今，越来越多的准新人想结婚又怕进“围城”，一些即将举办婚礼的准新人由一直对婚姻殿堂的向往和憧憬，变成了婚礼之前的焦躁迟疑，甚至觉得难以面对婚姻、害怕婚姻。这并不是双方感情出了问题，而是有一方出现了“婚前恐惧症”。

一对男女打算在年底结婚，准新娘却似乎有些迟疑，口口声声不同意，说她害怕结婚。

她开始爱上频繁地转乘公车，即使几百米远的距离，她也希望有两次以上的转乘机会。她最喜欢乘那种大大的空调冷巴，以求快速回家。但回到家后，一看见请柬上有她和未婚夫的合影，她就赶快移开，呆呆地坐在地板上发愣。天天如此。

除了婚前恐惧症，她很难给自己目前的状态一个合理的解释。

据心理专家介绍，患婚前恐惧症的人群比例中，女性要大大多于男性，同时二者的恐惧因素也有很大差别。女性主要担心婚姻会产生变数，爱情不会长久。据社会心理学家介绍，婚前恐惧症是因为生活紧张，总渴望一种自由散漫的生活所致。而由于平时经常听到关于婚姻的探讨，特别是经常听到涉及夫妻矛盾和责任关系的话题，所以准新人很容易产生一种恐惧心理和逃避心理。尤其是现在婚前同居现象日益普遍，未婚青年对婚姻的期待心理更是相当程度地减弱了。由于同居而对婚姻失去新鲜感，对婚后责任产生更多考虑，所以更容易表现出对结婚的恐惧。婚礼的演变也是产生婚前恐惧心理的重要原因。以往结婚多为父母操办，而现在多是年轻人自己料理。结婚时很多繁杂的事务也会使年轻人产生心理疲惫感和恐惧感。另外，由婚姻带来的家庭重组更是必然会带来情感和经济上的摩擦和碰撞等，这也从侧面加剧了婚前恐惧症。

婚前恐惧症对生活和工作都会有一定影响，通常表现为烦躁、脾气急、爱发火，有的人则沉默寡言。专家指出，如果担心不适应未来的共同生活，在出现一系列恐惧症状后，双方不妨经常到对方家里多坐坐，了解他（她）的家人，与对方以及对方的家人多交流，直接或间接地了解未来的家庭成员，该过程也是心理逐渐适应的渐进过程。对婚姻的持久性表示怀疑和恐惧时，要保持开放的心态，去跟对方沟通交流，进而打消这种疑虑。如果对方突然不愿意结婚，不要急着否定双方的感情，应该多问问其担心和顾虑的原因。如果协调好，对婚后的生活也是很有利的。

当心婚后“爱情沉默症”

处于热恋中的青年男女，总有说不完的情话、诉不尽的蜜语。虽说现代的恋人已经不像从前那样勤写情书，但是“煲电话粥”

所花费的时间与金钱却是非常可观的。古今中外用于描写爱情的字句，用于热恋的每一对青年男女总是非常贴切的。而婚后的夫妻，却似乎在热恋时已把情话说完，日常生活中的话语变得非常简单，如：“喂，饭做好了没有？”“快点去买包盐回来！”“你怎么那么讨厌啊。”研究发现，许多人认为，一旦成为夫妻，就是自家人了，他爱我，我爱她，天经地义，何必再不厌其烦地说出来呢？作为夫妻，他应该做他该做的事，挣钱养家；她也应该尽她的本分，相夫教子，两人没有必要假惺惺地客套什么的……这是目前一些夫妻对待感情交流所持的态度。在这种观念的支配下，中国的已婚男女一反热恋的亲密与热烈，对婚后夫妻情感的表达往往显得忸忸怩怩，甚至到了近乎无话

可讲的地步。这样的夫妻，其实是患上了“爱情沉默症”。

陈昊和沈宛相恋 3 年，终于在去年 10 月登记结婚。两人在恋爱时亲密无比，经常看电影、逛公园、说情话、发短消息，恩爱无比。在去年夏天，陈昊凭着鲜花和钻戒，彻底征服了沈宛，于是两人开始张罗着结婚，并于“十一”踏入了婚姻的殿堂。

初入婚姻之门，两人很是激动，蜜月期情意绵绵，颇有“只羡鸳鸯不羡仙”之感。但是，当婚假休完，二人正常上班以后，情形就变了。陈昊工作挺忙的，公司离家又远，每天回来都感觉很累，谈恋爱时的那种生龙活虎的精力似乎不复存在了。所以他往往吃过晚饭，洗漱过后，上床看会儿电视就睡着了。有时兴致来了，也会上上网，打打游戏。沈宛感到老公对自己的爱不像以前那么多了。有时问他几句，他只会回答是与不是，仿佛没有什么精神，也不太愿意回答。有一次，沈宛问陈昊：“我们周末回我妈家好不好？”陈昊答道：“是！”沈宛有些火了，说：“我问你好不好，你怎么回答‘是’，是什么意思啊？你是不是烦我了？我看我们谈恋爱的时间这么短，我这么快被你追到手，你就不知珍惜了。”

陈昊听了，也不相让，说：“你不知道我工作很累吗？一点也不知道体谅我。这些小事，你安排一下不就行了。”沈宛听了更加生气了，于是两人就吵了起来，之后一段时间他们便陷入了“冷战”。虽然一段时间之后又恢复了正常，但彼此心中都留下了“心结”，经常会为一些生活琐事发生口角，常常“冷战”。沈宛知道他们彼此还爱着对方，但婚姻却一直在这种危机中继续着。

“爱情沉默症”的表现主要有：

（1）很少对爱人说一些十分甜蜜的话；

（2）从不向爱人认错；

（3）两人从不共同讨论性生活问题；

（4）很少去想爱人需要些什么物品；

（5）常常觉得与爱人聊天是浪费时间；

（6）喜欢一个人做事，不愿意与配偶商量；

（7）认为故意取悦对方是庸俗的；

（8）搞不清爱人对自己的感情如何；

（9）爱人做了件自以为得意的事，你却不以为然，觉得没有什么了不起，不值得庆贺；

（10）遇到矛盾或问题，夫妻俩经常生闷气；

（11）认为“在爱人面前认错很丢人”；

（12）有些事心里很不满，可又怕说出来伤了夫妻的感情；

（13）不知道爱人对自己哪方面不满意；

（14）婚后很少坐下来交流感情；

（15）爱人生气时，常常置之不理；

（16）有许多话不愿意与爱人说；

（17）在爱人面前谈论想法时，对方常常显得心不在焉；

（18）两人在一起时，常觉得无聊；

（19）很少去探究爱人为什么总是情绪不好。

对于“爱情沉默症”，专家认为这种现象很正常，也很普遍。有人曾经说过：“男人把追求异性当成自己的事业，一旦追到手，就会转移目标去追求另一份事业。”其实男女双方都一样。结婚之前，双方都会把爱情当成自己的事业，苦心追求、经营，而结婚以后，各自又会去追求自己的事业，比如说男人可能把心思放到工作、升职、加薪上，而女人可能把更多心思放到孩子身上，抑或其他方面。其实人在婚后不再投入与恋爱时同等的精力是感情发展的自然过程，并不是变心或是其他什么，因为恋爱时过多的精力投入本身就是一种非健康的状态，不可能永久，人总要恢复正常状态。所以多数人在婚后会陷入沉默，或者有些矛盾也属正常。而此时如何经营自己的婚姻就显得尤为重要了。有不少夫妻在婚后一直相濡以沫、相亲相爱，这说明他们双方都比较懂得经营，遇到生活上一些乏味小事或一些小摩擦，都会处理得比较好。但是多数夫妻还是不懂得经营，只能任由彼此陷入沉默，平淡地生活。

除此之外，还有许多原因可能会导致“爱情沉默症”。当然，如果夫妻之间已不再相爱，或一方有了外遇，则“爱情沉默症”只是“伴随症状”而已。那么，“爱情沉默症”如何治疗呢？

1. 打破错误观念

婚后，生活确实变得现实多了，但只有不断发展类似婚前的那种恋情，平凡的生活才会产生乐趣，人才能从生活的烦琐中体味到人间的幸福。否则，每日埋头于生活琐事，会渐渐让人产生厌倦情绪，进而使“婚姻是爱情的坟墓”得到印证。

2. 不要总想自己的尊严

夫妻间不应当笑话谁主动了、谁得面子了等。因为主动和热情本身就是对爱人的一种尊重与依赖，对方若以此取笑，岂不是不知好人心？

3. 学会共同创造新生活

多在生活中安排一些娱乐项目与交流感情的机会，因为这不仅仅是巩固和发展夫妻关系的需要，同时也是对繁忙、紧张工作的调剂。它能使人们从紧张的工作中解脱出来，以旺盛的精力和充沛的体力继续工作与学习。

4. 正确认识“男子汉”

真正的男子汉，应该是既懂大义又明细理，既有七情六欲又会适当地进行表达的人。那种缺乏温情的、冷酷的男人，实际上是心理不健康的男人。

5. 增加性生活的和谐

和谐的性生活是强化夫妻感情的一种黏合剂。夫妻间如果在性生活中有了障碍，一定要去寻求专门的科学指导。否则，一生中几十年都会在痛苦中度过。

新婚心理调适

当恋人们带着美妙多姿的想象和天真烂漫的愿望步入婚姻的殿堂时，却发现在白色婚纱的炫目光影背后不再有罗曼蒂克的情调，而是平凡、单调的“锅碗瓢盆交响曲”。由天马行空到脚踏实地，理想与现实的极大落差很容易让新婚的人们陷入迷茫和困惑之中。因此，新婚夫妻需要正视婚后的心理变化与冲突，并及时调适。

1. 心理失落感调适

热恋与婚姻是有很大差别的，一下子从无忧无虑的浪漫跌进了琐碎、操劳的现实生活，许多新婚夫妻，尤其是妻子，会产生心理失落感。许多新娘子抱怨：恋爱时，男朋友总是主动请求约会，送到家门口；会牢牢记住自己的生日和情人节，并送上精心挑选的红玫瑰，为自己唱歌跳舞，大献殷勤；闹矛盾的时候，不管谁对谁错，总是小心翼翼地赔不是……可结婚后，他像变了个人似的，不像以前那么好了，原来他一直都在骗人。其实，并不是男方不好了，更不是什么欺骗，只不过他认为，成了家就该养家立业，只卿卿我我怎么行呢？于是他就将很大的精力投入到了工作与事业中，自然不像以往那么殷勤了。另外，恋爱时双方都注意给双方以良好的印象，较少显露出弱点和不足。婚后，随着生活的深入和时间的推移，双方各自的弱点逐渐暴露出来，也容易出现感情的摩擦，从而引起心理失落。解决这个问题，最关键的是双方要互相理解和体贴，不要强迫别人按照自己的意愿行事；要正确理解并接纳恋爱和婚姻的正常差别，努力保持激情与琐碎生活的平衡。

2. 性格与生活习惯的磨合

新婚之后的一段时间是两个人的“磨合期”。性格需要磨合，生活习惯也需要磨合。生活是由许许多多具体的生活琐事组成的。两个人的家庭出身、文化背景、性格特征、兴趣爱好都不尽相同，生活在一起难免发生矛盾，比如，一方喜欢整洁而另一方喜欢乱放东西；一方不修边幅而另一方有洁癖；一方节俭而另一方却大手大脚；等等。所以，许多新婚夫妇经常为鸡毛蒜皮的小事争吵，伤害了夫妻感情，破坏了家庭和谐，甚至会闹离婚。婚后“磨合期”一般至少要半年至一年。这段时间内，夫妻双方要正确认识“磨合期”内矛盾的必然性，尽量站在对方的角度去看问题，欣赏对方优点的同时也要接纳对方的缺点。不要太固执，要学会容忍、变通，就像富兰克林说的：“结婚以前睁大你的双眼，结婚以后闭上你的一只眼睛。”说的就是在婚后要包容对方。

3. 化解自由与责任的冲突

步入婚姻后，双方必须负起应有的责任和义务。恋爱时虽然也需要负起一定的责任，但毕竟比较自由。比如，你把女朋友送回家后，还可以和其他好朋友一起去酒吧喝酒，去 KTV 唱歌。结婚以后就不行了，如果丈夫经常要和朋友一起喝酒、打牌，把妻子抛在脑后，妻子当然不能接受。结婚前，女孩除了享受男朋友的殷勤，回到家还能享受爸爸妈妈的照顾，吃喝不愁；结婚以后，妻子通常在下班后还要做饭，如果下班后就躺在床上吃零食、看电视，全然想不到丈夫下班后的饥肠辘辘，矛盾就难免了。还有，如果你的爱人在家是最小的孩子或是独生子女，在家时一般都是别人想着他（她），那他（她）的责任心多数要差一些，结婚后就不怎么懂得为别人着想，矛盾也可能要爆发出来。矛盾是在所难免的，关键是双方要相互体谅，化解责任与自由的冲突。总之，结婚以后，双方都不能再“为所欲为”，要增强责任心，做一个像样的妻子或丈夫，这样婚姻才能持久。

4. 调解性生活中的矛盾

性生活是婚姻生活的重要组成部分。新婚夫妻都没有太多的经验，难免会配合得不和谐。女性容易对疼痛感到紧张、惧怕，但也对性生活充满期望；男性则容易对自身的能力、对方的满意度感到紧张、有压力，等等，这些都会影响性生活的欢愉。新婚性生活的美满与否，会对以后的夫妻性生活心理和质量产生很大的影响。因此，要注意努力化解性生活中的问题。

对于婚姻阶段女性方面的种种问题，夫妻双方应一起克服。

新婚夫妇如果初次性交顺利、和谐、欢愉，就会品味到新婚的幸福和甜蜜。如果不顺利或没有快感，就可能产生失望感。反复多次之后，就会影响美满婚姻的情感基础。其实，新婚性生活不顺利是很正常的，新婚夫妇一般要经过 3 ～ 4 周之后才能有满意的性交。因此一时不顺利，不能抱怨妻子不行或丈夫无能，更不能因此灰心失望。

婚姻不是爱情的坟墓，也不是浪漫的爱情童话，它是实实在在的生活。生活中不能没有锅碗瓢盆、油盐酱醋，婚姻中的不和谐、矛盾也要由夫妻双方共同化解。幸福美满的婚姻需要夫妻共同创造。

第十六章

家庭中的悲凉……

为什么不要和陌生人说话

不要和陌生人说话——家庭暴力

自古以来，人们就爱用“夫妻本是同林鸟，病苦来时相扶持”来形容“家”的重要。构建和谐社会的基本“细胞”就是家庭。所以，“家庭暴力”不仅危及一个家庭的幸福，也危及社会的安定团结。

年轻漂亮的中学老师梅湘南要结婚了，丈夫安嘉和是厦门一家医院的胸外科专家，在医院乃至全厦门都很有地位。但就在出嫁之日，梅湘南突然被警察告知：当年将她强暴的高兵越狱出逃，很有可能潜回厦门对她进行报复。

高兵果然回来报复了，并绑架了梅湘南。安嘉和的弟弟安嘉睦冒险救出了梅湘南，高兵被抓获。安嘉和赶来，高兵用话刺激安嘉和，安嘉和不禁对梅湘南与高兵独处36小时都发生了什么起了疑心。回家质问未果的情况下，安嘉和动手打了妻子。后来，高兵在医院死了，安嘉和成了最大的嫌疑人，被医院停职。回到家，被高兵弄得精神近乎崩溃的安嘉和，暴怒之下再一次对妻子梅湘南大打出手。后来，梅湘南因做家访而晚归，安嘉和又疑心重重，借口梅湘南影响他休息，两人言语中又提及高兵，一言不合，安嘉和疯狂暴打梅湘南。最后后者进了医院。看着伤心的梅湘南，安嘉和终于承认自己的上一次婚姻并不幸福，前妻对他的不忠给他留下了很大的心理阴影，梅湘南无言地原谅了安嘉和。可是，多疑让安嘉和停不下暴打妻子的手，一再对其施以暴力，最终导致妻子流产……

最后，安嘉和由于杀人被通缉，他找到被梅湘南接到深圳住院的梅母，最终找到了远离他乡的妻子。安嘉和自知死罪难逃，用枪逼着梅湘南，等着弟弟安嘉睦的出现。安嘉睦赶到后，安嘉和向弟弟和妻子交代完所有的事，对梅湘南说了最后的一句“我爱你”，然后举枪自杀了……

上述为电视剧《不要和陌生人说话》的简单情节介绍。从整体上看，这部剧所营造的氛围很压抑，让人喘不过气来，因为它第一次将一个深刻而又沉重的社会话题——家庭暴力搬上了荧屏。

事实上，家庭暴力是一个全球性的问题。在世界各国，家庭中丈夫虐待妻子的现象都十分常见。在家庭暴力中，受害者多半为妇女和儿童。尽管引起家庭暴力的因素很多，但心理因素起着极为重要的作用。可以说，家庭暴力的实施者至少在施暴当时是存在心理障碍的。因此，除了法律明文规定保护妇女儿童合法权益、禁止家庭暴力外，当事人应积极寻求社会救助，千万不能默默忍受、听之任之，重蹈梅湘南的覆辙。

婚后仍是处女——家庭冷暴力

看过《不要和陌生人说话》的观众都会同情梅湘南的遭遇，痛恨安嘉和的暴戾。其实，在现实婚姻生活中，很多家庭暴力却是由“冷暴力”开始，日积月累酿成悲剧的。据统计，八成离婚案件存在着家庭冷暴力。事实上，在“冷暴力”处境中的女性，在受到伤害的程度上，与直接的肉体折磨造成的健康问题同样严重。她们大多有委屈感、被控制感，感情变得脆弱，心理上常常处于孤独状态。受伤害的一方可能因为长期的精神上的折磨得不到宣泄和缓冲而做出过激行为，造成更为恶劣的后果。

兰芳和强民是一对“北漂”夫妇。1999 年，兰芳随着刚交往不久的男友强民来到北京。两年后，两人顺理成章结了婚。尽管只是简单地领了证而没有任何的婚礼仪式，可是对于身为孤儿的兰芳来说那些都不重要，因为自己有家了。

婚后，兰芳从自己的租住处搬到了强民单位临时提供的宿舍，打算开始甜蜜的新婚生活。由于婚后兰芳想尽快有个自己的孩子，所以就辞去了工作，一心一意在家做起了家庭主妇，细心照料强民的生活起居。可是，婚后的强民完全变了，不再像结婚前那样彬彬有礼。他变得脾气暴躁,动辄对兰芳进行贬损、辱骂，而且严格限制兰芳与其他人来往，甚至买个菜也有时间限制。这些事情兰芳都忍了，可是强民还变本加厉地拒绝履行同居义务。

没办法，兰芳只得重新出去找工作打发时间，以为这样强民的态度就会好一些。谁知，找到工作以后，兰芳的境况并没有丝毫的好转，除了继续承担全部家务和上交全部工资外，强民对她的辱骂仍然是家常便饭，基本上每晚不到 12 点不回家。

“要不是你没爹没妈，是个孤儿，我早就跟你离婚了。我还要你，你就偷着乐吧！还敢管我的事！我当初是瞎了眼才会跟你这样的女人结婚。”只要兰芳有所不满，强民就会用这句话来堵她。

结婚两年后，两人贷款买了一套新房，为了监督装修，兰芳又辞去了工作。那段日子过得忙忙碌碌，夫妻俩一起买建材，一起布置新家，兰芳觉得自己的幸福日子不远了。并且强民多次承诺，只要房子装修完，他就回家接父母过来住，到时候就把兰芳正式介绍给父母，以后一家人开开心心地过日子。兰芳再一次相信了强民的话，开始幻想自己能够苦尽甘来，可以像其他女人那样在新房里与丈夫过上正常的夫妻生活。

终于，房子装修好了，强民也如他所说的很快接老家的父母过来住，可是兰芳却被赶出了家门，被安排住在强民单位旁边的一个小旅馆里。实在气不过的兰芳跑回家去与强民理论，可是自己的公公婆婆竟然还不知道有她这样一个媳妇。兰芳彻底崩溃了，她拿起厨房的菜刀向强民砍去……

在警方询问过程中，兰芳说："我真的受不了了，跟他结婚3年了，除了一张结婚证，我什么都没有。3年的婚姻，我还是处女。他不允许我做一个真正的女人，不允许我有自己的孩子，不愿意给我家庭的温暖，所以我还要他做什么呢？杀了他，我的心里才解恨，只是对不住他的父母了。"

一个本该是避风躲雨的"港湾"，竟然成了一个冷酷无情的冰窖。试问，有多少婚姻能在这样的低温下生存呢？肉体上的创伤可以愈合，心灵上的创伤却不容易愈合。家庭暴力可以由警方介入，

可对于“冷暴力”警方却无能为力，因此人们应该注意进行心理建设。

恶母虐女——忽视、虐待儿童

俗话说，“虎毒不食子”，可是在现实生活中，就有那样的母亲可以冷漠无情地虐待自己的孩子。

2007 年 11 月 7 日，备受社会各界关注的某市“恶母暴虐幼女案”一审在该市某区人民法院公开宣判，“恶母”李某被依法判处有期徒刑 3 年，缓刑 5 年。

李某夫妇在第一胎生了个女儿后，一直想要个儿子。2000 年 9 月，二女儿媛媛（化名）出世，令李某夫妇大失所望，于是将媛媛送给同村一对结婚多年未育的夫妇收养。后来，该夫妇生了自己的孩子，便于 2004 年 3 月将媛媛送回给李某，并向李某索要了 3000 元抚养费。为此，李某心里很生气，加之媛媛平时不讲卫生、调皮，且李某认为女儿和她属相不和，便长期采取木棍殴打、开水烫嘴等暴力方式虐待媛媛。

2007 年 6 月 4 日媛媛因腹泻弄脏了床单，李某便用桑树条抽打媛媛全身。6 月 5 日早上，媛媛准备上学时，再次遭到李某的殴打。媛媛到校后昏倒，被学校老师送往医院救治。学校老师看到媛媛体无完肤、伤痕累累的情况后，向公安机关报案。

经公安局刑事科学技术鉴定，媛媛全身软组织损伤属重伤。“恶母暴虐幼女案”经媒体曝光后，激起了当地群众的强烈义愤，引起社会各界极大关注，许多市民到医院慰问媛媛。

法院审理后认为，被告李某长期殴打其女儿媛媛，并致其重伤的严重后果，其行为已经构成虐待罪。鉴于被告李某认罪态度好，有悔过表现，本着维护家庭成员间的平等权利，保护儿童身心健康不受非法侵害，同时有利于未成年人的管教和照应，教育被告正确行使监护职责，遂依法做出前述判决。

宣判后，李某抱着3个年幼的孩子流下了悔恨的泪，非常感激法官给她重新改过的机会，并表示以后再也不会打孩子了，一定将他们抚养成人！

由于计划生育，现在一般一个家庭只有一个孩子，心疼还来不及，谁能忍心虐待自己的孩子呢？李某虐待亲生女儿的行径实在是令人发指。她的犯罪动机有两个，首先在于想生男孩未果，所以便将心中的愤怒加诸在女儿媛媛身上；其次，是深受封建迷信思想影响，觉得媛媛与其属相不和，所以加以虐待。从李某的施虐动机来看，她具有典型的偏执人格。随着法院的宣判，李某必须为自己的犯罪行为付出代价，希望她能真心悔过，不再虐待孩子，像她所保证的那样用心抚养孩子长大成人。

当然，像李某这样的“恶母”现实生活中还是很少的，更多的父母不是虐待孩子，而是忽视孩子。很多家长以自己工作太忙为由把孩子送到寄宿幼儿园，但是幼儿园再好也不如自己的家。或者有些家长选择请保姆照顾孩子，结果保姆为了安全包办了一切，孩子很难得到成长。又或者有些父母选择让自己的父母照顾自己的孩子，结果隔代抚养使得孩子易养成任性、自私、为所欲为的性格，不利于孩子自理能力的培养。对于孩子来说，对父母的依恋情感得不到满足，也会使他们产生郁闷，导致心理和行为障碍。

父母们要知道，与其拼命赚钱再把钱都花在孩子身上，不如多和他们在一起游戏，更多地重视孩子的存在，满足孩子情感上的需要，并在和孩子交往的过程中促进孩子的心理发展。相信这样一定可以促使孩子德、智、体诸方面均衡发展，从而拥有健全健康的心理和生理。

诈病的爱丽丝——孟乔森综合征

爱丽丝是芝加哥某社区医院里的一名护士，一年前她生下了一个十分可爱的女儿。生下女儿不到半年，丈夫就和她协议分居了。此时，一边要忙于工作，一边要照顾女儿，还要为离婚的事情费神，爱丽丝实在是心力交瘁了。这种情况没持续多久，爱丽丝失业了，可是这时她正在与丈夫协议离婚。如果没有稳定的工作，她很有可能会失去女儿的抚养权。爱丽丝觉得自己已经失去了一切，不能再失去女儿了，因为女儿是她唯一的精神支柱。

或许是运气不好，接二连三的倒霉事情都让爱丽丝赶上了。原本健康可爱的女儿突然生病了，原本圆胖的小脸蛋不见了，取而代之的是消瘦的小脸颊。怎么办呢？爱丽丝急疯了，天天抱着女

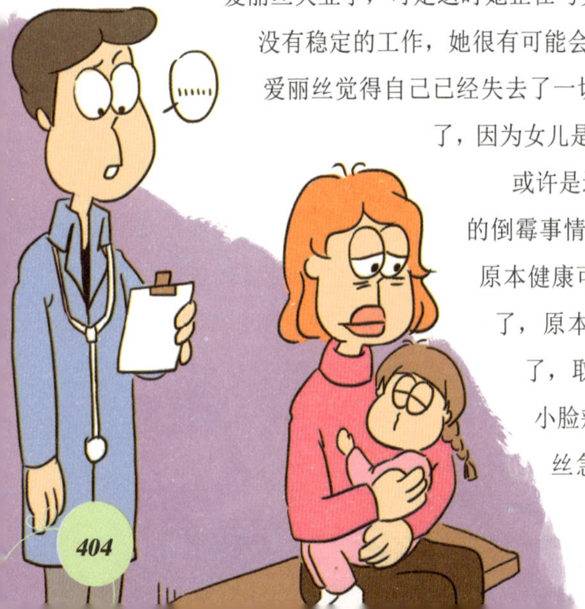

儿去社区医院。可是，女儿的症状并没有好转，反而有加重的迹象。在长达两个月的时间里，爱丽丝每天抱着女儿往返于社区医院和自己的家，她什么都顾不上了。为此，法院也延迟了爱丽丝离婚案的宣判时间。

因为女儿生病需要照顾，所以爱丽丝没有重新找工作，她只是每天寸步不离地守着女儿，就害怕女儿有个什么闪失。一天傍晚，爱丽丝又抱着女儿来到社区医院，负责为其女儿看病的雷德医生发现小女孩除了一如既往的消瘦以外，一切都很正常。可是，这时爱丽丝拿出来女儿尿湿的裤子，雷德医生在其中发现了血液的痕迹，便立即将其拿去化验。化验的结果很出人意料，原来血迹并不是小女孩的，而是爱丽丝的。雷德医生觉得很奇怪，在给小女孩的进一步检查过程中，他发现小女孩有被人静脉注射的痕迹，而这些在医院的治疗中却并没有记录。这不是医院治疗过程中对小女孩进行的静脉注射。那么是谁呢？小女孩的母亲、曾经做过护士的爱丽丝受到了怀疑。雷德医生怀疑这是一起虐待儿童案，便很快报了警。

警察很快对爱丽丝母女进行了调查。在证据的面前，爱丽丝交代了自己虐待女儿的全过程。她说她这样做只是希望别人称赞她很辛苦，她希望获得别人认同的感受，让法官觉得她是一个称职而优秀的母亲，从而把女儿判给她。为此，她不断加害自己的女儿：给女儿吃不干净的食物让女儿生病，或者直接让女儿挨饿，又或者给女儿静脉注射污染物等。除此之外，由于自己被社区医院辞退了，而自己渴望重新回到医院工作，所以就每天带着女儿前来看病。

后来，警方还了解到，爱丽丝在学生时代就曾有过诈病史，每发生不幸的事情或者有解决不了的事情时，爱丽丝就会谎称生病，以逃避而不去面对。

上述的案例属于一种十分罕见但严重的儿童虐待，即所谓的孟乔森综合征。这种虐待是指儿童的父母一方（尤其是母亲）或双方连续和长期地带孩子就诊，而儿童的症状恰恰是父母伪造或诱导的。孟乔森综合征本意指：病人长期不断地为有意地自我伤害和虚假报告的症状寻求治疗，这类病人通常是成人。

通常，犯罪的母亲都和案例中的爱丽丝那样，本身就对医学问题非常了解，甚至对治疗细节很着迷，有过诈病史，或者自身就是一个保健专家。此外，在医学检查和治疗期间，母亲会表现出对儿童异常的关注，寸步不离。这种表现本身并没有什么奇怪，因为大部分家长在这时都希望和孩子待在一起。孟乔森综合征的一个相当重要的特征是，儿童反复出现一系列医学症状，对治疗没有反应或者治疗后出现异常的行为，而这类行为往往难以解释，而且会持续存在。这一点，在爱丽丝女儿的身上也体现出来了，治疗似乎对其丝毫不起作用，所以身为母亲的爱丽丝一次次地带着女儿前去就医。

孟乔森综合征的另一个特征是，对儿童的一系列身体检查和化验结果都很奇怪，与治疗史不相符，或者是出现了在生理或临床上都不可能出现的结果。比如上述案例中，爱丽丝就刻意让女儿挨饿，将自己的血放到儿童的尿样中，还给女儿静脉注射污染物。其实，像爱丽丝这样做，属于极端的虐待，情节严重时可能会导致儿童严重受伤甚至死亡。所以，父母们一定要注意，千万不要像爱丽丝那样为了满足自己被称赞、被认同或者其他愿望，而将虐待加诸在孩子身上。而且，一旦发现自己患有上述的心理疾病，一定不能讳疾忌医，而要积极配合心理医生进行治疗，千万不可拖延，任其恶化，从而导致严重的后果。

孩子会被父母的手摇伤
——摇晃婴儿综合征

相信大家都记得小时候睡觉前妈妈嘴里常唱的一首歌，“摇啊摇，摇到外婆桥……”，即便没有，也能从很多电视屏幕上看到一些年轻的母亲唱着歌哄孩子睡觉的画面。可是，如果母亲摇得不得要领或摇得过于频繁和激烈，不但无助于孩子的睡眠，还有可能对孩子造成不可弥补的伤害。

很多时候除了哄孩子睡觉，每当婴儿啼哭时，不少父母总喜欢把小宝宝抱在怀里或放在摇篮里左右摇晃，哭得越厉害，摇晃也越急，以制止婴儿啼哭或催促宝宝早点入睡。但是她们都未曾想到过，这种动作极易给婴儿造成严重的生理损害，甚至终生致残或死亡。这种损害就是摇晃婴儿综合征。

由于丈夫是九代单传，夫家很希望林欢可以为其延续香火。可是结婚两年后，好不容易怀孕的林欢却生了个女儿，取名叫乐乐。女儿乐乐的出生不但没有给这个家庭带来欢乐，反而给林欢平添了不少忧愁。原来公公婆婆想要抱孙子，而不是孙女。原本嘴上说不在乎男孩女孩的丈夫也对女儿不怎么疼爱。他们的态度让林欢感到很难过，不过小女儿的可爱多少让她的心情好转了一些。林欢想："别人不喜欢，我喜欢；别人不疼，我疼。"

产假过后，林欢恢复上班了，平日里有公婆照顾女儿。由于林欢是会计，所以年底的时候总是很忙。她已经好久没有和女儿单独一起玩了。这天下班回家，林欢想抱会儿女儿，可是婆婆说已经两岁的女儿特别难哄，好不容易哄睡了，让她不要吵醒女儿。反正第二天是周六，不用上班，林欢到时候陪女儿玩也一样。

周六，林欢推着女儿去公园玩。当到达公园的时候，已经有不少妈妈带着孩子出来晒太阳了。林欢很快和一群妈妈们聊起了育儿经。这时，林欢发现，自己的女儿相对于同龄的孩子来说，显得那么的不一样，不仅目光呆滞，而且表情也很少，不像别人家的孩子一逗就"咯咯"笑。林欢带着疑问回到了家。吃饭的时候她对公婆谈起了这件事，公婆以女孩子比较文静打发了她。真的是比较文静吗？林欢想第二天带女儿去医院看看。

周日，林欢一大早就起来出去买早点。等她拿着早点走到自家楼下的时候，听到女儿的哭声。所谓母子连心，林欢似乎能够感受到孩子有多么不舒服。她赶紧跑上楼，却在自家门前看见丈夫正在猛烈地摇晃女儿，一边摇，嘴里还一边骂："死丫头，一大早就把我吵醒，赶紧睡啊！"林欢走过去，抱回孩子，责问丈夫为什么要那样做。谁知丈夫却说那是女儿长期以来养成的习惯，不那样摇，就会一直哭，而且不会睡觉。那样摇了以后，孩子就会比较容易睡了。听了丈夫的话，林欢知道孩子一定是出了什么问题了，立即带着孩子去医院检查。经过全面检查以及对上辈三代家族病史的详细询问，终于找到了原因，是由于婴儿时期，摇晃震荡过度造成脑损伤，患上了“婴儿摇晃震荡综合征”，影响到智力的发育。听了医生的话，林欢一下瘫在了地上。

摇晃婴儿综合征，简称摇婴症或SBS，是因婴儿受到持续摇晃而对其脑部产生的损害，为一种儿童虐待。除了死亡之外，剧烈摇晃还可能导致多种类型的神经损伤，包括失明、言语困难和学习困难、瘫痪和听力丧失。事后，照顾者和父母往往会说他们摇晃孩子是为了让他停止哭泣（就像林欢的丈夫所说的那样），并不是有意要造成严重的伤害。

头部创伤是致使受虐婴儿或儿童永久性神经损伤或死亡最常见的原因。1岁以下婴儿95%的严重颅内创伤和64%的头部创伤是虐待导致的。在婴儿和2岁以下儿童因头部受伤导致的死亡中，有80%被认为是非意外受伤的结果。相当一部分婴儿的头部创伤被认为是由摇晃婴儿综合征直接导致的。

研究表明，至少2/3的SBS犯罪者是男性；大部分男性犯罪者是单身母亲的伴侣，年龄在20～30岁之间，而且医生发现摇晃事件并不是孤立的事件。大约33%～40%的SBS案例中，婴儿的头部会因此前受过剧烈摇晃而留下了创伤。人们越来越认识到，临时照看婴儿的人有时会成为犯罪者，因为他们照顾婴儿时的手法生硬而且缺乏经验。

SBS往往没有明显的外部创伤，因此通常很难被发现。儿童受伤的症状有可能是轻微的、非特异性的，也有可能是严重的和当即可以鉴别的。症状包括经常呕吐、饮食困难、易怒、体温过低、睡眠困难、无法说话或者不能微笑以及发育迟缓。在更为严重的案例中，症状会更加明显，也更危及生命，包括意识水平降低、痉挛、昏迷、头部凸起和呼吸暂停。所以，家长们在照顾小孩子的时候一定要多加注意，千万不可强烈摇晃自己的孩子。

被虐待的老人——精神虐待

70 岁的李奶奶是一名大学退休教师，养育了一子二女，儿子一家在外地生活，大女儿也与女婿出国经商。两年前，李奶奶的老伴由于突发心肌梗死过世了，儿子一家想接李奶奶过去一起生活。可是，李奶奶舍不得自己生活了一辈子的地方，这时恰逢小女儿夫妻俩下岗了。李奶奶想 3 个孩子里面小女儿最难，自己的退休金还较为可观，于是就和一家人商议，让小女儿过来照顾自己，而自己大部分的退休金就交给小女儿。在另外两个孩子都同意的情况下，小女儿一家都搬来李奶奶住处，与其一起住。

搬来没多久，小女婿打算去南方打工，临走李奶奶给了小女婿 3000 元钱用作防身。谁知，这件事被小女儿知道后，非但没有换来感激，反而遭到了极其恶毒的谩骂。原来小女儿觉得李奶奶藏有私房钱，没有拿出来交给自己。李奶奶不解地说："当初跟你大哥大姐商议的时候，不是说以后退休金的 60% 交给你吗？没说以前的存款交给你啊！我这些存款是你爸在世的时候存下的，是我们两人的棺材本，如今他走了，剩下的是我的棺材本，省得我以后有个什么三长两短，拖累你们跟着受罪。”小女儿听了母亲的解释不但没有表示理解，反而变本加厉地谩骂、虐待李奶奶。

自从小女儿一家搬过来以后，李奶奶的屋里便时常传出长时间的叫骂声，老人平静的生活被完全打乱了。李奶奶向区妇联投诉：只要一遇到不顺心的事，小女儿就对自己大发脾气，甚至后来发展到大打出手。小女儿虽然下了岗，没有经济来源，可是她丝毫不知道节俭，每个月用完给她的那部分退休金，她还会伸手向自己要钱。要是不给，就和上高中的外孙女一起谩骂自己，或者直接动手抢钱。想到小女儿谩骂自己的样子，李奶奶就不寒而栗。

被逼无奈之下，李奶奶将每个月的退休金全部交给小女儿，可是小女儿还是不满意，照样会用恶毒的语言虐待她。后来从小女儿的谩骂中，李奶奶终于知道原来小女儿心里一直有个疙瘩，那就是认为她之所以下岗失业，是因为当年李奶奶没有让她接班造成的。对此，李奶奶感到十分委屈，因为自己是大学的副教授，而小女儿仅有初中学历，根本没法胜任。

后来，李奶奶的儿子一家回来看她，正赶上小女儿再一次对李奶奶谩骂，李奶奶的儿子看到自己的母亲在叫骂声中蜷缩在房间的一个角落，精神恍惚，自言自语，实在是气愤难当便报了警。面对警方的讯问，李奶奶的小女儿对自己的罪行供认不讳。

李奶奶子孙满堂，本该尽享天伦之乐，却无端承受着小女儿对自身生活不如意所发泄的怨气。通过上述的描述，可以看出李奶奶小女儿的行为是对老人的精神虐待和肉体伤害，这严重影响了老年人的身心健康。另外，从犯罪动机来看，主要有两个，首先是报复泄恨，下岗导致了她的心理扭曲，觉得自己下岗是因为当年母亲没有让自己“顶位”；其次，是贪图物质享受，好逸恶劳，企图不劳而获的心理。

这个案例在当今社会生活中，尤其是收入较高的老年人中带有一定典型意义，其中所反映出的对老年人进行精神虐待的问题，需要全社会的关注。

想要断绝父子关系的老人
——肉体伤害

绝大多数家庭矛盾都是因为财产分割问题，起因多为父母对子女分配财产不均，老人得病子女花钱给其治病，没有收入的老人成为子女生活上的累赘，等等。子女们不孝的形式多为冷言冷语，或是不理不睬，采取精神虐待的方式，不让老人看孙子见朋友，断绝老人的一切外界联系。更有甚者，常常会对老人拳打脚踢。许多老人走投无路，只有寻求法律援助或将子女直接告上法庭。

75岁的张大爷是一个老农民，3个儿子成家后都搬了出去。张大爷和老伴还住在那栋几十年的老房子里。虽然都住在同一个村子里，可是三个儿子一年到头也不会过来看看张大爷老两口。除此以外，他们也不准孩子来看老人。张大爷和老伴只能在自家门口远远地看着自己的孙子一天天长大。

2005年4月，村干部来到张大爷家，说是村里有一部分人家要面临拆迁，张大爷的老房子正好在拆迁范围之内。得知消息的3个儿子立即赶了过来，要求张大爷将房产过继到自己名下。张大爷说："都给了你们，我和你妈以后怎么办啊？不然你们养我们？"听了张大爷的话，几个儿子都不太高兴。大儿子说："你们一把年纪了，也没几天活头了，还想那么远啊！房产给了我们，你们就到村口的破庙里住，说不定住不了多久，也就不用住了。这年头，谁说得准啊，到了年纪就不要硬撑，不然倒霉的还不是我们。""就是，你们都是有今天没明天的人了，就听大哥的搬到破庙去住吧！"小儿子同意两个兄长的看法。张大爷听了3个儿子的话，气不打一处来，说："我就是房子白送人家，也不给你们这几个不孝子。"张大爷的这句话激怒了3个儿子，3人竟对张大爷动起手来，张大爷被推倒在地，腿也骨折了。幸好邻居听见了，过来阻止。

从那以后，以前一年半载也见不到面的3个儿子几乎天天都来"看"张大爷，不过都是逼张大爷交出房产，张大爷不同意，他们就动手砸东西，把张大爷的老伴也打伤了。看着浑身是伤的张大爷，老伴哭着说："老伴，咱们就去住破庙吧，一把年纪了，经不起他们这样折腾了，就给他们吧！不然，哪天说不定他们真会打死咱们的，那样最后房产还不是他们的，咱们何必受这苦啊！"听了老伴的话，张大爷也泪流满面，他真的没有想到3个儿子竟会这样不孝，为了房产将自己往死里打。"老伴啊，拆迁的人来了，咱们就拆吧，不管多少拆迁费都行，拿着那钱咱们去住养老院。"张大爷对老伴说，"至于儿子，咱们就当没有生过吧。”接着，心意已决的张大爷在法院起诉了儿子，2005年7月，法院对此案件进行了调解处理，3个儿子得到了应有的惩罚，而张大爷也和老伴搬进了养老院过起了“无儿无女”的生活。

虽然说，法律给予了张大爷应有的支持和保护，他不必再忍受儿子的肉体伤害，但是他也彻底失去了儿子。这种结局实在是让人无奈之余，又多了几分感伤。

这里我们在呼吁老年人拿起法律武器保护自己的同时，更想对身为老人子女的年轻人说一句，尊老爱幼是中华民族的美德，何况你终究也会有老的一天，何不将心比心，多点孝心呢？

第十七章

偏颇吸收：为什么我们会一条道走到黑

偏颇吸收：我们的情感偏见

我们已经看到了，人们处理信息会受其情感和偏见的影响。人们会在买了新车之后搜寻更多关于此车型的信息。选择丰田凯美瑞混合动力车之后，人们就会希望了解更多关于此车的信息。很明显，人们并不是想要了解更多他们已经买的车，而是想要寻求证据以确认自己确实做出了正确的选择。

偏颇吸收部分源于我们降低认知不和谐的欲望。我们搜索并相信我们乐于看到的信息，我们避免并排斥令我们心烦的信息。一些谣言很有趣，令人兴奋。也许只是因为一点点兴奋与激动，人们就愿意相信这些谣言。即便谣言令人愤怒，人们也可能因为愤怒而相信它们。因为在某种程度上，这种普遍的愤怒一定有特定的背景和根据。另一些谣言是令人心烦的，甚至带有少许恐怖意味，人们倾向于认为这种谣言是虚假的。

有关死刑和同性关系的研究很好地说明了这一点。当人们显示出偏颇吸收时，动机因素通常在起作用。如果人们有动机相信那些与他们的观点相符的谣言，不相信那些与他们的观点相左的谣言，那么这样的研究结果不足为奇。社会科学家曾提出“反证偏向”的信念，即人们会尽力反证与自己最初观点相冲突的论断。如此就很容易理解当我们背后有动机驱使时，为何均衡信息只能强化我们最初的观点了。

但是故事还没有结束。为了看清缺位的内容，让我们假设这个社会由理智的和不理智的两类人组成。这两类人都坚信既有观点。假设理智的人坚信某些观点，如真的发生过大屠杀。

假设这些理智的人读到了有关这个问题的均衡信息。

对于理智者来说，那些支持他们最初观点的材料不仅看起来更加可信，那些资料也会为他们提供一些细节，从而强化他们之前的想法。相比之下，那些和他们最初观点相左的材料则显得难以置信、不知所云、居心叵测，甚至有些疯狂。结果是这些理智者的最初观点被进一步强化。借助均衡信息，他们获得了对自己既有观点的新的支持，而全然无视那些颠覆自己最初观点的材料。

当然，在不理智的人身上，我们会看到相反的情况。这些人的最初观点是大屠杀没有发生过。为了了解不理智者为何会这样认为，我们不需要讨论他们的动机，只需要分析均衡信息对他们最初观点的影响。即便理智者和不理智者都没有情绪化地坚持他们的观点，而只是读了有关他们既有观点的均衡信息，他们也会偏颇地处理这些信息。

这种解释有助于我们理解偏颇吸收发生的时间和原因。前提有两个：坚定的既有观点和带偏见的信任。当人们自己的观点不强烈并且两面都信任的时候，他们就会受所读所闻的影响。假如你对纳米科技没有特别的认识，并且你听说这种技术会带来严重危害。假如接下来有人向你提供了均衡信息，证明这种说法是错的。如果你之前没有持任何特别的观点，那么在听到均衡信息之后，你之前相信这种说法的意愿就会被弱化。如果你对支持和反驳这种说法的正反两方面信息都相信，你将不会断定其中一方误导或带有偏见而抵制这些说法。对于大多数谣言来说，大多数人都不会有强烈的既有观点，而且不会只信任一方而不信任另一方。在这种情况下，不同观点最终会趋向真理。人们会听取不同意见并根据听到的意见决定自己的立场。

相反，理智者和不理智者会有选择地相信一些人，而不相信另一些人。当他们读到有关正反两方面信息的资料时，一点也不奇怪他们会接受支持他们自己观点的那部分材料，而忽视反对自己观点的那部分材料。

以下这点很重要。如果你想改变人们的既有观点，最好的做法不是给他们看对手和敌人的信念，而是给他们看那些与他们的立场相近的人的观点。假设作为共和党人的你听到了一则有关民主党官员的令人震惊的谣言。如果民主党否定这则谣言，你可能不为所动；但如果共和党出来辟谣，你也许会重新考虑。一个压制谣言的好方法就是去证明那些本该相信谣言的人实际上并不相信那些谣言。

假设不理智的人认为没有发生过大屠杀。在读了纠正这种说法的相关文章后，这些人可能会有些质疑。第一，这些纠正可能把他们激怒并令他们为自己辩护。果真如此，就会产生出认知不和谐，从而使这些人坚信自己本来的看法。第二，对于那些不理智的人来说，这种纠正的存在本身就会令他们坚信自己的最初观点。假如没有必要，为何自找麻烦去纠正？也许那些支持纠正说法的人太刻意这么做了，以至于他们的纠正反而证实他们否认的事确实存在。第三，这种纠正也许会让人们的注意力集中在有争议的问题上，而这种集中本身也会强化这些人最初的立场和观点。

很多研究都证明，越是提供给人们一些信息告诉他们不用担心他们认为有危险的事情，他们越会害怕。应该这样解释这个有趣的发现：当注意力集中在风险上时，人们的恐惧程度就会增强，就算他们看到的信息是提醒他们风险会很小的也一样。即便危险不太可能发生，人们也很怕去思考危险。谁也不愿意听到自己未来5年有1%的可能性会死于心脏病，或者自己的孩子有1‰的概率会得白血病。所以，也许给人们看纠正虚假说法的报告反而会引起人们对虚假报告的注意，强化人们认为“虚假报告也可能确有其事”的观点。

偏信令我们信数字多于信自己

当我们在做数学题时，如果使用不同的方法两次计算的结果不一样时，人们总是毫不犹豫会认为自己的计算出错了。因为我们偏颇地确信计算结果应该是一致的，数字本身不可能自相矛盾。

为什么我们应该相信数字而不是自己呢？我们一起来分析其中的原因：众所周知，数学法则肯定是具有一致性的，因为它们在逻辑上都是真实存在的，在逻辑上真实存在的论断不会相互矛盾。

当然，我们要相信数学法则的一致性，首先必须相信数学法则在逻辑上是真实存在的，同时还必须相信数学法则是实实在在的。一列数字只会有一个和，这个论点是真的，仅仅是因为数学法则是真实存在的具体事物。这就很容易让我们的认知偏向于数学所呈现的数字。

既然自然数存在，那么数学法则也是真实存在的。与之相比，其他证明办法都基于那些不太能够达到不证自明境界的原理。如果你跟 99.8% 的数学研究者一样，跟 99.8% 的用过计算器的人一样，就会相信数学法则的一致性，这几乎肯定是因为我们发自内心地相信自然数从某种重要意义上来说是真实存在的。

诚然，“真实”这个词用在这里有些含糊。如果我们想理解得更深刻一点，让我们给它下一个定义：“自然数是真实存在的”就意味着数学法则是具有一致性的。

尽管我们相信自然数是真实存在的，却无法找到任何有力的证据来证明这一信念。亚历山大·叶塞林·沃尔平是一位偏执的数学家，他曾提出了“叶塞林·沃尔平理论”：因为我们没有大量的经验，所以我们无法判断它们是否表现得具有一致性，甚至我们无法判断它们是否真实存在。

根据“叶塞林·沃尔平理论”，我们应该只去关注那些“小到足够让人思考的地步”的数字。这种理论被视为“极端有限主义”，而且几乎没有数学家会去认真对待它，当然更别提去认同了。亚历山大·叶塞林·沃尔平的对“真实”的偏颇吸收，引来了广泛的争论。

为了反驳这种“极端有限主义”，主流数学家提出这样的问题：“我们究竟如何来判断那些数字属于‘小到足够让人思考的地步’的范畴呢？或许一两位的数字肯定算，而 30 位的数字就不算。那么，界限到底应

该是多少位？”

著名数学家斯坦福大学教授哈维•弗彼得曼曾试图批驳“叶塞林•沃尔平理论”，他说：“我从2开始，询问他这个数字是否‘真实’或者能让人感到‘真实’的效果。他几乎立即表示同意。然后我询问4，他仍然同意，但略有停顿。接下来是8，他还是同意，但更加犹疑。反复这样做，直到他处理这种讨论的方式已经很明显了。当然，他已经准备好回答‘是’了，尽管他在面对2的100次方时要比面对2时犹疑得多。（2的100次方就是一个30位的数字。）除此之外，我也没办法这么快就得到这个结果。”

几乎每个数学家在面对大数字的真实性时都与弗彼得曼持有相同立场，几乎没有人和叶塞林・沃尔平站到一边去当“极端有限主义者”。最后，弗彼得曼和叶塞林・沃尔平达成了共识。我们不但相信数学法则，也相信代数、几何和数学的其他部分是真实可信的。但我们几乎没有丝毫逻辑理念和证据来支持这种信念。

经过深思，我们还是可以了解这种没有逻辑和证据支持的信念，这似乎并不奇怪。毕竟，蜘蛛知道如何织网，并不需要去寻找“第一定理”来推断出织网技术或者认真观察其他蜘蛛的工作过程以便推断出来。从原则上来讲，我们找不到反对人们硬生生地理解数学的理由。

也许可以辩解说蜘蛛的本能反应是下意识的。

那么，我们的信念必须满足一些其他的基础，然后才被划分为信仰、直觉、本能、启示或者“超感官知觉”等。其实，这一切或许正是因为人类的大脑是由很多相连的部分组成的，这样说只是人们的错觉但也可能是真理。

质疑这些的一个重要原因是，他们之间存在着太多分歧，以至于无法在细节上达成一致。数学真相容易被那些直觉敏锐的人理解，这一点已经由不同时代、不同地点的不同的人以不同的方式证实过了。

1888年，伟大的德国数学家大卫·希尔伯特证明了自己的“基础命题”，这个命题标志着现代代数的创立。他通过“将无限集合当成具体的对象”这一前所未有的创举做出了证明，他的学术对手保罗·戈尔丹对此嘲笑说：“这好像不是数学，而是神学了。”然而，这一技巧创新几年后就带来了丰硕的研究成果，甚至戈尔丹也不得不承认“神学也有用处”。

总之，在数学领域存在着正确的命题。“正确”并不意味着“可以被证明”，而仅仅意味着通常意义上的正确，更多的甚至可以说是固执偏向。但是这些命题必须跟自然数体系有关才能是真实的。此外，这些命题都是正确的。因此，自然数在人们发现它们之前也是存在的，而且无论人们是否发现它们，自然数都是真实存在的。这样的数学命题深奥，但我们不得不承认，它来源于某个人的偏颇“研究”。

警惕“浮躁”偏颇了内心的抉择

人们往往容易变得浮躁，它是普遍存在于现代人内心的一种心理，会与烦闷、压抑、暴怒等情绪联系在一起，从而深刻地影响我们的判断，一不留神拐入死胡同。

李强大学毕业后到美国留学，身处异乡，他满怀憧憬，希望自己能在这里打拼出一条成功之路。他拿着自己名牌大学的毕业证书和博士学位的证书到处求职，跑了很多大公司，却没有一家公司愿意聘请他担任重要的职位。

困惑和浮躁随之而来，他想：自己的博士学位可不是骗来的，怎么就找不到一份像样的工作呢？但几天以后李强又冷静了下来，想：或许我真的有不适合高层的地方，既然是这样，那么我就安心地先找一个简单的工作来干吧！于是李强收起了他的所有学位证书，到一家跨国公司申请做一个“程序录入员”，这次，他自然马上被录用。

当某人听到了不顺心的话，或碰到了不如意的事的时候，心情就会变坏，人也会因之而变得浮躁。每个人都难免会遇到一些指责、批评甚至是毁谤、陷害，但每个人面对它们的态度是不一样的。我们应该让自己在平时养成以平和的心态去面对事物的良好习惯和心境。在逆境中只要不浮躁、不急躁、不愤怒、不冲动，那样的人通常都能渡过难关。这时候保持一种平和的心态就很重要了。平和的心态不但能化解人的浮躁与暴躁，还能让人十分冷静地处理问题，让自己的境遇不断地变得更好。

对于拥有博士学位的李强来说，这份简单的工作根本就是小菜一碟，但他仍然一丝不苟，十分投入地做自己的工作。慢慢地，主管发现他能发现程序中的错误，并加以改正，非常不简单，一般的程序录入员肯定做不到这一点，于是就找到李强。在主管的询问之下，李强亮出了自己的学士学位证书，主管看后马上汇报给老板，老板感觉一个拥有学士学位的人只做一个程序录入员太可惜了。老板了解了情况后，马上给李强调动到了一个更好一点的位置。

李强在新的岗位上依然干得兢兢业业，而且这个时候，他已经有更多的机会和老板接触。慢慢地，老板发现李强不同于一般的大学生，因为李强提出的建议常常显得与众不同，很有采纳价值。于是老板找他单独谈话，李强又在谈话的时候拿出了自己的硕士学位证书。老板再次高兴地提升了李强。

又过了一段时间，老板发现李强在新的岗位上依然表现得非常出色，而且他似乎很适合在高层工作，就又找他谈话。这一次，李强才拿出了自己的博士学位证书。老板笑着问他，为什么当初不直接拿出博士学位证书呢？李强回答说：“我虽然学位很高，但缺乏工作经验和社会经验，在从程序录入员开始一直到现在的日子里才真正学到了东西，现在的我才有能力和资格担任公司里的高层职务！”就这样，老板对他的能力已经完全了解了，所以就毫不犹豫地对他委以重任。而李强也就从此拥有了施展才华的空间和机会。

我们现在对李强从开始的失败到后来的成功做个分析。李强开始的时候找工作屡屡失败，是因为他的浮躁。而后来他的一步步升迁，却是因为他的不浮躁。老板不是因为他的证书才任命他为高层，而是对他的人品和能力的双重肯定才给了他一个广阔的发展空间的！李强并没有自视才高，陷入浮躁与自负的泥潭，而是冷静地分析了自己的处境和外部环境，并找到了适合自己的路。

事实证明，有资本的人更应该避免浮躁。无论是有资金、有才华，还是有人脉，这些都不是让自己变得浮躁的理由。现在很多有文凭的高学历青年都很浮躁，他们认为自己手上的证书应该是自己一步登天的通行证，而事实未必如此，大多数人往往在现实中感到失望。相反，越是有基础、有资本，就越是应该冷静、谦逊、平和和认真地面对自己的每一个工作和每一个阶段的处境。这样的人是睿智的，因为他们知道自己的价值该如何体现，也知道自己的未来该如何创造。他们避开了浮躁不安、骄傲自大的泥潭，将自己引领到了成功的彼岸。

每个人都难免会受到一些指责、批评甚至是毁谤、陷害，但每个人面对它们的态度却是不一样的。可是只有能够调控自己脾气的人，才能主宰自己的人生。

我们应该让自己在平时养成以平和的心态去面对事物的良好习惯和心境。在逆境中，我们只要不浮躁、不急躁、不愤怒、不冲动，耐下性子来，通常都能渡过难关。

为何常“自我交谈”，就能不对信息抉择有偏颇

一般来说，一个人信心不足时，是体内两部分在相互斗争中，内在的批评者会在特定的场合使一个人表现失常；而信心陷阱会不停地消耗着一个人的自我信念和乐观精神。

我们的头脑时时刻刻都在评价我们自己的表现，或是给我们提建议，或是对周围发生的事情进行解释。心理学家称之为“自我交谈”。理想的情况下，这种自我交谈可以帮助我们正确地看待事物，振奋精神，并且在不熟悉的环境里给我们安慰，当感觉受到威胁、遭遇危险时，这种自我交谈就会变得丑陋。也就是在这个时候，我们原本正确看待的事物受到干扰，对于信息的选择也就变得偏颇。于是，

批评取代了建议，乐观变成了悲观。这时的自我交谈就成了一个批评者。

尼古是一个科技公司的高管，现在他变得越来越糟糕了。公司的人力资源经理对其进行了评测，测评的结果显示尼古垄断信息，很少让他的团队参与决策。他不愿分派责任和权力，总是亲自承担最重要的任务。这让他的下属们感觉他总是将他们拒之门外，并觉得尼古对他们没有信心。他们抱怨说他们被剥夺了权力，而且和他们的老板之间没有任何积极的联系。然而他自己却否认，他说自己其实很信任他的团队，但是涉及一些重大项目的时候，放弃控制权会让他感到焦虑。

他的问题根源在于缺乏自信。为了验证这种判断，人力资源经理让他在其后的几天内每天都写一篇日记，记下那些让他感觉自信受到威胁的情况以及他在这些情况中的感受。

一个星期后，确认让他内心的批评者出现的先发情况是一些让他感觉失去控制权的局面。比如他在日记中写到，有一次，他等着两个下属就他们正在编写的一份报告向他汇报情况，而他只能等着他们主动和他联系，这使他的工作停顿下来，并使他很难在最后期限前完成手头的任务。他的自我交谈揭示出他倾向于把由于失去控制权而引发的问题放大化，同时把他应对问题的能力缩小化，而且他还爱进行情绪化思考，认为自己的消极想法是对事情真实状况的反映。

确定“内心批评者”的来源并不总是很容易的，但是对三个方面进行观察和分析可以帮助做到这一点。这三个方面可以概括为A、B和C。A表示先发情况，即导致这个批评者出现的那些事件和情况；B 表示影响我们思考和感受的行为；C 代表产生的行动或后果。上面的对尼古的辅导过程，可以“挖出”其内心的批评者，使其工作更有效率。

尼古管理的营销部门负责公司的一些重要的营销工作，团队成员分布在各大城市，都具有独立的思考能力，能够在最少的监管下进行工作。这使他形成了一个有益的内心图像，当他感到自己内心的批评者又开始蠢蠢欲动时，这个图像可以对他有所帮助。看着自己用白纸黑字记录下来的行为和想法，尼古不得不承认他对自己和他人缺乏信心，并认识到这是导致他总担心失去控制权的原因。用一个“内心的指导者”帮助他对自己的感受和情绪进行重新思考，让他在失去控制感的情况下不再做出情绪化的反应。

通常情况下，自我否定是暂时的，但对那些本来就容易悲观的人来说，这些负面的想法往往会演变成一种对生活的自动反应，成为一种常态。这时，每件事情都被看成是一种威胁，我们应学会自我调节，减少对自身价值的侵蚀。

winshare文轩

四川人民出版社

Psychology

人情社会

人情需要载体，
下至路边的免费品尝，上至各种大小饭局，
“人情”到底是怎样一步步被有心者利用的呢？

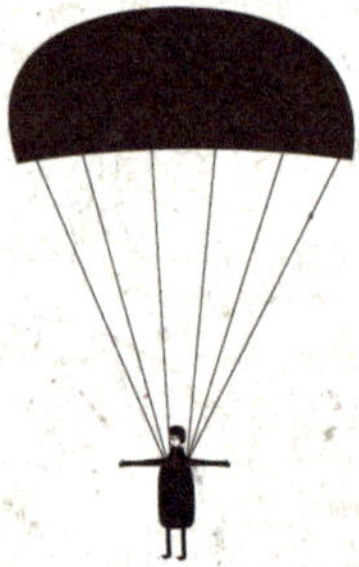

上架推荐：心理学

ISBN 978-7-220-11008-5
9 787220 110085 01>
定价：78.00元